Sur l'auteur

Paul Doherty est né à Middlesbrough, dans le Yorkshire. Il est l'auteur de plusieurs séries historico-policières, dont les enquêtes de frère Athelstan, un dominicain du XIVe siècle ; les enquêtes de Hugh Corbett, espion du roi Édouard Ier ; et celles d'Amerotkê, juge dans l'Égypte du XVe siècle avant J.-C. Il est aujourd'hui professeur d'histoire médiévale.

Site de l'auteur : www.paulcdoherty.com

PAUL DOHERTY

LE COMPLOT DES OMBRES

Traduit de l'anglais
par Elisabeth Kern

10
18

Grands détectives

créé par Jean-Claude Zylberstein

Titre original :
Dark Queen Waiting

ISBN 978-2-264-07663-2
Dépôt légal : novembre 2020

À ma très chère amie Linda Gerrish,
un grand merci pour son aide et son soutien.

NOTE HISTORIQUE

En octobre 1471, la maison d'York régnait sans partage sur l'Angleterre. Édouard IV avait saisi les rênes du pouvoir et il les tenait d'une main ferme. La cause des York triomphait, non seulement à Londres, mais au-delà, dans tout le royaume. Des tensions subsistaient toutefois. D'amers antagonismes faisaient surface alors que d'autres forces émergeaient de l'obscurité. Édouard d'York pouvait bien claironner sa victoire et clamer que la maison de Lancastre était vaincue, ce n'était pas l'absolue vérité. Sa propre cour était divisée en factions secrètes qui pouvaient se dévoiler soudain et, en quelques jours à peine, s'engager dans un combat sanglant et prolongé. Il y avait en particulier la rivalité entre les deux frères d'Édouard, Richard, duc de Gloucester, et George, duc de Clarence.

Par ailleurs, la cause des Lancastre n'était pas totalement annihilée. Son premier prétendant, le jeune Henri Tudor, avait réussi à fuir l'Angleterre et avait trouvé refuge chez le duc François de Bretagne. De là, son oncle Jasper Tudor et lui suivaient les événements qui se déroulaient tant dans le pays qu'à l'extérieur. Plus important encore, les Tudor en exil savaient qu'ils bénéficiaient du soutien complet et absolu de Margaret Beaufort, comtesse de Richmond, mère du jeune prince Henri. Margaret jouait un jeu dangereux : elle faisait des courbettes et souriait devant ses maîtres de la maison d'York mais, avec l'aide de ses deux hommes de confiance, Reginald Bray et Christopher Urswicke, elle ourdissait le retour au pouvoir de la maison d'York. Dès lors, son fils serait proclamé véritable roi et couronné à Westminster…

Maison d'York

Édouard IV,
ses frères :
George de Clarence,
Richard, duc de Gloucester (le futur roi Richard III).

Maison de Lancastre

Marguerite d'Anjou, épouse de feu Henri VI.

Maison Tudor

Henri Tudor (le futur Henri VII),
Jasper Tudor, frère de feu Edmond Tudor (premier mari de Margaret Beaufort) et oncle de Henri Tudor.

Maison de Margaret Beaufort

Margaret, comtesse de Richmond, mariée en premières noces avec Edmond Tudor (Henri Tudor est né de cette union), en secondes avec Sir Humphrey Stafford, et enfin avec Lord William Stanley.

Reginald Bray, intendant de sa maison.

Christopher Urswicke, clerc personnel et homme de confiance de Margaret.

Les vers cités au début de chaque partie sont inspirés du texte de *Dies Irae*, « Jour de colère », également appelé *Prose des morts*, écrit par le religieux franciscain Thomas de Celano.

PROLOGUE

« Oh, jour de colère, oh, jour de larmes ! »

« Une ville de voleurs, un repaire de brigands, le manoir du crime et l'antre des âmes perdues. » Tel était le jugement du chroniqueur de St Paul, rédacteur des annales de la ville. Une description impitoyable de Londres en cette fin d'octobre de l'an de grâce 1471. Fin observateur des faiblesses de ses concitoyens, en particulier celles des seigneurs de la terre, ce chroniqueur avait tout recensé et il avait publié à grand fracas ses effroyables conclusions. C'était à n'en pas douter la saison du meurtre et de la mort violente, d'autant que les grands de ce monde s'étaient déjà affrontés, au début de l'été, dans les féroces batailles de Barnet et de Tewkesbury. Cet été-là, la ville aussi avait souffert de cette sanglante brutalité : à travers la musique des trompettes qui retentissait dans les rues de Londres, on percevait le choc des épées contre les boucliers. Certains quartiers étaient réduits en cendres tandis qu'au même moment les magnifiques bannières et étendards brodés des York et des Lancastre se frayaient un chemin à travers des colonnes de fumée épaisse qui assombrissaient les ruelles envahies d'odeurs nauséabondes. Ce devait être un combat jusqu'à la mort. Le champion des York, le roi Édouard, avait transmis à ses troupes l'ordre d'épargner les petits et de tuer les chefs parmi les ennemis. Au bout du compte, la Mort avait été l'unique vainqueur. Des corps sans vie encombraient toutes les rues, aussi communs que les feuilles d'automne que le vent ballottait. Des cadavres pourrissaient dans les étals, les ruisseaux, les fossés, les caves et tous les recoins obscurs et puants de la ville.

Les diverses guildes se démenaient. Des hommes et des femmes appartenant à des fraternités comme Les Âmes des morts, la guilde des Pendus ou L'Espoir des croyants faisaient leur possible pour fournir aux défunts des sépultures décentes. Ils creusaient de larges fosses dans les cimetières et dans les grands communs au-delà des murailles. Malgré ces efforts, la Mort restait la maîtresse absolue. Les corps que l'on n'avait pas enterrés, boursouflés et rompus, s'entassaient comme de la viande avariée dans les cimetières des villes et des bourgades. Des bûchers funéraires brûlaient jour et nuit et leurs flammes sinistres illuminaient le ciel, tandis que leur fumée noire suivait le cours des ruisselets, fins comme des flèches.

Si les dépouilles des grands, de ces seigneurs vaincus et occis par la puissance des York, étaient traitées avec un peu plus de respect, c'était uniquement pour que le roi Édouard et ses deux frères, George de Clarence et Richard de Gloucester, pussent proclamer aux yeux de tous, tant à l'intérieur qu'à l'étranger, que leurs ennemis étaient bel et bien morts. Ainsi les corps de Henri VI, le vieux roi Lancastre, et de ses principaux chefs militaires furent-ils exposés dans diverses églises afin que les bonnes gens les vissent. La cathédrale St Paul servait souvent à cette macabre cérémonie ; les citoyens formaient de longues files d'attente, de même qu'ils auraient fait la queue pour assister à un spectacle de pantomime ou à un bal masqué de Noël. Le corps du roi Henri dut être brusquement retiré lorsque son sang se mit à imprégner le fond de sa bière, ce qui incita le monde à se demander ce qui était réellement arrivé au vieux souverain durant son séjour dans la Tour. Avait-il été victime d'un accident, ou assassiné au plus profond de la nuit ? Le chroniqueur de St Paul n'avait pas pris le risque de commenter l'incident ; il avait uniquement noté que Dieu seul connaissait la vérité et qu'il valait mieux en rester là.

La paix arriva enfin, mais assortie de nouveaux dangers. Les soldats qui s'étaient battus pour les York ou pour les Lancastre furent libérés de leur engagement. À la suite des grandes victoires des York, ils n'auraient plus rien à craindre dans les comtés où ils se rendraient. Certains quittèrent la ville et s'en allèrent à travers les campagnes chercher du travail ou reprendre un métier déjà presque oublié. Beaucoup d'autres restèrent à Londres, où ils choisirent de recourir à des moyens malhonnêtes pour remplir leur bourse et leur estomac.

Parmi ces derniers, le plus notoire portait le nom d'Otto Zeigler. C'était un géant qui s'était forgé une redoutable réputation en combattant pour la maison d'York. Ce mercenaire nourrissait une haine féroce envers les Gallois, et envers la maison Tudor en particulier. Selon la rumeur, il était le fils bâtard d'une Bretonne et d'un marchand flamand. Beau parleur, il se révélait encore plus doué pour le maniement des armes, aussi avait-il revêtu dès sa prime jeunesse la cotte de mailles des mercenaires de métier. Alors que les combats entre York et Lancastre s'étaient apaisés, le bruit se répandait comme une nappe de brouillard sur la ville que, à la suite des grands triomphes des York, d'horribles atrocités étaient commises dans les comtés ruraux. On n'ignorait pas quelles exécutions cruelles et quelles hideuses punitions pouvaient être infligées, et l'on murmurait que Zeigler avait pratiqué les tortures les plus épouvantables sur les hommes qu'il avait capturés. On disait aussi de lui qu'il maniait la dague comme personne et qu'il était invincible dans les combats de rue, une réputation qu'il avait su exploiter avec la plus grande habileté une fois sorti des rangs de l'armée royale. Il devint malandrin et rejoignit l'un de ces gangs maléfiques qui hantaient les cauchemars du peuple des bas-fonds de Londres. Ces combattants des rues étaient tant redoutés que les marchands de la ville préféraient les couvrir de faveurs, afin de les utiliser ensuite pour leurs propres intérêts. Zeigler avait vite attiré l'attention de ces bourgeois en devenant, à la force du poignet, le capitaine des *Sangliers**[1], une horde d'égorgeurs et d'assassins que l'on reconnaissait à leur tour de cou rouge vif. Zeigler, pour sa part, portait la soutane des moines franciscains. C'était une marque de respect envers un prêtre qui l'avait jadis traité avec bienveillance, le seul être humain à lui avoir jamais manifesté de la bonté. On le voyait souvent sur les marchés, où il passait d'étal en étal en affichant sa morgue, tandis que se prosternaient devant lui des gens qui auraient dû faire preuve de plus de discernement.

En dépit de son arrogance, Zeigler savait flairer le danger. Son statut de chef de bande l'obligeait à faire en sorte que, lorsqu'on partait en chasse, on capturât bien sa proie. Avec son visage rasé au suif qui brillait de sueur, de même que son crâne chauve en forme de coupole, il se montrait toujours ravi quand on lui rapportait l'existence de trésors, de collections précieuses, de butins juteux prêts à être ramassés. Cette fois, c'était un entrepôt proche du château de Baynard qui regorgeait de marchandises de prix importées des rives de la Baltique par une famille de marchands prospères du nom de Philpot. Il y avait entre autres de coûteuses fourrures, du bois précieux, de superbes tapisseries et des coffres remplis de vaisselle et d'objets décoratifs en or et en argent incrustés de pierres précieuses.

1. En français dans le texte, ainsi que les mots et expressions en italique suivis d'un astérisque. *(Toutes les notes sont de la traductrice.)*

De quoi mettre Zeigler en appétit… Certes, l'entrepôt était bien protégé. Il se trouvait dans le parc du manoir de la famille Philpot, sur une rive du fleuve : c'était un solide bâtiment de plain-pied en brique rouge, aux portes et aux volets renforcés. Il demeurait vide la plupart du temps, mais, selon les renseignements qu'avait reçus Zeigler, Edmund Philpot avait choisi d'y stocker son trésor en attendant de le déplacer vers le Grand Vestiaire, un bâtiment fortifié, une véritable chambre forte voisine de l'échevinage. Edmund Philpot se montrait prudent : les trésors qu'il possédait avaient été acheminés jusque-là par une cogghe amarrée à Queenhithe, à courte distance du manoir. Toutefois, le voyage jusqu'au Grand Vestiaire serait long, tortueux et semé d'embûches en tous genres, aussi Philpot préférait-il attendre, afin que l'échevinage rassemblât une escorte assez solide.

Zeigler avait payé pour ces informations, et ce qu'il avait appris lui paraissait digne de foi. Sir Edmund veillait à tenir secret son entrepôt du parc. Il ne souhaitait évidemment pas attirer l'attention sur son trésor. Il n'avait donc mis dans la confidence que deux de ses intendants, qu'il payait pour le surveiller jour et nuit.

Zeigler prit aussitôt sa décision : avec Joachim, son homme de confiance, il sélectionna une dizaine d'hommes de sa bande, prépara une barge de combat et s'apprêta à saisir ce qu'il appelait « une prise de prix ».

La veille de la fête de saint Erconwald, bien après que l'on eut sonné les vêpres et allumé chandelles et lanternes dans les hauts clochers des églises de la ville, Zeigler entraîna sa redoutable petite troupe vers le quai désert de Dowgate et tous embarquèrent sur la barge de combat qui les attendait là. Il avait choisi ses hommes avec soin. Six d'entre eux, qui avaient travaillé sur le fleuve, seraient les rameurs. On détacha l'embarcation et celle-ci se mit en mouvement. Zeigler se posta à la proue.

Un brouillard glacial tombé sur le fleuve empêchait toute visibilité et étouffait les sons.

— Cette nuit est une bénédiction, chuchota-t-il à Joachim. Nous glissons sur l'eau comme des fantômes.

Satisfait, il promena le regard autour de lui. Il régnait un silence de mort sur la Tamise. Le quai qu'ils longeaient était vide, on y devinait juste l'habituelle horde de rats bossus en quête de nourriture qui détalaient à l'approche de chats. Soudain le brouillard se leva légèrement et Zeigler put apercevoir ce que les gens du fleuve appelaient « le propre gibet de la Mort », une monstrueuse potence à six fourches à laquelle la police de la ville pendait les pirates du fleuve et autres malfaiteurs de la même engeance. Par chance, aucun fruit pourrissant n'y était suspendu en cet instant, mais la vision de cette sinistre colonne qui s'élevait, solitaire, sur fond de ciel noir avait de quoi glacer le sang. Une fois de plus, Zeigler réfléchit aux renseignements qu'on lui avait communiqués. L'un des intendants de Philpot s'était rendu dans une taverne, s'y était salement enivré puis s'était plaint de tout le travail qu'il avait, avec l'organisation d'un inventaire pour la maison de Sir Edmund. Imbibé de boisson, inconscient de la véritable identité de Joachim, qui buvait à la table voisine, il avait fait allusion à l'entrepôt du parc et à tout ce qu'il contenait. Au départ, Zeigler n'en avait pas cru ses oreilles. Toutefois, il dirigeait une meute de loups qu'il fallait bien nourrir. Joachim et lui s'arrangeaient toujours pour subsister au jour le jour, mais, s'ils parvenaient à piller cet entrepôt-là, ils deviendraient riches et n'auraient plus à craindre pour l'avenir.

Zeigler se gratta la tête, essuyant des embruns au passage. Le timonier tenait le gouvernail en chuchotant ses instructions aux rameurs, qui devaient combattre le fort courant du fleuve, et la barge allait bon train. Zeigler tapota le pommeau de son arme. Il n'y aurait pas de retour possible. Ils étaient partis, les dés en étaient jetés. Il ferma à demi les yeux en maudissant intérieurement la maison d'York, qui l'avait employé comme capitaine de mercenaires puis, la guerre terminée, l'avait tout bonnement congédié, ainsi que ses hommes, en les invitant à se tirer seuls d'affaire désormais. Les temps étaient durs. L'hiver s'installait. L'été précédent, les récoltes n'avaient pas été bonnes, la nourriture se faisait rare et les prix s'envolaient. À l'époque de son engagement comme mercenaire, Zeigler n'avait qu'à se servir. Maintenant qu'il se retrouvait livré à lui-même, tout était différent. Après le saccage et le pillage de Londres, Édouard d'York avait entrepris d'écraser toute opposition et d'imposer sa propre paix. Gibets et échafauds fonctionnaient à plein régime et Zeigler en venait à s'inquiéter pour sa vie. Il lui fallait des richesses, des pièces d'or et d'argent pour assurer sa subsistance et celle des hommes qu'il menait. Des récriminations commençaient d'ailleurs à s'élever dans les rangs des *Sangliers**, et Joachim lui avait fait remarquer que, si cela arrivait, ils ne seraient pas les premiers chefs à être assassinés par leur bande. Zeigler devait se faire reconnaître comme un brigand qui avait le vent en poupe. L'entrepôt de Philpot et le trésor qu'il renfermait feraient de lui, indubitablement, un prince parmi les voleurs. Il reconnaissait que l'entreprise comportait des risques, mais les dangers de l'inaction étaient plus grands encore.

— Nous y sommes presque, chuchota Grimwood, la sentinelle aux yeux de lynx. Tournez la barge.

Sous la direction du timonier, les rameurs s'exécutèrent. Le bateau entra dans la brume du fleuve et glissa doucement le long de la jetée. On lança les amarres, que l'on serra étroitement, puis Zeigler et ses hommes enfilèrent leur masque et rabattirent leur profonde capuche sur leur tête. Leurs armes à la main, ils débarquèrent dans le plus grand silence et prirent la direction de la lanterne qui brillait à l'endroit du rivage où une grille barrait l'accès au parc du manoir des Philpot. Tout en bénissant le brouillard compact qui les enveloppait, Zeigler et sa petite bande prenaient soin de ne pas glisser : une chute dans l'eau glaciale du fleuve se révélerait fatale.

Lorsqu'ils atteignirent l'entrée, Zeigler poussa la grille des deux mains et eut peine à croire à sa bonne fortune : elle n'avait été ni barrée de l'intérieur ni verrouillée. Une erreur préjudiciable ! Ils la franchirent et s'engagèrent sur le chemin de pierre qui serpentait entre des carrés de fleurs, d'herbes et d'épices que le givre recouvrait d'un voile blanc. On distinguait l'arrière du manoir, où brillaient quelques lumières. Pour marcher sans bruit, les pilleurs avaient enveloppé leurs semelles dans des pièces de cuir souple, mais ils n'en redoublaient pas moins de prudence pour rester le plus discret possible. Quand Zeigler leva soudain la main, tous s'immobilisèrent et scrutèrent l'obscurité : les gardiens se trouvaient devant eux, protégés par une cabane rudimentaire construite devant l'entrée de l'entrepôt, et se réchauffaient les mains sur un maigre feu.

— Maintenant ! ordonna Zeigler.

Deux de ses hommes, des archers chevronnés, levèrent leur arbalète et lâchèrent leur carreau. Les projectiles fusèrent : le premier atteignit l'un des gardes à la tête, lui fracassant le crâne. L'autre toucha à l'épaule le deuxième, qui chancela. Avec le vent glacé qui faisait claquer ses guenilles, les flammes du feu de fortune offraient de lui une vision grotesque. Un nouveau trait partit et atteignit cette fois son visage barbu. Il bascula en arrière.

— Allez, vite !

Zeigler s'élança vers l'entrepôt, suivi de ses hommes. Là encore, la porte était débarrée. Surpris, il repéra soudain sur le sol un faisceau lumineux qui s'enfonçait dans l'obscurité profonde. Il se figea, bouche entrouverte. Quelque chose n'allait pas. Saisi par la peur, il se retourna vers le chemin qu'ils venaient de suivre et maudit sa propre négligence. Il avait été trop cupide, il était allé trop vite ! La grille du parc avait été laissée ouverte sciemment, et la barre de l'entrepôt n'était pas dans ses gonds. Quant aux gardes, le second, avec ses cheveux décoiffés, sa barbe broussailleuse et ses hardes, n'avait rien d'un bailli, et l'autre n'était pas mieux. Ce n'étaient pas des intendants du manoir, mais des mendiants qu'ils venaient de tuer. Zeigler fit un pas en avant. Pressés de s'emparer du magnifique butin promis, ses hommes le bousculèrent pour pénétrer dans l'entrepôt.

— Soyez sur vos gardes ! hurla-t-il.

La porte s'ouvrit et ses camarades n'hésitèrent qu'un instant face à l'obscurité, mais il était trop tard. Déjà, une pluie de flèches fendait l'air, suivie d'un cliquètement d'armes entrechoquées. Bondissant de nulle part, des hommes en cotte de mailles, des soldats arborant les couleurs de l'échevinage surgissaient des profondeurs de l'entrepôt. Zeigler brandit son épée pour affronter ces hobelars[1], tous harnachés pour le combat. Quelques-uns eurent tôt fait de l'encercler, armes levées. L'un d'eux portait une torche qu'il avait allumée au feu des deux gardes. Zeigler tourna sur lui-même comme un animal aux abois, le cœur battant. Autour de lui, ceux de ses hommes qui n'avaient pas été fauchés cherchaient à fuir. Lui-même était dès lors piégé au cœur d'un cercle d'hommes armés jusqu'aux dents. Sa peur redoubla. Il se savait aisément reconnaissable à son habit de moine franciscain et, pourtant, nul ne l'avait encore touché. Aucune flèche ne l'avait atteint, aucune épée n'avait cherché à le transpercer. C'était incompréhensible. Il décida de tester ses adversaires en s'élançant en avant, mais les hobelars, sans cesser de tendre leur arme vers lui, se contentèrent de reculer.

1. Mercenaires, généralement utilisés en groupes de cavalerie légère.

— Eh bien voilà, c'est parfait… fit une voix enjouée sortie de l'ombre. Bonjour, maître Ziegler, la lune ne nous éclaire pas beaucoup ce soir, n'est-ce pas ?

Le cercle des hobelars s'ouvrit pour laisser passer Sir Thomas Urswicke, illustre officier de justice à la Haute Cour criminelle de Londres, lord de l'échevinage. Il avança d'un pas nonchalant en resserrant son beau manteau à col de fourrure, tant pour se tenir chaud que pour souligner, peut-être, le chatoiement de son plastron milanais. Il retira sa capuche et desserra la coiffe qui entourait son visage lisse. Il souriait.

— Baissez vos armes, maître Zeigler.

Le chef de bande s'exécuta. Sir Thomas fit claquer ses doigts pour réclamer le silence, puis inclina la tête tandis que montaient vers lui les gémissements et les cris de douleur des brigands mis à terre par les flèches et les épées.

— Pour l'amour du Ciel, cria-t-il, tranchez-leur la gorge, qu'ils cessent de geindre ! Quant à lui, ajouta-t-il en désignant Zeigler, hâtez-vous de le ligoter et venez avec moi !

Suivi de sa docile cohorte, le Grand Juge traversa le parc, passa un petit portail gardé par une troupe d'archers de la Tour, puis longea l'élégant manoir des Philpot pour déboucher bientôt sur la large esplanade qui s'étendait jusqu'à l'avenue. Là se succédaient les plus majestueuses habitations de la ville. Entouré de hobelars et d'archers, Zeigler savait qu'il ne servait à rien de résister. La corde qui lui liait étroitement les mains lui entourait aussi le cou, il était tenu en laisse comme un chien.

Progressant d'un pas vif, la procession pénétra bientôt dans l'obscurité inquiétante de ces limbes que devenait la ville dès la tombée du jour. Des soldats placés de part et d'autre du groupe tenaient des torches qui brûlaient vivement, éclairant les spectres hideux de la nuit, spectacle plus terrible et plus atroce encore que tout poème ou fresque qui aurait dépeint les horreurs de l'enfer. Des mendiants au visage et aux mains mutilés émergeaient partout de l'ombre pour réclamer l'aumône, des lépreux vêtus de mantes blanches en lambeaux, que l'on avait laissé sortir du lazaret, se déplaçaient en groupe : on ne les autorisait à mendier que la nuit, et rares étaient ceux qui auraient la chance de recevoir ne fût-ce que quelques pièces. Semblables à une tribu de fantômes bavards, ils passèrent près de la procession pour replonger très vite dans les ténèbres. D'autres hommes et d'autres femmes peuplant eux aussi le sombre Pandémonium qu'était Londres rôdaient dans les profondeurs de la nuit, prêts à tirer profit de n'importe qui et de n'importe quoi. À l'approche du groupe en armes, ils s'évanouissaient néanmoins comme neige au soleil.

Zeigler jurait et crachait en se débattant contre la corde rêche qui lui écorchait le cou. Épuisé et en sueur, il constatait que l'on approchait du cœur de la ville et de la large avenue de Cheapside. À cette heure, on avait bien sûr débarrassé les étals et il ne restait que de longues et hautes tables disposées en enfilade, sous lesquelles s'abritaient des miséreux. Après la journée de marché, on avait également allumé des feux pour brûler les ordures, auxquels tous les vagabonds et dépossédés pouvaient venir se réchauffer ou faire griller des morceaux de viande putride. Les flammes qui s'élevaient ainsi illuminaient la sinistre masse de la prison de Newgate. La vaste esplanade était devenue le terrain de chasse d'une horde de rats qui cherchait leur nourriture parmi les tas d'ordures fumants, entassés de chaque côté des grilles de fer. Zeigler songea qu'on lui ferait franchir celles-ci et qu'ils pénétreraient dans la prison, mais, au dernier moment, le juge bifurqua sur la gauche et prit la direction de la Fleet. C'était par là que l'on atteignait le sinistre Tyburn, Zeigler ne l'ignorait pas. Ils passèrent devant les Inns of Court[1] et arrivèrent en effet sur le lieu macabre où se dressaient de nombreuses potences à quatre fourches placées en enfilade. Des cadavres se balançaient encore dans le vent qui soufflait par rafales, ligotés par des cordes enduites de poix.

Sir Thomas Urswicke avait bien préparé les choses : ils s'approchèrent de l'un des gibets vides, autour duquel brûlaient plusieurs feux. Une échelle était adossée à l'un des mâts et un bourreau encagoulé attendait à côté. Quand le groupe s'arrêta devant les marches qui montaient vers la plate-forme d'exécution, Zeigler sentit la panique le gagner. En larron chevronné qu'il était, il savait ce qui allait se passer. Et il serait inutile de protester : il avait été surpris en flagrant délit alors qu'il s'apprêtait à commettre un grave forfait. On pouvait le pendre sur-le-champ sans autre forme de procès.

Sir Thomas se matérialisa soudain près de lui, souriant sous sa capuche comme si la situation le mettait en joie. Il ordonna que l'on resserrât les liens du prisonnier et qu'on lui attachât aussi les pieds, puis il demanda aux gardes de s'éloigner. Lorsqu'ils furent hors de portée de voix, il s'approcha de Zeigler.

— Je peux vous faire pendre, messire, souffla-t-il. Il me suffit d'un mot.

Zeigler garda le silence, lèvres serrées.

— Vous vous êtes battu pour les York, poursuivit le juge. Vous dirigiez des mercenaires. Vous avez une mère bretonne et un père flamand. Pour Dieu sait quelle raison, vous avez grandi au pays de Galles. Là, il s'est passé quelque chose, j'ignore quoi, et je n'en ai cure, d'ailleurs. Ce que je sais, c'est que vous haïssez les Gallois.

— Ce que vous dites est vrai, répondit Zeigler d'une voix grinçante. Mais pourquoi me parler de cela maintenant, Sir Thomas ?

1. Littéralement « auberges des cours », écoles de droit.

— Vous m'avez reconnu, je vois…

Il saisit l'extrémité de la corde qui entourait le cou du prisonnier et la tira si fort que le nœud s'enfonça dans la chair.

— Vous m'avez reconnu, messire ? répéta-t-il.

— Pour sûr ! Votre visage est très connu, Sir Thomas, tout comme l'est votre loyauté à la maison d'York.

Le juge tira plus encore sur la corde et la douleur coupa le souffle au brigand.

— Parfait, parfait ! murmura Sir Thomas. Vous connaissiez mon nom et, maintenant, vous connaissez ma nature. Donc, maître Zeigler, vous vous êtes battu pour les York à Tewkesbury, vous étiez avec la phalange de Hastings. Votre tâche consistait à débusquer un groupe de traîtres, des Gallois placés sous le commandement d'un certain Gareth Morgan, que l'on connaît aujourd'hui sous le nom de Pembroke. Est-ce exact ?

— Je me souviens de ce maraud et de la bande de maroufles qu'il commandait, oui…

— Bien, très bien. Ils se faisaient appeler l'escouade du Dragon rouge, parce qu'ils se battaient sous l'étendard traîtreux de Jasper Tudor, qui ne s'était même pas joint à la bataille. Vous vous rappelez ?

— Je vous l'ai dit, évidemment que je me rappelle !

— En fait, l'escouade du Dragon rouge avait pour mission de rechercher notre noble roi Édouard et ses deux frères pour les tuer. Ces gens auraient aimé suivre le modèle de la grande bataille d'Evesham, il y a deux cents ans, quand les chevaliers du prince Édouard, fils du roi Henri III, s'étaient juré d'occire l'ennemi le plus insidieux de la couronne, Simon de Beaufort, comte de Leicester. Ceux-là ont réussi, Pembroke, non.

— Nous avons fait des ravages dans ses rangs. Ses hommes ont jeté les armes, ils ont fui. J'ai failli capturer Morgan, ou Pembroke, puisque c'est ainsi qu'on le nomme… Après Townton, je l'avais jeté dans une fosse aux ours. Si je l'avais de nouveau attrapé à Tewkesbury, je l'aurais empalé !

— Je connais vos faits d'armes, Otto Zeigler, et je sais qui vous êtes. Alors écoutez-moi bien maintenant. Vous allez être incarcéré à Newgate et, quand je le déciderai, quelqu'un vous rendra visite. Nous devons parvenir à un accord, vous et moi. C'est soit ça, conclut Sir Thomas avec un haussement d'épaules, soit mourir étranglé sur ce gibet.

— Comment aurai-je la certitude que vous ne mentez pas ? Vous m'avez piégé une fois, n'est-ce pas, monsieur le Grand Juge ? Cet intendant qui disait travailler pour Sir Edmond Philpot était en fait l'un de vos sbires, et il n'avait pas autant bu qu'il voulait le faire accroire ! Vous avez veillé qu'on laisse la grille du parc ouverte et la porte de l'entrepôt non barrée. Quant à ces deux gardes postés devant, ce n'étaient que des mendiants ramassés dans la rue, n'est-ce pas ?

— Oui, tout cela est vrai. Désormais, maître Zeigler, si vous commencez à travailler pour moi, j'espère sincèrement, pour votre propre bien, que vous vous montrerez plus perspicace que vous ne l'avez été ce soir.

Zeigler dévisagea le juge, qui souriait toujours. L'idée qu'en fin de compte il n'allait pas mourir là lui procurait un intense soulagement. Juste avant la bataille de Tewkesbury, il était allé consulter une sorcière près de Ludlow. Celle-ci lui avait prédit qu'il ne mourrait que s'il entrait dans une cage en bois flottant sur l'eau, ce qu'il n'avait aucune intention de faire.

— Vous avez un homme de confiance, poursuivit Sir Thomas. Joachim, qui porte comme vous une soutane brune. Nous l'avons laissé s'enfuir ce soir. Je ferai en sorte qu'il soit notre intermédiaire. Je suis sûr qu'il se montrera loyal, qu'en pensez-vous ?

Son sourire s'élargit encore.

— Sinon à vous, certainement à moi, poursuivit-il.

À moins qu'il ne préfère que je le fasse pendre sans délai, mais j'en doute. Ce sera lui qui portera mes messages. Et le moment venu, maître Zeigler, ajouta-t-il avec un bruyant soupir, votre fortune prendra meilleure tournure. Laissez-moi vous ouvrir l'appétit : Pembroke est de retour à Londres ! Eh oui, reprit-il avec un hochement de tête satisfait devant le changement de physionomie de son interlocuteur, l'homme que vous avez jeté en pâture à un ours est revenu et, écoutez-moi bien : il n'est pas seul. Voilà !

Le juge se frotta les mains, puis tira ses gants de sa ceinture et les enfila.

— Assez parlé ! Maître Zeigler, votre cellule vous attend à Newgate !

Il tapota la joue du captif, avec un nouveau sourire.

— Je vais placer en vous toute ma confiance, vous m'entendez, Otto ? J'ai une mission très particulière pour vous. D'abord dans ce royaume, puis en Bretagne. Vous parlez couramment la langue des Bretons, me semble-t-il. Que diriez-vous, mon ami, fit-il en approchant son visage tout près de celui de Zeigler, si je vous donnais aussi l'occasion de frapper Pembroke ?

— Je la saisirais aussitôt !

— Et le traître Henri Tudor en exil ?

— Je suis tout aussi impatient…

— Bien, très bien… Croyez-moi, maître Zeigler, cette tâche que je veux vous confier peut faire de vous et de vos amis des hommes riches, très riches, plus riches que dans vos rêves les plus débridés. Mais, si vous échouez ou rompez votre serment, si vous n'êtes pas plus malin que vous ne l'avez été ce soir, ma foi… Quand mes hommes vous mèneront à Newgate, vous passerez devant les gibets : ceux de votre compagnie que nous avons occis ce soir doivent y être pendus, nus comme au jour de leur naissance et la gorge tranchée. Il s'agira d'un avertissement pour tous les autres larrons de leur engeance qui s'aviseraient de vouloir enfreindre la loi.

Sir Thomas sourit de plus belle.

— Mais comme nous le savons tous les deux, mon ami, cela vous rappellera aussi, à vous, quel serait le coût d'un échec…

— Quand tout cela doit-il avoir lieu ? s'enquit le brigand d'une voix sèche.

— Quand je l'aurai décidé, maître Zeigler. À présent, vous allez gagner Newgate sans délai car, pour ma part, je m'en vais régler une autre affaire urgente…

La Gloire des Lancastre, grande cogghe de combat à deux mâts, frappait les vagues au large d'une crique du comté d'Essex, non loin de Walton-on-the-Naze. Quelque sombre démon ailé avait surgi de l'abîme pour déchaîner les mers. La houle menaçait de projeter le bateau et tout ce qu'il transportait contre des récifs qui n'attendaient que cela. Adossé à la lisse de couronnement, John de Vere, treizième comte d'Oxford, capitaine et propriétaire du vaisseau, regardait la chaloupe descendre lentement le long de la coque. La frêle embarcation cognait à grand bruit contre la cogghe, qui s'élançait vers le ciel pour retomber avec brutalité, plongeant et vibrant sur la mer démontée. Le comte gratta sa joue mal rasée en tentant de distinguer ce que criaient les membres de l'équipage chargés de l'opération. Ils s'efforçaient désespérément de maîtriser la descente pour éviter d'endommager le canot où les quatre passagers devraient ensuite s'installer. De Vere scruta l'obscurité au loin : ses guetteurs avaient aperçu le signal envoyé par une discrète lanterne, quelque part sur ce rivage désolé battu par les vagues. Cette terre, c'était l'Angleterre, sa patrie, sa maison ! Le mal du pays le saisit, une nostalgie profonde et douloureuse. Il avait rattaché à la maison de Lancastre son étoile, son blason personnel, la molette d'argent à cinq rais d'Oxford et, pour cela, lui et les siens avaient été contraints à l'exil. Les York triomphaient. Édouard IV, ainsi qu'il se dénommait maintenant, était le roi, et il s'entourait d'une cohorte d'hommes de main aussi loyaux qu'impitoyables, comme Hastings, Norfolk et d'autres du même acabit. Sans parler de ses deux ombres, Richard de Gloucester et George de Clarence…

John de Vere se cala davantage contre la rambarde pour résister au tangage, les yeux fixés sur la chaloupe qui continuait à progresser centimètre par centimètre vers l'eau qui l'attendait. Puis il chercha du regard les quatre hommes qui guettaient le moment de descendre par l'échelle de corde.

— Que Dieu vous protège ! leur cria-t-il. J'en appelle à la sainte Trinité ! J'ai foi en elle comme j'ai foi en l'unicité du Grand Créateur du monde ! Puisse-t-Il avoir pitié de vous, car nos ennemis, eux, n'auront aucune miséricorde !

De sa manche, il essuya ses lèvres gercées par le sel. Ce qu'il venait de dire n'était que la vérité. Dans le combat à la vie à la mort entre les York et les Lancastre, on ne faisait pas de quartier. Édouard et ses hommes de main leur avaient infligé des pertes douloureuses, à lui et à tous les siens, et il était résolu à rendre coup pour coup, voire plus encore. L'Angleterre était devenue le fief des York, la puissance des Lancastre avait été brisée cette année même au cours des deux batailles dévastatrices qu'avaient été Barnet et Tewkesbury.

— Sanglantes défaites et anéantissement total, murmura de Vere pour lui-même.

Deux immenses désastres dans lesquels la maison de Lancastre avait été écrasée. Ses grands seigneurs étaient morts dans la bataille ou avaient été occis ou exécutés peu après sur des échafauds improvisés. Des mises à mort horribles et cruelles : pendaisons, noyades, écartèlements ou empalements. Les têtes de certains de ses amis et parents décoraient maintenant les grilles de nombreuses villes anglaises, de Bristol à York en passant par Cantorbéry. De Vere remerciait chaque jour le ciel d'avoir été épargné et il priait pour que survive le dernier espoir des Lancastre, le jeune Henri Tudor, fils de la redoutable Margaret Beaufort, comtesse de Richmond. Le prince se trouvait alors en sécurité en Bretagne, tandis que sa mère se tapissait dans l'ombre, tout sourires devant ses maîtres d'York, mais jouant secrètement un jeu dangereux destiné à préparer l'avenir de sa maison et de son fils en exil.

Le duc d'Oxford ferma les yeux pour se représenter la frêle Margaret, petite de corps mais dotée d'un courage et d'une résistance que beaucoup de guerriers auraient pu lui envier. Margaret était passée maître dans l'art de la dissimulation. Elle était capable de se montrer des plus aimables avec ses ennemis pour mieux préparer sa vengeance et conspirer à la chute des bastions des York et au début d'un nouveau règne. Elle manigançait le retour de son fils à la tête d'une armée qui serait bien accueillie. Ce n'étaient là cependant que projets d'avenir. Pour l'heure, de Vere et ses semblables ne pouvaient qu'attendre et rester vigilants, comme ils le faisaient déjà, mais c'était si pénible ! Le temps jouait en faveur d'Édouard d'York car, avec les jours qui s'égrenaient, monotones et sans véritable espoir, de Vere ne pouvait nier qu'il commençait à se lasser. Il en avait assez de cette vie de hors-la-loi, assez de se terrer dans des tavernes malsaines, assez de dormir sur des matelas de paille infestés de punaises et dont le chaume perçait le tissu usé. Des lits de douleur dont les maigres couvertures à l'odeur infâme n'offraient qu'une faible protection contre le froid et l'humidité de l'hiver.

Une fois de plus, de Vere scruta la nuit qui commençait à s'éclaircir, car le soleil s'apprêtait à se lever derrière lui. Il ferait accoster ces hommes, puis il reprendrait la mer. En attendant…

Le comte en exil examina longuement la côte : au-delà

de la crête s'étendaient des champs fertiles. Ses champs à lui ! Ses vergers qui, le printemps venu, tendraient vers le sol leurs branches lourdes de fruits ronds et pulpeux. Et, autour des vergers, il y avait toutes ces prairies que peuplaient des lièvres et des chevreuils, ces prés où paissaient des vaches bien grasses, et aussi ces cochons au ventre lourd, source de tant de bonne chère... Mais ce n'était pas pour maintenant. Là, on vivait les heures sombres. Les autres lancastriens et lui n'avaient pas le choix, ils devaient se cacher en des terres étrangères, au-delà de ce bras de mer. Ils en étaient réduits à quémander les bonnes grâces de tel seigneur ou de tel puissant duc. Ils rencontraient des princes auxquels ils n'étaient pas sûrs de devoir se fier et qui pouvaient jouer les Judas si le prix était intéressant. De Vere et ses semblables vivaient dans la crainte constante d'être trahis, arrêtés, jetés dans quelque immonde prison en attendant d'être livrés, pieds et poings liés, à une cogghe envoyée par Édouard d'York.

Il secoua la tête et essuya des embruns qui venaient mouiller son visage. La chaloupe était enfin à flot et les rameurs aidaient leurs quatre passagers à monter à bord. De Vere se signa en murmurant une prière à sainte Anne, sa sainte patronne. Ce qui se déroulait sous ses yeux, le danger qu'allaient courir ces hommes, c'était en quelque sorte le revers de la médaille. Se dissimuler dans des contrées étrangères ne pouvait durer toujours, impossible de se contenter d'attendre. Des affaires pressantes réclamaient de l'action. Lui et d'autres lancastriens se devaient d'attiser les flammes de la rébellion et de la dissidence en Angleterre, et c'était à cette fin qu'il avait amené jusqu'ici, au large de cette côte anglaise, l'une de ses plus précieuses cogghes de combat. Il entendit une voix l'appeler du canot et il leva la main en signe d'au revoir. Déjà l'embarcation commençait à s'éloigner et il voyait les marins ramer avec force pour lutter contre les vagues et le courant.

Sur la lande qui dominait la grève, deux autres hommes scrutaient la mer et ils murmuraient des prières de gratitude en voyant se dessiner les contours de la chaloupe qui approchait. Entièrement vêtus de noir, ils se dissimulaient au cœur d'un épais bouquet d'ajoncs après avoir repoussé de leurs mains gantées les tiges raides et les fougères. C'était Christopher Urswicke, clerc personnel de la maison de Margaret Beaufort, qui avait choisi cet endroit. Il avait rabattu sa capuche sur sa flamboyante chevelure auburn, barbouillé de noir la peau claire de son visage, qu'une dame de la cour avait un jour qualifié de « visage d'ange », et il s'était glissé à son poste d'observation. Son camarade, Reginald Bray, intendant de la même comtesse, n'avait pas eu à recourir à tant d'artifices : « cheveux sombres, peau sombre, âme sombre », ainsi se décrivait-il lui-même. Bray était un batailleur, il avait toutes les peines du monde à rester longtemps en place et il regrettait en cet instant de ne pas partager le caractère flegmatique de son compagnon. D'autant que, depuis leur arrivée, il n'était pas tranquille.

Ils étaient chargés d'accueillir quatre hommes sur cette plage désolée et battue par les vents, à bonne distance des ports animés d'Harwich ou d'Orwell. La côte de l'Essex était toujours très sombre et cette partie du rivage, en particulier, réellement désolée. Cela n'empêchait pas Bray de nourrir des appréhensions qu'il estimait justifiées. Malgré l'obscurité environnante et le silence tout juste troublé par le ressac et le cri occasionnel des oiseaux de mer, cet homme, qui avait été spadassin en France, avait la forte sensation qu'ils n'étaient pas seuls. Un danger les guettait. La terreur se rapprochait. Il avait humé le vent chargé de sel et acquis la certitude que d'autres odeurs s'y mêlaient : des odeurs de cuir, de chevaux, de crottin et d'hommes qui ne se lavaient pas. Bray s'enorgueillissait d'avoir l'odorat fin et la vue perçante. Non, ils n'étaient pas seuls ! Toutefois, lorsqu'il avait chuchoté ses soupçons à l'oreille d'Urswicke, celui-ci avait fait non de la tête.

— J'ai trente-cinq ans et vous vingt-six à peine ! avait-il insisté à mi-voix. Je me suis battu sur mer et sur terre dans toute l'Europe. J'ai servi sur les caraques de l'ordre des Hospitaliers. Je suis un marin averti autant qu'un soldat, un espion, et même un spadassin…

En réponse, Urswicke lui avait décoché son charmant sourire, il lui avait tapoté le bras et murmuré qu'ils verraient bien. Bray n'avait plus rien dit et tous deux avaient continué à attendre, à plat ventre dans les ajoncs, immobiles.

La chaloupe avait vaincu la houle et les rameurs se reposaient maintenant qu'ils touchaient la rive et que la quille s'enfonçait dans le sable et les cailloux. Urswicke observa le large : un fin brouillard stagnait sur la mer, mais il lui sembla apercevoir, l'espace d'une ou deux secondes, de faibles lumières qui clignotaient à droite et à gauche de la cogghe du comte d'Oxford. Était-ce une impression ? Une illusion d'optique ? Un tour que lui jouait son imagination ? Ou ces lumières venaient-elles de bateaux yorkistes qui approchaient de la cogghe de combat, après avoir patiemment attendu ce moment au large de la côte ? Il se concentra de nouveau sur la grève. Le canot s'était échoué et les quatre passagers en descendaient. Ils commencèrent à marcher dans le sable sans attendre, tandis que les marins remettaient déjà leur embarcation à la mer. Urswicke eut l'impression qu'eux aussi s'alarmaient soudain de ces lumières qu'il avait distinguées et qui redevenaient visibles au loin. Sur la plage, les quatre hommes s'immobilisèrent tout à coup. Sous ce ciel sans nuages et avec l'aube qui pointait, Urswicke ne perdait rien de ce qui se passait. Il y avait du danger au large, certes, mais de surcroît, les hommes qui venaient de débarquer fixaient tous un point sur leur gauche. Bray saisit le bras d'Urswicke en poussant un juron et désigna de sa main gantée la partie de la plage qu'ils regardaient.

— Des hommes à cheval, Christopher ! murmura-t-il.

Retenant son souffle, Urswicke suivit des yeux la direction indiquée. Déjà, il avait discerné des bruits de sabots heurtant le sol lourd, accompagnés de cliquetis. Soudain, il les vit : un groupe de cavaliers galopait sur le sable et commençait à se déployer sur toute la largeur de la crique.

— Surtout ne bougez pas ! lui chuchota Bray en lui prenant le bras. Ne bougez pas, Christopher, il n'y a rien que nous puissions faire…

Au désespoir, Urswicke regarda les quatre hommes prendre leurs jambes à leur cou en direction des terres et il espéra qu'ils réussiraient à se perdre parmi les ajoncs en surplomb avant d'être rattrapés. Mais les cavaliers se rapprochaient vite, noirs messagers de la mort. Urswicke les voyait distinctement maintenant : ils étaient harnachés pour le combat et leurs armes brillaient dans les lueurs de l'aurore. Ceux d'entre eux qui portaient des arbalètes se tournèrent soudain vers la mer et lâchèrent l'un après l'autre leurs traits en direction des marins qui étaient remontés dans le canot. Aucun ne fut épargné et ils tombèrent dans l'eau. Livrée à elle-même, la chaloupe, malmenée par les vagues, se mit à tournoyer de façon pathétique. Au loin, sur la mer, les faibles lueurs qu'Urswicke avait cru apercevoir quelques minutes plus tôt s'étaient précisées. La cogghe, semblait-il, ne pourrait échapper au piège qui se refermait sur elle.

Sur la terre ferme, les cavaliers avaient rattrapé et encerclé les quatre hommes à pied. Urswicke et Bray ne purent que regarder en pleurant, impuissants, la scène cruelle qui se jouait sous leurs yeux. Certains des cavaliers mirent pied à terre pour venir rouer leurs captifs de coups de poing et de pied, tandis qu'hommes et chevaux tournoyaient autour d'eux. Tout à coup, étonnamment, deux des captifs parvinrent à échapper au cercle et, vifs comme l'éclair, détalèrent à toutes jambes. Aussitôt, des traits d'arbalètes fusèrent au-dessus d'eux, mais par miracle, les deux fugitifs gravirent la dune de sable et réussirent à se dissimuler au milieu de la mer d'ajoncs. Malgré tous leurs efforts, les cavaliers lancés à leur poursuite ne parvinrent pas à pousser leurs montures dans cette végétation drue et finirent par renoncer. Ils firent demi-tour et rejoignirent le cercle autour des deux autres hommes. Horrifié, Urswicke regardait sans bouger, tout en songeant que leur plan et, plus grave encore, celui de leur maîtresse, venait d'échouer. Ce qui se déroulait en contrebas était un désastre. Quatre de leurs meilleurs agents étaient tombés dans un piège et deux d'entre eux seraient faits prisonniers. Il s'agissait de maillons importants d'une chaîne secrète qui reliait Margaret Beaufort à son fils bien-aimé, Henri, et au protecteur de celui-ci, Jasper Tudor, son parent proche qui s'était mis à l'abri avec l'enfant à la cour de Bretagne.

N'y tenant plus, Urswicke se souleva à demi pour voir les deux prisonniers qu'on ligotait. Bray lui serra le bras en le suppliant de rester prudent. L'un des cavaliers se détacha des autres et approcha sa monture des prisonniers, puis ôta sa capuche et tira sur le bas de sa coiffe de laine pour dégager son visage.

— C'est mon père ! siffla Urswicke en se redressant encore. Mon père, Sir Thomas Urswicke, Grand Juge à la Haute Cour criminelle de Londres !

— Qui est en cet instant notre plus mortel ennemi, compléta Bray dans un souffle rocailleux. Pour l'amour de Dieu et de ses anges, Christopher, reprenez-vous ! Sinon, ajouta-t-il en désignant les hommes sur la plage, nous nous retrouverons en aussi mauvaise posture que ces deux-là ! Je vous en prie !

Urswicke se rallongea dans l'herbe et garda le silence. En bas, Sir Thomas criait quelque chose aux prisonniers, mais, de là où ils se trouvaient, les deux guetteurs ne distinguaient rien. Urswicke leva les yeux. Le vent salé venu de la mer s'était renforcé et de lourds nuages s'amoncelaient dans le ciel. Quelques goélands apparurent, éclats de lumière blanche qui tracèrent des cercles au-dessus de la chaloupe désormais à la merci des courants qui déferlaient. Les corps des rameurs flottaient à côté, jambes et bras déployés, pauvres épaves ballottées par les flots. Au loin, sur la mer, on ne voyait plus rien. Urswicke ne put que prier pour que la cogghe de De Vere eût semé ses ennemis, utilisant la grande vitesse qu'elle était capable d'atteindre pour s'enfoncer dans l'immensité des mers du nord et se perdre dans le brouillard qui planait en permanence au-dessus de ces eaux glacées. Toutefois, si le comte d'Oxford s'était peut-être échappé, deux des hommes qu'il avait ramenés en Angleterre étaient pour leur part perdus. Sir Thomas Urswicke, debout sur ses étriers, désignait d'un geste un point, plus bas sur la côte.

— Les potences, Christopher ! s'affola Bray à mi-voix. Ils vont pendre les prisonniers tout de suite !

Urswicke se tourna et aperçut à son tour la silhouette d'un gibet à trois fourches qui s'élevait sur un affleurement rocheux, au-dessous de la crête des dunes de sable. Déjà on entraînait les prisonniers dans cette direction. Certains cavaliers descendirent de cheval pour les pousser, car ils résistaient avec acharnement en criant et en se débattant. Sir Thomas Urswicke leur répondait par une litanie d'injures, mais les prisonniers hurlaient de plus belle. Le juge mit soudain pied à terre, sortit son poignard et, sans une hésitation, en enfonça la lame dans la poitrine du premier, puis du second. Les deux hommes s'effondrèrent et leur sang vient colorer le sable de la grève.

Les corps sans vie furent hissés sur les chevaux et le triste cortège se mit en mouvement. Lorsqu'il fut parvenu au bas de l'échafaud, on débarrassa les victimes de leurs ceintures, de leurs bourses et de tout ce qu'elles avaient sur elles. Puis, usant des chevilles disposées sur le mât, deux hommes grimpèrent en haut du gibet et y fixèrent des cordes. On passa l'extrémité de celles-ci autour du cou des dépouilles ensanglantées pour les pendre. Avec un gémissement, Urswicke se tapit davantage sous le couvert des ajoncs.

— Nous allons attendre, souffla Bray. Nous allons attendre et ensuite nous partirons.

Jacob Cromart, érudit en cotte de mailles œuvrant au service de la comtesse Margaret et de Jasper Tudor, était tapi dans l'enclave du droit d'asile, derrière l'autel qui se dressait très haut dans la vieille église St Michel, située à portée de flèche de la Tamise. Les yeux fermés dans l'obscurité, il tentait d'ignorer le tumulte dans ses entrailles. Sans succès. Alors il s'assit et, appuyant son dos contre le mur de pierre froid, étendit les jambes.

St Michel était un édifice sans fioritures qui s'élevait sur un petit lopin de terre appartenant à l'Église, entouré d'un cimetière envahi par les mauvaises herbes : l'Arpent du Bon Dieu, quoiqu'il semblât que ni Dieu ni homme ne s'en souciât le moins du monde. L'église elle-même ne renfermait aucun mystère : elle consistait en une nef à laquelle on avait adjoint un transept. Le sol pavé de pierres couvertes de moisissure se prolongeait jusqu'à un jubé grossièrement taillé, vieux de plusieurs décennies et dont le bois et la peinture se décomposaient lentement. Une porte étroite y était ménagée pour conduire au chœur, qui contenait le grand autel, sur le côté duquel un ciboire était accroché par sa chaîne. Derrière l'autel, venait l'abside, et c'était là que se trouvait l'enclave du droit d'asile.

Cromart s'était mis à l'abri dans cette église de Londres et il en connaissait déjà les moindres recoins. Il était arrivé deux jours plus tôt, essoufflé, et avait agrippé les cornes de l'autel en formulant sa demande d'asile entre deux halètements.

Accouru tout feu tout flamme, le prêtre paroissial, le père Austin Richards, lui avait aussitôt fait la lecture des conditions d'acceptation. Une fois achevée cette laborieuse étape, il avait relevé la tête vers Cromart et lui avait délivré une homélie très courte, mais précise, sur ce qu'impliquait le droit d'asile. Cromart jouissait désormais de la protection de l'Église contre une arrestation sommaire par tout officier royal ou représentant de la loi. Une violation de ce droit entraînerait les sanctions les plus sévères que pût imposer l'Église : excommunication *latae sententiae*, par laquelle le profanateur était maudit à vie et damné pour l'éternité. Il ou elle brûlerait en enfer et endurerait toutes les conséquences de son forfait haineux contre notre sainte mère l'Église.

Dès lors, Cromart pouvait demeurer là jusqu'à quarante jours. Il ne devait pas porter d'armes ni accepter de nourriture d'un autre que le prêtre lui-même, qui lui servirait trois repas simples par jour et lui fournirait aussi de l'eau et une serviette pour sa toilette. Lorsque Cromart s'en irait, il lui donnerait des vêtements, des brodequins solides et un penny. Cromart pouvait utiliser la latrine, une garde-robe ménagée derrière la sacristie dans une enclave de l'église, au-dessus d'une fosse nauséabonde. Le père déclara par ailleurs qu'il se souciait peu de savoir pourquoi Cromart avait recours au droit d'asile, ou de ce qui pourrait lui arriver après son départ. St Michel était une très vieille église apte à procurer ce droit, et c'était tout.

Cromart se signa. Son ventre était en proie à la plus grande agitation. Il se leva tant bien que mal en s'interrogeant sur la cause de ces douleurs. Il n'avait mangé rien d'autre ce jour-là que la nourriture apportée par le bon prêtre et il avait partagé le pain et le vin avec l'autre homme qui bénéficiait comme lui du droit d'asile, un voleur activement recherché par les baillis de l'échevinage. Queue-de-Rat, comme se faisait appeler ce hors-la-loi, ne présentait nul signe de souffrance. Il était étendu de tout son long dans l'enclave du chœur, un ballot sous la tête en guise d'oreiller, ses haillons soigneusement enroulés autour de lui pour se prémunir du froid. Il dormait à poings fermés, imperméable au monde et à la lourde humidité de St Michel.

Tout en se massant le ventre, Cromart jeta un coup d'œil à la chandelle des heures[1], quitta le chœur et traversa la sacristie. L'heure approchait. Il ouvrit la porte qui menait à la latrine, défit ses braies et, avec un intense soulagement, s'accroupit au-dessus de la fosse puante. La douleur s'apaisa enfin. Cromart se redressa, constata que les douleurs s'étaient calmées, se rhabilla et retourna à la sacristie. Un bruit, derrière lui, le fit tressaillir. Une ombre se dressait dans l'obscurité.

— Queue-de-rat ? appela-t-il. Ou bien est-ce…

La silhouette sombre se rapprocha et il vit l'arbalète. Il s'immobilisa, bouche bée devant l'arme qui se rapprochait, et entendit le déclic de la corde qu'on lâchait. Il eut un haut-le-cœur quand le carreau acéré le frappa au côté gauche…

Le père Austin Richards se retourna sur son lit étroit, puis se redressa. Il avait rêvé que le son d'une cloche se répercutait dans l'obscurité. Mais non, ce n'était ni un rêve ni une illusion ! Quelqu'un actionnait bel et bien les cloches de son église, on sonnait le tocsin pour alerter d'un danger. Que se passait-il ? Il repoussa les couvertures et s'assit au bord de sa couche avec un gémissement. Dès l'instant où il avait revu maître Pembroke, il avait su que, tôt ou tard, ce genre de chose se produirait.

1. Bougie cerclée d'anneaux qui indiquaient le temps écoulé.

— Le passé ne nous laisse jamais en paix, marmonna-t-il. Il ne fait que s'éloigner, pour mieux nous rattraper au moment où nous nous y attendons le moins…

Il ferma les yeux et se remémora ces jours violents où il était aumônier dans l'armée yorkiste. Cela avait été une époque bénie, au terme de laquelle on l'avait gratifié, pour ses services, de cette paroisse d'allure modeste, mais plutôt prospère de par son emplacement à quelques pas de la Tamise. St Michel recevait en effet les dons des marchands qui menaient leur commerce sur les quais voisins. Pour lui, la vie était donc devenue sereine et agréable, mais voilà que, tout à coup… En maugréant, il glissa ses pieds dans de robustes sandales, s'enveloppa dans sa cape et sortit du presbytère en rabattant sa capuche. La nuit était froide, le vent coupant. L'aube se levait sur l'un de ces étranges matins d'automne anglais où le ciel s'annonçait clair sur une nature couverte de givre.

Le père Austin se signa et remonta le chemin qui reliait le cimetière à l'entrée principale de l'église. La cloche sonnait toujours, son battant frappait le métal à toute volée. Et puis, soudain, le silence se fit. Le prêtre plongea la main dans la poche de sa soutane, en sortit son lourd trousseau et engagea la clé la plus longue dans la serrure pour effectuer un tour complet. Il s'immobilisa un instant pour prendre une inspiration et poussa la porte. Contre toute attente, il faisait noir à l'intérieur de l'église, rien n'indiquait que quelqu'un fût entré là avant lui pour aller tirer sur les cordes dans le beffroi. Avec la cloche désormais au repos, le silence total qui régnait avait quelque chose de menaçant. Le père Austin scruta l'obscurité et seule la petite flamme vacillante de la lampe du chœur attira son regard, près du ciboire accroché à sa chaîne. De là où il se tenait, il la distinguait à travers la porte ouverte du jubé. Toutes les autres bougies, tous les cierges posés au pied des diverses statues et devant les châsses s'étaient depuis longtemps éteints. Le calme profond du lieu était seulement troublé par la course occasionnelle d'un rat ou le couinement d'une souris.

— Il y a quelqu'un ? appela-t-il.

Sa voix se répercuta le long de la nef. S'efforçant de dissiper la vague crainte qui s'insinuait en lui, il se mit en marche d'un pas vif et tourna vers la gauche pour gagner la porte du clocher. Quand il l'ouvrit, l'odeur de renfermé le prit à la gorge. Là encore, aucune lumière, aucun signe susceptible de trahir la présence de quiconque aurait pu actionner si vigoureusement les cordes. Il avança, trébucha sur les divers objets qu'il entreposait là, tâtonna à la recherche de la grande lanterne de cuivre et de l'amadou, posé sur le plateau à côté d'elle. Pestant à mi-voix contre le froid, et surtout contre cette peur qui le paralysait presque désormais, il frotta l'amadou et obtint une flamme qui se propagea à l'épaisse chandelle de suif. Il poussa un soupir de soulagement lorsque le feu brûla avidement la mèche huileuse. Alors il referma le volet et, la lanterne à la main, entreprit de gravir l'escalier en colimaçon au milieu duquel tombaient les longues cordes de la cloche. Il n'y avait pas âme qui vive dans ce beffroi. Les cordes se balançaient encore, mais rien n'indiquait qu'un être de chair et de sang les eût mises en branle.

Cette fois, le prêtre fut saisi d'une réelle épouvante. Incapable de poursuivre son ascension, il fit demi-tour et repartit dans l'autre sens pour quitter le clocher, dont il verrouilla précipitamment la porte derrière lui. Il s'élança dans la nef, la lanterne toujours brandie devant lui, et, dans la lumière dansante, vit les piliers peints qui séparaient la nef de l'étroit transept envahi par les ombres. Les images qu'il ignorait d'ordinaire retenaient maintenant son regard : des scènes terrifiantes, figurées en couleurs criardes par des artistes depuis longtemps trépassés qui avaient déposé là un paysage de cauchemar peuplé de démons mugissants, d'êtres malveillants, de diables à la chevelure flamboyante, de lions à la gueule ouverte, d'aigles fondant sur leur proie, de dragons furieux, bref, de tous les habitants de l'enfer, ce lieu où brûlait un feu éternel.

Le père Austin s'arrêta un instant, ferma les yeux, se signa, puis reprit sa marche. Il franchit la porte ouverte du jubé et pénétra dans le chœur. Là, un gémissement lui parvint, un cri étouffé. Hésitant, il contourna l'autel pour gagner l'abside et l'enclave du droit d'asile. Queue-de-Rat, le détrousseur de bonnes gens, était recroquevillé contre le mur. Son visage crasseux mangé de barbe ruisselait de larmes. Sans rien dire, il désignait la sacristie d'une main tremblante.

— Jésus, Marie, Joseph… souffla le prêtre.

Il traversa la pièce qui empestait l'encens et le charbon et, levant bien haut sa lanterne, aperçut ce qui ressemblait à une pile de vieux vêtements sur le sol. Au même instant, il songea qu'il n'avait vu Cromart nulle part. Sentant la sueur imbiber son corps, il résista à l'élan qui le poussait à fuir. Il s'avança sans cesser d'éclairer l'espace qui le précédait et murmura une prière. Cromart gisait sur le sol dans une épaisse mare de sang. Dominant sa terreur, le prêtre s'accroupit et posa la lanterne près de lui pour réciter à toute allure prière après prière en vue d'implorer l'aide divine, puis en marmonner une autre en direction du corps. Sa mission accomplie, il se releva et sortit de la sacristie, puis du chœur. Il remonta la nef d'un pas chancelant, gagna la porte du clocher et alla sonner lui-même le tocsin, cette fois un vrai appel à l'aide contre l'abomination qu'abritait son église.

PREMIÈRE PARTIE

« Vois quelle terreur nous saisira... »

Guido Vavasour était accroupi devant le maigre feu qu'il avait allumé dans la cave humide et froide de *L'Arbre penché*, taverne londonienne délabrée sise à l'angle d'une ruelle étroite et sinueuse qui descendait jusqu'au quai de Queenhithe. Tout en réchauffant aux flammes ses mains que ne protégeaient guère ses mitaines, il se demandait quelle serait sa prochaine étape. Revenir à Londres lui avait fait une drôle d'impression. La ville avait changé. Le roi Édouard avait marqué de son sceau chaque aspect de la vie civile. Des hommes en armes et des archers qui arboraient la cocarde des York se pavanaient dans les rues. Les gibets et les échafauds s'ornaient des dépouilles des imprudents qui s'étaient risqués à manifester leur désaccord. Des bandes armées recrutées par les nantis faisaient également sentir leur présence.

Guido était originaire du comté de Pembroke et il avait toujours trouvé sinistres les rues et venelles de la capitale. Pourtant, c'était de là que la comtesse supervisait les opérations. Il se demanda comment elle s'y prendrait pour mettre son plan à exécution ; il s'agissait d'extraire en toute sécurité du royaume un grand nombre de membres de l'escouade du Dragon rouge pour les envoyer rejoindre son fils en Bretagne. C'était dans ce but que Guido avait accosté à Walton-on-the-Naze. Pembroke et lui allaient désormais se mettre à la disposition de la comtesse. Quant aux deux autres…

Guido secoua la tête. Il restait encore choqué, voire terrifié, par ce qui était arrivé sur la grève. Il brûlait d'envie d'aller retrouver son frère Robert, qui se cachait quelque part dans les bas-fonds de Whitefriars, mais ce serait prendre un risque insensé que de se montrer au-dehors. Les rues fourmillaient de mouchards à la solde des York : des informateurs, des espions, des Judas, toute une myriade d'individus que Guido appelait « les hordes occultes », des êtres aux yeux de lynx et à l'esprit vif. Beaucoup étaient des partisans du roi, prêts à se mettre en quête de tout visage dont on leur fournirait la description, de toute personne dont ils auraient le nom et que les seigneurs yorkistes, à l'échevinage, souhaiteraient arrêter et questionner.

Sur le bateau, Pembroke, le fidèle et loyal messager de Lord Jasper, avait prévenu ses camarades des changements qu'avait connus Londres. Il leur avait conseillé d'observer tout spécialement les agissements de Sir Thomas Urswicke, car celui-ci vouait une haine féroce à la comtesse et à toute la maison Tudor. À bord de *La Gloire des Lancastre*, Guido avait posé ouvertement la question : comment la comtesse pouvait-elle porter de l'affection au fils unique de cet homme, Christopher Urswicke ? Dire que celui-ci était le principal clerc de la chancellerie de Margaret ! Les soupçons sur sa probité constituaient une constante pomme de discorde au sein de la maisonnée. Pembroke reconnaissait que le jeune clerc pouvait fort bien être un traître, mais, jusqu'alors, la confiance que lui témoignait la comtesse n'avait pas fléchi.

Guido prit une gorgée de vin à la vieille outre qu'il avait dérobée dans un débit de boissons avant de descendre dans la cave. Tant de suspicions, de si nombreuses trahisons ! En ce moment, tout semblait sourire aux seigneurs d'York. Il s'assoupit à demi et les jours heureux de son enfance lui revinrent en mémoire, du temps où il vivait avec son frère Robert dans le manoir de leur père, au cœur du comté de Pembroke. Il sourit dans son sommeil, puis se redressa brusquement. Il ne devait pas se relâcher. Des périls mortels le guettaient à tout instant. Il se souvint du moment où la chaloupe avait accosté sur le sable de la crique de Walton. Quand ils avaient pris la direction des dunes, ils se croyaient enfin en sécurité. Et puis des cavaliers avaient surgi, ceux du diable en personne. Sortis des ténèbres, Sir Thomas Urswicke et sa troupe s'étaient rués sur eux à grand fracas et les avaient cernés. Comment le piège avait-il pu se refermer ainsi sur eux ? Qui avait fourni au Grand Juge la date, l'heure et le lieu de leur arrivée ? Manifestement, des espions étaient postés en observation dans le port de La Rochelle, et la même chose était vraie de celui de Dordrecht. *La Gloire des Lancastre* avait mouillé dans ces deux villes, et la cogghe était connue de tous. Il n'avait pas dû être difficile de l'observer, voire de la suivre, en particulier lorsqu'elle s'était engagée dans le pas de Calais, puis avait pris la direction du nord et longé les côtes anglaises au plus près.

Tant de mystères ! Danger sur la mer, danger sur la terre… Pembroke lui avait toutefois assuré que la cogghe de De Vere était apte à semer n'importe quel poursuivant.

— Dieu bénisse Pembroke, chuchota Vavasour dans le silence de la cave, et Dieu bénisse aussi son masque grotesque.

Pembroke était sûr que c'était ce masque qui avait effrayé les chevaux, créant une faille dans le cercle de leurs ennemis. Grâce à lui, tous deux avaient pu fuir…

Vavasour but une longue goulée de vin. Pembroke, leur chef, avait été d'un grand réconfort, il lui avait communiqué sa force, une vraie camaraderie les unissait. Cependant, cela n'enlevait rien au fait qu'un traître se dissimulait au cœur de la maisonnée de la comtesse

Margaret. Ce pouvait être Christopher Urswicke, certes, mais il pouvait aussi s'agir d'un membre de l'escouade du Dragon rouge.

Guido se demanda ce qui était arrivé à Pembroke après leur séparation. Tôt ou tard, espérait-il, il le retrouverait, ainsi que Robert. Il ferma les yeux et pria pour leurs deux compagnons qui avaient été capturés dans la crique. L'un d'eux avait-il sur lui ce qu'indéniablement les York recherchaient, le message codé du Dragon, qui contenait des informations vitales sur les soutiens dont jouissaient les Tudor au pays de Galles ? Où se trouvait ce message ? L'un des fidèles de la comtesse devait l'avoir secrètement en sa possession, il en était sûr, et d'autres aussi le pensaient. Mais qui ? Vavasour revint à la question de l'identité du traître. Alors qu'il se frayait un chemin parmi les ajoncs, sur les dunes au-dessus de la crique de Walton, il avait soudain pris conscience qu'en fait il fuyait un traître qui cherchait par tous les moyens à le conduire à la mort.

— Mais qui est-ce ? gémit-il dans l'obscurité. Au nom du Ciel, que faut-il que je fasse ?

Il se remit à boire et se raidit soudain. Du bruit se faisait entendre au-dessus de lui. *L'Arbre penché* était une vieille taverne abandonnée ; peut-être un vagabond venait-il d'entrer ? Il tira sa dague et gravit en silence les marches de la cave, puis, avec précaution, poussa la trappe. Il sortit prudemment le haut de la tête pour regarder. Des ombres se mouvaient dans l'obscurité, en même temps qu'il sentait une odeur de sueur et de cuir et des relents d'ale. Il jeta un coup d'œil à sa droite et poussa un cri quand un coup violent s'abattit sur son crâne. Il tomba à la renverse et plongea dans des ténèbres chaudes et bienfaisantes…

Vavasour s'éveilla en hurlant de douleur. Il voulut se débattre, mais les cordes qui lui liaient poignets et chevilles aux quatre coins du chevalet étaient bien serrées. Il faisait sombre et le seul son qui lui parvenait était celui d'un écoulement d'eau sur des pierres. Il tourna la tête à droite, puis à gauche. Des braseros rougeoyaient et des silhouettes courbées allaient et venaient tels des fantômes dans la lumière dansante de torches enflammées. Il prit une inspiration et une forte odeur de flammes, de fer et de sang l'assaillit. Il baissa les yeux vers son corps couvert de sueur. Hormis ses braies courtes, on lui avait retiré tous ses vêtements. Il eut un soubresaut et cria de nouveau en sentant la douleur irradier ses bras et ses jambes comme la langue d'une flamme.

— Pitié, de grâce…

Il distinguait maintenant, à l'extrémité du chevalet, deux silhouettes qui actionnaient des manivelles. C'étaient elles qui tendaient les cordes par mouvements saccadés.

— C'est assez pour le moment !

La voix était grave et autoritaire. Une ombre s'avança et pencha vers Vavasour un visage souriant.

— Je suis Sir Thomas Urswicke, annonça le nouveau venu en lui tapotant la joue. Je suis le Grand Juge de Londres et vous, messire, ajouta-t-il en lui enfonçant un doigt dans le ventre, vous êtes Guido Vavasour, un traître avéré, entré dans ce royaume sans autorisation. Vous êtes un ancien partisan de l'escouade du Dragon rouge. Vous avez cherché à perpétrer les trahisons les plus abominables à Tewkesbury. Vous voilà à présent revenu en vue de perpétrer de nouveaux actes de malveillance. Dites-moi, quel objectif spécifique visez-vous maintenant ?

Sans attendre de réponse, il se pencha davantage pour préciser, un ton plus bas :

— Vous vous trouvez actuellement dans les sous-sols de la Tour de Londres, sous le grand donjon. Soyez assuré que c'est ici, ou dans un lieu tout proche, que vous mourrez bientôt. Vous êtes allongé sur un chevalet et les deux gentilshommes que vous voyez à vos pieds vont tirer et tirer sur vos membres jusqu'à ce que ceux-ci se déboîtent de leurs articulations, comme des petits pois jaillissent de leur cosse. Vous allez mourir, maître Vavasour, vous avez simplement à décider comment. Avant cela, vous serez questionné. Si vous coopérez, tout ira bien. Dans le cas contraire, mes bons amis s'activeront sur vous. Alors, pourquoi êtes-vous revenu dans ce royaume ?

Vavasour secoua la tête.

— Vous finirez par tout me dire, chuchota le juge, pour la bonne raison que vous avez tous été trahis.

Dévasté par la douleur et envahi de colère, Vavasour lança un regard noir à son bourreau.

— Oui, vous avez été trahis, répéta Sir Thomas.

— Par qui ? articula Vavasour. Par votre fils, qui s'est niché tout près de la comtesse ? Tel père, tel fils, hein ? La pomme ne tombe jamais loin de l'arbre. Nous savons bien que c'est un traître !

Le juge se redressa et esquissa un geste en direction de ses hommes, qui tournèrent les manivelles. Vavasour demanda grâce en hurlant.

— Bien, très bien…

Le Grand Juge, qui s'était un peu éloigné, revint vers lui tandis qu'on détendait les cordes.

— Alors, Guido, recommençons ! Pourquoi êtes-vous venu en Angleterre ?

— Deux d'entre nous devaient aider nos camarades réfugiés dans les églises à s'enfuir. Les deux autres devaient servir de messagers à la comtesse.

— Ah oui ! vous voulez dire, être des intermédiaires entre la comtesse et ses alliés au pays de Galles ? Et le message codé du Dragon ? Oui, oui, nous savons tout à son sujet. Est-ce vous qui l'aviez ?

— Non.

À cette réponse, le juge leva de nouveau la main sans quitter des yeux Vavasour, à qui la douleur coupa le souffle. Un instant plus tard, on entendait ses os craquer. Le juge se pencha sur lui.

— Le message codé du Dragon ?

— Je jure devant Dieu que je ne l'ai pas, souffla Vavasour, à bout de forces. Il existe, mais nous ignorons qui l'a avec lui…

— Mais il existe ?

— Oui. La comtesse y a fait référence.

— Et la cour du duc François de Bretagne ? Oh oui ! nous avons vraiment besoin d'éclaircissements à ce sujet !

Le juge adressa un signe à un homme que le supplicié n'avait pas encore remarqué et qui s'empressa d'accourir. Il était d'une pâleur livide et ne cessait d'essuyer son nez qui gouttait.

— Voici Osbert, déclara Sir Thomas en tapotant l'épaule maigre du nouveau venu. C'est un scribe de grand talent. Je vous demande, entre autres choses, de lui expliquer précisément où se cache le jeune Henri Tudor à la cour de Bretagne. Dans quels bâtiments ? Dans quelles églises ? Combien de domestiques a-t-il à son service ? Bien sûr, vous pouvez être tenté de mentir, Guido, mais nous savons déjà certaines choses et il vaudrait mieux pour vous qu'elles correspondent à ce que vous nous direz. Ah ! au fait… Avant que je vous laisse aux bons soins d'Osbert, où est votre frère Robert ?

— Je ne sais pas… Je viens à peine d'arriver en ville… J'allais partir le chercher quand vos hommes m'ont arrêté. Mais qui vous a dit où j'étais ?

— Peu importe cela. Et où se trouve Pembroke, le traître avec qui vous avez débarqué à Walton ?

— Je ne sais pas… Nous nous sommes séparés. J'étais supposé partir à leur recherche à tous les deux quand vous êtes arrivés. Qui m'a trahi ?

— Vous savez, mon fils est capable de tout deviner !

— Et notre arrivée sur la côte de Walton ?

— Même source. Alors, où se trouve votre frère ? Où est Pembroke ? Je veux les voir pendus l'un et l'autre !

— Je ne sais pas. Je vous jure que je ne sais pas... murmura Vavasour. Demandez à votre fils...

Sir Thomas le considéra un moment, puis s'écarta et fit signe au scribe et aux bourreaux de le suivre. Une fois à bonne distance du prisonnier, il prit la parole à mi-voix.

— Vous avez ma liste de questions, maître Osbert ?

— Oui, Sir Thomas.

— Combien de temps vous faudra-t-il ? Nous pouvons nous attendre aux mensonges habituels, mais combien de temps pensez-vous qu'il tiendra ?

— Monseigneur, répondit l'un des deux hommes, je n'ai jamais vu personne résister plus d'une heure. Ce prisonnier-là n'est pas très endurci, c'est un clerc en cotte de mailles. Vous aurez la vérité, quelle qu'elle soit, dans l'heure à venir.

— Parfait, chuchota le juge. Tâchez de savoir où se trouve le message codé, et aussi où s'est rendu Pembroke. Il est logique de demander cela. Nous aimerions aussi beaucoup rencontrer son frère Robert, et n'importe lequel de ses complices non encore protégés par le droit d'asile. Enfin, bref, vous avez mes instructions, suivez-les !

Osbert assura qu'ils le feraient et entraîna les deux bourreaux. Sir Thomas se retira dans une alcôve où on lui avait porté de la viande, du pain, un bon morceau de fromage crémeux et une cruche du meilleur bordeaux tiré des caves royales. Il s'assit à table et savoura le vin avec délectation tout en se félicitant de ses succès. À côté, dans la salle obscure et sale, les bourreaux s'activaient en cet instant à pousser des manettes et tourner des manivelles qui grinçaient et faisaient craquer les cordes chaque fois qu'elles se tendaient, résonnant de façon glaçante. Le juge écoutait distraitement cet hymne à la torture qu'il connaissait bien. Bientôt, le chevalet tremblerait, comme s'il protestait contre ce qu'il devait faire, Vavasour hurlerait, puis ses cris mourraient peu à peu et le silence s'installerait de nouveau, seulement troublé par la litanie des questions d'Osbert et les réponses à peine murmurées du supplicié.

Installé dans son alcôve, Sir Thomas savourait le vin, qui rehaussait le goût du riche fromage. Les grincements et les voix se turent soudain et Osbert apparut quelques instants plus tard. Il s'assit sur le tabouret que Sir Thomas poussa vers lui du bout du pied.

— Ça y est ?

— Oui, monseigneur. Les bourreaux m'affirment que Vavasour est brisé, qu'il nous a dit tout ce qu'il savait.

Tout en serrant contre lui son portefeuille, le scribe s'essuya le nez d'un revers de main.

— Toutefois, poursuivit-il, il ne nous a appris que très peu de choses. Il est certain que le message codé du Dragon existe bien, mais il ignore où il est. Il a confessé être entré dans le royaume pour aider des hommes réfugiés dans des églises à partir. Apparemment, après avoir retrouvé Pembroke et son frère Robert, ils auraient tous trois demandé eux aussi l'asile dans une église de Londres.

— Et il aurait lui-même fui le royaume ensuite, tout comme ses camarades ? C'est très bien... Qui a-t-il rencontré depuis son arrivée sur notre sol ?

— Personne ! Mais il y a une chose, précisa Osbert : il est persuadé que votre fils, Sir Thomas, est le traître au sein de la maisonnée de la comtesse. Pour ma part, j'ai peine à le croire. Car vous le sauriez, n'est-ce pas ?

Il fixa le juge, qui se contenta de lui rendre sombrement son regard.

— Sir Thomas, pourquoi confesse-t-il cela ? insista Osbert.

— Peut-être pour nous montrer que nous ne maîtrisons pas tout. Par ailleurs, si mon cher Christopher est soupçonné d'être un espion parmi les Tudor, sa vie est en danger. C'est là une menace que, malgré nos différences, je serais enclin à prendre au sérieux.

Sir Thomas s'efforça de réprimer sa colère.

— Vavasour joue avec mes nerfs. Comment ose-t-il menacer…

— Monseigneur, je l'ai cru moi aussi au début, l'interrompit le scribe. Je l'ai interrogé sur la façon dont votre fils était considéré parmi les gens qui servent la comtesse. Il m'a répondu que beaucoup le respectent, parce qu'il est très capable, très doué. Bien sûr, ajouta-t-il en toussotant pour s'éclaircir la gorge, bien sûr, on ne pourrait en douter avec un père comme vous, Sir Thomas.

— La flatterie est comme le parfum, Osbert. On le respire, mais on ne le boit pas. Continuez !

— Eh bien, les gens se montrent prudents avec votre fils en raison de sa filiation. Et puis ils savent que vous occupez une très haute position parmi les conseillers du roi et à la maison d'York. Ils…

Osbert s'arrêta. Le juge fronça les sourcils.

— Continuez ! ordonna-t-il.

— Eh bien, les gens se demandent d'où vient cette affection si vive que la comtesse porte à votre fils, malgré son nom et malgré le fait que vous soyez si furieusement opposé à elle.

— Une affection si vive ? répéta Sir Thomas. C'est ainsi qu'il décrit leur relation, dites-vous ? Elle le chérit tant que cela ?

— Oui, monseigneur. Tout comme son noble père, poursuivit le scribe, dont le débit s'accéléra, maître Christopher est intelligent, courtois et extrêmement brillant. La comtesse souffre de solitude. Elle est certes mariée à Sir Henri Stafford, mais celui-ci a été grièvement blessé et il est alité dans leur manoir de Woking. La comtesse Margaret ne lui rend que rarement visite et se contente de lui expédier des lettres, des cadeaux et des médicaments.

Le juge lui intima le silence d'une main levée. Son esprit affûté passait en revue les différentes possibilités. Il ne connaissait que trop bien la vraie raison de la proximité de son fils avec la comtesse. Cette dernière avait apporté un soutien sans faille au petit garçon qu'il était durant la douloureuse maladie de sa mère. Sir Thomas répugnait à l'avouer, fût-ce à lui-même, mais il pensait que la comtesse Margaret Beaufort aimait Christopher Urswicke comme un fils, et l'affection que lui portait Christopher en retour n'était pas moindre. Il ferma les yeux et réfléchit à tout cela dans le silence qui s'était installé.

— Oui, murmura-t-il, il y a des possibilités qui se dégagent. Des possibilités de rebondissements très intéressantes…

Il en dressa silencieusement la liste. Il n'était pas encore tout à fait prêt, mais il voulait créer une chronique des événements, une version des choses qui prendrait tout en compte. De quels éléments disposait-il ? La comtesse aimait tendrement Christopher Urswicke, mais Christopher Urswicke était vu d'un mauvais œil par l'entourage de celle-ci. On l'estimait capable de trahir à tout moment. Sir Henri Stafford se mourait à Woking, seul, privé de son épouse, qui lui envoyait néanmoins cadeaux et remèdes pour soulager ses souffrances.

— Oh oui ! souffla-t-il. Ces riches semailles pourraient bien nous rapporter une généreuse moisson !

— Monseigneur ?

Sir Thomas rouvrit les yeux et sourit au scribe.

— Vous travaillez aussi avec maître William sous l'enseigne du *Tonnelet rouge*, près de St Paul, n'est-ce pas ?

L'autre acquiesça.

— Et maître William imprime des gazettes et des libelles ?

— Sous licence, monseigneur !

— Oui, c'est moi qui vous l'octroie…

Le Grand Juge se frotta les mains avec enthousiasme.

— Et je lui accorde également la licence pour qu'il placarde ses affiches à la croix du cimetière de St Paul et à celle du Standard de Cheapside. Très bien, maître Osbert. Alors mettons-nous au travail, ajouta-t-il en pointant la table de l'index. Je vais vous dicter des conclusions sous ce titre : « Les dernières et véridiques confessions de Guido Vavasour, rebelle et traître de son propre aveu, avant qu'il soit conduit à son exécution licite, ledit Guido s'étant confessé en présence de témoins dans la Tour de Londres de Sa Majesté le roi ». Allons-y !

Osbert s'empressa d'obéir. Après avoir tiré une feuille de parchemin de son portefeuille et préparé ses plumes d'oie et son encrier, il retranscrivit le texte que Sir Thomas lui dictait d'une voix à peine audible, mais distincte. De temps à autre, il relevait craintivement la tête, mais le juge lui tapotait alors l'épaule et l'enjoignait de continuer. Lorsqu'il eut terminé, Sir Thomas relut soigneusement la confession.

— De très riches possibilités... commenta-t-il. Bien sûr, tout cela réclamera un peu de vigilance. Nous devons créer une histoire qui coule bien et qui soit convaincante, mais, pour l'heure, rien ne presse.

— Monseigneur ?

— Oui, Osbert ?

— Monseigneur, ces témoins dont vous parlez...

— Mais voyons, Osbert ! Les deux bourreaux et vous-même ! Qui pourrait réfuter cela ?

— Le prisonnier. Je veux dire, s'il est assigné à comparaître devant la cour royale ou devant les juges de l'échevinage ?

— C'est un rebelle, Osbert, un traître, pris sur le fait en train de commettre ses hideuses trahisons. Il n'y a aucune raison qu'il soit jugé. Il s'est condamné lui-même.

— Mais il a une langue.

— Très juste, tiens... Alors, venez ! Venez avec moi...

Il se leva et entraîna le scribe dans la salle de torture, où il appela les bourreaux à les rejoindre. Tous se regroupèrent autour du chevalet, où le prisonnier était toujours allongé. Ce dernier jeta au juge un regard chargé de haine.

— Dieu vous maudisse, Thomas Urswicke ! lança-t-il d'une voix râpeuse. Dieu vous maudisse, vous et les vôtres ! Vous avez attaqué la comtesse de l'extérieur et votre fils le fait de l'intérieur. Deux Judas, père et fils, bons l'un comme l'autre pour la potence et l'enfer, plus que tout autre criminel de cette ville…

Aussi brutalement qu'une vipère attaquant un ennemi, le juge frappa le supplicié au visage, deux coups sauvages qui firent jaillir le sang.

— Bien, très bien… dit-il ensuite en reprenant son souffle. Maître Osbert, poursuivez la punition !

— Monseigneur ?

Le juge claqua des doigts pour les bourreaux et désigna Vavasour.

— Arrachez-lui la langue !

Sur ces mots, il tourna les talons et rejoignit son alcôve. Là, il remplit son gobelet de vin et lança un morceau de fromage dans sa bouche, avant de boire en écoutant les hurlements du supplicié, qui se muèrent soudain en d'horribles croassements. Il se releva alors et retourna près du chevalet.

— Vous croyez tout savoir, messire, dit-il. Vous êtes prompt à la critique et tout vous paraît couler de source…

Vavasour ne put qu'ouvrir sa bouche ensanglantée, qui se tordit pour produire un son pitoyable.

— Vous êtes un traître que nous avons surpris en flagrant délit. Il n'y a aucun besoin de vous juger. Vous serez conduit directement à la potence. Toutefois, maître Vavasour, je voudrais m'assurer que vous mourrez plus savant que vous ne l'êtes maintenant. Vous allez m'écouter avec attention !

Il se tourna vers Osbert et les bourreaux.

— Un moment, messieurs. J'aimerais rester en tête à tête avec le prisonnier.

Les trois hommes se retirèrent aussitôt pour aller se poster à bonne distance. Le juge les regarda s'éloigner et, lorsqu'il jugea qu'ils ne pouvaient plus l'entendre, il se pencha sur Vavasour et lui murmura avec fougue quelques mots à l'oreille. Il répéta ensuite les mêmes mots plus calmement, puis se redressa en souriant. Le supplicié ne put que lui renvoyer un regard chargé de répulsion. Le juge agita la main en signe d'au revoir.

— Nous en avons fini, maître Guido. Vous ne me servez plus à rien, je n'ai plus qu'à régler les détails de votre exécution. À bientôt…

Margaret Beaufort, comtesse de Richmond, était assise sur une chaise à haut dossier dans sa chambre, au premier étage de son élégant manoir au bord du fleuve. Comme tout le reste de la maison, la pièce était d'un raffinement exquis. Une immense tapisserie dans les tons bleu et or couvrait l'un des murs rose pastel et d'épais tapis turcs d'un rouge profond dissimulaient presque entièrement un parquet en bois d'orme étincelant de propreté. Les quatre colonnes du lit à baldaquin, les tables, armoires et petits secrétaires, les coffres et les coffrets étaient tous en chêne sombre bien poli qui brillait dans la lumière vacillante d'une nuée de bougies en cire d'abeille disposées tout autour de la pièce. L'odeur subtile de cette cire pure qui fondait se mêlait au parfum qui montait de pots d'herbes et de braseros dont le charbon rougeoyant était saupoudré de fleurs broyées, cueillies et séchées l'été précédent.

Toute vêtue de gris telle une nonne, son fin visage expressif enveloppé dans une grimpe d'un blanc immaculé, Margaret égrenait lentement les perles d'ambre d'un rosaire. En même temps, elle posait un regard intense sur les deux hommes assis devant elle, ses conseillers, les seuls en qui elle plaçât son entière confiance : Christopher Urswicke et Reginald Bray. Le premier, vêtu d'un pourpoint et de hauts-de-chausses noirs, ainsi que d'une chemise de batiste dont le col montait très haut sous un menton rasé de près, était un jeune homme de noble prestance et presque beau. Avec son visage ouvert, lisse et juvénile, ses yeux bleus et ses lèvres charnues, il paraissait bien moins que ses vingt-six ans, une impression encore accentuée par ses cheveux auburn décoiffés et la façon décontractée dont il se tenait sur sa chaise. Il avait jeté sa chape et son ceinturon sur un coffre et posé ses bottes de cavalier ornées d'éperons sur le rebord carrelé d'une meurtrière, près de celles de son compagnon. Reginald Bray avait quant à lui le visage étroit et des yeux enfoncés sous des paupières tombantes. Sa peau était brune, voire jaunâtre. Sa barbe et sa moustache étaient soigneusement taillées et ses cheveux noirs, réunis en arrière en un élégant catogan.

Tandis qu'elle les considérait tous deux en silence, Margaret réfléchissait. Son esprit vif travaillait en même temps que ses mains s'activaient. Elle savait que, dans cette chambre, ils pouvaient parler sans crainte d'être espionnés : aucun son ne franchirait ces murs épais. Et même si un Judas avide de récompense collait l'oreille à la porte dans l'espoir d'informations à transmettre à ses maîtres, il en serait pour ses frais. Pourtant, Dieu sait qu'il y aurait de quoi s'enrichir. Comme elle l'avait expliqué à ses deux confidents, Margaret était exposée en permanence à la trahison, et le danger d'être découverte et sanctionnée planait au-dessus de sa tête comme la hache du bourreau. Néanmoins, elle n'était pas prête à renoncer. Elle savait qu'il fallait guetter le moment opportun et choisir le lieu avec soin. L'heure n'était pas aux combats d'épée ni aux conflits sanglants. Non, l'époque était plutôt propice aux intrigues, aux complots et contre-complots, aux duperies et aux finauderies.

Elle-même portait donc des masques et s'entourait d'infinies précautions pour progresser à travers le labyrinthe meurtrier où elle était entrée et dont, elle n'en doutait pas, elle trouverait tôt ou tard la sortie. Ce jour-là, elle célébrerait enfin l'avènement de sa vision, la réalisation de son rêve de voir un Tudor, son fils, proclamé roi à Westminster, avec la couronne d'Édouard le Confesseur posée de plein droit sur sa tête.

— Madame…

Urswicke s'éclaircit la gorge.

— Madame, nous sommes ici…

— Oui, oui, oui, le coupa-t-elle. Nous sommes ici, mes amis, pour tenir conseil dans le plus grand secret.

Elle prit une profonde inspiration.

— Christopher, Reginald, poursuivit-elle, ce dont il sera question, ce dont nous devons discuter, c'est de haute trahison, un crime qui nous expose aux sanctions les plus graves et les plus effroyables prévues par la loi. Bien sûr, précisa-t-elle avec un petit sourire, si ce que nous fomentons aboutit, il ne s'agira plus de trahison… Alors commençons ! Nous sommes aujourd'hui le dix-huit octobre de l'an de grâce 1471, fête de saint Luc l'évangéliste. L'automne s'est installé et les horreurs de l'été dernier sont désormais derrière nous. Ici, dans notre royaume, la maison d'York occupe le pouvoir. Édouard le roi guerrier est épaulé par cette Woodville qu'il a prise pour femme, ainsi que par une multitude de sbires, que ce soit la meute de son épouse ou celle de Hastings, de Howard, de Norfolk, et d'autres encore. Jusqu'à présent, il a su conserver le soutien de la ville et du royaume et, surtout, de notre sainte mère l'Église, qui estime qu'il siège à la droite de Dieu, qu'il a été consacré et que les victoires dont il a été gratifié justifient sa présence sur le trône. Pendant ce temps (Margaret tenta de chasser l'amertume de sa voix, voire la colère contre ce qui était, et qui aurait dû être si différent…), nous, la maison de

Lancastre, nous mangeons le pain dur de la disgrâce et buvons le vin amer de l'exil. Nos rangs se sont dégarnis. Beaufort de Somerset et plusieurs grands hommes de ma famille ne sont plus de ce monde. La défaite sanglante de Tewkesbury en est la cause. La même chose est vraie de nos alliés potentiels, comme Neville, comte de Warwick, le faiseur de rois, qui a trouvé la mort à Barnet. Le monarque véritable, mon fils Henri, est en Bretagne, où le duc François assure sa protection. Ce que je dis là est vrai… Oui ?

— Sans aucun doute, madame, approuva Bray. La puissance de nos ennemis est en train de croître.

— Mais la maison d'York n'est pas si forte, objecta Urswicke. Édouard est certes soutenu par ses fidèles, notamment Richard de Gloucester. Mais l'autre frère, ajouta-t-il avec un léger sourire, George de Clarence, est le pire des traîtres. Il estime être le roi légitime d'Angleterre, de France et de je ne sais quoi encore…

— Nous allons y venir… murmura Margaret en fourrageant parmi des documents empilés sur une table d'appoint. En attendant, il nous faut élaborer notre plan de bataille. Mon fils Henri est en exil avec son oncle Jasper. Il a peu d'amis, et encore moins d'alliés. La plupart, ma foi, ont sombré dans les ténèbres…

Margaret leva son rosaire.

— Dieu ait leur âme, souffla-t-elle.

— Et Dieu nous bénisse ! renchérit Reginald.

— Oui, mais je propose que nous Lui apportions de l'aide ! Bien. Comme vous le savez, un groupe de cavaliers gallois a rejoint nos rangs juste avant Tewkesbury, des combattants qui se sont réunis sous le nom de Dragon rouge. C'était pour eux un choix logique, dans la mesure où ils viennent du pays de Galles. Ils étaient une vingtaine. Tous des érudits en cotte de mailles, de jeunes hommes qui ont étudié dans les universités d'Oxford et de Cambridge. J'en ai moi-même patronné un certain nombre en secret. Je leur ai fourni argent et vivres. Ils sont parfaitement loyaux à la cause des Tudor.

— J'ai entendu parler d'eux. Ce sont de vaillants combattants, mais…

— Écoutez-moi, Christopher ! coupa Margaret avec autorité. Ces hommes ont rejoint l'armée de Somerset et, avant la bataille de Tewkesbury, ils se sont réunis dans une église locale pour prononcer le serment solennel de former ensemble une escouade sous la bannière du Dragon rouge. Ils ont également juré d'anéantir Édouard d'York et ses deux frères, Richard et George. En particulier ce dernier qui, comme vous le savez, a rejoint la maison de Lancastre, puis nous a allègrement trahis pour retourner au sein de sa propre famille.

— Seulement, ces hommes ont échoué…

— Christopher, je puis vous assurer que ce n'est pas faute d'avoir essayé. Ils sont même devenus la bête noire des York pour cette raison ! Hélas ! une partie d'entre eux ont péri dans le carnage. D'autres ont fui le royaume, tandis que le reste a choisi de s'y dissimuler. Récemment, avec mon soutien, ces derniers ont émergé de l'ombre et sont allés demander asile dans des églises londoniennes.

— Mais certains ont été arrêtés et assassinés et, parmi eux, les deux que nous avons vu se faire poignarder et qui ont ensuite été pendus à Walton.

— Oui, Reginald. L'un des alliés les plus loyaux de mon fils, de Vere d'Oxford, les avait embarqués sur sa cogghe à La Rochelle, en Bretagne, et les avait amenés jusqu'à Walton.

Margaret haussa les épaules, fataliste.

— Ma foi, c'est comme ça… Sur les quatre qui ont débarqué, deux ne s'en sont pas sortis…

— Je me demande comment une telle chose a pu être possible, maugréa Urswicke en frappant la poignée de sa dague. Vraiment ! Et puis, pourquoi mon père, le Grand Juge de Londres, participait-il en personne à cette opération ? Mon père, fit-il d'un ton amer, l'homme de l'échevinage, serrurier, ébéniste, édile, échevin… Mon père qui a su gravir un mât graisseux sans jamais glisser ! Alors, que faisait-il sur cette grève ?

Il se tut et, pensif, se balança doucement d'avant en arrière. Bray le regardait du coin de l'œil. Christopher savait que son libertin de père, cet homme aux traits parfaits, au sourire prompt et à la parole doucereuse, avait mené son épouse à une mort précoce, et il ne le lui avait jamais pardonné. C'était du moins l'opinion qu'il s'était faite des événements. Christopher estimait par ailleurs que Margaret Beaufort s'était dévouée corps et âme pour venir en aide à sa mère durant sa maladie, et notamment pendant les derniers jours, les plus terribles…

— Père contre fils, murmura Bray, fils contre père : voilà où nous en sommes arrivés dans ce royaume…

— Non, mon ami ! rétorqua Urswicke avec force. Mon père et moi serions à couteaux tirés même si nous nous rencontrions dans les allées du paradis – quoique je doute qu'une telle chose pût jamais se produire.

— Connaît-il la réalité de la situation ? demanda Bray. Je veux dire…

— Non, non, répondit Urswicke. Seule notre maîtresse et moi-même, votre serviteur, la connaissons. Voyez-vous, mon père croit que je suis comme lui. Que je me suis créé mon propre dieu dans mon cœur, et que ce dieu, c'est moi ! En conséquence, il est persuadé que je n'ai aucune loyauté, aucune allégeance véritable, aucun engagement ferme, sinon pour promouvoir mon propre avantage, fût-ce aux dépens de tous ceux qui m'entourent, y compris de vous, madame !

Margaret sourit.

— Allons, Christopher, je connais la vérité, moi, et c'est précisément elle, mes amis, que nous souhaitons à présent défendre.

— Mon père est le Grand Juge de Londres, déclara

Urswicke, c'est l'un des hommes de loi les plus importants de la Couronne et, néanmoins, il a personnellement conduit une troupe depuis Londres jusqu'aux plaines sauvages de l'Essex pour arrêter quatre hommes…

— Parce que les York lui font confiance, répliqua Bray. Édouard et sa clique se sont rendu compte que le comté de l'Essex ne les soutient pas avec autant d'enthousiasme qu'il le devrait, et c'est d'ailleurs l'une des raisons pour lesquelles de Vere a choisi ses rivages pour faire accoster nos hommes.

— Et moi aussi.

Margaret fit passer son rosaire d'une main à l'autre.

— Vous avez vu de quelle façon barbare sont morts nos deux loyaux combattants. Votre père, Christopher, savait quelle importance ils avaient. Il n'ignore pas que ces pertes constituent pour nous un coup très dur. Mais il y a autre chose. Quelqu'un nous a trahis, alors que j'avais gardé ces informations pour moi jusqu'au dernier moment. Je ne les ai même pas partagées avec vous deux avant d'être contrainte de vous en parler.

— Vous nous avez demandé de nous trouver à tel endroit à tel moment, souligna Urswicke, et nous y sommes allés, Reginald et moi. Vous nous avez indiqué que quatre loyaux partisans de votre fils bien-aimé allaient accoster à Walton-on-the-Naze, que nous devions les y retrouver et les emmener à Londres.

— Et bien entendu, vous devez à présent vous demander pourquoi ?

— Bien entendu ! Depuis notre arrivée, hier.

— N'avez-vous pas été inquiétés, Reginald ? Je veux dire, sur le chemin du retour ?

— Non, madame. Mais si vous nous disiez maintenant ce que tout cela signifiait ?

La comtesse acquiesça et commença son récit :

— Les combattants réunis sous la bannière du Dragon rouge étaient des amis. Quelques-uns d'entre eux se sont enfuis pour rejoindre mon fils bien-aimé en Bretagne et sont devenus ses proches, ses gardes loyaux. En fait, le chef de l'escouade est un Gallois du nom de Gareth Morgan, un érudit en cotte de mailles qui a reçu une formation de juriste au Middle Temple. Il est né et a grandi dans la maison Tudor. C'était un bon ami de mon regretté mari.

Elle se signa rapidement, puis reprit :

— Il a laissé sa famille au pays de Galles, sa mère et sa sœur, je crois, y vivent toujours. Il a rejoint le clan des Lancastre et a été capturé lors de notre désastreuse défaite de Townton, il y a dix ans. Il était pour son malheur tombé entre les mains d'une troupe de mercenaires qui combattaient dans les rangs des York, des gens conduits par un homme abominable, une brute nommée Zeigler qui s'était acquis une réputation hideuse pour les mauvais traitements qu'il infligeait à ses prisonniers. Zeigler adorait ratisser les champs de bataille en quête d'ennemis blessés et, quand il en trouvait, les malheureux ne pouvaient qu'appeler Dieu à leur secours... Ce Zeigler était un personnage redoutable.

— Oui, j'ai déjà entendu ce nom-là, murmura Bray. De vieux soldats m'ont raconté des choses. Apparemment, il était assoiffé de sang et avait un vif appétit pour la mort. Celle des autres !

— Et Morgan, qu'est-il devenu ? demanda Urswicke.

— Quand Zeigler l'a capturé à Townton, il l'a jeté dans une fosse aux ours. Il n'y avait qu'une seule bête dans le trou, mais celle-ci n'avait rien de ces placides animaux de cirque dressés qui dansent au son de la flûte. Oh non ! C'était un animal gigantesque et féroce. Il a attaqué Morgan et l'a sévèrement mutilé. Le pauvre n'a eu la vie sauve que grâce à un prêtre qui passait par là. Cet ecclésiastique est entré dans la taverne où Ziegler réunissait ses hommes et il est intervenu. Ce n'était pas un religieux comme les autres, c'était un aumônier royal de la maison d'York. Il s'appelait Austin Richards.

Margaret esquissa une moue.

— Nous rencontrerons de nouveau ce nom… Le père Richards portait le sceau des York et il a utilisé son pouvoir pour faire extraire le prisonnier de la fosse. Morgan a été gravement mutilé, en particulier au visage. L'ours lui a arraché la chair par morceaux entiers. Une habitante du village, une femme qui connaissait les remèdes et les plantes, l'a soigné, et Morgan a survécu. Il s'est remis mais, depuis lors, il porte un masque spécial sur le visage.

— Et maintenant ?

— Maintenant, Christopher, Morgan a pris le titre de Pembroke, du nom de terres qui appartiennent aux Tudor et sur lesquelles ses parents et grands-parents étaient paysans. Désormais « Pembroke » est à la fois sa terre et son nom. Il est le partisan le plus fervent de la maison Tudor. Mon parent Jasper lui accorde toute confiance.

— Et c'est lui qui, en compagnie de trois autres, vous a été envoyé avec des messages qui vous sont destinés ?

— Non, Christopher. Ces quatre hommes ne sont pas venus pour moi. Ils avaient pour mission de faire sortir leurs camarades d'Angleterre. Pembroke est le chef de l'escouade du Dragon rouge. Quand sa troupe a été brisée à Tewkesbury, ses membres, y compris Pembroke, ont fui pour avoir la vie sauve. Lui et d'autres ont pu se mettre à l'abri à l'étranger, mais le reste, au nombre de six environ, sont restés cachés jusqu'à ce que la fureur s'apaise. Il y a quelques jours, sur mon insistance, pendant que vous étiez tous les deux à Walton, les autres membres du groupe sont sortis des lieux où ils se terraient et sont allés demander asile dans diverses églises de Londres.

Margaret se tut et prit une coupe de vin posée près d'elle, dont elle but quelques gorgées.

— Je vous l'ai déjà dit, je le sais, mais c'est important : j'use de toute mon influence pour faire en sorte que ces cinq hommes…

— N'avez-vous pas dit six ? intervint Christopher.

— Attendez, je vais y venir, rétorqua-t-elle d'un ton brusque. J'ai adressé une requête à l'évêque de Londres pour que ces cinq hommes, qui bénéficient du droit d'asile, soient placés sous la protection de notre sainte mère l'Église. En conséquence, eux et tous les autres membres de l'escouade actuellement réfugiés dans des églises devraient être autorisés à quitter l'Angleterre en toute sécurité et sans être inquiétés, étant entendu qu'ils s'engagent à ne jamais revenir, sous peine de mort.

La comtesse se redressa et reprit plus bas :

— Bien sûr, ils reviendront, non pas seuls, mais au sein d'une armée conduite par mon fils…

— Et si tout va bien, interrogea Bray, où ces hommes seront-ils regroupés ?

— À l'église d'All Hallows-by-the-Tower, près de la Tour. De là, ils seront escortés jusque dans l'Essex, au bord de la mer, vers cette crique que vous connaissez déjà, près de Walton-on-the-Naze.

— Et qui leur servira d'escorte ? s'enquit sombrement Christopher. Mon père et une troupe de petites brutes de l'échevinage ?

— En un mot, oui. Les hommes protégés, comme nous devons maintenant les nommer, quitteront Londres par la porte de Cripplegate, ils suivront Mile End jusqu'à Bow Church, puis traverseront la forêt d'Epping par des sentiers qui mènent à Colchester. Leur destination est le vieux manoir royal désaffecté de Thorpe. Après cela, il ne leur restera plus qu'une courte marche pour atteindre le haut de la crique, où il y a de l'eau douce et où l'on est à sec quelle que soit la marée. Le jour de la fête des saints Simon et Jude, qui comme vous le savez a lieu à la fin du mois, le navire marchand breton *La Galice*, dont le capitaine est maître Savereaux, arrivera au large et enverra une chaloupe pour les prendre à son bord.

Margaret poussa un soupir.

— J'ai négocié tout cela avec l'archidiacre Blackthorne, qui est l'homme de confiance de l'évêque de Londres.

Elle leva son rosaire, afin que les deux autres pussent voir le crucifix à l'extrémité de la chaîne.

— Dieu merci, notre sainte mère l'Église veille jalousement et bigotement sur ses privilèges, et ceux-ci incluent le droit d'asile. En outre, trois des survivants de la bataille qui ont trouvé refuge portent la tonsure ; ce sont des clercs qui ont reçu les ordres mineurs et, comme tels, ils sont soumis aux tribunaux ecclésiastiques, et non à ceux de la Couronne.

— Cependant, ils ne sont pas totalement en sécurité, n'est-ce pas ?

La question d'Urswicke plana dans le silence. Le visage de la comtesse trahissait son agitation soudaine. Adossée à sa chaise, elle paraissait écouter les bruits qui leur parvenaient au sud du fleuve animé et au nord du dédale de ruelles qui menaient au centre de la ville.

— Ils ne sont pas en sécurité, non, reprit Urswicke. Leur départ sera soumis à des règles très strictes : que l'un d'eux – ou plusieurs – s'éloigne un tant soit peu de l'itinéraire fixé et il sera abattu sur-le-champ, ecclésiastique ou pas !

— Vous avez raison, soupira Margaret.

— Mais pourquoi ces hommes revêtent-ils tant d'importance à vos yeux ? interrogea Bray.

— Oh ! pour de nombreuses raisons, répondit la comtesse. Ce sont des érudits en cotte de mailles, aussi doués pour la chancellerie que pour les tournois. Ils soutiennent mon fils sans réserve. Ils viennent de familles du pays de Galles qui chérissent la maison Tudor et lui sont résolument loyales.

Elle se redressa et regarda ses interlocuteurs l'un après l'autre.

— Vous comprenez bien, messieurs, que dans cette vallée de larmes amères que nous traversons, une telle loyauté nous est précieuse ! Tous ces hommes ont été déclarés *utlegati*, hors-la-loi, *capita lupinum*, passibles d'une mort immédiate.

Elle haussa les épaules.

— Ils vivent dans l'ombre, et vous ne les connaissez pas tous. J'en ai moi-même rencontré certains, d'autres vont et viennent aussi silencieusement que des guetteurs dans la nuit. Ce sont davantage les gens de Lord Jasper que les miens. Néanmoins, ce que nous avons tous en commun, c'est la certitude que mon fils Henri est un monarque de droit divin. Nous devons lui ramener ces hommes en toute sécurité.

— Et vous êtes à même d'effectuer cela ? s'étonna Christopher. Extraire ces hommes du royaume sans encourir les foudres des York ?

— J'encours déjà leurs foudres parce que je suis ce que je suis et que je fais ce que je fais. Mais, dans le fond, que peuvent-ils me reprocher ? Je ne fais que demander à notre sainte mère l'Église de protéger certaines personnes qui ont légitimement invoqué sa protection. Oh ! bien sûr, les York peuvent fulminer et me menacer, et alors ? Ils adoreraient tuer les membres du Dragon rouge, annihiler cette escouade qui menace leur roi. Il est indubitable qu'ils saisiront la moindre occasion pour cela. Toutefois, s'ils n'y parviennent pas, ils auront au moins débarrassé le royaume de ces ennemis, et c'est là que vous, Christopher, avez un rôle à jouer. Je veux que vous accompagniez ces hommes protégés jusqu'au manoir de Thorpe. Je veux que, dans la mesure du possible, vous soyez leur bouclier et que vous veilliez sur eux. Il se peut que je me joigne à vous, je dois encore en décider. Enfin, et c'est le plus important, je veux que vous teniez à l'œil votre père, Sir Thomas. Car je suis convaincue que c'est lui qui mènera ce triste cortège.

Urswicke acquiesça : son père vouait une loyauté quasi servile aux York. Il serait ravi de s'octroyer le crédit d'avoir, d'une manière ou d'une autre, vidé le royaume de ces individus si appréciés de la maison Tudor. Il s'envelopperait dans l'un de ces riches manteaux de laine bordés de fourrure qu'il affectionnait et conduirait la procession, mais pour quelle raison, au juste ? Ah oui ! songea Urswicke. Il guettait la moindre opportunité de régler de vieux comptes avec la comtesse Margaret.

— Vous êtes bien consciente, déclara Bray, et je suis sûr que Christopher l'est aussi, que cette expédition ne se déroulera pas sans anicroches ?

— Oui, oui, je le suis, murmura Margaret en hochant la tête. Je ne pense pas que Sir Thomas parcourra tout ce trajet à travers la campagne automnale dans le seul but de souhaiter bon voyage à nos hommes. Il se produira quelque chose, c'est sûr. Un complot se trame et je suis convaincue que Sir Thomas projette un bain de sang. Toutefois, je ne parviens absolument pas à savoir de quelle façon il entend procéder…

— Il faut que j'y aille moi aussi ! s'exclama Bray.

— Non, Reginald. Vous n'irez pas, parce que j'ai besoin de vous à Londres pour une autre affaire. Christopher, je vous demande de garder vigilance et esprit vif, mais n'ayez crainte, vous serez aidé dans votre entreprise. Deux hommes ont échappé à l'embuscade de Walton : Pembroke et Guido Vavasour. Ils se sont séparés ensuite. Dieu seul sait où se cache Guido, mais Pembroke, lui, est parvenu à Londres et il s'est mis à l'abri. Bien sûr, son désespoir est immense, et savoir que nous étions attendus à Walton le perturbe grandement. Pembroke, tout comme Vavasour, ne fait plus confiance à personne.

Margaret se tourna pour désigner la chandelle des

heures qui brûlait sous sa cloche de verre surmontée de cuivre.

— Il devrait arriver sous peu. Alors laissez-moi poursuivre ! J'ai mentionné tout à l'heure six hommes de l'escouade du Dragon rouge, mais il n'en reste plus que cinq en vérité. La nuit dernière, Jacob Cromart, l'un de ses membres les plus importants, un érudit en cotte de mailles très doué pour l'élaboration et le décryptage des messages codés, a été découvert sans vie, tué par un carreau d'arbalète en plein cœur. Ce meurtre s'est déroulé dans l'église St Michel, près de la Tamise, où il avait demandé asile. C'est une mort extrêmement mystérieuse. Le prêtre de la paroisse, le père Austin, a été réveillé en pleine nuit par le tocsin de son église. Il s'est hâté de sortir de son presbytère pour courir vers l'église, a ouvert le portail avec sa clé et, quand il est entré, la cloche s'était arrêtée de sonner. Ce qui est insolite, c'est qu'il n'y avait personne qui eût été susceptible de l'actionner. En fait, l'église était déserte, seul s'y trouvait un repris de justice qui se fait appeler Queue-de-Rat, bénéficiaire lui aussi du droit d'asile. Le prêtre l'a découvert recroquevillé dans le chœur. Il a fouillé son église de fond en comble sans trouver trace de présence humaine, ni même d'arme. Rien n'indiquait non plus qu'il y ait eu de lutte. Plus mystérieux encore, toutes les portes étaient soit verrouillées, soit bloquées de l'intérieur. Comment un assassin a-t-il pu entrer, commettre un meurtre, sonner le tocsin puis s'évanouir comme une ombre ?

— N'y avait-il pas une entrée secrète ou une poterne mal fermée quelque part ?

— Non, rien de tel. Le prêtre et Queue-de-Rat sont formels l'un comme l'autre.

— Et le corps ? s'enquit Bray.

— Il gisait dans son sang à l'intérieur de la sacristie. À l'évidence, Cromart était sorti à la latrine, puis il était revenu. Mais, là encore, la porte extérieure de la sacristie était soigneusement verrouillée et bloquée de l'intérieur.

— Et ce Queue-de-Rat ?

— Un misérable, un vulgaire voleur, rien de plus. Le prêtre l'a trouvé tremblant de terreur dans un coin…

— Mais comment savez-vous tout cela, madame ? interrogea encore Bray.

— Oh ! j'ai invité le père Austin ici. Il est venu me voir ce matin. Je lui ai raconté que Cromart était un lointain cousin de mon défunt époux. Un verre de vin d'Alsace, un bol de confiseries et quelques pièces de monnaie l'ont rendu bavard comme une pie. C'est un homme bienveillant. Je vous l'ai dit, il a sauvé Pembroke d'une mort atroce. Il a beau avoir servi comme aumônier militaire royal et être un chaud partisan des York, je l'ai trouvé très agréable. Il m'a également renseignée sur votre père, Christopher, et sur d'autres seigneurs de l'échevinage.

Elle marqua un temps d'arrêt.

— Mais vous en apprendrez sans doute davantage à ce sujet plus tard… ajouta-t-elle, avant de replonger dans le silence.

— Madame ? fit Bray, soucieux de la voir poursuivre.

— Écoutez… La mort de Cromart est très énigmatique. Comment un homme protégé par le droit d'asile peut-il être assassiné dans une église dont toutes les portes sont closes, sans qu'il y ait aucun signe d'effraction, rien qui indique une intrusion et encore moins la présence d'une arme ? Ah… et le prêtre a également indiqué que le ceinturon de Cromart avait disparu.

— Son ceinturon ?

— Oui, Christopher. Dès lors, je me demande si son assassin ne cherchait pas le message codé du Dragon.

Margaret détourna les yeux.

— Quoi donc ? fit Urswicke, perplexe.

— Le message codé du Dragon, reprit-elle en baissant

la tête, est un mémorandum rédigé dans un langage secret qui décrit la répartition de nos forces au pays de Galles et ailleurs. Ce sont plusieurs bandes de parchemin qui recensent les églises où sont entreposées nos armes, les familles qui nous soutiennent, les hauts responsables du royaume qui nous rendent des services, les ports les plus propices pour accueillir nos cogghes de combat, les lieux où l'on peut se ravitailler en vivres selon les saisons… En d'autres termes, Christopher, un tableau très net et très précis des gens et des lieux sur lesquels nous pourrons compter le jour où mon fils reviendra.

— Mais ce document existe-t-il vraiment ?

— Disons que l'individu qui a tué Cromart en est convaincu, mais je préfère ne pas m'étendre sur le sujet. Ce qui est assez déconcertant, c'est que les York se demandent eux aussi qui souhaitait la mort de Cromart. Or, bien entendu, tous leurs zélateurs londoniens peuvent être soupçonnés.

— Oh, Dieu et tous ses anges ! s'exclama Urswicke avec un petit rire. Je vois bien votre logique, maîtresse. À qui profite la mort de Cromart ? Aux York, assurément.

— Le père Austin m'a dit que les hommes de votre père avaient passé l'église St Michel au peigne fin ce matin, mais ils n'y ont rien découvert de douteux. Aucune entrée secrète, rien. Et notre bon pasteur les a assurés que tout était resté exactement dans l'état où c'était quand il a découvert la victime.

— Et ce Queue-de-Rat ? demanda Bray.

— Un pauvre hère incapable de se servir d'une arbalète.

— Ah bon ? Comment le savez-vous ?

— Figurez-vous que ce larron a été arrêté plus d'une fois en train de fourrer ses mains là où elles n'avaient aucune raison d'être, aussi lui a-t-on coupé sauvagement trois doigts à chaque main. Il aurait toutes les peines du monde à tenir une dague, alors manier une arbalète…

Elle s'interrompit pour s'adresser à Urswicke en particulier.

— Christopher, poursuivit-elle, je voudrais que vous vous rendiez dans l'église du père Austin et que vous jugiez tout cela par vous-même. Le ferez-vous ?

Elle fixa intensément ce jeune homme plein de talents qu'elle chérissait comme un fils.

— Bien sûr, madame, acquiesça-t-il sans une hésitation.

— Merci.

Un silence s'installa. La comtesse but une gorgée de sa coupe.

— À présent, reprit-elle en la reposant, venons-en aux nouvelles plus récentes. Richard Neville, comte de Warwick, a trouvé la mort au début de cette année dans la bataille de Barnet, où il combattait pour la maison de Lancastre. Le comté de Warwick est le plus vaste de tout le royaume et il est couvert de domaines riches et fertiles. Or Neville était le partisan le plus fervent des York, jusqu'au jour où ceux-ci ont choisi d'ignorer ses conseils. Seulement, avant son revirement, il s'était allié aux York par un mariage qui ne peut être annulé : celui de sa fille Isabel avec George de Clarence. Neville est mort sans héritier mâle, de sorte que, conclut-elle avec un geste qui englobait les deux hommes, comme nous le savons tous, Clarence revendique, à travers son épouse Isabel, tout l'héritage qu'il a laissé.

— Mais Richard de Gloucester, son frère, poursuivit Urswicke, ne l'entend pas de cette oreille, et il a résolu d'épouser l'autre fille de Neville, Anne, pour pouvoir réclamer la moitié du comté à titre de dot.

— Et les deux frères sont à couteaux tirés, enchaîna Bray, tout en sachant que leur frère aîné le roi déteste les voir s'affronter de la sorte.

— Ma foi, reprit Margaret, ce que je suspectais est

arrivé. D'ailleurs, vous m'en aviez parlé vous-même, Christopher : Anne Neville a disparu. Pauvre âme !

— Oui, oui, acquiesça Urswicke. Elle est dans de sales draps ! Elle est totalement sans défense. Son père est mort en traître et la seule chose qui l'ait sauvée, c'est le mariage de sa sœur. Elle reste néanmoins vulnérable, une simple dame de cour dans la maisonnée de Clarence.

— Si ce n'est qu'à présent elle n'y est plus, intervint Bray. Gloucester ne peut plus l'épouser et, surtout, il ne peut plus revendiquer sa part de l'héritage de Neville. Mais où peut-elle bien être ? Aurait-elle été assassinée par Clarence ou par son ombre maléfique, Mauclerc ?

— Clarence n'aurait pas osé faire une chose pareille, estima Urswicke. S'il s'y risquait, nul doute qu'Édouard, le roi, se ferait apporter sa tête sur un plateau. Quoi qu'ait pu faire son père, Anne Neville est une dame de haute naissance. On ne peut pas la tuer comme un porc dans une cour de ferme. En outre, Édouard d'York aime les dames, et d'autant plus si le sang des Neville coule dans leurs veines. N'oublions pas que Richard Neville et lui étaient autrefois des amis très chers qui s'aimaient comme des frères. Si Clarence se hasardait à supprimer Anne Neville, il serait vite expédié dans l'au-delà…

— Je suis d'accord avec vous, déclara sèchement Margaret. Je sais à ce sujet une chose que je ne puis partager avec vous pour le moment. Quoi qu'il en soit, ajouta-t-elle d'une voix plus douce, nous devons nous ranger à l'idée que Clarence a fait enfermer la pauvre Lady Anne et que Dieu seul connaît le sort qu'elle subit en ce moment. Est-elle retenue de force dans un couvent isolé, ici ou à l'étranger ? Ou, peut-être, dans un cloître désolé au fin fond de la campagne irlandaise ? Que Dieu protège cette malheureuse !

De sa main tendue, elle désigna un triptyque au mur qui représentait les trois archanges : Michel, Gabriel et Raphaël.

— Vous pouvez me croire, ajouta-t-elle dans un souffle, quelle que soit sa situation…

Elle s'interrompit et, en entendant cette voix qui n'était guère qu'un murmure, comme si elle se parlait à elle-même, Urswicke sentit un frisson glacé le parcourir. Quelque chose la perturbait profondément. Elle paraissait sur ses gardes, avait perdu son assurance coutumière. Elle hésitait à se confier à eux. D'ailleurs, même leur expédition à Walton avait été nimbée de mystère. Ils venaient seulement de comprendre ce qui s'était vraiment passé sur cette grève.

— Oui, oui, se reprit Margaret. Quelle que soit sa situation actuelle, Anne Neville aura besoin de l'aide du Ciel. C'est déjà une femme brisée après la mort violente de son père, dont le corps et celui de son frère ont été exposés nus à St Paul. Anne a vu son père tomber, comme une étoile aurait été arrachée au firmament. Elle n'a plus de protecteur, désormais. J'ignore si elle souhaiterait ou non le secours de Gloucester. Ce n'est en fait qu'un petit être timide, une muette virtuelle depuis l'épreuve qu'elle a traversée. Seulement, ajouta-t-elle d'une voix plus lente, je suis sûre qu'elle ne craindra rien.

— Mais… hasarda Bray. Qu'est-ce que cela a à voir avec nous ?

— Les York pêchent en eau trouble, répondit Urswicke, et nous pouvons le faire aussi, madame : nous avons de multiples espions dans la ville, une légion de gamins en guenilles, la maison des mendiants, la guilde de ci et de ça…

Il sourit.

— Ces miséreux qui voient tout sans que nul les regarde…

Il se frotta la joue.

— Anne Neville est de faible constitution, maigre, le teint pâle. Mais il y a une chose dont je me souviens très bien, ce sont ses cheveux dorés, d'une teinte très singulière. Ce que nous devons chercher…

— Non, Christopher ! coupa la comtesse. Vous, vous avez autre chose à faire. C'est Reginald qui s'occupera de cela, entre autres.

— Si Lady Anne a été capturée, ce ne peut être que par Clarence, murmura Bray. Il a tout à y gagner.

— D'après le peu que l'on m'a dit, il proteste vivement de son innocence. Mais, là encore, c'est naturel, n'est-ce pas ?

Elle eut un sourire espiègle.

— Oh ! soyez-en assurés, je ne suis que trop heureuse de pouvoir mettre mon grain de sel dans cet imbroglio plein de fiel !

— Vous ne pensez pas que Richard de Gloucester aurait pu l'enlever ?

— Absolument pas.

Elle désigna du doigt son intendant à l'esprit vif.

— Mais quand Christopher sera parti, vous devrez vous lancer à sa recherche, de manière à faire croire que sa disparition nous préoccupe au plus haut point.

Elle s'interrompit net. Un tintement leur était parvenu d'en bas, signal qu'une personne avait été introduite dans le hall du rez-de-chaussée. Elle tendit la main pour imposer le silence. Un instant plus tard, on frappait à la porte et un domestique entrait pour venir s'agenouiller près d'elle et lui murmurer quelques mots à l'oreille.

— Ah ! très bien, répondit-elle avec un sourire. Malgré l'odeur, vous pouvez amener notre invité ici. Mais allez chercher un drap…

Elle désigna une chaise vide à côté d'Urswicke.

— Oui, prenez un drap et recouvrez-en ce siège !

Le domestique ressortit, pour revenir quelques minutes plus tard accompagné d'un étrange visiteur. Celui-ci portait un pourpoint de cuir en mauvais état et souillé d'immondices, des collants crasseux et de solides brodequins à lacets tout aussi répugnants de saleté. Ses cheveux noir corbeau étaient striés de fines mèches blanches qui rappelaient le pelage d'un blaireau. Toutefois, ce qui était le plus remarquable dans sa personne était le masque de cuir souple qui lui couvrait le visage, percé d'ouvertures soigneusement cousues pour les yeux, le nez et la bouche. Fabriqué dans un coûteux maroquin, il était moulé avec tant de précision qu'il semblait faire partie intégrante du visage. Urswicke regarda le nouveau venu s'agenouiller devant la comtesse, lui prendre la main et baiser les bagues qu'elle avait aux doigts avant de se relever pour les saluer, Bray et lui.

— Ravi de vous voir ! s'exclama-t-il.

Il avait une voix douce et mélodieuse et un léger accent.

— *Pax et bonum*, mes amis !

Les yeux derrière le masque pétillèrent.

— Je suis navré que mon camarade et moi-même n'ayons pu faire votre connaissance à Walton-on-the-Naze mais, comme vous le savez, nous avons dû nous éclipser plus vite que prévu…

Il se mit à rire en tapotant son pourpoint et Urswicke s'efforça d'ignorer l'odeur fétide que dégageaient ses cuirs souillés. Moins courtois, Bray toussa et se pinça le nez. Le visiteur ne parut pas s'en émouvoir et prit place dans le fauteuil désormais recouvert du drap.

— Vous feriez bien de vous présenter, suggéra Margaret.

— Avec le plus grand plaisir, madame ! Eh bien, lorsqu'on m'a porté sur les fonts baptismaux, j'ai reçu le nom de Gareth Morgan, mais ce n'est plus dans l'Éternel que je me réjouis désormais, mais dans mon seigneur à moi, Jasper Tudor. Je m'appelle Pembroke.

Il se cala plus confortablement sur son siège.

— Avez-vous déjà visité cette principauté ?

— Oui, répondit Bray en se tournant vers Christopher.

Mon ami et moi-même avons été envoyés à Pembroke par la comtesse. C'est un comté prospère et fertile…

— Plus maintenant ! coupa le visiteur. Plus maintenant, alors que son seigneur légitime de droit divin est en exil en Bretagne et qu'il doit se cacher.

— Silence, à présent…

Margaret saisit une clochette sur la table près d'elle et l'agita. Au domestique qui se présenta aussitôt, elle commanda du vin d'Alsace bien frais et de petites pâtisseries. Quelques minutes plus tard, tous se désaltéraient et se restauraient de bon appétit en parlant de la pluie et du beau temps et en évoquant l'arrivée imminente de l'hiver. Puis, une fois ce goûter improvisé débarrassé, Margaret frappa dans ses mains.

— Eh bien, messieurs, me voici en compagnie de trois êtres qui figurent parmi les rares personnes en qui je place une absolue confiance. Nous allons donc vous écouter, maître Pembroke. Mes amis ici présents connaissent votre histoire, ils savent que vous dirigez une escouade de combattants, que vous avez dû partir en exil et que des souffrances terribles vous ont jadis été infligées. Ils savent que vous êtes recherché et que les York ne rêvent que de vous anéantir. Puisse Dieu vous protéger de cela !

Elle leva sa coupe pour porter un toast.

— Expliquez-leur avec vos mots ce qui s'est passé, reprit-elle. Reginald et Christopher étaient censés vous accueillir et vous escorter jusqu'à Londres. Mais hélas ! les choses se sont déroulées autrement.

— La comtesse nous avait envoyés au fin fond de l'Essex, précisa Reginald, en nous demandant de nous trouver à Walton-on-the-Naze la veille de la fête de saint Édouard le Confesseur. Si rien ne se produisait ce soir-là, nous devions y revenir la nuit suivante, jour véritable de la fête de ce grand roi. Nous ne savions pas le pourquoi et le comment de cette mission : notre maîtresse nous avait seulement révélé qu'une cogghe de combat approcherait de la côte et que quatre hommes en seraient débarqués. Nous devions les accueillir et les conduire à Londres, où ils se mettraient au service de la comtesse. Dieu seul sait pourquoi on ne nous a donné aucune explication... conclut-il en décochant un rapide coup d'œil à la comtesse.

— Vous comprenez bien pour quelle raison j'ai agi ainsi, Reginald. Si vous aviez été capturés, on vous aurait interrogés, torturés. Vous savez comment cela se passe...

— Nous nous sommes abrités quelque temps dans une maison en ruine, enchaîna Urswicke, un lieu isolé au cœur de la lande sauvage de l'Essex. En voyant apparaître le bateau, nous avons répondu à son signal et nous nous sommes postés en haut des dunes pour observer la suite.

Il s'interrompit et considéra Pembroke.

— Alors que s'est-il passé cette nuit-là ? interrogea-t-il. À peine aviez-vous débarqué sur la grève que ces cavaliers sont apparus, comme si une trompette les avait convoqués. À mon retour en ville hier soir, j'ai mené une enquête approfondie et j'ai appris certaines choses. Vous savez sans doute que ces hommes étaient conduits par mon père, le Grand Juge, Sir Thomas... Apparemment, ils avaient quitté Londres la veille. J'ai rencontré certains d'entre eux à *La Roue de Catherine*, une taverne de Cheapside très fréquentée par les gens de l'échevinage. D'après ce qu'ils m'ont raconté, leur troupe a diligemment traversé l'Essex et gagné une taverne isolée sur la lande, près d'un vieux phare qui offre une bonne vue sur la mer. Cette taverne s'appelle *L'Enclos de la chouette* et c'est là qu'ils étaient après le coucher du soleil, la nuit de votre arrivée. Nous étions là nous aussi, dissimulés dans les ajoncs en haut des dunes de sable. Le temps était clément, on distinguait bien les lumières, que ce soit sur les bateaux ou sur la côte elle-même. Ainsi avons-nous vu la cogghe d'Oxford approcher, la chaloupe en descendre…

Il esquissa un geste vers Pembroke.

— Mais vous savez cela mieux que nous…

Pembroke hocha la tête et prit le relais.

— La traversée depuis La Rochelle avait été bonne, dit-il. Nous avions navigué en toute sécurité jusqu'à Dordrecht, d'où nous vous avons expédié des messages, madame, pour préciser le jour, l'heure et le lieu de notre arrivée.

— Je les ai bien reçus, murmura la comtesse. Poursuivez !

— Nous estimions pouvoir atteindre la côte de l'Essex, soit un peu avant la fête d'Édouard le Confesseur, soit le jour de celle-ci. Nous avions l'espoir d'y parvenir avant, et c'est ce qui s'est passé. *La Gloire des Lancastre* est une cogghe de combat puissante. La traversée sur les mers du nord s'est révélée assez paisible, alors qu'Oxford redoutait les pirates flamands à la solde des York. Nous avons traversé le pas de Calais puis longé de loin les côtes anglaises jusqu'au lieu fixé pour le débarquement. Avec les lanternes, nous avons signalé comme convenu notre arrivée à nos amis, vos bons serviteurs, madame, précisa-t-il en désignant d'un geste Urswicke et Bray.

Il toucha le masque sur son visage.

— La suite, vous la connaissez, maîtresse. Pour ma part, j'ai peine à imaginer comment cela a pu se produire. Nous avons pris la chaloupe, nous avons accosté sur la plage et, soudain, nous avons vu ces chevaux fondre sur nous !

— Deux de vos camarades ont été capturés, déclara Urswicke, mais vous êtes deux à avoir pu fuir. Comment avez-vous accompli cet exploit ?

— Mon ami, rappelez-vous que la lune était pleine ce soir-là, on y voyait comme en plein jour et les cavaliers tournaient autour de nous. Nous nous sommes défendus bec et ongles…

Pembroke tapota son masque de cuir.

— Je suis convaincu que c'est grâce à lui, dit-il. Les chevaux, on le sait, sont effarouchés par l'inattendu. Après leur furieuse galopade et la violence qui s'est ensuivie, ils étaient très excités. En un mot comme en cent, mon masque les a effrayés. Je suis sûr que c'est ça. Ils se sont dérobés, leurs cavaliers n'ont plus réussi à les maîtriser et, dans la confusion, une brèche est apparue. Je me suis engouffré dedans, suivi par Vavasour. Vous vous en souvenez peut-être, maîtresse, Vavasour est un bon coureur, encore plus rapide que moi. Nous avons atteint les dunes et, malgré le schiste tendre du sol, nous n'avons eu aucune peine à gravir la côte jusqu'à la lande. Les chevaux, eux, n'y sont pas parvenus. Nous nous sommes perdus tous les deux dans la mer d'ajoncs qu'il y avait là, mais les cavaliers ont eu beau se démener, ils n'ont pas pu hisser leurs montures jusque-là : elles se seraient écorchées aux ajoncs, auraient rué et les auraient éjectés. Mais vous avez sans doute vu tout cela, vous n'étiez pas loin, n'est-ce pas ?

— Non, nous n'étions pas loin…

Urswicke fit directement face à Pembroke.

— Et qu'avez-vous fait ensuite ?

— Eh bien, mon ami, j'ai marché à travers la campagne, et Vavasour a fait de même. Nous avions l'un comme l'autre de quoi subsister, nous avons préféré nous séparer. Il nous semblait judicieux de se joindre chacun de son côté à des voyageurs qui se rendaient en ville. J'ai moi-même trouvé sans peine un moyen de locomotion et je pense qu'il a dû en être de même pour Vavasour. Il avait prévu de se cacher quelque part en arrivant à Londres. Peut-être a-t-il rejoint son frère Robert…

— Robert Vavasour appartient également à l'escouade du Dragon rouge, intervint Margaret, mais son nom n'est jamais apparu dans aucune liste de proscrits. Il vit dans l'anonymat, c'est un ami fidèle et un soutien précieux, un homme très intelligent qui est toujours parvenu à éviter les pièges.

— Et vous-même, Pembroke ? pressa Urswicke. Vous vous êtes caché aussi ?

— Seriez-vous un inquisiteur, maître Urswicke ? ironisa l'intéressé.

— Je m'appelle Christopher, rétorqua sèchement Urswicke.

— Ma question tient toujours, messire.

— Comprenez-moi, je suis curieux, intrigué par les événements. En fait, ajouta Urswicke en se penchant en avant avec un rapide coup d'œil vers la comtesse, je suis profondément surpris que mon estimé père ait connu la date, l'heure et le lieu précis de votre arrivée. Non seulement il vous attendait dans cette crique, mais il y avait aussi deux cogghes de combat au large, à peu de distance de *La Gloire des Lancastre*. De sorte qu'en l'espace de très peu de temps, cette nuit-là, les plans de la comtesse ont été sérieusement perturbés. Et puis, il ne faut pas oublier ces six hommes qui ont perdu la vie : les quatre rameurs du canot et vos deux compagnons…

— C'est exact, soupira Margaret. Mais vous savez, Christopher, d'abord, *La Gloire des Lancastre* est un bateau connu. Il se peut que l'on ait confié à des pêcheurs ou à toutes sortes de marins la mission de le garder à l'œil. Par ailleurs…

Elle poussa un soupir contrarié.

— Par ailleurs, reprit-elle, je suis peut-être moi-même à blâmer…

— Comment cela, madame ?

— Eh bien, une fois tous les membres de l'escouade du Dragon rouge réfugiés dans des églises de Londres, je suis allée les voir. J'avais ce droit : leur seigneur est l'un de mes parents proches et même des condamnés en attente de leur exécution sont autorisés à recevoir des visites. Sans parler bien sûr des dons et offrandes diverses que je suis à même de consentir, non à ces hommes, mais aux paroisses qui les recueillent et leur procurent abri et subsistance. J'ai donc rencontré, l'un après l'autre, chacun de ces hommes. J'ai consacré toute une journée à cela, celle-là même où Reginald et vous vous êtes mis en route pour Walton-on-the-Naze. Je souhaitais donner un peu d'espoir à ces loyaux serviteurs. En chuchotant et à grand renfort de paraboles, je leur ai révélé que Pembroke et trois de ses camarades arriveraient sous peu en Angleterre. Je les ai informés de la date, de l'heure et du lieu précis de leur débarquement. Je n'ai pas imaginé une seule seconde que l'un d'eux puisse me trahir. Ils se sont battus si vaillamment pour notre maison ! N'est-ce pas, Pembroke ?

Le visiteur masqué hocha la tête avec conviction.

— Un traître pourrait se dissimuler parmi eux, ou peut-être plusieurs, murmura pensivement Bray. Celui qui nous a trahis a eu tout le loisir de se rendre à l'échevinage pour rapporter ce qu'il avait appris, et une troupe a aussitôt été dépêchée dans l'Essex. Avec votre père à la place d'honneur, Christopher : c'est lui qui a guidé l'expédition.

Urswicke ne put que poser un regard sombre sur la comtesse.

— Nous sommes tous menacés, souffla celle-ci, piégés par ce traître en notre sein. Et maintenant, Jacob Cromart qui vient d'être assassiné…

— Qui était-ce ? demanda Urswicke à Pembroke. Vous étiez son compagnon, vous le connaissiez sans doute mieux qu'aucun de nous ici présents.

— Un grand érudit et un vaillant guerrier ! répondit-il. Jacob avait surtout une compétence particulière pour les messages codés, les courriers à expédier secrètement, les ruses et les subterfuges de la chancellerie. J'avais d'ailleurs prévu d'aller le voir dans cette église. Lorsque je suis arrivé à Londres, j'ai trouvé où m'abriter… mais, messieurs, avec tout le respect que je vous dois, je préfère garder pour moi le détail de mes allées et venues. Et plus encore aujourd'hui, sachant cet ennemi qui nous guette à l'intérieur…

— De quoi vouliez-vous vous entretenir avec Cromart ? s'enquit Christopher.

— D'affaires confidentielles.

— Qui pouvait vouloir sa mort ? S'il avait été tué par l'un de ses compagnons, celui-ci aurait dû quitter l'église où il avait lui-même trouvé refuge, et nous l'aurions su.

— Ce ne sont pas les spadassins qui manquent à Londres, fit remarquer Bray. On peut en louer un, deux, voire toute une armée. Quoi qu'il en soit, il est clair que la responsabilité du meurtre incombe aux York. C'est l'explication la plus logique. Nos ennemis ont supprimé un homme brillant, et un fervent partisan de la maison Tudor.

— S'ils sont incriminés, estima Urswicke, cela se révélera très embarrassant pour eux. Car si l'évêque de Londres découvre le ou les coupables, ceux-ci, si puissants soient-ils et quels que puissent être leurs protecteurs, encourront les foudres de notre sainte mère l'Église : excommunication *latae sententiae.*

— Oui, et c'est là que le bât blesse…

Margaret se tamponna la bouche avec un mouchoir de batiste.

— Les allégations sont une chose, les preuves en sont une autre.

— Certes, vous avez raison, acquiesça Urswicke. Vous nous avez dit que le ceinturon de Cromart avait été volé, madame ?

— Ah ! s'exclama Pembroke. Leur avez-vous parlé du message codé, madame ?

— Oui, mon ami.

Elle baissa la tête, fuyant de nouveau le regard d'Urswicke.

— Alors c'est ce message codé que voulait l'assassin ? Madame, ne savez-vous pas qui le détient ?

— Ce document existe bien, Christopher, mais Dieu seul sait s'il est entre les mains d'un membre de l'escouade du Dragon rouge ou détenu par quelqu'un d'autre.

— Et vous, l'ignorez-vous également ? demanda Urswicke à Pembroke.

— Oui. Mais, madame, il nous faut alerter mes autres camarades avant que les églises se transforment en chambres funéraires qui n'abriteront plus que des dépouilles.

— Le faire vous-même serait dangereux, rétorqua Urswicke. La cachette où vous vous terrez peut rester confidentielle mais, dès que vous sortez, il est certain qu'avec votre masque vous attirez l'attention, ne croyez-vous pas ?

— Pas avec celui-ci…

Pembroke se baissa pour ouvrir un petit sac qu'il avait avec lui et en sortir un masque de satyre de conception grossière, qu'il plaqua sur le sien. Bray applaudit. Urswicke sourit.

— En général, commenta-t-il, on porte un masque pour affronter ceux des autres. Vous, vous en utilisez un pour en dissimuler un autre.

— Vous voyez, c'est assez facile, conclut Pembroke en replaçant le masque dans le sac. Quand je sors d'ici, je suis un membre de l'honorable guilde des boueux qui, comme vous le savez, portent des masques semblables à celui-ci pour se protéger le visage et proclamer qui ils sont. Combien d'entre vous sont prêts à approcher un boueux puant et crasseux ? Croyez-moi, on me laisse tranquille. J'ai ma brouette, ma pelle, et je peux me promener partout sans être ni importuné ni entravé.

— Formidable ! fit Urswicke en souriant toujours. Vous êtes un rusé, Pembroke ! Nul ne peut soupçonner qui vous êtes !

— Comment se cacher en étant vu de tous, renchérit Margaret. Se cacher en étant vu, répéta-t-elle, c'est l'une de mes maximes, qui s'est toujours révélée gagnante !

— Madame, reprit Pembroke en tapotant son pourpoint de cuir crasseux, messieurs mes camarades réfugiés dans les églises doivent être avertis.

— Ils l'ont déjà été, annonça Margaret d'un ton catégorique. J'ai un courrier de confiance, un messager qui est un membre bien connu de ma maisonnée : Prestepied.

— Ah oui ? s'exclama Urswicke. Prestepied le bien nommé. Rapide et astucieux comme un lurcher[1] !

— Il a été membre d'une guilde de mimes. Il est passé maître dans l'art du travestissement. Il a été très occupé par les missions que je lui ai confiées ces derniers temps. Aujourd'hui, il est entré dans cinq églises et a informé cinq hommes du mystérieux assassinat de Cromart. Mais n'ayez crainte, maître Pembroke, mes deux amis qui sont ici vont aussi nous aider à préparer votre départ.

— Maître Pembroke, déclara Urswicke, vous ne pouvez pas continuer à vous cacher ainsi. Vous n'en tirez aucun bénéfice.

— Ce n'est certainement pas mon intention, répondit Pembroke d'un ton moqueur. En fait, j'entends demander moi-même asile à l'église St Michel. Qu'est-ce qui m'en empêche ? Le père Austin est une personne d'une grande bienveillance, et il est bien disposé à mon égard. J'imagine que vous leur avez parlé de ma vie d'autrefois, maîtresse ?

— Bien sûr.

— Je serai à l'abri dans cette église. Le bon prêtre se montrera particulièrement attentif à moi. Et puis, qui sait, je pourrai peut-être, en parlant à Queue-de-Rat, comprendre comment est mort Cromart. Toutefois, je

1. Chien de course et de chasse, bâtard de lévrier.

n'irai pas là-bas tout de suite. J'ai la ferme intention, auparavant, d'assister à la pendaison de Zeigler sur le gibet de Tyburn.

— Quoi ? s'exclama Christopher, stupéfait.

— Eh oui, le monstre qui est responsable de cela, expliqua Pembroke en touchant son masque de ses mains gantées, Zeigler, cet être abominable sorti des entrailles de l'enfer, doit être pendu demain matin, et je compte bien être là, tout près du gibet, pour assister à ses derniers soubresauts !

— Comment est-ce possible ? s'enquit Bray, intrigué. J'avais cru comprendre que Zeigler commandait une troupe de mercenaires qui se battaient pour les York, et qu'il s'était fait au cours des combats une réputation d'extrême cruauté ?

— Quand la guerre s'est achevée, expliqua Pembroke, Zeigler a été libéré de son engagement. Il est rentré en ville et s'est mué en brigand, en bandit. Il a rejoint une troupe de larrons qui a très récemment tenté de cambrioler un entrepôt à Queenhithe. Deux gardiens ont été tués au cours de l'assaut. Zeigler a été capturé, sommairement jugé devant un tribunal de l'échevinage, déclaré coupable et condamné à mort. Il se languit actuellement à Newgate en attendant son exécution. Je tiens à le regarder mourir. Ensuite seulement, j'irai demander l'asile à St Michel.

— Et vous pensez vraiment que vous y serez en sécurité ? s'inquiéta Urswicke.

Pembroke se leva.

— Je vous l'ai dit, j'espère comprendre comment est mort Cromart pendant mon séjour là-bas. Et puis, je ne resterai pas longtemps, puisqu'il nous faudra bientôt repartir pour la côte. Eh bien, conclut-il en tendant sa main gantée pour serrer celles des deux hommes, si Dieu le veut, nous nous rencontrerons de nouveau juste avant l'angélus, dans la cour d'All Hallows-by-the-Tower.

Il s'inclina pour prendre congé de la comtesse, puis sortit. Urswicke referma la porte derrière lui.

— Ma foi, dit-il, voilà un être bien étrange ! Un homme sans visage, mais qu'en est-il de son cœur ?

— Son cœur est plein de loyauté envers moi et les miens, Christopher, assura Margaret. C'est un homme qui bouillonne de haine contre les York et leurs œuvres.

Elle se leva brusquement et Urswicke se demanda pourquoi elle était si agitée et si distraite. À vrai dire, elle l'était déjà avant leur départ pour l'Essex. Elle venait de se confier à eux, elle leur manifestait en cela une infinie confiance, mais il était sûr qu'elle taisait encore certaines choses. Lesquelles ? Il était vrai que son fils et elle vivaient sous une menace permanente et que les dangers qui les guettaient semblaient se rapprocher et grandir.

— Il est temps de partir pour nous aussi, déclara Bray en se levant afin de saisir son manteau et son ceinturon.

Urswicke l'imita. Il attachait sa ceinture lorsque la porte de la chambre s'ouvrit soudain sur une servante en grand émoi. Elle avait le visage très pâle et des cheveux noir corbeau. Elle s'arrêta en découvrant les deux hommes.

— Oh ! pardonnez-moi, maîtresse, je croyais que vos visiteurs étaient partis. Un homme est venu, un courrier de l'échevinage.

Margaret lui arracha presque le parchemin des mains puis la chassa d'un geste péremptoire, avec une brusquerie qu'Urswicke lui avait rarement vue. La servante s'enfuit en claquant la porte derrière elle, tandis que la comtesse brisait le sceau de cire rouge. Elle déroula le parchemin et le lut en se dirigeant vers l'une des croisées. Puis elle poussa un gémissement et laissa la lettre tomber sur le coussiège[1].

1. Banc de pierre accoté à une fenêtre et garni de coussins.

— Oh ! Dieu ait pitié de nous, murmura-t-elle. C'est ce que je redoutais…

Elle reprit la lettre et fit signe à ses deux confidents d'approcher.

— Cela vient de votre père, Christopher. Sir Thomas Urswicke, Grand Juge de Londres. Il a été définitivement décidé qu'il escorterait les hommes protégés d'All Hallows au manoir de Thorpe. De là, ils poursuivront seuls le trajet jusqu'au bateau qui les attendra. Par ailleurs, en son infinie sagesse, Sir Thomas a décidé qu'il ne prendrait pas seulement avec lui ces cinq hommes voués à l'exil, mais aussi un certain nombre de malfaiteurs et de vauriens, dans le but, dit-il, de débarrasser la ville de quelques fauteurs de troubles. Nom d'un chien ! fit-elle, un ton plus bas, votre père est sacrément roué ! Dieu seul sait quelle diablerie il manigance là !

— Cela lui donnera bien sûr l'occasion de surveiller de près Pembroke et les autres, commenta amèrement Urswicke. Qui sait quels espions et quels assassins vont se joindre à ce pèlerinage bien peu saint, c'est le moins que l'on puisse dire !

— Cette décision n'a rien d'étonnant, estima Bray. Je vois bien la logique cruelle de Sir Thomas. À ses yeux, Pembroke et ses hommes sont de purs traîtres. Il rêve en outre de s'attirer les bonnes grâces des York en les supprimant tous. Et il prévoit à l'évidence d'accomplir cet exploit durant le trajet jusqu'à Thorpe.

— Maîtresse ? s'enquit Urswicke en observant la comtesse. Vous ne dites rien…

— Que voulez-vous que je dise, Christopher ? J'ai pris ma décision. Il me faut envoyer un message à Adam Blackthorne, l'archidiacre de Londres. Oui, oui, je lui demanderai l'autorisation d'accompagner moi aussi ces hommes protégés jusqu'au manoir de Thorpe. Après tout, ce sont des fidèles de mon défunt époux ainsi que de Lord Jasper Tudor, son frère, et ils sont censés être protégés par le droit d'asile de l'Église. Je doute que l'archidiacre refuse. Je ne puis faire aucun mal, je ne représente pas une menace, et il n'en sera que plus riche…

— Mais que se passera-t-il, demanda Bray, si tout se déroule parfaitement et que l'ensemble de ces hommes embarquent à bord de la cogghe ? Si Sir Thomas a introduit parmi eux des espions et des assassins, nos hommes ne se réjouiront guère de devoir faire une longue traversée jusqu'à La Rochelle en leur compagnie. D'autant que ces intrus seront un réel danger…

— C'est vrai, acquiesça la comtesse. Ce que nous devons donc faire, c'est demander au capitaine de *La Galice* de ne pas quitter des yeux ces hors-la-loi et de les débarquer dans le premier port français rencontré. Eh bien, messieurs, conclut-elle, je pense que nous en avons terminé pour le moment.

DEUXIÈME PARTIE

« Voyez comme s'accomplit
l'admonition des anges ! »

Urswicke et Bray quittèrent la demeure de la comtesse et se frayèrent un chemin à travers la foule, enveloppés dans leurs longues capes, capuche rabattue sur la tête, la main prête à saisir la garde de leur épée. Malgré le froid qui annonçait l'approche de l'hiver, les rues étaient encombrées de commerçants et de ménagères qui faisaient leur marché, mais aussi de promeneurs qui avaient franchi les murailles pour venir se distraire en ville. Les boueux avaient sorti leurs charrettes. La semaine de travail touchait à sa fin et les immondices omniprésentes attendaient d'être retirées des rues en vue du jour de repos. Cloaques, fosses d'aisances et tas d'ordures devaient être vidés. Toute cette fange puante serait ensuite chargée sur les grandes charrettes qui iraient se délester de leur contenu dans les gigantesques fosses à ciel ouvert proches de la Fleet et de la Walbroke ou, si celles-ci étaient pleines, dans d'autres, plus profondes, en dehors des murailles. La pestilence était si agressive que les vendeurs de petits bouquets faisaient des affaires, proposant aux bons citoyens d'enfouir leur visage dans les herbes fraîches et douces et d'y trouver un réconfort bienvenu.

Bray et Urswicke marchaient d'un bon pas, non sans

surveiller les enseignes bringuebalantes des boutiques et tavernes qui grinçaient au-dessus des têtes. Ils se méfiaient aussi des fenêtres en étage, de chaque côté, d'où les habitants déversaient sans vergogne le contenu de leurs seaux d'aisances. Autour d'eux, les passants juraient et se bousculaient pour éviter les ordures et les excréments qui jonchaient ainsi le sol. Des marchands, des échevins, des prêtres prospères et des ecclésiastiques en taffetas, damas, épaisses fourrures ou cuir luxueux croisaient des mendiants à peine vêtus, des filles de joie et des estropiés. Des apprentis, des vendeurs de ragoût, des garçons de cuisine et de petites souillons tendaient à la foule des plateaux chargés d'épices ou de brioches fourrées. Les gens s'y servaient et posaient dessus leurs pièces de monnaie en les faisant tinter. Nul ne s'intéressait aux baillis qui fouettaient un charcutier parce qu'il avait farci ses tourtes de viande de chat en la faisant passer pour du bœuf. Tavernes, pubs et kiosques à bière ou à vin proposaient toutes sortes de boissons et leurs propriétaires, assistés de leurs employés, s'égosillaient pour attirer l'attention, luttant contre le vacarme ambiant et le tintement des cloches qui ne cessait jamais. D'autres étaient là avec l'espoir de récolter de quoi survivre. Un prestidigitateur monté sur un podium improvisé se vantait de pouvoir faire disparaître son singe en échange d'une pièce de monnaie. Il venait d'être pris à partie par un plaisantin, qui lui en offrait deux s'il disparaissait lui aussi. Une querelle furieuse s'ensuivit, des insultes furent échangées, puis des menaces, mais la paix du roi devait être respectée. Des baillis de la ville en livrée colorée patrouillaient à cet effet avec triques et fouets et les deux hommes se calmèrent en les apercevant. Plus loin, des geôliers menaient un groupe de vauriens après les avoir disciplinés en les plongeant plusieurs minutes dans l'eau glaciale d'un abreuvoir. Trempés et grelottants, les forbans étaient conduits vers les geôles de la ville, à moins que ce ne fût vers les piloris.

Bray et Urswicke tournèrent à un carrefour où des soldats portant les couleurs et l'emblème des York, et qui devaient appartenir à la division royale, au taureau de Clarence ou au sanglier blanc de Gloucester, piétinaient au pied d'un gibet à trois fourches. Au terme d'un jugement sommaire, on venait de pendre des voleurs qui avaient mis à sac la maison d'un marchand. Leurs corps pendaient, agités de petits soubresauts, encore dans les affres de l'agonie. Au pied de la potence, leurs proches attendaient pour récupérer leurs dépouilles. Des miséreux s'agglutinaient aussi dans l'espoir de réussir à prélever sur les cadavres quelques biens, même dérisoires, et ils se disputaient les meilleures places avec les magiciens, les sorcières et les nécromants qui se pressaient là également, car les pendus représenteraient, que ce fût par un morceau de leur chair ou un lambeau de leurs vêtements, une source de pouvoirs puissants pour leurs rites macabres. C'était une scène de cauchemar. Urswicke s'arrêta pour regarder et le souvenir des deux infortunés pendus à Walton lui revint, il revit leurs corps qui se balançaient au bout des cordes. Il saisit Bray par la manche.

— Venez, chuchota-t-il. Reposons-nous un peu. Cette marche m'a irrité.

Bray le dévisagea et remarqua sa pâleur. Il savait que son compagnon n'aimait guère arpenter les rues trop tumultueuses de Londres. Un obscur labyrinthe semé de dangers, ainsi les avait-il décrites un jour, et hanté par des visions angoissantes… En plus d'une occasion, il lui était arrivé d'être pris de panique, et Bray estima qu'une réaction de ce type refaisait peut-être surface en cet instant.

— Suivez-moi, murmura-t-il.

Il s'engagea dans une venelle pour gagner *La Rose et la Couronne*, une rôtisserie à la façade engageante.

Devant les élégantes colonnades de l'entrée, un gardien filtrait la clientèle. Il les laissa passer et ils débouchèrent dans une vaste salle à manger où flottaient des odeurs alléchantes. De grands sacs blancs pendaient aux poutres du plafond, remplis de viandes et d'autres aliments mis à sécher à proximité de l'imposante cheminée. Néanmoins, les fumets savoureux qui chatouillaient agréablement les narines venaient surtout des cuisines, à droite du feu qui crépitait.

Assis devant le foyer, un jeune tournebroche arrosait régulièrement les viandes qui rôtissaient avec des épices et des herbes. Tout cela avait de quoi mettre l'eau à la bouche. Bray et Urswicke choisirent une table en angle d'où ils pourraient surveiller la salle et ses diverses issues et commandèrent un chapon en sauce blanche, agrémenté de lanières de porc croustillantes provenant de la broche dans la cheminée, ainsi que des pintes d'ale de fabrication maison. Ils mangèrent et burent sans parler puis, une fois restauré, Urswicke essuya sa cuillère en corne sur la nappe et se pencha au-dessus de la table.

— Reginald, notre maîtresse…

— Quoi, notre maîtresse ?

— Eh bien, les difficultés qu'elle doit affronter ne cessent de croître. Nous avons quitté Londres il y a quelques jours pour l'Essex et, ma foi, vous savez comme moi ce qui est arrivé à Walton. En revenant, nous n'avons pu que lui annoncer l'échec de l'opération. Autant dire qu'elle doit être au désespoir ! Deux de ses hommes les plus loyaux ont été exécutés, deux autres ont dû fuir pour ne pas subir le même sort, et un cinquième a mystérieusement trouvé la mort dans l'église St Michel, où il était censé être en sécurité. Mais le plus grave, c'est qu'un traître voire un assassin se dissimule dans sa maisonnée ou dans celle de son parent, Lord Jasper Tudor.

— Ou peut-être dans les deux !

— En effet, Reginald. Et pourtant, c'est encore autre chose qui la trouble aujourd'hui. J'en suis certain.

Il but quelques gorgées d'ale, tout en alertant son ami du regard. Deux boueux venaient d'entrer dans l'établissement, le visage couvert de leur masque grotesque habituel, qu'ils ôtèrent, avant de commencer à se rebeller contre le gardien. Celui-ci les avait suivis à l'intérieur et voulait les expulser. Ils protestèrent, arguant à grands cris qu'ils pouvaient bien sentir mauvais, ils n'en étaient pas moins des fonctionnaires de la ville qui avaient faim et étaient en droit d'être servis. Une fois restaurés seulement, ils consentiraient à ressortir. Le tavernier arriva sur ces entrefaites et une autre altercation s'ensuivit. Au même moment, deux mendiants s'introduisirent dans la salle. Jeunes et mal vêtus, ils portaient chacun autour du cou, attaché par une corde, un plateau couvert de breloques et d'objets bon marché. Urswicke se désintéressa des boueux, qui avaient suivi le tavernier dans une autre salle, pour observer ces nouveaux venus, avec leurs capes aux capuches profondes qu'ils venaient de repousser en arrière. Les deux hommes s'assirent sans cesser de s'entretenir entre eux à voix basse. La méfiance d'Urswicke redoubla. Pas une seule fois, ils n'avaient regardé dans leur direction, alors que, d'ordinaire, les marchands ambulants comme eux se tenaient à l'affût de clients et accostaient quiconque se trouvait à proximité, où qu'ils fussent et quoi qu'ils fissent. Urswicke remarqua aussi leurs capes gonflées sous lesquelles, soupçonna-t-il, pouvaient fort bien se cacher une ceinture et des armes.

— Christopher ? Que disiez-vous ?

— Ah oui ! Reginald…

Urswicke quitta les mendiants du regard et sourit à son compagnon.

— Notre bien-aimée comtesse… Je sais qu'elle a subi des échecs cuisants et que ses plans ne se sont pas déroulés comme prévu. Je n'oublie pas non plus que son époux, Sir Henry Stafford, se meurt dans leur manoir de Woking. Mais un souci supplémentaire l'inquiète, perturbe la paix de son âme, ronge ce grand cœur qui est le sien… Que cela peut-il être ? Pourquoi ne l'a-t-elle pas partagé avec nous ? A-t-elle reçu des menaces ? Sent-elle un nouveau danger approcher ?

— Il est certain que Margaret Beaufort, comtesse de Richmond, n'est jamais très loin des pensées des York. Ils aimeraient lui nuire, mais c'est une noble dame, seule de surcroît. Ils savent qu'elle peut bien prendre des attitudes de petit chat, c'est en réalité une lionne ! Elle marche en solitaire sur son chemin, et quant à savoir ce qui peut la troubler…

Bray haussa les épaules et se leva.

— Je n'en ai pour ma part aucune idée, Christopher. Mais, pour l'heure, je dois aller faire un tour aux latrines…

Urswicke le suivit des yeux, puis il leva sa chope et chercha à récupérer les dernières traces de mousse qui stagnaient au fond tout en promenant le regard autour de lui. Bray avait disparu par une petite porte étroite. Urswicke tressaillit quand il vit l'un des mendiants se lever et franchir celle-ci à son tour. Un instant plus tard, son compagnon l'imitait. Urswicke jura en silence. Il aurait dû partager ses soupçons avec son ami. Il se leva, sangla son ceinturon et, ainsi paré, traversa la salle à manger et poussa sans bruit la petite porte. Il déboucha dans une cour pavée. Au fond, deux des trois latrines avaient leur porte grande ouverte, celle du milieu était fermée. Les assassins – car Urswicke ne doutait plus que ces mendiants fussent là pour tuer – avaient repoussé leur cape en arrière et chacun avait tiré une épée et une dague. Ils attendaient le moment où Bray sortirait de la cabine, affairé à se rajuster. Une ruse classique, mais intelligente… Bray ne serait pas préparé à se défendre et il marcherait droit vers les lames de ses bourreaux.

— Bien le bonjour, mes amis ! cria Urswicke. Je peux peut-être vous aider ?

Les deux hommes firent volte-face et se placèrent aussitôt en position de combat, dagues et épées pointées, pour avancer lentement vers lui en s'écartant l'un de l'autre, en une danse macabre caractéristique des habitués du combat de rue. Urswicke se courba dans la même attitude, attentif à leurs moindres mouvements. Celui de gauche semblait le plus agressif. Urswicke se précipita donc sur lui, la lame de son épée étincelante et sa dague prête pour le moment où les fers se croiseraient. L'adversaire bloqua le coup et recula légèrement. Déjà, l'autre en avait profité pour s'approcher, mais soudain, la porte des latrines s'ouvrit et Bray, que le bruit avait dû alerter, chargea, armes en avant. L'homme à la droite d'Urswicke se retourna, mais glissa, laissant à Bray tout le loisir de lui enfoncer profondément son épée dans le torse.

Urswicke continua de croiser le fer avec l'autre attaquant. Quand il parvint à contourner sa garde, il lui entailla le ventre de sa dague, un coup appuyé qui lui laboura la taille dans toute sa largeur. L'homme tomba à genoux en lâchant ses armes et s'effondra sur le côté. Aussitôt, Urswicke et Bray entreprirent de fouiller les deux mendiants, mais hormis des bourses bien remplies, qu'ils empochèrent sans hésiter, ils ne découvrirent rien.

— Des spadassins, murmura Bray d'une voix rauque. Rien qui nous indique le qui ni le pourquoi…

L'homme blessé au ventre n'était manifestement pas mort, car il émit soudain une sorte de grognement. Urswicke le retourna sur le dos. Ses yeux bougeaient en mouvements rapides et il claquait des dents. Il manqua de s'étouffer avec le sang qui coulait de sa bouche mais regarda Urswicke.

— Ce n'était… pas vous, articula-t-il dans un murmure. Pas vous…

Sur ces paroles, un tremblement le parcourut et il rendit son dernier souffle.

— Qu'a-t-il voulu dire ? se demanda Urswicke à mi-voix.

— Dieu seul le sait, Christopher, mais partons d'ici ! Le plus vite sera le mieux, et soyons discrets…

Ils abandonnèrent les corps dans la cour déserte et sortirent de *La Rose et la Couronne*. Bray, comme à son habitude, ne disait rien. Après la violence brutale du combat qu'il venait de disputer, Christopher avait l'impression d'évoluer dans un monde irréel. Il regardait autour de lui, sur ses gardes. N'y avait-il pas d'autres assassins en embuscade ? N'étaient-ils pas suivis, talonnés par cette armée d'ennemis omniprésents qui menaçaient sa maîtresse dans la plus grande discrétion ? À l'affût, il s'arrêta un instant pour observer derrière lui la ruelle sale et mal éclairée. À tout moment pouvait surgir une silhouette menaçante, une ombre pouvait foncer sur eux. Bray le tira par la manche, affirmant qu'ils ne craignaient rien. Cela ne suffit pas à le rassurer, mais il poursuivit sa marche. Les lieux et les personnes qu'ils croisaient lui semblaient comme entrevus dans un rêve, des images indécises voletaient devant ses yeux : une prostituée mise au pilori, exposée aux cris et aux insultes. Un bailli jouant de la cornemuse tandis que des gens lançaient de la boue et des fruits avariés sur une deuxième femme, immobilisée dans un autre carcan. Non loin, un arracheur de dents maniait ses pinces et son patient, ligoté à une chaise, hurlait de douleur. Un groupe d'hommes en armes traînait un hors-la-loi en tirant sur ses cordes à coups secs comme s'il s'agissait d'un cheval. Urswicke avançait toujours. Les faces blanches, fantomatiques, des mendiants et des estropiés qui demandaient l'aumône étaient comme le reflet de ses angoisses, avec leurs yeux proéminents et leurs bouches édentées. Un fou dansait frénétiquement à l'entrée d'une taverne tout en insultant un marionnettiste qui tentait de mettre en scène le meurtre effroyable d'un marchand de Lothbury. Des cris et des hurlements lui offraient un sinistre écho. Chants et vociférations se mêlaient, créant un décor sonore pour les diverses processions qui passaient dans les rues : cortèges de mariage ou d'enterrement, pompeux rituels de guildes dont les membres marchaient vers leur lieu de culte.

L'humeur d'Urswicke était toujours aussi sombre lorsqu'ils atteignirent St Michel, vieille église en pierre grise d'aspect sinistre, avec de très étroites fenêtres en ogive, des corniches qui s'effritaient et des gargouilles grossièrement taillées dans la pierre. Ils gravirent les marches usées et trouvèrent devant le portail en mauvais état deux baillis de la ville. Bray et Urswicke leur montrèrent leur laissez-passer « délivré par la chancellerie sur intercession de Margaret, comtesse de Richmond » et franchirent le porche. Urswicke frissonna en découvrant l'intérieur de l'église.

— Un royaume de spectres, murmura-t-il. Et voici son cerbère…

Petit et décharné, avec un visage strié de rides et d'une pâleur extrême, le père Austin se hâtait vers eux. Il se présenta d'une voix pressée tout en gesticulant, comme si la nef obscure présentait une menace pour eux trois.

— Jamais une telle chose n'était arrivée ici, s'indigna-t-il. Jamais !

— Quoi, mon père ? Que s'est-il passé exactement la nuit dernière ?

Urswicke accompagna sa question d'un mouvement du menton en direction du jubé en bois sculpté, devant lequel se tenaient deux autres baillis de la ville.

— Je suis terriblement inquiet, gémit le prêtre. Vous voyez ces gardes, messires ? Eh bien, ils s'en iront bientôt. L'échevinage ne pourra pas les laisser là très longtemps.

Urswicke hocha la tête avec bienveillance.

— Mais, mon père, ma question tient toujours : que s'est-il passé exactement cette nuit ?

— Eh bien, ma foi…

Le prêtre essuya ses mains moites sur sa soutane. Urswicke remarqua au passage que celle-ci était en laine de belle qualité. L'ecclésiastique avait en outre des bagues d'argent aux doigts et le col de sa chemise blanche étincelait de propreté. Un homme de Dieu qui prenait soin de sa personne, pensa-t-il. C'était néanmoins cet individu-là qui avait sauvé Pembroke des griffes du cruel Zeigler.

Au comble de l'agitation, le prêtre ne tenait pas en place et se retournait sans cesse pour regarder autour de lui. Urswicke le rappela à l'ordre en lui touchant la main.

— Ah oui ! ah oui…

L'homme se passa la langue sur les lèvres.

— Eh bien, j'avais verrouillé l'église la veille comme d'habitude et, avant que vous me posiez la question, messires, mon sacristain était avec moi quand je l'ai fait. Il m'a vu tourner les clés dans chacune des serrures et tirer les verrous.

Sur ces mots, il les entraîna vers le grand portail, assorti d'une poterne.

— J'avais bien verrouillé l'entrée principale et j'avais gardé la clé avec moi. Quand j'ai entendu le tocsin et que j'ai accouru dans l'église, c'est par cette porte-ci que je suis entré, après l'avoir rouverte avec cette même clé. Je vous avoue que je n'en menais pas large, même si je ne suis pas d'une nature poltronne, messires, je vous assure. J'ai servi comme aumônier royal dans l'armée du duc d'York, c'est vous dire…

— Oui, oui, nous le savons, acquiesça Urswicke. La comtesse Margaret nous a également dit que vous aviez sauvé un Gallois qu'on avait jeté dans la fosse d'un ours. Un acte de cruauté perpétré par une fripouille du nom de Zeigler.

— Ah oui ! en effet… fit le prêtre en se frottant les mains l'une contre l'autre. Zeigler était – et il est toujours – un grand pêcheur devant l'Éternel. Je suis heureux d'apprendre qu'il a été arrêté et enfermé à Newgate. Il est mûr pour la pendaison et prêt à descendre en enfer.

— Mais pourquoi avez-vous sauvé ce Gallois ?

— Que Dieu nous protège, maître Urswicke, vous auriez fait la même chose à ma place ! J'étais accompagné par un corps d'archers du Cheshire, des soldats d'élite avec lesquels Zeigler ne tenait pas à se fâcher. J'ai fait ce que j'ai pu. J'ai sorti le malheureux de la fosse et je l'ai confié aux bons soins d'une femme du village qui connaissait le pouvoir des plantes. Après tout, conclut-il avec un faible sourire, je suis prêtre, je ne pouvais pas passer mon chemin.

— Bien sûr… acquiesça Urswicke. Mais revenons maintenant à la nuit dernière, où Cromart a trouvé la mort.

— Oui, oui… Eh bien, j'ai ouvert la porte et je l'ai bien refermée à clé derrière moi, et puis je me suis hâté vers le beffroi, dit-il en les guidant vers celui-ci. J'y suis entré et j'ai commencé à monter les marches pour tenter de voir qui avait sonné le tocsin.

— La cloche s'était arrêtée ?

— Oui. Et il n'y avait personne, pas un chat ! Alors je me suis précipité vers le chœur. Queue-de-Rat se tenait dans un coin, le pauvre tremblait de tous ses membres, et Cromart, lui, gisait dans son sang sur le sol de la sacristie. Je me souviens très bien d'être allé vérifier la porte qui conduit aux latrines. Elle était fermée et barrée de l'intérieur.

— Mais c'est impossible ! protesta Bray.

— Je suis bien d'accord avec vous, maître Bray ! Toutes les portes étaient verrouillées et bloquées, hormis la grande entrée, qui n'était que verrouillée. Il n'y a dans l'église St Michel ni passage secret ni entrée dérobée. Alors, je vous le répète, tout cela reste un terrible mystère !

Se mettant à marmonner pour lui-même des paroles inintelligibles, le prêtre les entraîna vers le jubé, qu'ils franchirent, avant de contourner l'autel et de gagner le coin de l'abside réservé au droit d'asile. Il leur présenta Queue-de-Rat, un petit homme misérablement vêtu, affublé d'une tignasse de cheveux drus emmêlés, d'une barbe et d'une moustache rebelles. Le voleur les salua d'un geste vague sans se lever de son banc. Urswicke eut le temps d'apercevoir les moignons de ses doigts coupés à chaque main.

— Je vois mal cet homme tourner une clé dans une serrure, et encore moins manier l'arbalète !

Le père Austin, qui marmottait toujours dans sa barbe, les invita à avancer. Ils quittèrent l'enclave pour la sacristie, une salle longue et poussiéreuse avec des tables alignées le long du mur d'un côté et des armoires de l'autre. Le prêtre s'empressa de gagner l'extrémité de la pièce, débloqua, déverrouilla la porte et l'ouvrit en grand. Urswicke sortit dans le petit cimetière envahi de végétation et promena les yeux sur les innombrables croix en bois et les pierres tombales enfouies sous une forêt de ronces et de mauvaises herbes. Puis il repéra la fosse d'aisances creusée entre un arc-boutant et le mur de l'église. Il demeura là quelques instants avant de retourner dans la sacristie, où Bray et le père Austin avaient entamé une conversation.

— D'après notre bon prêtre, déclara Bray qui toucha l'épaule de son interlocuteur, il a lui-même fait cette nuit-là ce que nous venons de faire maintenant. Il est allé dans le chœur et il a contourné l'autel. Queue-de-Rat… enfin, l'énergumène que nous avons vu, était recroquevillé au fond du sanctuaire et Cromart était étendu là, dans cette sacristie. Queue-de-Rat, quant à lui, affirme ne rien savoir, il dit n'avoir rien vu ni entendu de particulier.

— C'est possible, répondit Urswicke en tapant le sol de sa botte, ses doigts jouant avec la garde de sa dague, mais vérifions par nous-mêmes…

Il rejoignit Queue-de-Rat et s'assit à côté de lui. Le larron le dévisagea à travers les cheveux sales qui lui tombaient sur les yeux et s'essuya le nez d'un revers de main. Tout dans son attitude trahissait la peur, mais Urswicke soutint son regard et surprit une lueur différente dans ses yeux chafouins. Il douta de la parfaite innocence de cet homme, qui venait à l'évidence des bas-fonds. Dans son monde, une seule chose comptait : garder la vie sauve.

— Que s'est-il passé ici, Queue-de-Rat, la nuit dernière ?

— Je ne sais pas, je dormais, répondit l'homme d'une voix râpeuse. Je n'ai pas arrêté de le répéter à tout le monde : j'étais endormi quand cette satanée cloche s'est mise à sonner ! Ça m'a réveillé en sursaut et je me suis mis debout en vitesse. Ça faisait fichtrement peur ! J'ai appelé Cromart, mais il n'a pas répondu. Alors, à ce moment-là, poursuivit-il en s'animant, de sorte qu'Urswicke le soupçonna pour de bon de jouer la comédie, comme il n'était pas à sa place de d'habitude, j'ai couru à la sacristie et là, je l'ai vu, et bien vu ! Il était allongé par terre, avec du sang partout. Ça m'a fichu une trouille de tous les diables ! Alors, je suis revenu ici et je me suis ramassé dans mon coin et j'ai attendu que le prêtre arrive.

— Allons donc !

Urswicke se rapprocha de lui et avança le visage tout près du sien.

— Je n'en crois pas un mot, Queue-de-Rat, murmura-t-il. Je te soupçonne d'être un fieffé coquin parmi les coquins. Tu as vu un homme mort et tu n'es pas allé lui fouiller les poches ? À d'autres… Ne me dis pas que tu ne lui as pas au moins prélevé sa bourse ! Réfléchis bien : si je t'accuse de ce crime, d'autres diront que tu as violé les règles de l'asile, et où cela te mènera-t-il ? Hein ?

Queue-de-Rat le considéra, tremblant d'une réelle frayeur, cette fois. Urswicke sortit un penny de l'escarcelle qu'il portait à la ceinture et le lui tendit.

— Je veux la vérité, rien d'autre. Dis-la-moi et tu auras cette pièce, ainsi que ma parole solennelle que je ne dirai rien à personne.

Le voleur hocha la tête quelques instants, puis poussa un soupir.

— Quand je l'ai vu là… commença-t-il. Quand je l'ai vu là, j'ai… j'ai regardé dans ses poches, oui… seulement il n'y avait rien. Et en plus, il n'y était plus…

— Quoi, « il » ? Qu'est-ce qui n'y était plus ?

— Eh bien, son ceinturon. Il avait une grosse ceinture en bon cuir, très large, avec des coutures et un étui pour l'escarcelle, et une gaine vide pour la dague… Mais messire, je vous le jure ici, devant le saint sacrement, il n'y avait plus rien de tout ça et ce n'est pas moi qui l'ai pris !

— Et en as-tu parlé au prêtre ?

— Bien sûr que non ! Il m'aurait accusé de l'avoir volé !

— Hier soir, à la tombée de la nuit, quand le père Austin a verrouillé son église, n'as-tu rien remarqué de bizarre, n'y avait-il pas certaines choses qui sortaient de l'ordinaire ?

— Non, rien du tout. Cromart était dans son coin. La seule chose, c'est qu'il avait mal. Il se tenait le ventre et il gémissait, je l'entendais se plaindre. Mais, à part ça, tout était comme d'habitude.

Urswicke scruta le visage de Queue-de-Rat. Cette fois, il disait la vérité, estima-t-il, mais peut-être y avait-il encore des choses qu'il lui taisait. Il lui lança la pièce, lui donna une petite tape sur l'épaule et se leva pour retourner dans le chœur, où Bray le rejoignit.

Tous deux remercièrent le prêtre et remontèrent lentement la sinistre nef. Urswicke s'arrêta plusieurs fois pour scruter le transept obscur ou examiner les peintures murales qui illustraient le combat permanent de l'archange Michel contre Satan et le pouvoir de l'enfer. Dans une scène qui retint son attention, deux démons à la chevelure de feu poursuivaient une âme damnée dans un ravin profond où brûlaient des flammes.

— Poursuite puis capture, Reginald, murmura-t-il. Tout comme ce que nous faisons, avec tous les mystères qui entourent notre vie. Nous sommes sur le point de pénétrer dans notre propre vallée obscure…

— Que voulez-vous dire ?

— Nous venons, Dieu nous pardonne, d'occire deux hommes, certes pour nous défendre, mais tout de même… Nous ne savons pas pour quelle raison ils nous ont attaqués, mais nous savons que les maisons de cette ville abritent des légions d'ennemis, grands ou petits, qui haïssent notre maîtresse. Et nous nous trouvons à présent dans une église où un fidèle de la comtesse, un membre de l'escouade du Dragon rouge, a été mystérieusement assassiné.

Il s'interrompit, pour reprendre plus bas, en regardant autour de lui afin de s'assurer qu'ils étaient bien seuls :

— Queue-de-Rat m'a confirmé ce qu'a dit notre maîtresse : le ceinturon de Cromart a été dérobé. Toutefois, cela fait partie de l'énigme. Pourquoi l'a-t-on volé ? Notre assassin cherchait-il le message codé du Dragon ? Comment est-il entré dans l'église et comment en est-il ressorti ? Est-ce lui qui a sonné le tocsin ? Et, bien sûr, pourquoi a-t-on tué Cromart maintenant, alors qu'il devait partir en exil, quitter l'Angleterre ? Il y a tant de questions… Cependant, l'une d'elles m'intrigue plus que les autres…

— L'implication des York ?

— Elle paraît logique. Cromart était un membre très important de l'escouade et tout indiquait qu'il portait sur lui le message codé. Or les York ont deux objectifs : d'une part, s'emparer de ce message, d'autre part, occire le plus possible de fidèles de la comtesse. Est-ce pour cela que l'assassin a nimbé son meurtre de tant de mystère ? Pour nous déconcerter et semer le trouble dans nos esprits ? Oui, telle est peut-être la réponse. Le doigt accusateur peut rester pointé sur les York, mais, pour mon père et pour n'importe quel autre juge, il n'existe aucune preuve. Certes, l'archidiacre Blackthorne doit être à la fois très mécontent et suspicieux, mais il n'y a rien pour incriminer les York, hormis la logique. Quoi qu'il en soit, les York ont tout de même risqué gros, et il faut croire que le jeu en valait la chandelle…

Urswicke se tut. Une clameur leur parvenait du dehors. Soudain la porte de l'église s'ouvrit et Sir Thomas Urswicke, Grand Juge de Londres, vêtu de la plus belle livrée de l'échevinage, entra de sa démarche assurée. Les clochettes d'argent accrochées aux éperons de ses bottes en brocart tintaient à chacun de ses pas pour annoncer son arrivée.

— Christopher, mon très cher fils !

Avec un large sourire, il ôta ses gants et tendit la main, jovial, en ignorant totalement Bray.

— Mon fils bien-aimé ! dit-il encore. En dépit des circonstances, qu'il est bon de vous rencontrer ! J'ai entendu dire que vous étiez ici.

— Mon cher père, je suis sûr que vous devinez la raison de ma présence. Et vous, que venez-vous faire en ce lieu ?

Sir Thomas tapa le talon contre les dalles du sol pavé pour faire sonner ses clochettes.

— Je vais vous faire un aveu, mon cher fils : je déteste

cette église d'ignorants. Mais je vous emmène avec moi, nos maîtres nous attendent…

Urswicke se cala sur la chaise étroite qui lui avait été attribuée autour de l'immense table en chêne. Il se trouvait dans la tour Blanche, voisine de la chapelle de saint Jean l'évangéliste, au cœur de la formidable forteresse de Londres où se concentrait le pouvoir royal. Son père siégeait face à lui. Ce n'était que sur son insistance que Christopher l'avait accompagné. Au cours du trajet, ce dernier n'avait même pas pris la peine de lui demander comment il avait eu vent de sa présence à St Michel : les baillis qui surveillaient l'église l'avaient évidemment averti dès son arrivée. Il lui lança un coup d'œil discret. Sir Thomas se gonflait de son importance, il faisait le beau et caressait distraitement la chaîne d'argent qui symbolisait son office en souriant à la comtesse, convoquée elle aussi. Christopher avait rencontré Margaret en bas, dans l'atrium, et d'un regard discret elle l'avait sommé de rester prudent, portant l'index à ses lèvres en un geste fugitif qui lui intimait de parler le moins possible. Christopher n'avait pas besoin de cette mise en garde : il se trouvait dans une maison de guerre. Dans la salle du conseil où ils étaient maintenant réunis, Édouard d'York, affalé dans un fauteuil aux allures de trône, jouait avec ses bagues et lissait par moments ses beaux cheveux, sa barbe ou sa moustache dorés. Avec sa haute taille, sa blondeur, son teint resplendissant, ses lèvres pleines et ses yeux bleus pétillants, ce superbe cavalier, le propre guerrier de Dieu, méritait sans conteste le titre de plus bel homme du royaume. Il revenait d'une partie de chasse et portait un superbe pourpoint de cuir, des collants et une chemise de batiste. Il avait jeté sa ceinture brodée d'argent sur un accoudoir de son siège.

À sa gauche se tenait George de Clarence. Celui-ci ressemblait à son royal frère, mais sa belle physionomie s'était empâtée, l'alcool avait rougi son visage et ses lèvres pleines étaient perpétuellement pincées en un rictus tantôt méprisant tantôt furieux. Ses prunelles bleues ne cessaient d'aller et venir tandis que ses doigts tambourinaient nerveusement sur la table. À la droite du roi, après Hastings, homme de confiance et fidèle compagnon de luxure d'Édouard, se trouvait Richard de Gloucester, le plus jeune des frères. Ce dernier n'arborait guère de similitudes avec ses deux aînés : des cheveux roux encadraient un visage pointu d'une grande pâleur où brillaient des yeux pleins de méfiance. Toutefois, lorsqu'il se détendait et souriait, il pouvait se révéler aussi charmant qu'un autre. Les deux frères du roi portaient la même tenue que celui-ci, mais, de même que tout individu franchissant le seuil de cette salle, ils avaient dû laisser leurs armes et leur ceinturon au chambellan posté à l'entrée.

Urswicke changea de position sur sa chaise en continuant de promener le regard autour de lui. Le meilleur ami de Richard de Gloucester, l'indolent Francis Lovel, était installé près de l'éternel Mauclerc, l'ombre du duc de Clarence. Cet écuyer de l'enfer était comme à l'accoutumée entièrement vêtu de noir, une habitude qui, de l'avis d'Urswicke, reflétait bien sa noirceur. Il avait une physionomie de loup, des yeux étroits constamment à l'affût, des joues grêlées et un menton aussi glabre que son crâne. Mauclerc avait l'air de ce qu'il était, une brute sans cœur, et, en reprenant le verset des Saintes Écritures, on pouvait dire qu'il ne craignait ni Dieu ni homme[1]. En cet instant, il conversait avec Sir Thomas mais, de temps à autre, son regard cruel allait vers la comtesse ou vers Christopher, à qui il décochait de froids sourires, avant de s'intéresser de nouveau au juge qui, pour sa part, ne cessait d'observer le roi à la dérobée.

Christopher se pencha vers la comtesse.

1. Luc 18, parabole de la veuve et du juge.

— Madame, dit-il, le temps est encore clément et les messages de votre manoir de Woking nous tiennent bien informés.

Il avait parlé d'une voix sereine, comme s'il s'agissait d'une conversation anodine. En réalité, ces mots contenaient un message codé : il venait de lui dire que tout était sous contrôle et que Bray et lui l'informeraient sous peu de leurs pérégrinations et de leurs découvertes. Margaret approuva d'un hochement de tête et lui tapota le bras.

Il se radossait à son siège quand la grande porte s'ouvrit soudain. Un ecclésiastique vêtu d'une chape grise bordée de fourrure fit son entrée, créant le silence dans l'assemblée. Grâce à son apprentissage aux Inns of Court, Christopher reconnut sans peine Adam Blackthorne, l'archidiacre de Londres, un personnage au visage taillé à la serpe dont chacun connaissait le caractère sanguin. Blackthorne déployait toute son énergie, jour après jour, à défendre voire à étendre les pouvoirs de la sainte mère l'Église.

Il s'agenouilla devant le roi et lui baisa les doigts avant d'aller prendre place dans le fauteuil qu'on lui avait réservé. Une fois le domestique qui l'accompagnait ressorti, le roi Édouard frappa dans ses mains et l'invita à entonner le *Veni creator Spiritus*. L'ecclésiastique s'exécuta d'une voix râpeuse mais sonore, tout en parcourant l'assistance d'un regard menaçant, comme s'il défiait quiconque de critiquer sa façon de chanter.

Christopher parvint à rester de marbre et préféra s'intéresser au décor. La salle du conseil était magnifique. D'immenses tapisseries ornaient les murs, les meubles en chêne brillaient et des vases, des coupes et des objets décoratifs posaient çà et là des points d'or et d'argent. Les dizaines de bougies en pure cire d'abeille diffusaient en brûlant un parfum délicieux. Pourtant, malgré ce faste raffiné, Urswicke savait que la violence pouvait éclater à tout moment, que la mort guettait dans les recoins sombres et menaçait en permanence l'apparente sérénité de l'assistance. Car jamais il n'oublierait le carnage qui avait suivi Tewkesbury et le traitement que les York avaient réservé au jeune Édouard, prince des Lancastre. C'était dans une salle comme celle-ci qu'on avait amené l'adolescent pour le provoquer. Au terme de la confrontation qui s'était ensuivie, les seigneurs des York avaient entouré l'héritier des Lancastre et l'avaient à tour de rôle transpercé de leur dague. Des actes de sauvagerie de ce type pouvaient fort bien se produire ici : Clarence était colérique et son frère Gloucester serait prompt à se défendre. Leurs fidèles respectifs, d'une loyauté à toute épreuve, se mêleraient à l'affrontement. La cour des York était somptueuse, centrée autour du roi : les hommes de cour se délectaient des sourires de leur monarque comme on savoure la lumière chaude de l'été. Mais l'obscurité pouvait descendre brutalement et se refermer comme un piège sur des innocents sans méfiance. Même sa maîtresse, la comtesse, n'était pas à l'abri. Le roi Édouard était peut-être bien disposé envers la gent féminine, mais il n'acceptait nulle opposition à sa personne. Malgré toutes les prières de l'archidiacre Blackthorne, Urswicke doutait que le Saint-Esprit pût pénétrer ce lieu.

Lorsque l'ecclésiastique se tut, un profond silence plana sur la salle. Édouard se mit alors à tambouriner du bout des doigts sur la table en regardant autour de lui, comme s'il cherchait à mémoriser chaque visage, puis il parut se détendre. Tapant dans ses mains, il souhaita la bienvenue à tous, et en particulier à la comtesse et à l'archidiacre, les gratifiant l'un et l'autre d'une vague inclinaison de la tête. Puis il frappa de nouveau dans ses mains.

— Eh bien, déclara-t-il avec un large sourire, mettons-nous au travail ! Nous connaissons tous l'existence de cette bande de combattants sanguinaires qui se fait appeler le Dragon rouge. Dieu a heureusement annihilé cette tribu de traîtres. Il semble que seuls sept de ses membres restent…

— Et même moins, à présent, coupa Thomas Urswicke qui, débordant de fierté, se pencha sur la table pour contempler d'un regard plein d'adoration le monarque qui l'avait fait chevalier.

Le roi choisit de ne pas se formaliser de l'interruption.

— Excellent ! s'exclama-t-il. Il me semble, Sir Thomas, que nous avons exécuté deux de ces félons à Walton, mais que deux autres ont pu s'enfuir, Guido Vavasour et Gareth Morgan, ce gredin qui s'est affublé du nom de Pembroke. Guido Vavasour, si je comprends bien, a été arrêté alors qu'il se terrait dans une taverne, la bien nommée *Nœud du pendu*. Bien nommée, puisque c'est cette fin-là qui l'attend !

Il éclata de rire de sa propre plaisanterie, invitant d'un signe l'assemblée à en faire autant. Tous l'obligèrent aussitôt avec enthousiasme. Christopher, lui, se contenta d'un sourire. En entendant ces mots, il s'était efforcé de ne rien manifester et de ne surtout pas se tourner vers la comtesse. Mais le coup était rude. Guido Vavasour et son frère Robert étaient deux des plus loyaux courriers de Margaret, des hommes passés maîtres dans l'art du travestissement et de l'esquive, qui pouvaient égarer n'importe quel poursuivant avec une habileté consommée. Ces agents loyaux étaient capables de quitter le royaume et d'y revenir en naviguant dans les Détroits sous toutes sortes de déguisements. En outre, les deux frères ne transportaient jamais sur eux de documents susceptibles de les compromettre : ils mémorisaient les messages pour les retransmettre ensuite avec une parfaite fidélité. Guido avait débarqué à Walton et, tout comme Pembroke, il était parvenu à échapper au piège qui leur avait été tendu, mais comment avait-il pu être ensuite capturé ? Et où était son frère Robert ?

Christopher sortit de sa rêverie alors que le roi vantait les mérites de son bon et loyal serviteur, Sir Thomas Urswicke. L'archidiacre Blackthorne leva la main pour parler.

— Votre Grâce, commença-t-il, la protection et la sécurité de la Couronne sont constamment dans les prières de mon maître et des autres évêques. Nous prions jour et nuit pour votre prospérité et celle de votre famille. Nous abhorrons la trahison sous toutes ses formes. Vous êtes le roi désigné par Dieu. Cependant, nous ne sommes pas ici aujourd'hui pour découvrir quelle bannière ont pu suivre ces rebelles, quelles menaces ils représentent, quels dangers réels ils posent. Non, Votre Grâce ! Considérons les faits : des survivants de cette escouade se sont introduits dans notre ville et ont demandé l'asile dans nos églises. L'un d'eux, Jacob Cromart, a été lâchement assassiné hier, à la faveur de la nuit, à St Michel. Son assassin n'a pas seulement commis un meurtre, il a accompli cette infamie dans une église, il a brisé la protection que Cromart était en droit d'attendre. Il a enfreint la loi de la plus odieuse manière.

Les mots de l'archidiacre restèrent suspendus dans le silence tels des poignards.

Quand Édouard prit la parole, il le fit d'une voix traînante, signe de danger, avertissement clair qu'il ne tolérerait aucune critique ni le plus vague antagonisme.

— J'ai déjà assuré à votre évêque, et cela vaut pour tous ceux qui, de près ou de loin, fréquentent l'église St Michel, que la maison d'York n'est en rien impliquée dans la mort de ce Cromart, ni directement ni par la main d'un autre. Vous ne devez pas oublier, et même notre bonne comtesse en attestera, que cet homme travaillait au service de certaines personnes, mais qu'il n'en a pas moins été déclaré coupable de trahison et condamné par contumace. Il était passible d'une mort immédiate s'il était arrêté. Croyez-moi, maître Blackthorne, si Cromart était tombé entre nos mains, sa mort aurait été bien moins douce.

— Très bien, Votre Grâce, soupira l'archidiacre. Mais vos serviteurs continueront-ils à enquêter sur cette affaire ? L'évêque de Londres réclame des réponses. Le droit d'asile a été bafoué, un homme a été cruellement abattu tout près des saints sacrements. C'est un sacrilège ! Un blasphème ! Le coupable sera bien poursuivi, n'est-ce pas ?

— Jour et nuit ! s'écria Sir Thomas. Je puis vous assurer, maître Blackthorne, que cette affaire n'est jamais éloignée de nos pensées.

— Et les autres hommes protégés ? interrogea l'archidiacre sans relever le sarcasme pourtant perceptible dans la réplique du juge.

— Ils seront escortés jusqu'au manoir de Thorpe. C'est une ancienne résidence royale isolée et actuellement à l'abandon qui pourra les abriter. Plus important, ajouta le juge avec un sourire, elle n'est qu'à une faible distance à pied du rivage. Les hommes protégés marcheront donc jusqu'à la mer, où les attendra un canot envoyé par une cogghe bretonne, *La Galice*, commandé par maître Savereaux. Comtesse Margaret, je crois que ce vaisseau et son capitaine sont bien connus de vous, n'est-ce pas ?

— Oui, oui. Le duc François estime beaucoup maître Savereaux et je lui voue moi-même une confiance absolue. C'est un marin chevronné qui a participé à de nombreuses batailles navales. Il est très expérimenté et il amènera son navire au plus près de la côte. Une fois les hommes protégés montés à bord de *La Galice*, je suis sûre qu'ils seront en parfaite sécurité.

— Vraiment ?

La question de Sir Thomas avait été formulée dans un souffle, mais n'avait pas échappé à Urswicke. Celui-ci garda la tête baissée, pensif. *La Galice* était un vaisseau de la flotte bretonne qui avait déjà rendu de grands services à la comtesse Margaret en fournissant un mode de transport très sûr à tous ceux qui avaient fui l'Angleterre après le désastre de Tewkesbury. On pouvait se fier à Savereaux les yeux fermés, mais il y avait indubitablement une menace derrière le « Vraiment ? » du Grand Juge. Urswicke se demanda ce que manigançait ce serpent venimeux qu'il avait pour père.

— Vous ne le croyez pas, Sir Thomas ? fit Margaret, sans doute désireuse d'arracher un serment à Sir Thomas devant la cour et l'Église réunies.

— Ils seront en sécurité, oui, répliqua le juge, tant qu'ils ne dévient pas de l'itinéraire fixé, qu'ils ne cherchent pas à fuir et qu'ils observent à la lettre les règles et le rituel prescrits par le droit canonique. S'ils se conforment à tout cela, ils n'auront rien à craindre de nous. En revanche, s'ils choisissent d'ignorer ce qui leur aura été édicté, ils seront sommairement exécutés.

Il se tut et esquissa une nouvelle fois son sourire perfide.

— Espérons-le vraiment, reprit-il, tandis que sa fausse bonne humeur quittait sa physionomie, prions pour que ces hommes observent nos édits, afin que nous puissions les bannir une bonne fois pour toutes de notre royaume ! Faisons-les disparaître comme nous envoyons la saleté dans les cloaques ! conclut-il en agitant les mains pour mimer le geste.

Puis il se pencha par-dessus la table et fixa la comtesse droit dans les yeux.

— C'est un exil *permanent* qui leur est infligé, sous peine de mort ! précisa-t-il.

Sir Thomas Urswicke se redressa alors de toute sa hauteur et se tourna vers le roi, qui le gratifia d'un hochement de tête à peine perceptible. L'ensemble de l'entourage royal, y compris les deux frères, murmura son approbation.

— Je m'assurerai personnellement que ces hommes

observent les rituels à la lettre, déclara la comtesse d'une voix dure. À cette fin, j'ai l'intention de les accompagner moi-même. J'ai envers eux certaines obligations, précisa-t-elle en levant une délicate main gantée devant elle.

— Vous devriez prendre garde, madame, lui conseilla le duc de Clarence. Ce sont des fidèles de votre parent Jasper Tudor, qui est lui-même un traître de la pire espèce !

— Monseigneur, rétorqua Margaret, ces hommes étaient aussi des fidèles de mon bien-aimé mari Edmond, Dieu ait son âme. J'estime réellement avoir des obligations envers eux.

— Ils n'en restent pas moins des traîtres.

— Monseigneur Clarence, persista la comtesse avec un demi-sourire, vous savez certainement – nous le savons tous – que la trahison est une notion relative. Ce qui semble une trahison le lundi peut être tout autre chose le vendredi. Les temps changent, les gens aussi. N'êtes-vous pas de cet avis, monseigneur ?

Elle conclut sa tirade et posa un regard lourd de sens sur le frère du roi, qui avait lui-même allègrement trahi sa famille et ses proches en plus d'une occasion. Le roi baissa la tête et posa la joue sur sa main. Richard de Gloucester esquissa un froid sourire tandis que les écuyers royaux s'agitaient sur leur siège.

— Louons le Seigneur ! s'empressa de lancer l'archidiacre. Madame, vous avez notre permission d'accompagner vos hommes protégés. Mais j'enverrai également mon propre représentant, le père Austin Richards, prêtre de St Michel : c'est son église qui a été polluée par le meurtre de Cromart et qui a besoin d'être consacrée de nouveau. Cette église reste ouverte et peut continuer à accueillir ses paroissiens, mais son prêtre avait la responsabilité d'assurer la sécurité de Cromart et il souhaitera peut-être se racheter en veillant à ce que les autres hommes protégés arrivent sains et saufs à bon port.

En outre, il a servi dans l'armée royale et il connaît sur le bout du doigt la notion de droit d'asile et les droits et privilèges que celui-ci confère. Y voyez-vous une objection, Sir Thomas ?

— Non, aucune.

Urswicke surprit un regard échangé entre son père et le monarque et se demanda une fois de plus ce qui se tramait. Malgré sa belle physionomie, sa grande courtoisie et ses manières affables, Sir Thomas était un individu des plus perfides. N'avait-il pas, par pure malice, trahi un à un les êtres qui lui étaient les plus proches et les plus dévoués ? Nul n'avait été épargné, ni la mère de Christopher, qu'il avait trompée et torturée par ses constants batifolages, ni ses prétendus alliés de l'échevinage. Dès que l'un d'eux avait paru présenter un quelconque danger, Sir Thomas l'avait frappé. Il avait ainsi envoyé bon nombre de ses anciens amis et partenaires à l'échafaud sans le moindre scrupule.

— Dans ce cas…

Le juge se frotta les mains en regardant le roi Édouard comme s'il l'appelait à l'aide, mais ce dernier se contenta d'un vague hochement de tête. Sir Thomas s'éclaircit la gorge.

— Dans ce cas, une dernière chose, reprit-il. Ou plutôt deux. Le traître Guido Vavasour a été arrêté, nous vous l'avons dit, et soumis à interrogatoire. Nous sommes maintenant à la recherche de son frère Robert et de Gareth Morgan, dit Pembroke. En voyant que le filet se resserre autour d'eux, ces deux hommes choisiront peut-être de demander l'asile dans une église, nous verrons. Toutefois, comme je vous en ai déjà informée, madame, Sa Grâce a également décidé de vider les églises d'un certain nombre de bénéficiaires du droit d'asile. Ainsi, quand notre procession (il marqua un léger temps d'arrêt sur ce mot, souriant à cette allusion oblique à un cortège funèbre) se regroupera dans le cimetière d'All

Hallows-by-the-Tower, elle sera rejointe par cinq autres hors-la-loi qui seront eux aussi envoyés de l'autre côté du pas de Calais. Voilà, Votre Grâce, conclut-il, tête courbée devant le monarque, nous en avons terminé !

Richard de Gloucester se leva et repoussa sa chaise.

— Parfait ! lança-t-il. Nous avons à présent d'autres sujets à aborder, des sujets urgents qui réclament votre attention, Votre Grâce, et celle de toutes les personnes réunies ici aujourd'hui.

— Oui, Richard, oui, bien sûr, acquiesça le roi d'un ton amène, comme s'il cherchait à prévenir des affrontements prévisibles.

Car déjà George de Clarence s'était hérissé et se gonflait d'orgueil à la manière du vaniteux qu'il était. Le monarque se pencha en avant, les coudes toujours sur la table. Son humeur, comme souvent, venait de changer brutalement. Il avait cessé d'être le prince plein de grâce pour se muer en seigneur de guerre, résolu à empêcher que n'éclate l'éternelle lutte d'influence entre ses frères.

— Lady Anne a disparu voilà cinq jours, expliqua Richard de Gloucester. Elle séjournait dans votre manoir au bord du fleuve, précisa-t-il en pointant un doigt accusateur sur Clarence.

— Il est vrai, rétorqua celui-ci. Et tout à coup elle s'est envolée ! La dernière fois qu'elle a été aperçue, elle se trouvait près du cellier, vêtue de son manteau et encapuchonnée, et elle se dirigeait vers la porte du jardin. Elle avait l'habitude de sortir par là mais, ce jour-là, elle n'est pas revenue et personne ne l'a revue depuis.

— Un accident ? suggéra Hastings qui, amorphe jusque-là, s'animait soudain. Une mésaventure ?

— À moins qu'elle n'ait été enlevée, rétorqua Lovel.

— Pourquoi me regardez-vous en disant cela ? s'emporta Clarence qui se souleva à demi de son siège, pour se rasseoir lorsque le roi frappa sur la table.

— La situation est claire pour tout le monde, déclara

Édouard en prenant une grande inspiration, mais elle peut donner lieu à de fausses interprétations. George, vous êtes marié à Isabel, fille de Richard Warwick, qui s'est éteint sans laisser de descendant mâle. Il n'avait que deux filles. Si Anne Neville ne réclame pas son héritage, si elle n'est pas en mesure de le faire, c'est Isabel, c'est-à-dire vous, mon cher George, qui hériterez de tout. Cependant que vous, mon loyal et dévoué Richard, avez demandé la main de Lady Anne…

— Et les allégations qui se répandent actuellement, enchaîna George de Clarence d'une voix forte et pleine de colère, c'est que moi-même ou quelqu'un de ma maisonnée sommes responsables de sa disparition !

Il jeta un coup d'œil à Mauclerc et ajouta à son intention :

— Dites-leur, vous !

— Nous avons fouillé toute la ville, s'exécuta l'homme de confiance en hochant la tête. Nous avions la description de la dame, qui est très reconnaissable, avec sa silhouette fine et ses cheveux dorés. Nos hommes ont écumé les tavernes et les auberges, et tous les lieux où des gens pourraient la retenir prisonnière.

— Mes hommes l'ont fait aussi, tempêta Gloucester. Sans succès !

Sous l'effet de son courroux, son visage habituellement pâle s'était marbré de rouge.

— De mon côté, intervint l'archidiacre Blackthorne, j'ai écrit à tous les couvents, les cloîtres et les congrégations de religieuses, à qui j'ai enjoints de me rapporter immédiatement toute arrivée d'une jeune femme dans leur communauté. Sans résultat là non plus…

— Votre Grâce, commença la comtesse Margaret, je regrette profondément la disparition de Lady Anne, ainsi que la douleur et les divisions dans lesquelles elle vous plonge.

Urswicke ne put qu'admirer le flegme de sa maîtresse

et l'habileté de sa réponse car, au fond de son cœur, elle ne souhaitait rien plus que de voir ces trois frères s'entretuer.

— Votre Grâce, répéta-t-elle, je partage votre souci, mais pourriez-vous me dire pour quelle raison j'ai été convoquée ici ?

— *Invitée*, rectifia le roi. Madame, nous sommes honorés de vous avoir parmi nous. Eh bien, tout d'abord, il y avait cette histoire de Pembroke et de Vavasour, qui nécessitait votre présence. Et pour ce qui est de cette autre affaire…

Le roi désigna du doigt Sir Thomas afin de lui laisser le soin de poursuivre.

— Lady Anne parlait toujours de vous en termes élogieux, comtesse Margaret, affirma ce dernier. En outre, nous savons que vous avez beaucoup de… comment dirais-je ? beaucoup d'admirateurs fidèles dans la ville.

— Des hommes et des femmes qui étaient très dévoués à mon défunt époux Edmond, oui.

— Et aussi à son fils, Henri, qui s'est actuellement réfugié en Bretagne.

— Vous pouvez bien avoir raison, Sir Thomas…

— Voilà pourquoi nous souhaitons faire appel à vos bons offices pour retrouver Lady Anne, madame, poursuivit le juge avec enthousiasme. Interrogez ces gens, voulez-vous ? Après tout, Sa Grâce a été extrêmement magnanime dans l'affaire des hommes protégés, et elle est toute disposée à maintenir cette grande faveur qu'elle vient de vous accorder.

— Surtout si vous nous offrez votre aide ! renchérit Richard de Gloucester. Pour ma part, je me préoccupe beaucoup de votre époux actuel, Sir Henry Stafford, et, si cet infortuné venait à mourir, je ferais tout ce qui est en mon pouvoir pour assurer votre bien-être. Dès lors, puis-je tabler sur votre soutien dans nos recherches ?

Je vous le demande tout de go : vous porterez-vous au secours de cette innocente jeune femme ?

— Je le ferai sans nul doute, acquiesça la comtesse.

Christopher décela une pointe de moquerie dans cette réponse et détourna le regard de sa maîtresse pour ne pas sourire.

— En ce cas, déclara George de Clarence, nous sommes parvenus à un accord et en avons donc terminé. Mon cher frère, fit-il en tendant la main à Richard, qui la serra, non sans réticence, je vous le jure sur ce que j'ai de plus sacré, je n'ai aucune idée de ce qu'ont pu être les pérégrinations de Lady Anne Neville.

Gloucester hocha la tête et Édouard tendit les deux mains pour saisir celles de ses frères. Urswicke ne perdait rien de la scène. Il eût aimé avoir Bray à ses côtés. Ce dernier aurait su mieux que lui étudier et interpréter ce qui se passait, mais il avait reçu l'ordre de rester dans l'atrium avec les laquais. Urswicke se tourna vers la comtesse, qui était perdue dans ses pensées. Lui aussi s'interrogeait : George de Clarence avait tout à gagner à la disparition de Lady Anne Neville et la logique portait à croire qu'il était à l'origine de celle-ci. Pourtant, en observant le prince avec attention, il lui semblait bien que, peut-être pour la première fois de sa vie, celui-ci disait la vérité.

La séance fut levée, mais le roi et ses frères entamèrent à mi-voix une conversation avec le Grand Juge. Urswicke tendit l'oreille. Manifestement, il était question d'un événement qui devait avoir lieu au pied de la tour Blanche. La comtesse se redressa et lui tendit la main.

— Venez, mon ami, murmura-t-elle. Cette mascarade n'est pas terminée. Pendant que nous sommes là, quelque chose se trame pour nous en bas, et je gage qu'il ne s'agira pas d'une surprise agréable. Quelque menace, un avertissement, que sais-je…

Ils suivirent les autres participants hors de la salle et

s'engagèrent derrière eux dans le large escalier. Bray les rejoignit dès qu'il les vit, se glissant près de la comtesse aussi silencieusement qu'une ombre. Il adressa un signe de tête à Christopher tout en regardant ailleurs, impavide, prêt à suivre le drame qui se jouait autour d'eux. Le jour déclinait et un vent mordant projeta une pluie fine sur leurs visages lorsqu'ils sortirent. Déjà, le roi et sa cour arrivaient et se dirigeaient vers le grand échafaud érigé à l'intérieur du mur d'enceinte, entre la tour Blanche et l'austère chapelle grise dédiée à saint Pierre aux Liens. Sir Thomas se tourna vers eux et leur adressa un geste cordial, puis vint à leur rencontre en souriant, comme s'il les conviait à participer aux festivités du solstice d'hiver. Urswicke comprit soudain que toute cette mise en scène avait été réalisée à leur intention : le gibet à trois branches, avec la corde qui pendait à celle du milieu, l'échelle accolée au poteau et les bourreaux en vêtements de cuir vert bouteille et masque rouge, qui attendaient patiemment, serrant de grosses cordes dans leurs mains gantées.

— Vavasour le traître va être pendu, annonça Sir Thomas avec désinvolture. Il n'a guère fallu de temps aux officiers de justice pour le condamner. Sa Grâce et ses frères souhaitent assister à cette exécution plus que justifiée, celle d'un traître qui s'est consacré à la destruction et à l'extermination de toute la maison d'York.

— Jugé et déclaré coupable devant la justice de l'échevinage, renchérit joyeusement Mauclerc, qui avait suivi le juge et se frottait les mains sans quitter la comtesse des yeux.

— Dieu ait son âme, murmura celle-ci.

— Quoi, madame ? Vous éprouvez de la commisération pour un traître ? persifla-t-il.

— Non, messire. J'éprouve de la compassion pour un être humain. Mais je ne pense pas que vous puissiez comprendre cela, si ?

Mauclerc recula d'un pas en glissant la main vers sa ceinture. La conversation fut interrompue par le son du cor et un battement de tambour montant des sombres souterrains de la tour Blanche. Une porte s'ouvrit soudain et les musiciens apparurent, vêtus de noir telles des figures de la Mort. Leur macabre cortège était suivi de deux apprentis bourreaux qui tiraient un prisonnier par les cordes qui le ligotaient. Les cheveux et la barbe de l'homme étaient sales et, lorsqu'il apparut dans la pâle lumière du jour déclinant, il leva la tête et sa bouche s'entrouvrit, révélant un magma sanglant à l'endroit où s'étaient jadis trouvées une langue et des dents. Urswicke saisit le coude de la comtesse et le serra en l'entendant murmurer une prière. Il jura tout bas. Près de lui, Bray gardait le silence, mais caressait doucement le bras de sa maîtresse, comme si ce geste avait eu le pouvoir de dissiper toute cette violence.

— Guido ! cria la comtesse.

Le prisonnier se tourna vers elle et ouvrit la bouche pour parler, mais il ne réussit à produire qu'une sorte de grincement sinistre.

— Dieu ait pitié, le Christ ait pitié, Dieu ait pitié... souffla Margaret sans quitter du regard la pathétique relique qui avait été jadis un beau jeune homme jovial aux manières raffinées, à l'esprit vif et à la prodigieuse mémoire.

Soudain, malgré la douleur que devait lui causer sa bouche en lambeaux, Guido Vavasour parvint à se dégager de ses gardiens et, avant qu'ils aient eu le temps de le rattraper, vint s'agenouiller aux pieds de la comtesse et leva ses mains liées pour se couvrir le visage de ses doigts. Alors il proféra de nouveau ce son atroce et pitoyable d'une voix qui ne pouvait plus se faire comprendre, comme désireux de prononcer des mots qu'il ne pourrait plus jamais former. Ses geôliers le tirèrent par les cordes, mais Vavasour résista, les mains toujours levées pour masquer son visage ravagé, tandis que ses yeux brillaient et papillonnaient frénétiquement entre ses doigts écartés. Il se laissa ensuite traîner jusqu'au pied des marches, puis il fut halé sur l'échafaud. Quand le bourreau lui libéra les poignets pour les lui rattacher derrière le dos, il ne chercha plus à résister. On le hissa en haut de l'échelle et le bourreau monta avec lui pour lui passer le nœud coulant autour du cou et l'ajuster.

Sir Thomas Urswicke, qui était monté sur l'estrade, prit la parole de sa voix puissante.

— Guido Vavasour, un félon qui s'est condamné lui-même par ses actions, un homme mauvais, un malfaiteur, un hors-la-loi qui a combattu sous la bannière traîtresse du Dragon rouge, se consacrant ainsi à la destruction de notre très noble roi Édouard…

Urswicke n'écouta pas la suite. Lorsqu'il eut terminé, son père se tourna vers le joueur de tambour, qui se mit à battre son instrument à un rythme d'abord lent, puis plus rapide, avant de s'arrêter. Alors le bourreau descendit de l'échelle et retira celle-ci d'un coup, laissant Vavasour suspendu dans le vide. Tandis que le supplicié se débattait et lançait des coups de pied, la comtesse, la tête baissée, récita le *De Profundis*. Urswicke regarda Vavasour s'agiter encore en tous sens, puis, bientôt, cesser de bouger.

— Ainsi meurent les traîtres, proclama le Grand Juge en posant le regard sur la comtesse. Tel sera le sort de tous ceux qui complotent contre notre noble souverain…

Installé dans la chambre à coucher de sa maîtresse, Christopher Urswicke observait les flammes qui dansaient avec énergie dans la cheminée. Une bûche qui s'était fendue en deux envoyait des étincelles et de petites poches de cuir remplies d'herbes séchées dégageaient en brûlant une fumée chargée de senteurs agréables.

Urswicke avait retiré ses bottes et détendait ses orteils. Son manteau et son ceinturon étaient posés sur un coffre à côté de lui. À sa droite, la comtesse Margaret s'était retirée dans ses réflexions après la brutale exécution à laquelle ils venaient d'assister et le récit qu'Urswicke lui avait fait de l'attaque meurtrière tentée contre eux à *La Rose et la Couronne*, ainsi que de leur visite à St Michel.

Tous trois avaient quitté la Tour juste après la mort de Vavasour, superbement ignorés par les seigneurs de guerre des York. Ceux-ci s'étaient regroupés autour de Sir Thomas, qu'ils félicitaient tout en aspergeant de vin chaud épicé la dépouille de Vavasour. Margaret et ses hommes s'étaient hâtés de rejoindre le quai et une barge les avait conduits au manoir. Durant le trajet, Bray n'avait rien dit. Malgré le froid, la sueur se mêlait à la pluie sur son visage cireux. Urswicke s'était alors souvenu que son ami avait jadis échappé de peu à une mort par pendaison et qu'il portait encore au cou, cachée sous son col, la marque de la corde. Cette semi-exécution avait laissé son empreinte non seulement dans sa chair, mais aussi dans son âme.

Parvenus à l'embarcadère du manoir, ils avaient quitté la barge et étaient entrés chez la comtesse dans un sombre silence. Tous trois attendaient Pembroke, qui devait arriver sous peu.

— Que Dieu ait pitié de son âme, déclara Urswicke, désireux de briser le calme qui lui pesait.

— Pourquoi lui ont-ils arraché la langue ? demanda soudain Bray. Ce pauvre Vavasour… Ils ont dû s'en donner à cœur joie à le torturer dans les sous-sols de la tour Blanche ! On dit que leurs murs sont décorés de tenailles, de pinces, de chaînes et que sais-je encore… C'est avec ces instruments qu'ils lui ont brisé la bouche. Mais pourquoi lui arracher la langue ?

— Ils ont dû estimer qu'une telle punition convenait à un homme qui avait l'habitude de transmettre des messages, suggéra Margaret. C'est aussi une plaisanterie macabre que de l'empêcher de plaider pour sa défense. Mais il a cessé de souffrir maintenant, ajouta-t-elle en se signant. Dieu ait son âme…

Elle s'interrompit. On venait de frapper à la porte. Pembroke entra. Il s'était glissé dans la maison tel un fantôme par l'entrée de l'embarcadère et avait été aussitôt conduit dans la chambre. Il salua sa maîtresse de loin, puis ôta ses bottes et son masque de boueux et tendit les mains vers le feu pour se réchauffer, touchant de temps en temps son autre masque, celui qui dissimulait son visage mutilé.

— Pembroke, mon cher ami, commença la comtesse, vous connaissez le sort fait au malheureux Guido. À présent, où est son frère Robert ?

— Dieu seul le sait, madame, répondit Pembroke en se redressant pour aller s'asseoir sur le siège recouvert d'un drap prévu pour lui. Nous nous déplaçons comme des feux follets, lui et moi. C'est la meilleure façon, la seule.

— À votre avis, qui a trahi Guido ? demanda Urswicke. Qui connaissait sa cachette ?

— Personne, répondit Pembroke, catégorique. En tout cas, aucun de ceux qui sont réunis dans cette pièce. Nul ne devait savoir où il allait se terrer, tout comme je ne dis moi-même à personne où je vais. C'est ainsi que nous procédons toujours. Nous étions convenus de nous retrouver à une certaine heure au cimetière de St Paul, près de la croix. Si l'un des deux ne se présentait pas, il fallait attendre le rendez-vous suivant. Pourtant, ajouta-t-il avec un soupir, malgré toutes ces précautions, les York en ont visiblement trop appris. On raconte, Christopher, que votre père le Grand Juge dirige un conseil secret de la chancellerie autorisé par le sceau privé du roi, destiné à recevoir et à traiter toutes les informations relatives aux forces ennemies, tant intérieures qu'extérieures. Ils sont à nos trousses, madame ! Ils ont déjà infligé de terribles pertes à l'escouade du Dragon rouge. Nous ne sommes plus que six à être encore en vie.

— C'est juste, souffla la comtesse en tirant son rosaire de la pochette qu'elle portait à la ceinture. Et croyez-moi, j'ai de plus en plus d'appréhensions quant à ce qui risque d'arriver durant cette marche jusqu'à Thorpe. Le Grand Juge a prononcé le mot de « procession » et je me demande si cette expédition ne sera pas bel et bien un cortège funèbre pour nos hommes prétendument protégés. Quant à ces hors-la-loi qui sont supposés nous rejoindre, je gage qu'au moins deux d'entre eux seront des espions des York. Notre avenir se présente sous de fâcheux auspices…

— Vous pourriez bien avoir raison, maîtresse, approuva Pembroke en remuant les pieds sous sa chaise.

— Parlez, je vous prie ! ordonna Margaret à ces mots.

— Ma foi, je suis descendu parmi ceux qu'on appelle les « hommes morts », commença-t-il.

Il faisait référence à ces habitants de l'ombre qui rôdaient dans la ville la nuit et se terraient le jour.

— J'ai bu de l'ale avec le Roi des vagabonds et ses princes, avec le Vicaire des enfers, le Pasteur du purgatoire et le Gardien des grilles. Vous savez qui sont ces personnages, n'est-ce pas ?

— Des seigneurs des bas-fonds, acquiesça Urswicke. Ce sont eux qui commandent les bas quartiers, le royaume des faux mendiants, les caves immondes et autres refuges de l'enfer où se terre la populace comme une meute affamée, en attendant le jour où elle sera délivrée.

— Tous disent la même chose, reprit Pembroke d'une voix voilée par l'émotion. Les Lancastre sont finis. Ceux d'entre nous qui autrefois se dissimulaient en attendant des jours meilleurs s'en vont à présent implorer le pardon, et ils sont tout disposés à jouer les délateurs pour l'ennemi. Les espions au service des York sont désormais aussi nombreux que les mouches sur des excréments. Nous ne pouvons plus être sûrs de personne.

Il secoua la tête et interrogea Bray et Urswicke du regard.

— Vous savez, n'est-ce pas, que le père Austin Richards a jadis servi les York et qu'il a été largement récompensé pour cela ?

— Nous l'avons appris, oui, acquiesça Bray.

— Très bien. Mais saviez-vous aussi que Queue-de-Rat, ce vaurien qui se donne des airs de couard, est soupçonné d'être, outre un vulgaire pickpocket et un voleur à la tire, un informateur bien rémunéré et protégé par l'échevinage ?

— Dieu du ciel ! murmura Bray. Il pourrait donc avoir contribué à l'assassinat de Cromart…

— Cela ne m'étonnerait pas, approuva Urswicke. Ce serait l'explication : Cromart n'a pas pu être tué derrière des portes closes. Queue-de-Rat a permis à son assassin de s'introduire dans l'église, puis de repartir. Et, qui sait, le père Austin est peut-être complice lui aussi ?

— Peu importe, résolut Pembroke. Partons du principe qu'il ne faut se fier ni à l'un ni à l'autre. Peut-être en découvrirai-je davantage quand je me serai réfugié à St Michel. Toutefois, je n'irai pas là-bas tout de suite, je vais continuer à me cacher. Robert Vavasour a prévu de me contacter ce matin et je lui ai dit que je serais ici jusqu'aux vêpres. Mais je crois qu'elles ont déjà sonné, j'aurais dû recevoir son message. Comme il n'en est rien, mieux vaut que je quitte les lieux.

— Vous entendez toujours suivre l'exécution de Zeigler ?

— Pour sûr, Christopher.

Urswicke scruta l'homme au sinistre masque et songea à tout ce qui s'était produit depuis son arrivée en Angleterre. Il revit la crique de Walton-on-the-Naze, la mer sous le clair de lune, les cavaliers qui chargeaient, Pembroke et Vavasour détalant pour échapper à la mort. Tous les mystères avaient débuté là. Désormais, Vavasour avait trépassé et Pembroke craignait pour sa vie à juste titre. Il n'était pas étonnant de l'entendre prononcer des discours si désespérés ! La cause des Lancastre avait été gravement mise à mal.

Urswicke comprenait aussi les états d'âme de la comtesse, qui sombrait jour après jour dans un désespoir de plus en plus grand. Son fils était en exil, ses capitaines de guerre étaient soit morts, soit emprisonnés, soit, comme Oxford, forcés à l'exil. Les York s'en prenaient aux racines mêmes de l'arbre des Lancastre. Jusque-là, Margaret s'en était remise à l'escouade du Dragon rouge mais, désormais, ces guerriers valeureux et fiables se trouvaient réduits à peu de chose. Les York les poursuivaient inexorablement, comme les furets traquent les lièvres. Voulaient-ils uniquement la destruction de ces hommes, ou cherchaient-ils autre chose ? En revenant de la Tour, Urswicke avait demandé à la comtesse si Vavasour ou Cromart avaient pu porter sur eux le message codé du Dragon et elle s'était contentée de secouer la tête. Il ne pouvait s'empêcher de penser qu'il y avait sans doute autre chose encore pour plonger l'esprit de la dame dans une telle tourmente. Elle se montrait trop taciturne, trop évasive, comme si elle ne se fiait plus au monde qui l'entourait, y compris à lui, Christopher. Certes la scène d'horreur dont elle avait été témoin ne pouvait qu'aigrir son humeur et, pourtant, il y avait eu, dans cette macabre mascarade de la Tour, quelque chose qui ne laissait pas d'intriguer Urswicke. Il ne parvenait pas à chasser de son esprit l'image hideuse de Vavasour qui, les mains sur le visage pour cacher sa bouche ensanglantée, proférait des sons à glacer le sang. Pourquoi s'était-il précipité ainsi aux pieds de la comtesse ? Qu'avait-il essayé de lui dire ? Voulait-il implorer son pardon ? Ou lui transmettre un message vital ?

Urswicke regarda autour de lui. Bray était pensif. La comtesse, les yeux fermés, dévidait son rosaire et ses lèvres formaient des prières. Pembroke émit une petite toux en jouant avec une boucle de sa veste crasseuse, puis tapota le sol du pied comme s'il s'apprêtait à parler, mais il se ravisa quand on frappa à la porte. La nouvelle servante de la comtesse entra et, hésitante, s'arrêta devant eux en frottant son gros ventre, qui tendait la futaine de sa robe.

— Qu'y a-t-il, Edith ? interrogea Margaret.

— Maîtresse, fit la jeune fille en lissant ses cheveux noirs, un gamin des rues a apporté ceci pour vous.

Elle lui tendit un petit rouleau de parchemin, que la comtesse lui arracha des mains, avant de la renvoyer sans aménité et d'aller refermer la porte à clé derrière elle. Puis Margaret considéra un instant le rouleau couleur miel.

— Mon nom et mon adresse sont indiqués, mais je pense que ce message est pour vous, déclara-t-elle à Pembroke.

Celui-ci se leva et le prit.

— Il vient de Vavasour, murmura-t-il. Celui-ci mélange à escient mes noms. Maintenant, je suis Gareth Pembroke…

Il fit sauter le sceau de cire, prit connaissance du message, puis le tendit à Urswicke.

— Cela va peut-être vous intéresser, Christopher, dit-il.

— « *La Cave du diable*, Darklin Street », lut Urswicke. Robert a besoin de vous rencontrer, il a des choses urgentes à vous dire. Vous feriez bien de partir sans délai.

Pembroke acquiesça.

— Messires, ne voudriez-vous pas m'accompagner ? demanda-t-il. J'apprécierais fort de jouir de votre présence et de votre protection.

Les deux hommes ne se firent pas prier. Ils prirent congé de la comtesse et quittèrent la maison avec lui.

Il n'y avait plus trace du petit messager devant la maison. Il avait dû prendre ses jambes à son cou après avoir accompli sa mission.

La nuit était tombée lorsqu'ils s'engagèrent dans le labyrinthe de rues et de venelles odorantes et Urswicke remarqua comme la ville s'était modifiée pour accueillir l'obscurité. C'était l'heure des couteaux, des garrottes et des gourdins. Les bas-fonds de Londres avaient ouvert leurs grilles pour déverser des êtres dignes des pires cauchemars. Il planait un silence sinistre, seulement troublé par les bruits de la nuit : quelques aboiements ou des grattements de chats explorant les monceaux d'ordures, en quête de reliefs ou de rats qui auraient l'impudence de se mettre sur leur chemin.

Çà et là, des points de lumière dévoilaient des scènes affligeantes : une prostituée sous un porche, jupes retroussées, deux gamins des rues squelettiques, épouvantables de saleté, dont l'un poussait un vieil homme dans une brouette tandis que l'autre transportait une marmite. Un mendiant caressait son chien et des gens attendaient, immobiles et silencieux comme des fantômes, hommes et femmes qui scrutaient tous ceux qui passaient devant eux. Ces prédateurs de la nuit guettaient la moindre faiblesse chez autrui tout en restant sur leurs gardes, car ils n'ignoraient pas qu'une proie pouvait vite se muer en chasseur. Des sons étranges s'élevaient parfois, des appels. Un enfant cria et la voix empâtée d'un ivrogne lui répondit.

Les trois hommes passèrent devant des échafauds. Des corps nus pendaient encore aux gibets et des odeurs fétides emplissaient l'air. Ils empruntèrent ensuite une ruelle qui se rétrécissait en un étroit passage. Les maisons, de part et d'autre, étaient si anciennes qu'elles penchaient dangereusement et se rejoignaient presque. Urswicke avait l'impression de s'être engouffré dans un tunnel obscur. Même lorsqu'ils quittèrent la venelle, l'obscurité continua de les entourer. Peu de lumières brillaient. Partout, portes et fenêtres étaient fermement barricadées. Parfois, des silhouettes sinistres émergeaient soudain, mais la vue des trois hommes marchant arme au poing était dissuasive et elles se rétractaient dans l'ombre sans demander leur reste.

Ils débouchèrent bientôt sur une petite cour pavée au coin de laquelle s'élevait *La Cave du diable*, une bâtisse étroite coincée entre deux immeubles délabrés. Malgré sa façade misérable et sa maçonnerie endommagée, la taverne abritait une salle plutôt engageante. Un bon feu brûlait dans la cheminée et le tavernier servait avec bonne humeur de l'ale et des plats chauds. Lorsque Pembroke s'approcha, l'homme s'entretint quelques instants avec lui à voix basse sans paraître perturbé par le masque. Urswicke regarda autour de lui et sourit : rien d'étonnant, comprit-il, la clientèle de l'établissement se composait exclusivement de membres de la guilde des boueux, qui avaient retiré leurs masques et s'étaient installés là pour boire et célébrer la fin d'une rude journée de travail.

Quelques instants plus tard, Pembroke faisait signe à ses deux compagnons de le suivre. Ils lui emboîtèrent le pas vers un angle de la salle d'où partait une volée de marches abruptes qui menaient à une galerie au premier étage. Ils prirent un long couloir où ne brûlait qu'une petite lanterne et qui sentait l'urine, malgré les multiples pots de lavande écrasée accrochés aux murs.

— La chambre de Robert est au bout, chuchota Pembroke. Elle donne sur les écuries.

Ils s'arrêtèrent devant la dernière porte et Pembroke frappa quelques coups discrets contre le battant. N'obtenant aucune réponse, il sortit sa dague et se servit du manche pour taper plus fort. Là encore, il n'y eut aucune réaction. Il se pencha alors pour introduire la pointe du couteau dans la serrure, puis se redressa et lança un regard soucieux à ses compagnons.

— La clé est à l'intérieur, dit-il. Quelque chose cloche. Que Dieu nous vienne en aide ! Nous ne pouvons pas rester ici très longtemps !

Aussitôt, Urswicke se précipita dans le couloir et redescendit au restaurant parler au tavernier. Celui-ci l'entraîna vers un tableau de bois accroché au mur près du comptoir, où pendaient des clés au-dessus de numéros grossièrement tracés à la peinture. Il en prit une et cria à deux de ses clients, des boueux, de se munir d'un maillet et de l'accompagner. Les quatre hommes montèrent et le tavernier inséra sa clé dans la serrure de la chambre, mais ne put la tourner. Il chercha à pousser la porte, qui résista.

— C'est verrouillé de l'intérieur et on dirait que la targette est mise… Nom d'un chien, quelque chose ne tourne pas rond !

Il fit alors signe aux deux boueux. Sur son ordre, celui qui tenait le maillet se mit à frapper la porte, pendant que lui-même redescendait pour gagner l'arrière de la maison, où se trouvaient les écuries. Il revint quelques minutes plus tard, essoufflé. Le volet de l'unique fenêtre de la chambre était fermé, dit-il, et il ne filtrait aucune lumière. Entre-temps, les boueux avaient continué à cogner la porte, se relayant avec le maillet pour attaquer tantôt la serrure, tantôt le haut du battant. Le bois finit par céder et la porte s'ouvrit soudain en grand, seulement retenue par ses gonds de cuir. Le tavernier avait rapporté deux grosses lanternes avec lui ; il en tendit une à Urswicke et s'engouffra aussitôt dans la chambre. Il faisait froid et sombre et il flottait une lourde odeur de renfermé. Aucune bougie ne brûlait et le charbon de bois, dans le brasero, s'était depuis longtemps transformé en poussière.

L'aubergiste leva sa lanterne et éclaira le fond de la pièce, où une scène d'horreur les attendait. Robert Vavasour était étendu par terre contre le mur, la tête projetée en arrière. Un carreau d'arbalète l'avait frappé en plein cœur et son pourpoint était tout imbibé de sang. Il avait dû mourir sur le coup, songea Urswicke en bousculant légèrement le tavernier pour s'agenouiller près du corps. L'aubergiste décampa sans attendre, tandis que Bray s'emparait de la lanterne et commençait à inspecter la pièce.

— Rien, annonça-t-il bientôt en revenant près d'Urswicke. Il n'y a rien, Christopher. Quelques objets sans valeur, des vêtements, des armes, c'est tout.

Il désigna le bas du pourpoint de Vavasour.

— Regardez, Christopher ! Il n'a plus son ceinturon, exactement comme Cromart.

— Pourquoi l'assassin s'intéressait-il au ceinturon de Vavasour ? interrogea Urswicke en levant les yeux vers Pembroke.

Celui-ci secoua la tête.

— Je n'en sais rien, murmura-t-il. Il cherchait peut-être le message codé du Dragon.

— C'est possible. Ou autre chose… Mais comment a-t-il pu entrer dans la chambre et en ressortir ? Cette fenêtre paraît trop étroite pour qu'un être humain puisse y passer et, de toute façon, le volet était fermé. Quant à la porte, elle était verrouillée de l'intérieur. C'est incompréhensible…

— Nous ne pouvons pas rester ici, déclara Pembroke. Christopher, l'aubergiste va alerter la ronde. Les hommes du sheriff arriveront bientôt et il ne faut pas qu'ils me trouvent là. Je vous conseille fortement de partir sans attendre, vous aussi. Allez, à la prochaine ! conclut-il en levant la main, avant de s'éclipser.

Urswicke et Bray demeurèrent encore quelques minutes au cours desquelles ils fouillèrent la dépouille de Vavasour et, de nouveau, la chambre, mais sans rien découvrir de significatif. Le tavernier revint bientôt les prévenir que la patrouille était en chemin. Il avait perdu son sourire et son gros visage luisait de sueur. En remarquant sa nervosité, Urswicke le soupçonna d'avoir un certain nombre de choses à cacher, peut-être des articles de contrebande entreposés dans sa cave ou des clients peu désireux d'attirer sur eux l'attention des hommes du sheriff.

— Il faut que vous partiez ! gémit-il.

— Écoutez-moi… ordonna Urswicke.

Il saisit l'homme par sa manche et lui glissa une pièce de monnaie dans la main.

— Cette chambre ne comporte-t-elle pas un passage secret ou une entrée dérobée ? interrogea-t-il.

L'aubergiste secoua la tête.

— Et la fenêtre ? interrogea Urswicke en le lâchant pour gagner celle-ci.

— Les volets sont barrés. Ouvrez-les, messire, vous verrez…

Bray souleva la barre, défit les crochets et poussa les deux battants de bois : la fenêtre qu'ils dissimulaient n'était guère qu'un carré, loin d'être assez large pour qu'un être humain pût s'y introduire. Elle était en outre bloquée par un parchemin huilé crasseux qui restait intact.

— L'assassin n'a pu entrer que par la porte, soupira Bray.

Urswicke saisit une lanterne et alla examiner celle-ci, son linteau, ses charnières, sa serrure et sa targette. Tout avait été arraché lorsqu'ils avaient enfoncé la porte. Il poussa du pied les morceaux de bois et les débris divers qui jonchaient le sol et s'agenouilla pour examiner la serrure et sa clé. Elles avaient été tordues sous les coups de maillet des boueux, qui étaient à présent redescendus pour boire la pinte d'ale gratuite promise par l'aubergiste. Urswickc poursuivit son inspcction. Il nc faisait aucun doute que la porte avait été verrouillée normalement et qu'elle était bien fermée à leur arrivée, puisque le pêne était encore engagé dans la gâche. Cette constatation ne fit que renforcer ses interrogations : comment l'assassin était-il ressorti de cette chambre ?

— Christopher ! le pressa Bray. Il faut partir ! Les hommes du sheriff ne doivent pas nous trouver là. Je n'ai aucune envie d'être soupçonné d'être impliqué dans ce crime et arrêté.

— Mais nous sommes impliqués, Reginald. Profondément ! Qui est le responsable de ceci ? Qui savait que Vavasour logeait là ? Pembroke l'a appris en même temps que nous. Alors que s'est-il passé ici ?

Urswicke claqua des doigts pour faire venir l'aubergiste auprès de lui.

— Que s'est-il passé ici ? répéta-t-il.

— Rien, il ne s'est rien passé ! répliqua l'homme. Vous voyez bien comme je suis occupé, moi ! Cet homme, mon client, fit-il en désignant le cadavre, est arrivé dans la matinée. Il a commandé de l'ale et un plat chaud, il a mangé et bu tout seul à une table, et puis il a demandé une chambre. Je lui ai donné la clé, il est monté, mais après ça, rien ! Rien du tout ! Il ne m'a pas posé de problème. Il y en a qui causent du désordre, qui s'enivrent et qui se mettent à casser les meubles ou à faire des dégâts. C'est pour cela que je garde toujours le double des clés. Mais ce client-là était calme. Je n'ai rien constaté de fâcheux chez lui. Ensuite, j'ai eu du travail, beaucoup de travail ! La guilde des boueux se réunit ici chaque jour, mais aujourd'hui, il y avait beaucoup de monde, parce que demain, c'est dimanche. En plus, le samedi, c'est le jour de grand nettoyage, on lave la salle, le puisard et les latrines. C'est important que ça sente bon et que la taverne reste propre.

— Cet homme a-t-il reçu de la visite ?

— Pas que je sache. En fait, je n'ai rien vu, je vous le dis, je ne sais rien sur sa mort…

— C'est impossible !

Urswicke regarda de nouveau autour de lui. La chambre

n'était en réalité qu'une cellule de dimensions réduites hermétiquement fermée. Il n'y avait pas d'autre entrée que la porte. Et pourtant, un assassin muni d'une arbalète s'y était introduit et avait occis Vavasour. Comment et pourquoi, cela restait une énigme. Urswicke se mordit le coin de la lèvre en observant le corps. Il avait rencontré Robert Vavasour de son vivant. Celui-ci était un soldat vigoureux qui savait fort bien manier le fer, alors pour quelle raison ne s'était-il pas défendu ? Il n'y avait aucune trace de combat dans la pièce, rien n'indiquait qu'il eût résisté. Pourquoi ?

Christopher Urswicke était rentré dans ses appartements privés, au premier étage du manoir de la comtesse. Il avait retiré ses bottes et accroché sa cape et son ceinturon au portemanteau et se reposait dans un fauteuil confortable près de l'étroite cheminée, Bray à ses côtés. Plongés dans leurs réflexions, les deux hommes contemplaient les flammes tout en cherchant des réponses à leurs questions, une issue à ce labyrinthe meurtrier dans lequel ils étaient entrés. Ils avaient quitté *La Cave du diable* quelques instants à peine avant l'arrivée des hommes du sheriff. Telles deux ombres, ils avaient glissé dans les rues de la ville pour courir relater à la comtesse ce qui venait d'arriver. Le visage grave, elle les avait écoutés. Quand elle avait relevé la tête, ses yeux brillaient de larmes. Elle avait cligné plusieurs fois des paupières et prononcé une prière pour l'âme des deux frères, Guido et Robert Vavasour.

— De bons et loyaux serviteurs, avait-elle murmuré ensuite. Ils seront amèrement regrettés. Oh ! combien d'autres victimes nous faudra-t-il déplorer encore ?

Elle s'était redressée pour regarder ses deux hommes de confiance.

— Oui, combien encore ? avait-elle insisté. Que Dieu nous vienne en aide ! Sommes-nous perdus ? Est-ce ainsi que tout va s'achever ? Mon fils exilé en Bretagne, oublié de tous, et moi, pauvre comtesse vieillissante… Ah ! j'ai de sombres pensées, je le concède ! Allez, sortez à présent ! Laissez-moi à mes prières…

Elle avait saisi un psautier sur sa table et ils avaient quitté la pièce en silence.

Bray toussota et se redressa.

— L'humeur de notre maîtresse ressemble fort à la nôtre, lança-t-il d'un ton morne.

— Comment s'en étonner ? répliqua Urswicke. Sir Henry Stafford, son époux, est mourant et elle-même est surveillée jour et nuit par la maison d'York, même ici, à l'intérieur de son manoir. Rien ne nous dit qu'Edith, par exemple, n'est pas à la solde de l'échevinage.

— C'est vrai. Les amis de Clarence rêvent de pouvoir frapper la comtesse. Mais, jusqu'à présent, ils n'ont aucune preuve pour lui reprocher quoi que ce soit, et c'est une dame de haute naissance respectée de tous. Et puis son mariage avec Sir Henry lui procure la protection du duc de Buckingham, étant donné tout le pouvoir et le prestige des Stafford. Comme ils ne peuvent pas l'atteindre directement, ils s'en prennent à ceux qui la soutiennent : Cromart, Vavasour et les autres, et nous par la même occasion.

— Oui, acquiesça Urswicke, la comtesse a raison : c'est une question de logique. Ils projettent maintenant d'assassiner ou de supprimer Pembroke et l'ensemble des hommes protégés. Je me demande combien d'entre eux atteindront sains et saufs le manoir de Thorpe et, plus encore, combien embarqueront à bord de *La Galice*.

— J'agrée ce que vous dites, acquiesça Bray. Cette mascarade meurtrière touchera bientôt à son terme. Les fidèles de la comtesse sont supprimés l'un après l'autre, pourquoi les hommes protégés seraient-ils épargnés ?

— Bon, très bien ! lança Urswicke avec brusquerie. Alors, soyons logiques : York veut que Pembroke et tous les hommes de son groupe disparaissent. Mon père, le Grand Juge, a pris personnellement la responsabilité de faire sortir du royaume les hommes protégés, conformément aux protocoles et aux procédures prescrits par la loi canonique. D'ailleurs, mis à part notre intelligence et notre vigilance, notre sainte mère l'Église est la seule arme dont nous disposions. Mon père ne peut se permettre de se l'aliéner. Par l'intermédiaire du père Austin, son émissaire, l'archidiacre Blackthorne surveillera les opérations avec la même attention qu'un faucon inspecte un champ de blé. Même si le prêtre est peut-être à la solde des York, c'est un ecclésiastique et il doit craindre d'offenser son épiscopat.

— Prions, murmura Bray. Prions pour que Pembroke puisse assister tranquillement à l'exécution de Zeigler et qu'il réussisse ensuite à pénétrer dans une église pour bénéficier du droit d'asile.

— Oh ! je ne doute pas qu'il y parvienne. Pembroke est un combattant redoutable, un homme résolu et résistant. Ce qui m'inquiète, en revanche, c'est que mon père ait décidé de le détruire, lui et le reste de l'escouade. Je ne doute pas qu'il ait déjà forgé un plan pour cela. Et comme il ne peut pas s'en prendre à eux en Angleterre – ni à Londres ni dans l'Essex –, je me demande ce qu'il a prévu. Que va-t-il se passer ? Oui, Reginald, que se passera-t-il si des alliés des York, Dieu sait lesquels, attendent nos hommes sur la mer ?

Bray hocha la tête sans rien dire, l'air soucieux.

— Ils avaient déjà manigancé un tel stratagème, reprit Urswicke. Au large de Walton, la cogghe de De Vere a réussi à en réchapper, Dieu merci, mais s'il avait été piégé et coulé, cela aurait été un désastre. Alors qu'arrivera-t-il si les York recommencent ? Imaginez : nos hommes embarquent sur *La Galice*, mais le bateau ne peut pas partir. Des pirates flamands l'encerclent, se rapprochent, le coulent, et tous les passagers sont tués ou se noient…

Édouard d'Angleterre, comme Ponce Pilate, s'en lave les mains et proclame sa parfaite innocence. Oui, c'est ainsi qu'ils vont frapper, cela ne fait aucun doute ! Dès lors, nous devons, si nous le pouvons, prévoir une action sur la mer.

— Mais est-ce possible ?

— Bien sûr !

Urswicke se pencha vers son ami et lui empoigna le bras.

— Récapitulons la foule de problèmes auxquels nous sommes confrontés... *Primo*, notre maîtresse est très inquiète, soucieuse, et elle se referme sur elle-même. Nous connaissons certains de ses tourments, mais, à mon avis, une partie de la vérité nous échappe. *Secundo*, son parent, Jasper, et son fils bien-aimé, Henri, sont en exil. Ils sont cachés et en relative sécurité en Bretagne. Néanmoins, si les York ont la possibilité de s'en prendre à eux, ils ne se gêneront pas pour le faire. Tous deux vivent sous la menace permanente de la hache, de l'épée ou de la coupe empoisonnée. *Tertio*, la comtesse a des alliés, mais la plupart d'entre eux se terrent dans la campagne ici, en Angleterre, tandis que d'autres boivent la lie amère de l'exil. *Quarto*, notre maîtresse a, ou a eu, une chaîne de messagers pour la relier à son fils en exil, des envoyés tels que Pembroke ou Vavasour, presque tous d'anciens membres de l'escouade du Dragon rouge. Hélas ! ces messagers sont actuellement trahis et assassinés. Cromart et les frères Vavasour en sont la preuve.

— Et leurs morts restent nimbées de mystère...

— Des énigmes impénétrables, confirma Urswicke. Cromart a été assassiné dans une église fermée à clé, Vavasour dans une chambre d'auberge tout aussi hermétique. Alors, *quinto* : qui est ce Judas qui nous nargue ? Nous ne devons pas oublier ce que nous a révélé Pembroke : le père Austin et Queue-de-Rat sont très probablement à la solde des York. Ont-ils joué un rôle dans le meurtre de Cromart ? Ont-ils pris part à celui de Robert Vavasour également ? Tout cela est très flou, Reginald ! Nous évoluons au cœur d'un épais brouillard.

On venait de frapper à la porte et il se tut au moment où un serviteur entrait.

— Maître Christopher, il y a un messager de l'échevinage en bas. Il dit être envoyé par votre père, Sir Thomas.

Urswicke jeta un coup d'œil à Bray, qui haussa les épaules.

— Faites-le monter !

Quelques instants plus tard, un courrier vêtu d'une livrée de l'échevinage maculée de boue entra dans la pièce, salua les deux hommes et tendit à Christopher un manteau de laine neuf et une belle bourse de cuir.

— De quoi s'agit-il ? s'étonna ce dernier.

L'homme esquissa une moue contrariée.

— Ce sont des présents de votre père, maître. Sir Thomas a trouvé que vous aviez l'air fatigué et négligé lors de votre dernière rencontre, et il vous envoie donc ces cadeaux pour soulager votre embarras.

Urswicke s'apprêtait à refuser lorsque Bray toussota en secouant imperceptiblement la tête. Il prit donc les présents.

— Vous informerez mon noble père que je lui suis très reconnaissant de sa bienveillance et de sa générosité, déclara-t-il. Dites-lui que, comme toujours, il a touché mon cœur.

L'homme s'inclina et sortit. Bray alla s'assurer que la porte était bien fermée avant de prendre la parole :

— « Je crains les Grecs, même lorsqu'ils font des cadeaux », dit-il. En l'occurrence, ce ne sont pas les Grecs, mais le Grand Juge de Londres, Christopher, qu'il faut craindre.

Urswicke posa le manteau et la bourse sur une chaise, se frotta les mains et demeura un moment immobile, les yeux baissés.

— Oui, méfions-nous de mon noble père, murmura-t-il. Quelle intention se dissimule derrière ces présents ?

Il désigna d'un geste la bourse. Deux roses blanches avaient été grossièrement cousues sur le cuir, de chaque côté.

— Rose blanche, rose rouge, reprit-il en souriant, quelle que soit la couleur de la rose, il y a manifestement un chancre malin au cœur de la nôtre…

— Je suis d'accord avec vous, approuva Bray. Tout ce que nous vivons actuellement est nimbé d'une brume de perfidie et de traîtrise. Votre père vous fait parvenir des cadeaux… Pour ma part, je donnerais tout ce que je possède pour savoir comment il a appris que des hommes allaient débarquer à Walton cette fameuse nuit ! J'ai réfléchi, Christopher. Pensez-vous qu'il puisse être pour quelque chose dans cette agression dont nous avons nous-mêmes été victimes à *La Rose et la Couronne* ? Serait-ce lui qui a engagé ces deux assassins pour nous éliminer ?

— Je le pense, oui. Mais qu'a dit l'un d'eux avant de mourir ? Qu'a-t-il insinué quand il a murmuré que l'attaque ne me visait pas, moi ?

Il frappa le sol du pied, énervé, et désigna la chandelle des heures.

— Bon, c'est assez, Reginald, il faut dormir ! déclara-t-il. Nous devons nous lever tôt demain matin. J'ai moi aussi la ferme intention de voir ce Zeigler se balancer au bout d'une corde…

TROISIÈME PARTIE

« Oh ! quelle terreur nous saisira… »

Le lendemain matin, toute la ville semblait avoir eu la même idée qu'Urswicke et Bray. De très bonne heure, juste après la messe, le grand bourdon de Newgate s'était mis à sonner, lugubre et grave, pour annoncer une pendaison imminente et proclamer que l'âme d'un pêcheur serait sous peu envoyée devant Dieu pour y être jugée. Des marchands et leurs épouses, enveloppés dans de beaux manteaux d'hermine ou d'étoffe de qualité, coiffés de chapeaux ou de casquettes en castor et les pieds au chaud dans des chaussures en cordovan, descendaient Cheapside et les Shambles, pressés d'assister au spectacle. Les bijoux dont ils s'étaient parés pour l'occasion étincelaient sous le soleil matinal. Tout ce beau monde affluait vers la grande esplanade où se pratiquaient les mises à mort, ce marché de la chair voisin de la prison de pierre grise, Newgate, avec ses fenêtres quadrillées de barreaux, sa grille et ses portes cloutées et bien gardées. Les commerçants avaient fermé leurs boutiques et confié à leurs apprentis le soin de les surveiller. Munis de triques ou de massues, ceux-ci avaient l'instruction très stricte de prendre garde aux gens de la nuit, chevaliers de l'ombre, maîtres du couteau, escamoteurs et escrocs sortis de leurs tanières ou de leurs sous-sols nauséabonds, qui grouillaient dans le quartier en quête de profits rapides.

Autour des échafauds et des piloris, bedeaux et baillis étaient également présents. Ces sergents de l'échevinage se promenaient parmi la foule avec, à la main, des tiges de bois pointues, grossièrement affûtées pour laisser des échardes, et ils traquaient les pickpockets et les voleurs, qu'ils piquaient avec une joie maligne.

Certains spectateurs étaient venus en groupe : la guilde des Âmes perdues, par exemple, composée d'hommes et de femmes très pieux qui assistaient à chaque mise à mort afin de prier pour les condamnés, ou les frères du Sac, dont l'unique apostolat était les prisonniers, qui chantaient des psaumes et égrenaient des chapelets pendant les exécutions. Ceux-là, et d'autres dévots tout aussi fervents, se mélangeaient avec quelques démonistes qui entouraient les échafauds dans le but de récupérer des reliques pour alimenter leurs rites. Profitant du froid mordant, du gel et de la bise qui stimulaient l'appétit, taverniers et aubergistes envoyaient leurs garçons de cuisine ou leurs serveuses fendre la foule compacte pour vendre des viandes épicées, du vin chaud et d'autres boissons revigorantes.

Encagoulés et chaudement enveloppés dans leurs capes qui les protégeaient du vent glacé, Urswicke et Bray se faufilaient eux aussi parmi les badauds à la recherche d'un poste d'observation d'où ils verraient bien l'entrée de la prison. Le bourdon s'était tu et l'on attendait que se lève l'immense grille d'où émergerait la charrette du condamné, qui traverserait la rivière Tyburn pour aller déposer Zeigler au pied de l'échafaud.

Urswicke avançait, distrait par les pensées qui se bousculaient dans son esprit. Il se remémorait la sombre sacristie de St Michel où Cromart avait trouvé la mort et réfléchissait à la conversation que Bray et lui avaient eue la veille. Le père Austin et Queue-de-Rat étaient-ils impliqués d'une manière ou d'une autre dans le meurtre ? Même si tel était le cas, aucun des deux n'avait pu en revanche jouer un rôle dans l'arrestation de Guido Vavasour, ni participer au mystérieux assassinat de son frère dans une chambre d'auberge. Et Pembroke ? Serait-il longtemps préservé du danger ? Urswicke prit une inspiration. Dans cette foule, il devait se montrer plus vigilant. Il avisa un barde perché sur un socle rocheux, qui tentait sans grand succès de distraire les badauds avec des histoires de visiteurs venus des montagnes de la Lune, et lui tendit quelques pièces tirées de son escarcelle. L'homme les empocha avec reconnaissance et quitta aussitôt son piédestal. Urswicke s'appuya sur l'épaule de Bray pour prendre sa place. Une fois en hauteur, il chercha Pembroke des yeux. Celui-ci avait dû arriver de bonne heure, vêtu et masqué en boueux, et se poster à proximité du portail de la prison.

Urswicke scruta le premier rang du public, la meilleure place pour voir passer le célèbre bandit avant qu'il se mît à danser dans le vide. Il lui sembla apercevoir Pembroke derrière la barrière, au tout début de la trajectoire prévue pour la charrette. Il plissa les yeux. Était-ce réellement lui ? À cet instant, le boueux tourna la tête vers lui et il sourit : oui, c'était bien lui. Toutefois, il n'était pas seul. Deux femmes l'accompagnaient, vêtues de la robe grise des nonnes de la maison des minoresses, un couvent situé en dehors des murailles, près de Cripplegate. Quand elles regardèrent dans sa direction, il ne put distinguer leurs traits, mais il ne faisait aucun doute que Pembroke était avec elle, puisqu'elles se tenaient de part et d'autre de lui et qu'il conversait tantôt avec l'une, tantôt avec l'autre.

Urswicke eut soudain l'impression qu'il se passait quelque chose et l'appréhension le saisit. L'air était riche en odeurs diverses et la foule autour de lui restait bruyante et excitée. On parlait, on priait, on jurait et l'on riait toujours, mais un changement subtil s'était opéré dans l'atmosphère. Regardant au loin, il aperçut plusieurs hommes armés, vêtus de cuir bouilli, ceinturon de combat à l'épaule, qui émergeaient des rues adjacentes. Des brigands, à l'évidence, qui portaient des tours de cou rouges proclamant les couleurs de leur clan.

— Des malandrins ! murmura-t-il à l'oreille de son compagnon. La bande de Ziegler, assurément. Les hommes avec lesquels il menait ses actions.

— Dans ce cas, attendons-nous à du grabuge ! Il n'est pas coutumier que des malandrins viennent regarder l'un des leurs se faire exécuter. Avec les hommes du sheriff en faction, ils n'auraient jamais pris le risque de venir ici.

Ils se turent tous les deux. La cloche de la prison s'était remise à sonner, sombre proclamation de l'événement sur le point de se produire. La grille de fer se leva dans un grincement et le rythme du bourdon s'accentua jusqu'à devenir incessant, accompagné alors par la sonnerie stridente de trompettes. Les hommes du sheriff sortirent de la prison en file indienne, puis vint le groupe des bourreaux. Ceux-ci entouraient le tombereau, tiré par quatre grands chevaux caparaçonnés de cuir noir brillant. Décoré de rubans noirs et rouges, le chariot n'était en fait qu'une immense cage sur roues qui pouvait contenir plus de douze prisonniers, mais qui, ce matin-là, n'en comportait qu'un seul : un géant, auquel on avait rasé le visage et la tête et que l'on avait vêtu d'une longue tunique blanche immonde de saleté. Souvent, les condamnés placés dans cette cage s'y couchaient pour pleurer et se lamenter, mais pas celui-ci.

— Zeigler le scélérat, murmura Urswicke. Il a vraiment le physique de l'emploi…

Debout derrière les barreaux, Zeigler accueillait les cris et les huées par sa propre litanie d'injures. Il crachait, secouait le poing en l'air et frappait le fer de la cage. Urswicke se tourna pour inspecter de nouveau la foule.

Les brigands, aisément repérables à leurs tours de cou rouges, convergeaient les uns vers les autres comme un banc de poissons, bousculant les badauds pour se rapprocher du tombereau.

Les soldats du sheriff, qui n'étaient guère plus qu'une troupe de seize hommes à pied, semblèrent s'alarmer. Certains sortirent leur poignard. Le sergent qui dirigeait les chevaux revint en arrière pour tenter de repousser le groupe de plus en plus important des hors-la-loi qui menaçaient maintenant d'entourer complètement la charrette.

Au même instant, Urswicke vit s'avancer vers la cage un boueux enveloppé dans sa cape de cuir, son masque sur le visage : c'était Pembroke, qui se mit à hurler des malédictions au prisonnier. Zeigler se désintéressa de ses complices pour lui répondre par des insultes plus rageuses encore, tout en frappant violemment les barreaux, mais la clameur qui s'amplifiait empêchait Urswicke d'entendre les propos échangés. Le convoi devait alors opérer un virage pour se diriger vers les Inns of Court. Il ralentit, puis s'arrêta. Les brigands choisirent cet instant pour donner l'assaut. Ils se précipitèrent vers les malheureux gardes et vers les bourreaux, tandis que quatre d'entre eux, armés de marteaux et de barres de fer, s'attaquaient à la porte du tombereau. Comprenant ce qui se passait, Pembroke tourna les talons et se fondit dans la foule affolée qui cherchait désormais à fuir cette violence inattendue. Urswicke sauta de son rocher et saisit Bray par le bras.

— Partons ! cria-t-il. Personne ne sera pendu ce matin.

Plusieurs heures plus tard, Urswicke et Bray étaient revenus dans l'église St Michel. Assis par terre contre un placard de la sacristie, sale et débraillé après sa course à travers la ville, Pembroke leur faisait face.

— Alors ça y est ? Dès que vous avez quitté l'esplanade de Newgate, vous êtes venu demander asile ici ?

— Maître Christopher, il me semble que c'est évident, non ? répliqua Pembroke avec un petit rire amer.

— Et votre confrontation avec Zeigler ?

— Nous nous sommes copieusement insultés l'un l'autre. Je lui ai révélé qui j'étais, j'ai dit que j'avais payé cher pour pouvoir le regarder se balancer dans les airs. Il se souvenait très bien de moi et il s'est moqué, il m'a dit qu'il ne reconnaissait pas mon visage.

— Il s'est donc évadé…

— J'ai l'impression qu'il a réussi, oui. À l'heure qu'il est, il doit se terrer au fond d'un cloaque ou dans des sous-sols tout aussi répugnants que lui.

Il secoua la tête.

— Dommage ! soupira-t-il. Le voir pendu m'aurait dédommagé en partie des souffrances qu'il m'a fait subir…

— Mais ne trouvez-vous pas cela suspect ? s'enquit Urswicke. J'en viens pour ma part à me demander si cette évasion n'était pas programmée…

Pembroke détourna la tête et, en dépit du masque, Urswicke perçut toute la fureur qui l'habitait.

— N'entendez-vous pas le poursuivre ? demanda Bray.

— Comment le pourrais-je ? s'emporta Pembroke en se frappant la cuisse du poing. Comment le pourrais-je, moi, un fugitif ? Je viens de demander l'asile dans cette église et je n'ose même pas retourner auprès des hommes morts pour engager un assassin. Je n'ai plus qu'à prier pour le recroiser un jour de ce côté-ci de l'enfer. Quant à son évasion…

Il eut un haussement d'épaules désabusé.

— Vous savez comme moi qu'il arrive que des prisonniers s'évadent, que des échafauds ou des gibets soient attaqués… Cependant, comme vous, maître Christopher, je ne serais guère étonné que le sheriff ait été impliqué dans l'organisation de cette opération. Je ne sais pas…

Il s'interrompit et poussa un soupir.

— Dites-moi, interrogea encore Urswicke, pourquoi avoir demandé l'asile précisément dans cette église ? Je vous ai déjà posé cette question, certes, mais, étant donné ce qui s'est produit aujourd'hui, Zeigler risque fort de venir vous trouver ici ! conclut-il avec un rire abrupt.

— Vous avez répondu à votre propre question, maître Christopher ! Tout d'abord, malgré le meurtre de Cromart, St Michel offre encore le droit d'asile. Ensuite, comme vous le savez, le père Austin m'a déjà sauvé de la férocité de Zeigler. Il a pour moi de la sympathie et de la compassion, et ce serait folie de ne pas en tirer parti. Troisièmement, ce même pasteur escortera les hommes protégés jusqu'à la côte, et je suis heureux de pouvoir me placer sous sa protection durant cette expédition. Quatrièmement, si la situation se dégrade avant notre départ, St Michel n'est pas loin du fleuve, et dans ce dédale de venelles qui y mènent, je pourrai sans peine semer d'éventuels poursuivants. Vous savez comme il est facile de se perdre dans un tel labyrinthe ! Et enfin, c'est ici que mon ami et compagnon Cromart a été assassiné, et je me demande s'il n'a pas caché quelque chose dans le creux d'un mur, une fente du dallage. Soit, j'admets que cette éventualité est peu probable…

— Et quand vous aurez rejoint la Bretagne ?

— Mes amis, dit Pembroke en baissant la voix, laissez-moi m'assurer que Queue-de-Rat n'est pas en train d'écouter aux portes…

Il se leva et gagna la porte, dont il tira les verrous en silence. Puis il se dirigea vers le chœur et en revint un moment plus tard en secouant la tête.

— Cette église est complètement verrouillée, s'exclama-t-il, et mon bon camarade Queue-de-Rat n'est assurément pas homme à nous épier dans l'ombre.

Il vient de m'affirmer qu'il avait entendu du bruit et qu'il a voulu vérifier, c'est-à-dire qu'il s'est posté à l'entrée du jubé, et il est certain d'avoir vu une silhouette voltiger entre les piliers du transept nord.

— Et alors… ? interrogea Urswicke, perplexe.

— Quand le père Austin m'a accueilli tout à l'heure, il m'a assuré qu'il avait personnellement verrouillé avec soin toutes les portes. Pour entrer et sortir de l'église, il passe lui-même par une petite poterne près des fonts baptismaux. À ma demande, il m'en a confié la clé, afin que je puisse nous enfermer à l'intérieur. À présent, reprit-il, vous vouliez savoir ce que je ferai une fois que j'aurais atteint la Bretagne sain et sauf…

Il s'interrompit net. Un grattement à la porte de la sacristie se faisait entendre.

— Dieu du ciel ! s'exclama Bray en se levant.

Il alla ouvrir la porte et ils découvrirent un Queue-de-Rat tremblant qui désignait du doigt le chœur. Dans la lumière tamisée, il avait l'air si pathétique qu'Urswicke se demanda comment un tel énergumène pouvait être rémunéré par les York pour quelque tâche que ce fût.

— Il y a quelqu'un dans l'église ! gémit le voleur. J'en suis sûr ! J'ai vu une ombre. Maître Pembroke, messires, j'ai une frousse bleue… !

Urswicke et Pembroke se levèrent comme un seul homme.

— Allons fouiller l'église ! décida ce dernier. Ainsi nous en aurons le cœur net.

Ils traversèrent le sanctuaire. Bray descendit la nef jusqu'à la grande entrée et rejoignit le clocher. Urswicke gagna l'obscur transept nord, tandis que Pembroke s'engageait dans la partie sud, tout aussi sombre. La lumière n'entrait que par les étroites fenêtres en ogive des murs extérieurs. Les trois hommes explorèrent chaque recoin, ils vérifièrent la porte du diable, celle des corps et l'ancienne poterne par laquelle passaient jadis les lépreux.

Comme les autres, ces trois accès étaient solidement verrouillés et leurs clés rouillées profondément enfoncées dans leurs serrures. Urswicke crut entendre un grincement de porte, mais la vieille église craquait et bruissait de toutes parts, comme si elle trouvait les pierres qui la constituaient trop lourdes à porter. Il rejoignit Bray à l'entrée du clocher : son camarade en avait déjà gravi les marches, aussi Urswicke alla-t-il vérifier la porte principale, avant de retourner dans le sanctuaire. En dépassant l'autel, il faillit buter contre le corps de Queue-de-Rat, qui gisait dans son sang. Il cria pour appeler les autres et s'agenouilla près du corps. Un carreau d'arbalète enfoncé dans la gorge du larron lui avait sectionné la chair et les os du cou.

— Et ton escarcelle… ? murmura Urswicke.

Il fouilla les haillons du mort et en tira une vieille bourse ; celle-ci contenait le penny qu'il lui avait donné la veille, mais aussi deux grosses pièces d'argent, qu'il s'empressa d'empocher. Déjà Pembroke et Bray le rejoignaient et, tout en marmonnant l'un comme l'autre des prières, s'agenouillaient près de lui.

— Comment est-ce possible ? souffla Pembroke en rajustant son masque. Comment ? Aucun de nous trois n'est venu ici armé d'une arbalète. Pour ma part d'ailleurs, avec ce masque, j'ai peine à imaginer comment je pourrais amorcer, viser et lâcher un carreau…

Bray secoua la tête, tout aussi incrédule.

— Queue-de-Rat ne mentait pas, en fin de compte, déclara Urswicke. Il a bel et bien vu quelqu'un dans l'église.

Il se signa et se releva.

— Laissons le corps, nous ne pouvons plus rien faire pour lui, et inspectons une nouvelle fois les lieux !

Ils recommencèrent leur fouille approfondie, qui se révéla aussi infructueuse que la précédente. Lorsqu'ils eurent terminé, ils se retrouvèrent près du jubé.

— Aucune arme ! soupira Urswicke. Ni rien non plus qui indique qu'un intrus se soit trouvé là, rien que l'assassin ait pu abandonner derrière lui !

— Ils vont nous accuser, souffla Pembroke. L'un de nous, ou nous tous. Nous sommes seuls dans cette église. Mais regardez-moi, fit-il en frappant d'un geste impatient le cuir crasseux de son costume, envoyant autour de lui un nuage de poussière fétide. Messires, supplia-t-il, fouillez-moi comme vous avez fouillé cette église : je ne porte aucune arme !

Ses yeux mouillés de larmes considéraient les deux hommes à travers les fentes du masque.

— Inutile, le rassura Urswicke en lui tapotant l'épaule. Aucun de nous n'est en cause.

— C'est un vrai mystère, murmura Bray. Il doit forcément exister une entrée dérobée qui nous aura échappé. C'est la seule explication possible.

— Il n'y a aucune logique à cette histoire, renchérit Urswicke. Nous n'avons rien vu, rien entendu : ni un déclic d'arbalète, ni le moindre cri indiquant que Queue-de-Rat ait résisté ou qu'il ait au moins aperçu son assassin. Et pourtant, il a bien été tué ! Pourquoi ? Pourquoi quelqu'un a-t-il jugé nécessaire d'abattre un vulgaire voleur aussi pathétique que celui-là ?

Il désigna Pembroke.

— Vous nous avez dit que Queue-de-Rat pouvait être un informateur, un espion à la solde des yorkistes, n'est-ce pas ?

— Ce larron était un fourbe, un maître de la dissimulation et…

Il n'acheva pas, car des bruits leur parvenaient de l'extérieur. Quelqu'un cognait contre une porte, puis ce furent des vociférations. Urswicke se releva et se précipita vers le chœur. Cela venait de la porte du diable, dans le transept nord. Il s'empressa de la gagner, tourna la clé et l'ouvrit : le père Austin était là, entouré d'un groupe d'hommes armés de bâtons. Tous s'engouffrèrent dans l'église. Urswicke recula en levant les deux mains devant lui.

— Bonjour, mon père, dit-il. *Pax et bonum*. Quel est ce tumulte ?

— Par tous les diables…

Le pasteur s'avança. Il tenait à la main une masse garnie de pointes qu'il brandissait devant lui.

— En ma qualité de prêtre, il m'est interdit de porter l'épée, expliqua-t-il, mais voilà qui me défendra tout aussi bien contre les malveillances. Et nous pensons, ajouta-t-il en désignant du menton les hommes misérablement vêtus qui l'entouraient, nous pensons qu'il s'est produit ici un acte de malveillance. Est-ce que tout va bien ?

— Queue-de-Rat est mort, soupira Urswicke. Un carreau d'arbalète dans la gorge…

À ces mots, des exclamations retentirent. Le prêtre les fit taire d'une main levée.

— Et où se trouve le responsable ? demanda-t-il.

— Dieu seul le sait.

Urswicke prit le prêtre à part et lui raconta en détail ce qui s'était passé. Austin l'écouta, tout en faisant signe à ses paroissiens de se taire et en resserrant par moments les doigts autour de son gourdin.

— Queue-de-Rat avait donc raison, conclut-il quand Urswicke eut terminé. J'avais pour ma part réuni mon conseil chez moi, au presbytère. Nous étions dans la pièce qui donne sur le cimetière, et deux de mes paroissiens ont soudain vu une silhouette par la fenêtre, un homme qui courait, courbé en deux. Ils ont aussi vu une porte s'ouvrir et se refermer, celle des corps. Je me suis hâté d'enfiler mes bottes et ma cape et nous nous sommes tous précipités ici. Bon, à présent, je voudrais voir le corps…

Il ordonna aux hommes de rester là où ils étaient et accompagna Urswicke jusqu'à l'autel. Après avoir salué

Bray et Pembroke de la tête, il s'approcha du cadavre, étouffa une exclamation et se signa. Puis il se rendit dans la sacristie pour revêtir son étole et prendre une fiole d'huile consacrée et une autre d'eau bénite dans un coffre et revint administrer les derniers sacrements à Queue-de-Rat : il lui ferma les yeux, qui fixaient encore le vide, puis lui appliqua de l'huile sainte sur le front, sur les paupières et aux coins des lèvres, où coulait encore du sang. Urswicke l'observa avec attention. Pour lui, cet homme n'était pas seulement le prêtre vieillissant, austère et vénérable qu'il paraissait être. Il l'avait vu tenir son gourdin à la manière d'un ancien soldat et, en certaines occasions comme celle-ci, il avait reconnu chez lui la démarche arrogante des guerriers chevronnés. Le père Austin, songea-t-il, n'avait pas peur du sang.

Le pasteur surprit le regard qu'il posait sur lui.

— Ça n'est pas beau à voir, mon ami ! déclara-t-il en se relevant et en reprenant son gourdin. Mais que signifie cette intensité avec laquelle vous me fixez ?

— Je m'interrogeais… Vous avez été soldat, n'est-ce pas ?

— Maître Christopher, vous savez ce que je suis. J'ai jadis porté la livrée des yorkistes, oui. J'ai servi les parents du monarque actuel, le duc Richard et son épouse Cecily, la duchesse.

Le visage sévère de l'ecclésiastique se fendit d'un froid sourire. Il s'approcha de Pembroke pour lui poser une main sur l'épaule.

— J'ai quitté leur service peu après avoir sauvé mon camarade ici présent de la cruauté de Zeigler.

— Vous le nommez « camarade » ?

— À juste titre. J'ai soulagé une âme en détresse. J'ai aidé cet homme à devenir une belle personne. N'est-ce pas, Gareth ?

Pembroke émit un petit rire et esquissa une courbette ironique.

— Et à présent, Zeigler s'est enfui, intervint Bray. J'ai entendu dire qu'il pourrait demander asile à l'Église.

— Ce n'est qu'une rumeur, rétorqua le prêtre. Des on-dit véhiculés par ses criminels compagnons. Pour moi, ce scélérat se cache plutôt dans quelque recoin immonde de la ville. Bon, j'ai maintenant une dépouille fraîche à ensevelir et un nouveau rapport à transmettre à l'archidiacre Blackthorne. À vrai dire, en dehors de moi, je gage qu'il sera le seul à déplorer la mort de ce pauvre Queue-de-Rat, une autre victime sacrifiée en ce lieu sacro-saint que devrait être le sanctuaire…

Urswicke et Bray firent leurs adieux. Pembroke leur assura qu'il était en sécurité dans l'église. Le père Austin renchérit et affirma qu'en attendant leur départ pour All Hallows, prévu le lundi suivant, trois membres du conseil paroissial monteraient la garde dans l'église, tandis que d'autres resteraient postés à l'extérieur devant chaque porte. Urswicke et Bray sortirent par la porte des corps. Ils discutaient de ce qui venait de se produire lorsqu'un religieux de l'ordre des Frères du Sac, le visage noir de saleté et la soutane en lambeaux, surgit soudain et s'approcha en glissant sur l'herbe durcie par le gel, une assiette en fer-blanc à la main. Parvenu devant eux, il s'arrêta et esquissa une petite danse en leur tendant sa sébile.

— L'aumône pour les pauvres ! lança-t-il d'une voix plaintive avec un sourire qui révéla des dents noires. Ayez pitié, mes bons seigneurs ! Rien qu'un penny pour m'acheter une miche de pain rassis !

Urswicke ouvrit l'escarcelle pendue à sa ceinture.

— Allez-y, posez votre pièce dans l'assiette, maître Christopher !

Urswicke releva la tête, surpris. Le moine approcha son visage.

— Votre maîtresse demande à vous voir, murmura-t-il.

— Dieu tout-puissant ! s'exclama Urswicke, avant de

se retourner vers son compagnon en souriant. L'aviez-vous reconnu, Bray ?

Bray observa le moine, bouche bée.

— Prestepied, murmura-t-il. C'est Prestepied !

Urswicke examina leur interlocuteur.

— Prestepied, mon ami, vous êtes décidément un maître du travestissement, commenta-t-il.

Il lâcha sa pièce, qui fit tinter l'assiette.

— Et là, vous vous êtes surpassé. Jamais je n'aurais deviné…

— Tout comme ceux qui me surveillaient et qui auraient voulu me suivre, répondit Prestepied. Je les ai tous confondus. Ils m'attendaient, ils me guettaient, mais ils ne m'ont pas vu quand je suis passé devant eux. Ce matin, je suis un simple frère du Sac qui demande l'aumône. Alors, messires, donnez-moi une autre pièce et je m'en irai.

Cette fois, ce fut Bray qui fit tomber son obole dans la sébile.

— Et le message, alors ? s'enquit Urswicke.

— Simplement ceci : votre maîtresse a besoin de vous de toute urgence, elle vous attend dans son cabinet particulier.

— À quel propos ?

— Je ne fais que délivrer les messages, maître Christopher.

— Est-il arrivé quelque chose de fâcheux ? insista Urswicke en se rapprochant du prétendu moine tout en jetant une nouvelle pièce dans le récipient tendu.

— Je ne fais que délivrer les messages, répéta Prestepied.

Il leva la main pour esquisser un semblant de bénédiction, puis s'éloigna.

Les deux hommes le suivirent des yeux, avant de s'engager dans les ruelles qui descendaient vers le fleuve. Parvenus sur le quai, ils louèrent une barge puissante de six rameurs et un timonier et s'assirent en poupe sur une bâche. Le bateau largua les amarres et, sans trop s'éloigner de la rive, se fraya un chemin parmi les embarcations de toutes sortes qui encombraient le fleuve. Scutes de pêche, canots, gabares et bachots devaient tous lutter contre le fort courant et se faisaient ballotter dangereusement. Les feux qui brûlaient à la poupe et à la proue de la plupart d'entre eux perçaient tout juste le brouillard. On ne voyait pas le fleuve à deux mètres, sauf quand la brume se levait soudain, pour revenir aussitôt offusquer la vue et étouffer les sons. Une vigilance de tous les instants s'imposait pour les équipages. La Tamise n'était qu'une houle glacée et la moindre erreur de manœuvre pouvait se révéler fatale. Urswicke tenta de se détendre. Il jeta un coup d'œil à la voile, puis sur l'eau, loin devant lui. Deux caraques flamandes accrochèrent son regard, de grands vaisseaux de combat sur le point d'accoster à Queenhithe. Il les suivit des yeux tandis qu'elles manœuvraient l'une derrière l'autre et songea que, s'il était marin, il se méfierait fort de ce genre de bateaux. Car malgré leurs bannières proclamant qu'ils venaient de tel ou tel port, les Flamands étaient de proches alliés des yorkistes. En un mot, c'étaient des pirates qui menaient des batailles navales pour le compte de ceux-ci, de sorte qu'Édouard et les siens pouvaient ensuite protester de leur innocence. Urswicke se demanda si les deux caraques qui approchaient du quai n'étaient pas celles qui avaient voulu immobiliser *La Gloire des Lancastre* quelques jours plus tôt. Leur présence dans un port de Londres ne signifiait-elle pas qu'un nouveau danger se profilait ?

Il se mordit la lèvre. Bientôt, la comtesse quitterait la capitale pour suivre les hommes protégés dans leur marche à travers la campagne désolée de l'Essex jusqu'au manoir de Thorpe, puis vers la mer et *La Galice*. À l'évidence, le trajet en lui-même serait semé de périls pour ces hommes mais, une fois qu'ils auraient embarqué, que leur arriverait-il ? Urswicke recula sur le banc. La barge continuait à lutter contre les caprices du fleuve. Pour se distraire du tangage qui, associé à de violentes odeurs de poisson avarié, commençait à lui donner la nausée, il croisa les bras, ferma les yeux et songea à ce qu'il avait vu à St Michel. L'église verrouillée et bloquée de l'intérieur, Queue-de-Rat étendu dans son sang avec cette épouvantable plaie à la gorge… D'autres souvenirs s'y ajoutèrent alors : Vavasour, les doigts écartés sur le visage, émettant cet horrible son de gorge à travers sa bouche en lambeaux…

— Tous ces morts ! murmura-t-il. Toutes ces trahisons !

— Christopher ?

Il rouvrit les yeux. Bray le secouait par l'épaule.

— Christopher, nous y sommes, Dieu merci…

La comtesse se montra morne et silencieuse lorsqu'elle reçut ses deux hommes de confiance dans son cabinet de travail, voisin de sa chambre à coucher. Elle s'assit devant le feu en faisant signe à Bray et Urswicke de s'installer de chaque côté d'elle et écouta leur récit. De temps à autre, elle les interrompait par une question ou une exclamation étouffée.

— Et que se passe-t-il ici ? lui demanda Urswicke lorsqu'ils eurent terminé. Votre maître d'hôtel et vos serviteurs nous ont paru bouleversés, voire effrayés. J'ai même aperçu Edith, votre nouvelle servante, en train de pleurer à une table près du cellier…

— Clarence et Gloucester sont venus ici avec leurs hommes de main, de vrais buveurs de sang. Parmi eux, il y avait Mauclerc, qui est un loup d'une violence inouïe, né pour tuer. Vous le connaissez, n'est-ce pas, Christopher ?

— Oui, et je vous assure que je le tuerai un jour !

— Ce ne sera pas facile, grommela Bray. Mauclerc est un sanguinaire. Comme dit notre maîtresse, c'est un loup, une bête féroce déguisée en être humain.

— Un loup, cela se piège, cela se capture et cela se tue, assura Urswicke en saisissant sa coupe pour boire une gorgée de vin épicé. Et que voulaient-ils ?

La comtesse tapota le sol de son chausson de brocart.

— Il y avait quelqu'un d'autre avec eux, Christopher, murmura-t-elle.

— Mon père ?

Christopher sentit son estomac se nouer, comme chaque fois qu'il apprenait que son père et la comtesse s'étaient rencontrés. Certes, Clarence et Mauclerc haïssaient tout naturellement les Tudor, mais Sir Thomas, lui, évoluait dans des sphères plus ténébreuses. Christopher sentait que son père ne serait jamais plus heureux que s'il assistait à l'anéantissement total des Tudor et pouvait s'en attribuer le crédit. Toutefois, il ne s'agissait pas uniquement de politique. La comtesse était restée au chevet de l'épouse du Grand Juge durant la dernière phase de sa douloureuse maladie, et Christopher se demandait si la mourante ne lui avait pas confié des choses que lui-même ignorait, des secrets qui ouvraient une fenêtre sur la véritable nature de Sir Thomas et sur le fiel qui bouillonnait dans son âme. Il avait toujours senti que son père craignait Margaret Beaufort, comtesse de Richmond, mais n'avait pu mettre le doigt sur les motifs de cette défiance. Détenait-elle des informations susceptibles de salir son nom et sa réputation aux yeux des York ? Sir Thomas avait-il failli dans son allégeance, à l'époque où l'étoile des Lancastre s'était mise à briller de tous ses feux et de toute sa puissance ?

— Que voulaient-ils ? interrogea Bray, répétant la question de son ami.

— Oh ! ils m'ont informée du nouveau meurtre commis à l'église St Michel et, bien sûr, de l'évasion réussie de Zeigler. Au sujet de celle-ci, je me pose certaines questions…

— Lesquelles, maîtresse ?

— Eh bien, Zeigler était un brigand, un assassin, une brute, mais c'était la brute des York. Je me demande si son évasion, sa fuite et sa disparition n'ont pas été planifiées par ses anciens maîtres.

Elle sourit.

— Mais, là encore, ce n'est qu'une idée que j'ai eue… ajouta-t-elle.

— Mais pour quelle raison auraient-ils fait cela ? demanda Urswicke. Zeigler a été arrêté, jugé, déclaré coupable et condamné à la pendaison. Pourquoi les York toléreraient-ils qu'un tel gredin échappe à la justice ?

— Je l'ignore, Christopher. Je n'en ai pas la moindre idée… Quoi qu'il en soit, en ce qui concerne le diable d'York et ses deux frères, ils sont toujours à la recherche d'Anne Neville. Ils ont pratiquement mis toute la ville à sac et ont même envoyé des courriers dans les comtés environnants.

— Ils sont donc venus solliciter votre aide ?

— Oui et non. Bien sûr, ils me détestent, et ils haïssent mon fils plus encore. Toutefois, ils sont arrivés à la conclusion qu'Anne a été enlevée et ils estiment que ce doit être l'œuvre de ceux qu'ils appellent des traîtres : des fidèles de la maison de Lancastre.

Margaret fit taire les exclamations des deux hommes en levant une main pour réclamer le silence.

— Mes amis, ne soyez pas impulsifs ! ordonna-t-elle. Une telle allégation est somme toute logique ! Anne Neville est la fille du duc de Warwick, qui est mort en combattant dans le camp des lancastriens. C'est une très riche héritière et, potentiellement, une prise de guerre que nous aimerions tous capturer.

— Oh non ! s'exclama Bray. Ne me dites pas qu'ils vous accusent de l'avoir enlevée ! De la retenir prisonnière pour l'envoyer ensuite à l'étranger, afin peut-être de lui faire épouser votre fils ? Est-ce possible, qu'ils vous tiennent ainsi pour responsable ?

— Ma foi, aucun d'eux n'a proféré cette accusation, rectifia la comtesse en jouant avec les perles de son rosaire, qu'elle avait enroulé autour de ses doigts. Ils ont surtout insisté sur le fait que d'autres personnes pourraient être responsables, en insinuant discrètement que j'en étais peut-être informée et que, dans ce cas, je pouvais les aider davantage.

Elle poussa un profond soupir et poursuivit :

— Anne Neville est une jeune personne très agréable et immensément riche. Sa disparition reste un mystère. Mais comment aurais-je pu l'enlever, alors que je suis soumise à une surveillance perpétuelle, entourée de leur horde d'espions ? Bien sûr, ils m'ont écoutée et m'ont répondu qu'il n'existait aucune preuve de mon implication dans sa disparition. Gloucester, en particulier, m'a priée de me montrer attentive à toutes les rumeurs, tous les bruits susceptibles de circuler sur le sujet. Je l'ai assuré que je ferais tout ce qui est en mon pouvoir pour aider Lady Anne.

La comtesse esquissa un petit sourire malicieux.

— Gloucester avait déjà sollicité mon aide par le passé, reprit-elle en se redressant. Sur le plan personnel, je crois qu'il m'apprécie. Je ne puis en dire autant de votre père, Christopher ! Sir Thomas était là, silencieux, suffisant comme à son habitude, et il me regardait comme un chat fixe un trou de souris. Et puis, tout à coup, il a émis une remarque abracadabrante sur la raison qui m'incitait à vouloir accompagner le « pèlerinage », comme il l'a appelé, jusqu'au manoir de Thorpe.

La comtesse but quelques gorgées de sa coupe, qu'elle reposa avec précaution sur la petite table à côté d'elle.

— Il a insinué… enfin, peut-être même plus que cela… que je songeais à quitter le royaume et que, si je souhaitais accompagner les hommes protégés jusqu'en Bretagne, c'était dans l'objectif d'aller rejoindre mon fils en exil. Bien sûr, je me suis contentée de rire de cette suggestion.

Elle cligna plusieurs fois des paupières pour chasser les larmes qui lui mouillaient les yeux.

— Et ensuite, madame ? souffla Urswicke.

Margaret prit la main de son fidèle clerc et la serra dans la sienne.

— Il a persisté, m'a dit qu'un tel désir était compréhensible. Que mon fils vivait dans un péril constant et que, si quoi que ce fût devait lui arriver, je souhaiterais sans doute être à ses côtés. Il sous-entendait, ajouta-t-elle en se tournant tour à tour vers Bray et vers Urswicke, qu'en dépit des assurances données par le roi Édouard quant à sa protection, mon fils pouvait fort bien être victime de quelque assassin solitaire…

— Mon père est une langue de vipère, une âme diabolique ! fulmina Urswicke.

— Je le reconnais, mais je décèle également les menaces qui sous-tendent son discours… Aussi vous dévoilerai-je la cause de mon humeur si sombre, les raisons de ma morosité. Ironiquement, Lord Jasper Tudor reste sur ses convictions : il est sûr que nous avons un traître dans notre maison et que, avec le total soutien des yorkistes, cet infidèle a l'intention de supprimer la seule menace qui plane encore sur leur suprématie : mon fils, Henri Tudor. Lord Jasper estime que ce n'est qu'une question de temps, que l'assassin frappera tôt ou tard.

— Mais le prince Henri n'est-il pas surveillé jour et nuit ? s'étonna Urswicke, avant de secouer la tête, réfutant sa propre réaction : *Concedo*, murmura-t-il. Ce que je dis là n'est d'aucune utilité. Nous savons tous que les spadassins sont bien entraînés au maniement du couteau, de l'arbalète ou de la coupe empoisonnée. Mais, bien sûr, nous pouvons aussi frapper les premiers ! s'enflamma-t-il en s'efforçant de refréner sa colère contre ceux qui osaient menacer une femme qui lui était si chère.

— Et là vient l'embarras... murmura la comtesse. Bien sûr, les York n'ont aucune confiance en moi, mais ils ne peuvent m'accuser de rien. Je ne sais pas très bien quels seront leurs prochains coups sur l'échiquier, s'ils souhaitent réellement mon aide ou s'ils ne cherchent qu'à diviser ma maison. Quoi qu'il en soit, ajouta-t-elle en s'adressant tout particulièrement à Bray, ils sont en quête de toute aide que je pourrais leur fournir pour retrouver Anne Neville. Et ils ont demandé que vous, Reginald, restiez ici quand je me mettrais en route pour le manoir de Thorpe. Ils vous veulent à Londres.

— En d'autres termes, je serai leur otage, commenta Bray. Si vous vous avisiez de fuir, ou que vous tentiez de le faire, il pourrait m'arriver quelque chose...

— Sans doute avez-vous raison, mais rassurez-vous, je n'ai pas l'intention de quitter l'Angleterre. Restez à Londres et recherchez cette demoiselle Neville. Grand bien leur en fasse, ajouta-t-elle avec un petit rire. En outre, à quelque chose, malheur est bon : il est crucial pour moi que vous soyez à Londres. Vous et tous ceux que vous rencontrerez serez nos yeux et nos oreilles dans la ville.

Zeigler le brigand s'installa aussi confortablement que possible dans la cave très propre du *Lieu noir*, une bonne auberge à deux étages proche du fleuve. Il était venu là dès qu'on l'avait délivré de la charrette des condamnés. Sans poser de questions, le tavernier l'avait conduit au sous-sol en lui assurant que l'endroit avait été nettoyé à fond et qu'il pourrait bénéficier de tout le confort souhaitable. Au comble de l'excitation après son évasion, Zeigler avait aussitôt demandé une fille puis, une fois satisfait, il avait tourné son attention vers d'autres activités. Il avait pris un bain et enfilé la soutane de laine brune des franciscains que lui avait apportée Joachim. Dès lors, il se restaurait goulûment en plongeant ses doigts épais dans un plat de ragoût épicé, entrecoupant son repas de généreuses lampées de vin.

— Tu es sûr qu'on ne risque rien, avec la putain ? demanda-t-il, la bouche pleine.

— Tu l'as prise dans le noir, répondit Joachim, vêtu en moine comme son chef. Et maintenant, elle est en train de ronfler là-haut dans une chambre, à cuver tout le vin que je lui ai fait avaler.

Il leva son gobelet pour porter un toast.

— Eh bien, te voilà libéré, mon cher maître !

— Je l'ai attendu, ce moment ! Et en plus, je suis devenu une célébrité à Londres avec cette histoire !

Les petits yeux porcins, à peine visibles sous les bourrelets de graisse, brillaient d'une satisfaction avinée.

— Eh oui, marmonna-t-il, je me suis sorti du pétrin, comme toujours…

— Les gars du sheriff ont détalé comme des lapins ! commenta Joachim en riant.

— Comme des rats, oui ! rectifia Zeigler en prenant une nouvelle gorgée de vin. Et maintenant, nous sommes ici ! Je te le dis, mon ami, poursuivit-il en reniflant, ça me fait quelque chose d'être obligé de quitter cette ville ! Ses tavernes et ses lupanars vont me manquer ! Mais que veux-tu, c'est ce que désirent nos maîtres…

— Ça a été une rude saison, une année chargée, avec la bataille de Tewkesbury, tous ces morts et tout ce sang…

— C'est là-bas que j'aurais voulu le rencontrer, dit pensivement Zeigler, la coupe au creux de sa paume. J'aurais bien aimé, nom d'un chien…

— Qui donc ?

— Pembroke, pardi ! Ce gredin qui se cache derrière son masque… Si je pouvais agir à ma guise – et je pense que ce sera bientôt possible –, je l'expédierais dans l'autre monde rejoindre sa confrérie de félons. C'est un grand plaisir de savoir que ces traîtres périssent les uns après les autres. Pembroke devra y passer aussi. Que je serai heureux le jour où je lui enfoncerai ma dague en travers de la gorge !

— Et les autres ?

— Eux aussi, je m'en occuperai, n'aie crainte ! Mais Pembroke... L'as-tu vu, ce maraud travesti en miséreux ? Il est venu me regarder mourir ! Quel lâche ! Il pouvait faire le fier tant que j'étais prisonnier de cette cage comme un ours de cirque !

Il eut un rire gras.

— Oui, comme cet ours auquel je l'ai donné en pâture ! Je le traquerai le temps qu'il faudra et je le détruirai ! Et as-tu vu les deux femmes qu'il avait avec lui ? ajouta-t-il, pour répondre aussitôt à sa propre question : La mère et la sœur, figure-toi ! Tu as remarqué qu'elles portaient la robe grise et la guimpe blanche des minoresses, ces garces de bonnes sœurs ? Nom d'un chien, elles aussi vont payer !

— Mais nul doute que Pembroke ait lui aussi l'idée de te tuer.

— Lui ? Comment veux-tu ? s'esclaffa Zeigler. Il s'est terré au fond d'une église, il a demandé l'asile. Que pourrais-je redouter de lui ? Non, c'est moi qui truciderai ce coquin et son clan. Je te jure, Joachim, que d'ici un mois, j'aurai massacré tous les traîtres de cette maudite escouade du Dragon rouge ! Je les occirai l'un après l'autre, j'en fais le serment !

Il vida son gobelet, avant d'achever :

— Et ensuite, on rentre chez nous... Mais pas avant d'avoir fait un petit détour par la Bretagne pour se remplir les poches !

— Quoi ?

Plus que jamais gonflé d'orgueil, Zeigler hocha la tête.

— Joachim, dit-il, j'ai confiance en toi, tu es un frère, un vrai brigand et, tout comme moi, tu as combattu comme mercenaire pour les yorkistes... mais il y a des choses que je ne peux pas encore te dire. Sache seulement que nous allons être des émissaires. Oui, c'est ça, des émissaires, répéta-t-il, satisfait d'avoir trouvé ce terme.

Il éclata de rire en désignant son complice du doigt.

— Oui, nous serons des émissaires auprès de ce petit morveux de Tudor et là, crois-moi, une fois qu'on nous aura laissés entrer, il ne nous restera plus qu'à le tuer.

Reginald Bray s'installa sur le coussiège de la fenêtre donnant sur le jardin gelé de *L'Horizon de Jérusalem*, au coin du quai de Queenhithe. Il venait de terminer un bon dîner composé de bœuf rôti à la moutarde, d'un ragoût de légumes et d'une chopine d'ale brassée par un tavernier à la face rubiconde. Il revenait d'All Hallows, où il avait fait ses adieux à la comtesse et à Urswicke en leur promettant solennellement de leur expédier des messages par l'intermédiaire du fidèle Prestepied, ce courrier toujours alerte et vigilant. Les dépêches seraient soit délivrées oralement, soit rédigées en langage codé. Il avait vu le cortège s'assembler. Les dix hommes protégés, enchaînés par les mains et les pieds, étaient disposés sur deux rangées, accroupis dans le chariot de la prison, une cage sur roues dotée d'une petite porte au-dessus du hayon. Cette charrette était tirée par six chevaux massifs caparaçonnés aux couleurs de l'échevinage. La comtesse avait toutefois demandé que les phaétons fussent des gens de sa propre maison : deux d'entre eux seraient assis à l'avant, le troisième guiderait les chevaux à pied. La douzaine d'archers de la ville qui escorteraient le convoi serait placée sous les ordres de Sir Thomas Urswicke. Resplendissant d'élégance dans son manteau coloré, celui-ci mènerait la procession et le père Austin chevaucherait à ses côtés. En observant ces deux dignitaires avec attention, Bray avait déduit qu'ils étaient en excellents termes.

Les hommes protégés, pour leur part, demeuraient sombres et silencieux. Comme le prévoyait la loi canonique, les églises où ils avaient trouvé asile leur avaient rasé cheveux et barbe. Elles leur avaient fourni des vêtements de voyage et donné un penny, une petite outre de vin et une miche de pain croustillant, qu'ils s'étaient tous empressés d'avaler.

S'approchant du chariot, Bray avait adressé un discret signe de tête à Pembroke. Il avait reconnu les deux camarades qui l'entouraient, des hommes qui avaient plus d'une fois servi d'émissaires entre Lord Jasper Tudor et sa belle-sœur la comtesse, d'anciens guerriers et des clercs expérimentés. Tout comme les quelques autres survivants présents de l'escouade du Dragon rouge, ils lui avaient paru au comble de la nervosité. Bray n'avait pu que lever la main en un geste d'amitié. Il comprenait leur terrible inquiétude : leurs camarades avaient connu une mort aussi brutale que mystérieuse et eux-mêmes se dirigeaient peut-être vers un sort similaire. Ils n'étaient pas sûrs de parvenir à destination ni de pouvoir finalement monter à bord du bateau qui les attendrait. Et, même si tout se passait bien jusque-là, quelle garantie avaient-ils que la traversée se déroulerait sans encombre ensuite ?

Lors de leur dernière rencontre avec la comtesse, Bray et Urswicke avaient répertorié toutes les étapes de l'expédition. Leur conclusion, sans appel, était que le danger les guetterait plutôt sur la mer.

Bray avait fait le tour du chariot et examiné les autres hommes protégés, un assemblage de larrons et de criminels proclamés *utlegati*. Malgré leur situation présente, ces scélérats étaient d'excellente humeur : ils se félicitaient d'avoir quitté leurs églises et se préparaient à la liberté dont ils jouiraient dès qu'ils auraient accosté au-delà de la mer.

Bray avait attendu le départ du convoi. Il avait lancé un dernier signe de main à la comtesse, installée dans sa voiture, et échangé quelques mots d'adieu avec Urswicke, qui lui avait promis de prêter une attention de tous les instants à leur maîtresse. Puis il avait regardé le cortège s'ébranler vers Mile End et Bow Church, pour prendre la route qui rejoignait l'orée de la grande forêt d'Epping.

— À présent, réfléchissons ! murmura-t-il en s'adossant aux coussins.

Il s'efforça de faire abstraction du brouhaha qui régnait dans la salle de *L'Horizon de Jérusalem* : des exclamations, des cris, les rires d'une fille de cuisine, la musique d'un joueur de luth, les discussions vives de trois parieurs engagés dans un jeu de hasard et des ordres lancés par le tavernier à son personnel. Il parvint à ignorer tout cela et commença à parler à mi-voix pour lui-même, une habitude qui faisait toujours rire la comtesse et Urswicke.

— Parmi les hommes protégés, murmura-t-il ainsi, se cache probablement un assassin, un espion placé là par le Grand Juge ou ses amis. Néanmoins, il y a aussi avec eux le père Austin, à qui l'archidiacre Blackthorne a confié la mission de veiller à ce que tout se déroule dans les règles. *Secundo*…

Il sourit en s'apercevant qu'il était en train d'imiter Urswicke. Il leva sa pinte et porta un toast silencieux à son camarade absent.

— *Secundo*, la comtesse Margaret s'est jointe à ce cortège, mais en conservant ses distances, reprit-il. Sa voiture est confortable, avec des roues solides, et d'une structure robuste. À l'intérieur, tout est prévu pour elle et pour Edith, sa servante : coussins, couvertures, nourriture et chauffe-plats. La voiture est conduite par son maître d'écurie et Urswicke chevauche à ses côtés. La comtesse est donc en parfaite sécurité, mais peut-on en dire autant des hommes protégés ? Les York souhaitent leur mort à tous… *Tertio*, enchaîna Bray, toujours tout bas, l'attaque se fera nécessairement sur la mer. *La Gloire des Lancastre* a elle-même failli être piégée dans les mêmes conditions…

Il se rappela les deux caraques flamandes qu'il avait

vues accoster le long du quai de Queenhithe. Utilisés par les yorkistes, les Flamands voguaient sous leurs propres couleurs mais, une fois qu'ils se rapprochaient de leurs proies, ils hissaient l'étendard de guerre rouge sang et la bannière noire de l'anarchie. Il songea qu'il ne pouvait pas rester les bras croisés. Qu'importait la demoiselle Neville, après tout ? Il avait la profonde conviction que tout ce qui demeurait en suspens se résoudrait au large des côtes de l'Essex. Or certaines personnes souhaitaient le retenir à Londres, il était sans conteste étroitement surveillé et suivi en tous lieux.

Il continuait à siroter son ale en réfléchissant à ce qu'il allait faire lorsqu'un coup frappé au volet de sa fenêtre le fit sursauter. Il se leva, repoussa le battant et découvrit un gamin crasseux, qui porta aussitôt l'index à ses lèvres.

— Il y a un étranger, sir Reja… Reginald, chuchota le garçon, butant sur son nom. Il est dehors, il apporte des messages urgents…

Sans plus d'explication, il tourna les talons et décampa. Bray sortit aussitôt de la taverne et avisa un homme qui attendait dans l'allée. Il avait ôté sa capuche et affichait un petit air effronté.

— Maître Reginald Bray ? Ayez l'amabilité de me suivre, messire. Une personne que vous connaissez souhaite s'entretenir avec vous de façon urgente, et en secret.

L'homme n'attendit pas de réponse. Il se retourna et s'engagea dans une étroite ruelle. Bray lui emboîta le pas. L'étranger avait à peine parcouru quelques mètres qu'il se retourna brusquement et se précipita sur lui en fendant l'air de sa dague. Soupçonneux, Bray avait déjà tiré la sienne. Il esquissa le coup et plongea son arme dans le ventre de l'inconnu, dont il perça la chair en tournant la lame. Le spadassin ouvrit la bouche et Bray vit le fond de sa gorge se remplir de sang. L'homme fit quelques pas en lâchant son couteau et Bray le rattrapa par l'avant de son pourpoint déjà ensanglanté.

— Tes mains étaient trop lestes, mon ami. Et pourquoi les gardais-tu toutes les deux sous ta cape ?

Il ressortit sa dague, frappa une nouvelle fois, puis laissa l'inconnu s'effondrer sur le sol. Il n'y avait personne alentour. Le gamin avait disparu depuis longtemps et la venelle était déserte. Bray fouilla la bourse et les poches de l'assassin et ne trouva que quelques pièces, qu'il glissa dans son escarcelle. Puis il se redressa et repartit pensivement vers l'auberge.

— Oui, oui, se murmura-t-il à lui-même. Reginald, mon ami, il est temps de disparaître. Maître Prestepied t'y aidera. Mais, auparavant, allons rendre une petite visite au bourreau !

Bray atteignit la grille de fer de la prison de Newgate et tira plusieurs fois la cloche pendue sous sa margelle. Au bout d'un long moment de tintement insistant, la porte de la poterne s'ouvrit à toute volée sur un gardien d'allure négligée qui, à en croire son expression, était plein de fureur et s'apprêtait à lancer tout un cantique d'injures. Bray se contenta de repousser sa capuche et de tendre sa main, où brillait une belle pièce d'argent.

— Mon bon Reginald ! s'exclama le gardien avec un large sourire. Comme il est magnifique de voir votre visage ! Vous êtes plus que bienvenu !

— Mon bon Carrion-Crow, répondit Bray, j'aimerais échanger quelques mots avec Tenebrae, le bourreau qui était censé pendre le fameux Zeigler. Ce félon a réussi à s'échapper vers des lieux encore inconnus de nous et l'enfer doit être déçu. Le diable n'a plus qu'à attendre. Tenebrae est là ? Je veux le voir tout de suite.

Manifestement sur ses gardes, Carrion-Crow recula dans l'ombre et fit signe à Bray de passer la porte.

— Une sale histoire, déclara-t-il d'une voix rapide en refermant le battant. Pas bonne pour nos affaires, vraiment pas bonne… Mais je ne peux pas en parler. Tenebrae est votre homme.

Il s'empara de la pièce et tourna les talons. Bray le suivit dans un sombre corridor où régnait une odeur pestilentielle et qui semblait creusé dans la roche. Les pierres au-dessus d'eux et sur le sol, tout comme les murs de part et d'autre, luisaient d'une couche de crasse humide. La lumière de lanternes accrochées çà et là perçait à peine l'obscurité. Une myriade de blattes et toutes sortes d'insectes rampants recouvraient les dalles de pierre en un tapis épais qui craquait sous les semelles de Bray. Rats et souris se plaisaient également en ce lieu, tandis qu'à chaque coin de mur des araignées avaient tendu leurs épais filets pour capturer leurs proies. Il planait un silence menaçant, brisé de temps à autre par un cri strident ou une invective qui se répercutait dans la pénombre. Les deux hommes tournèrent dans un autre couloir et Carrion-Crow s'arrêta devant une porte cloutée, dont il actionna le heurtoir de fer. La porte ne tarda pas à s'ouvrir. Tout vêtu de noir, son capuchon repoussé en arrière, Tenebrae le bourreau s'essuya le nez sur une chemise en loques qu'il tenait à la main et leur fit signe d'entrer. Carrion-Crow marmonna qu'il ne pouvait rester et s'éclipsa.

Bray s'avança dans la cellule et, du pied, le bourreau referma la porte derrière lui. Il posa sur Bray un regard soupçonneux, mais se détendit à la vue de la pièce d'argent qu'il lui présentait. Il lui indiqua alors un tabouret placé devant une cheminée au manteau à demi effondré où brûlait un maigre feu. Bray s'assit, mais refusa le vin ou l'ale que lui proposait son hôte. Il s'était fait le serment de ne jamais rien manger ni boire en un tel lieu. La cellule était sordide et abjecte de saleté, avec sa couchette crasseuse, ses meubles rafistolés et les vêtements à l'odeur écœurante qui formaient un gros tas entre leurs deux tabourets.

— Ce sont là des effets qui appartenaient à ceux que j'ai eu l'infini plaisir de pendre, expliqua Tenebrae en souriant. Un *prérequis* à mes hautes fonctions, c'est ce que dit de ces hardes pathétiques notre noble Grand Juge, Dieu bénisse ses pantalons et ce qu'ils contiennent. Ma foi, poursuivit-il en s'emparant d'une paire de collants tachés de sang, leur dernier propriétaire n'en a plus l'utilité, hein ? Eh, maître Bray ! Je vous ai reconnu tout de suite, je ne vous aurais pas laissé entrer sinon. L'intendant de la comtesse, Dieu bénisse ses beaux petits nichons !

Il baissa la voix pour poursuivre :

— Mon malheureux frère a combattu pour son parent, Beaufort, et on ne peut pas dire que ça lui ait réussi... Il s'est fait trucider alors qu'il s'était caché dans une meule de foin. Ils l'ont percé comme on embroche un poisson.

Il désigna du menton la main que Bray tenait fermée.

— À propos de poisson, avec cette pièce que vous avez là, je m'achèterai un bon brochet bien juteux ! Mais d'abord, vous êtes venu acheter quelque chose vous-même, pas vrai ? Et sûrement pas l'une de ces hardes pourries. Alors quoi ?

— Tu te rappelles le matin où l'on devait pendre Zeigler ?

Le bourreau laissa tomber la chemise qu'il avait gardée à la main et son visage se fit soucieux, tout comme sa voix.

— Oui, comment voulez-vous que je l'oublie ? Ce satané fils de Caïn était prêt pour la corde, et bien paré pour l'enfer !

— Tu n'as pas trouvé son évasion un peu louche ?

— Évidemment qu'elle était louche ! Le sheriff aurait dû prévoir une protection plus solide ! Des hommes à cheval, ça aurait aidé ! Ceux qui étaient là ont été aussi surpris que moi du nombre de malandrins qui se sont amenés tout d'un coup ! On aurait dit une horde de rats dégorgés d'un puisard rempli de merde. N'oubliez pas, maître Bray, ajouta-t-il en frappant le tas de vêtements près de lui, les jours d'exécution sont aussi nombreux que les puces sur le cul d'un mendigot, mais les seigneurs de l'échevinage ont sous-estimé la crapulerie de Zeigler et la force de ses foutus compères ! Zeigler a filé… Il y en a eu d'autres avant lui, oui, mais on les compte sur les doigts d'une main…

— Ce qui s'est passé ce matin-là, maintenant, reprit Bray en sortant de son escarcelle une deuxième pièce de monnaie, qu'il fit tournoyer entre le pouce et l'index. Tu te le rappelles ? Le tombereau est sorti de Newgate, les gens se sont pressés tout autour. Mais, devant, il y avait quelqu'un, un boueux avec son masque. Il avait réussi à se placer au premier rang et Zeigler et lui ont commencé à s'invectiver furieusement, ils se sont crié des insultes. L'homme masqué, le boueux, était accompagné de deux femmes qui portaient la robe grise des minoresses.

— Ah oui, ah oui… acquiesça Tenebrae en se balançant d'avant en arrière sur son tabouret. Pour sûr que je m'en souviens ! Des grabuges comme ça, des condamnés qui se bagarrent avec la foule, on n'en voit pas tous les jours non plus ! D'habitude, c'est plutôt les familles qui s'accrochent à la cage pour faire leurs adieux au condamné en pleurnichant…

Il se passa la langue sur les lèvres, son regard avide posé sur la pièce de Bray.

— Là, ce qui était sûr, c'est que Zeigler et ce boueux se détestaient cordialement.

— Quoi d'autre ?

— Eh bien, le boueux criait que Zeigler lui avait confisqué son visage, pour ce que ça voulait dire… Il hurlait qu'il était venu voir Zeigler mourir, et qu'il allait me payer, moi, pour que je fasse durer l'agonie le plus longtemps possible.

— Il t'a vraiment payé ?

— Il avait une bourse à la main, il l'a montrée. Moi, j'étais derrière la charrette et j'aurais adoré la prendre, vous pouvez me croire, mais je me suis bien gardé de bouger un petit doigt. Il y avait cette bande de vauriens qui arrivaient de partout et, évidemment, je commençais à les mouiller. Si j'avais pris cet argent et que Zeigler était sorti de sa cage, il ne se serait pas gêné pour venir m'étrangler avant de partir…

— Et malgré les brigands qui affluaient, Zeigler et l'homme au masque continuaient à crier ?

— Oui. Ils débordaient de haine tous les deux.

— Donc, fit Bray en lançant la pièce au bourreau qui, vif comme l'éclair, la rattrapa, il devait y avoir des raisons solides pour qu'ils se détestent à ce point ?

— Pour sûr, maître Reginald ! Mais, après trente ans de guerres, il n'y a rien d'étonnant à ce que les gens aient de la rancœur et de la haine, des chaudrons entiers de ces choses-là qu'ils laissent mijoter en les touillant régulièrement : œil pour œil, dent pour dent, vie pour vie ! Ils ne pensent qu'à la vengeance et ils continuent à se combattre.

Tenebrae se pencha vers Bray pour appuyer son propos.

— Regardez les plus grands, maître Reginald : John de Vere, comte d'Oxford, par exemple. Notre roi lui a offert le pardon, et vous savez ce qu'il a répondu ?

— Que les York avaient tué son père et qu'il entendait bien ne jamais conclure de paix avec de tels ennemis.

— Précisément, maître Bray, précisément. Et avec Zeigler, c'est pareil ! Quand on l'a arrêté et emprisonné à Newgate, ça a fait grand bruit dans les bas-fonds, vous pouvez me croire. Vous saviez, vous, qu'il était à moitié flamand ? Par son père. Sa mère était bretonne. Son père est mort jeune, mais sa mère a été tuée par des pirates dans les marches galloises. C'est sûrement ça qui a fait que Zeigler est devenu ce qu'il est. Et que son cœur est enfiellé en particulier contre les Gallois et les Tudor.

— Et les deux femmes, alors ?

— La mère et la sœur du boueux. Enfin, c'est ce qu'il m'a semblé… Elles avaient la robe grise du couvent des minoresses, avec le voile et la cornette des nonnes de là-bas. Elles étaient mortes de trouille, mais lui, il les tenait, il les obligeait à rester avec lui.

— Sais-tu d'autres choses à propos de Zeigler ? Je veux dire, en tant que bourreau, tu as dû entendre bon nombre d'histoires dans les catacombes de Londres…

— Je vous l'ai dit, maître Bray, Zeigler a du sang flamand. C'est un mercenaire et les yorkistes l'ont engagé plus d'une fois à leur service. En fait, quand j'ai appris qu'on l'avait arrêté et condamné, ça m'a plus qu'étonné. Parce qu'un soudard comme lui a forcément des amis bien placés à l'échevinage, et même au palais de Westminster. En tout cas, ce que je sais, c'est qu'il ne faut pas se laisser prendre à ses manières de bon gros. C'est un as du combat de rue, un vrai tueur qu'on a vu servir sur la terre comme sur la mer. Et c'est aussi un matois, très fort pour la dissimulation, même s'il a du mal à passer inaperçu. L'un de ses jeux préférés, c'est de s'habiller en moine franciscain et de faire l'aumône, de se faire passer pour l'un de ces hommes de Dieu qui ont fait vœu de pauvreté. Il sait adoucir sa voix et rendre son regard ingénu, mais c'est le diable incarné. Et puis il a Joachim, son homme à tout faire, tout aussi bon pour les chaudrons bouillonnants de l'enfer que son maître. Je l'ai repéré l'autre jour, il était à côté de la charrette, au milieu du chaos. C'est sûr qu'ils sont ensemble à l'heure qu'il est, bien à l'abri dans un trou à rats quelconque.

— Et que sais-tu de Queue-de-Rat, ce larron qui avait demandé l'asile à St Michel ?

— Ah ! ce vaurien aux doigts lestes que Dieu a rappelé à lui… Ses mains n'étaient pas aussi invalides qu'on pouvait le croire. Il était toujours expert dans l'art de crocheter les serrures et de subtiliser les bourses. C'était un rusé, et c'est ce qui lui a permis de survivre à plus d'une sarabande ! Il a eu de la chance, parce que je me suis occupé de bon nombre de lascars meilleurs que lui à Tyburn… Enfin, il ne sera quand même pas mort de sa belle mort…

— Quelqu'un comme lui pouvait-il être à la solde des yorkistes ?

— Oh, par la sainte corde ! maître Bray, Queue-de-Rat travaillait pour tous ceux qui voulaient bien lui tendre une pièce !

Tenebrae dessina dans les airs un signe de croix moqueur.

— Mais plus que cela, estimé visiteur, je ne pourrais pas vous dire.

Bray quitta Newgate et traversa les abattoirs et le sanglant marché aux viandes qui grouillait de monde en ce milieu d'après-midi. Les abatteurs étaient encore occupés à étêter les oies, canards, lapins et autres bêtes destinées à la consommation. L'air résonnait de piaillements terrifiés et des cris d'agonie des volailles et des petits animaux, seule viande fraîche vendue durant la saison hivernale. La forte odeur du sang frais imprégnait tout, le sol était jonché de plumes et d'abats que l'on avait jetés là et qu'une légion de mendiants se disputait âprement. Des groupes avançaient néanmoins au milieu de la foule, cortèges de mariage, invités parés de belles tenues d'hiver qui dansaient, chantaient et vidaient de longs gobelets de vin. Ils se mêlaient bruyamment à des processions funéraires, à des gens tout vêtus de noir et encapuchonnés de rouge qui suivaient à pas lents des cercueils en récitant les réponses aux invocations des prêtres qui priaient pour les défunts.

Bray progressait d'un pas vif, conscient d'être suivi, sinon par quelque espion discret, du moins par deux ou trois gamins qu'il voyait l'observer par moments à travers les espaces entre les étals. Il savait le danger présent. Il se demandait si les deux assauts meurtriers dont il avait déjà été victime s'inscrivaient dans ce complot bien agencé qui visait à arracher et à détruire les racines mêmes du clan qui soutenait la comtesse Margaret et son fils en exil. Il aurait aimé savoir comment se portaient Urswicke et sa maîtresse. En traversant Cheapside, il jeta un coup d'œil à la belle statue de Notre-Dame de Walsingham qui se dressait sur son socle. Il murmura une rapide prière à la « reine du Ciel au parfum si doux » pour la protection de la comtesse et de ceux qui la servaient. De temps à autre, il s'immobilisait en faisant mine de vouloir acheter quelque chose, et il écouta même un raconteur venu d'outre-mer qui narrait en chansons l'histoire d'une étrange créature possédant une tête de lièvre, un cou de bœuf, des ailes de dragon et des pattes de chameau. À cette occasion, il repéra deux hommes qui le scrutaient d'un étal voisin et qui se détournèrent dès qu'il croisa leur regard. Il pressa le pas après avoir passé Aldgate pour se diriger vers le couvent des minoresses. Parvenu devant le bâtiment de pierre grise, il actionna la cloche de l'entrée. L'étroite porte s'ouvrit bientôt et une religieuse au visage aigre l'examina de la tête aux pieds. Puis elle saisit le laissez-passer qu'il lui tendait, scellé par la comtesse, et le pria de pénétrer dans l'enceinte. Il traversa la cour derrière elle et elle l'introduisit dans le parloir, une pièce austère réservée aux visiteurs. Elle lui demanda de patienter un moment en attendant la sœur hôtelière, qui serait bientôt là. Il venait à peine de s'asseoir sur une simple chaise en bois lorsqu'une nonne au teint pâle fit son apparition. Manifestement troublée de recevoir ce visiteur inattendu, elle se présenta comme sœur Isabella et prit place sur un banc placé contre le mur.

— Qu'y a-t-il ? s'enquit-elle. Que voulez-vous ? Que peut bien nous vouloir l'intendant de la comtesse Margaret ?

— Sœur Isabella, vous avez recueilli sous votre toit

deux dames, des Galloises dont le nom de famille est Morgan. Elles ont été amenées ici par…

— Alice et sa fille Beatrice, coupa la sœur. Elles sont chez nous depuis sept jours, je crois. Elles ont été amenées par leur parent, un homme étrange qui portait un masque sur le visage. Nous n'avons pas su s'il cachait là quelques blessures hideuses ou s'il était bien ce qu'il semblait être, un boueux. Quoi qu'il en soit, il a dit que les deux dames venaient de faire un long voyage depuis leur ferme du comté de Pembroke et qu'elles devaient loger ici en attendant qu'il revînt les chercher.

— Pour les emmener où ensuite ? interrogea Bray.

— Pour les ramener dans le comté de Pembroke, j'imagine.

— Quand ?

— Je l'ignore. L'étranger masqué nous a laissé une belle somme d'argent, supérieure à celle que nous lui avions réclamée. Nous accueillons souvent des dames ici : elles logent dans le couvent et participent à notre *horarium*. Elles viennent dans la chapelle chanter l'office divin et dînent avec nous au réfectoire. Afin que les choses soient convenables, et puisqu'elles souhaitent partager pour un temps notre existence, nous leur demandons de se vêtir comme nous.

Elle sourit.

— Que Dieu bénisse ces deux dames-là : tout se passe très bien avec elles. Elles ne demandent rien et sont aussi discrètes que des petites souris, ce qui est un peu étonnant, étant donné toute cette attention dont elles font l'objet.

— Cette attention dont elles font l'objet, sœur Isabella ?

— Eh bien, maître Bray, vous venez vous-même pour les voir. Et tout à l'heure, juste avant l'Angélus, deux frères franciscains sont venus aussi, de ces hommes de Dieu qui consacrent leur vie à mendier pour les pauvres.

Oui, ils se sont présentés au couvent. Le plus petit des deux est resté à l'entrée, mais l'autre, une sorte de géant grand et gros comme un ours et dont le nom est frère Damien, était porteur d'un message urgent pour maîtresse Alice et sa compagne. Il était très charmant, il égrenait son chapelet et a fait beaucoup de compliments sur…

— Et alors ? coupa Bray, alarmé au plus haut point.

— Eh bien, nous l'avons accompagné au pavillon où sont logées nos visiteuses. Et d'ailleurs…

La religieuse porta les doigts à ses lèvres.

— D'ailleurs, je ne me rappelle pas l'avoir vu ressortir. Peut-être est-il encore là-bas ?

S'agitant soudain, elle se leva et gagna la porte d'un pas rapide.

— Oui, peut-être, répéta-t-elle. Vous pouvez venir avec moi.

Ils quittèrent tous deux le parloir. Une brume montée du fleuve enveloppait comme un suaire les bâtiments du couvent et planait au-dessus de l'allée pavée qu'ils empruntèrent pour gagner le pavillon des hôtes. Lorsqu'ils entrèrent, une chaleur bienvenue les accueillit. Sœur Isabella consulta le livre des visiteurs posé sur un lutrin, puis elle devança Bray dans un escalier et à travers une galerie au parquet ciré. Elle s'arrêta devant la dernière porte. Le loquet était mis et elle le tira pour entrer.

Sœur Isabella s'avança dans la pièce et, avec un cri déchirant, tomba à genoux. Bray la contourna et découvrit à son tour l'épouvantable scène : les deux femmes étaient étendues contre le mur, de part et d'autre de la croisée, telles des poupées désarticulées, leurs robes mouillées de sang. Un carreau d'arbalète les avait tuées l'une et l'autre, enfoncé si profondément dans leur poitrine que seules les plumes des flèches restaient visibles.

Sœur Isabella se releva et repartit aussi vite que ses jambes tremblantes l'y autorisaient. Bray la laissa s'éloigner. Il examina les corps, puis la pièce. Les paniers et les coffres avaient été ouverts et fouillés. Tandis que le tocsin du couvent se mettait à sonner, Bray passa au crible tous les documents qu'il trouva, mais rien ne lui parut digne d'intérêt. L'assassin avait dû avant lui regarder tout ce que les deux femmes avaient apporté avec elles et, si certains manuscrits ou des lettres revêtaient une quelconque importance, il s'en était emparé. Bray considéra de nouveau les deux victimes, tandis qu'au-dehors la cloche continuait de sonner : il avait à l'évidence devant lui la mère et la fille, deux femmes qui avaient dû être d'allure avenante lorsqu'elles étaient en vie, mais qui, maintenant…

Bray se signa, prit une inspiration et quitta la chambre. Toute la communauté des nonnes était désormais alertée et la panique de sœur Isabella s'était communiquée à toutes les autres. Bray n'eut aucun mal à gagner la sortie. Ce fut seulement lorsqu'il eut parcouru une bonne distance qu'il s'arrêta et se retourna. Le brouillard qui s'était épaissi ne laissait pas voir grand-chose et compliquerait la tâche de ses probables poursuivants. Bray savait pertinemment ce qui s'était passé aux minoresses : deux assassins s'étaient présentés et, tandis que le premier faisait le guet à la porte du couvent, l'autre avait trouvé le moyen de se faire conduire dans la chambre des malheureuses et les avait sommairement assassinées. Si l'on en croyait le témoignage de Tenebrae et la brève description fournie par sœur Isabella, il ne faisait aucun doute que les deux meurtriers étaient Zeigler et son compagnon Joachim.

Bray reprit sa marche et pénétra dans la première taverne qu'il trouva. Il avait grand besoin de se détendre. Il se glissa dans la chaude intimité que lui offrait un recoin obscur de la salle et commanda une chopine d'ale, qu'il sirota lentement, toujours enveloppé dans sa cape. Les yeux mi-clos, il passa en revue tout ce qu'il savait. Le tueur était Zeigler, c'était certain. Ainsi, malgré le risque d'être repris, ce sinistre personnage avait quitté sa cachette dans l'intention de commettre ce crime doublement sacrilège. Il avait procédé en toute confiance, voire avec arrogance, manifestement sûr d'être protégé, ce qui signifiait que son évasion avait bel et bien été favorisée, mais par qui ? Et l'avait-on envoyé occire ces deux femmes ? Ou ces meurtres n'étaient-ils que la continuation logique de l'hostilité sanglante qui l'opposait à Pembroke ? Pour lui, tout avait dû être facile. Il connaissait la ville par cœur, il n'avait aucune peine à se repérer dans le labyrinthe des ruelles. Le matin prévu pour son exécution, il avait dû lui aussi voir les deux femmes en habit de nonne et en déduire qu'elles résidaient chez les minoresses.

Bray but quelques gorgées de son ale en songeant à l'archidiacre Blackthorne. York et ses sbires étaient déterminés à ne pas fâcher ce puissant ecclésiastique, qui ne tarderait pas à apprendre ce double assassinat dans un couvent de Londres.

— Oui, c'est évident, marmotta Bray pour lui-même. Les York ne voudraient pas voir leur prestige entaché par le massacre d'innocentes en un lieu sacré. Zeigler le monstre a donc agi seul.

Qu'allait-il faire maintenant ? Il prit une profonde inspiration, puis termina sa pinte.

— Un halo de mystères et de meurtres, poursuivit-il dans un murmure. Je navigue en plein brouillard, comme un vaisseau secoué par les vents et les vagues…

Il se remémora alors les deux caraques flamandes du quai de Queenhithe. Vers où mettraient-elles le cap lorsqu'elles repartiraient ? Il ferma les yeux et imagina la lente progression d'Urswicke et de la comtesse vers la côte. Une tempête s'annonçait, il faudrait y être préparé.

— Mieux vaut à présent que je disparaisse, murmura-t-il en regardant à travers les fentes des volets fermés. Le jour touche à sa fin et nous serons sous peu plongés dans l'obscurité…

Il se leva, ajusta sa cape et son ceinturon. Effleurant des doigts le manche de sa dague, il quitta la taverne. Sans perdre de temps, il rejoignit Aldgate, qu'il franchit pour s'engager dans le dédale de venelles malodorantes menant à Queenhithe. Les quais étaient encore très animés. Des groupes de marins descendaient à terre avant la nuit noire, tandis que des bateaux se préparaient à larguer les amarres pour profiter de la marée. La justice s'était beaucoup activée ce jour-là, car les trois grands gibets portaient les cadavres de pirates et de voleurs exécutés le matin. Ils resteraient pendus là le temps de trois marées successives. L'air était chargé d'odeurs de putréfaction, de poisson, de sel, de sueur et de crottin. Une multitude de détritus rendaient les pavés glissants sous les pieds de Bray. Avec sa capuche qui lui tombait sur le haut du visage et son tour de cou qui en dissimulait le bas, il avançait prudemment sur le quai, décidé à aller regarder les caraques flamandes de plus près. *Le Faucon des mers* et *Le Griffon* mouillaient côte à côte. On avait allumé des torches au bord du quai et le charbon qui brûlait dans les braseros fournissait lui aussi de la lumière, en plus d'un peu de chaleur. Malgré le brouillard et la nuit toute proche, Bray put bien distinguer les mâts, leur poupe et leur pont de dunette surélevés. Il avait lui-même servi sur un vaisseau similaire lorsqu'il était soudard sur la mer du Milieu. Il savait les caraques plus maniables que les cogghes, les pontons ou les navires marchands. « Les loups de la mer », ainsi les appelait un marinier de ses amis. Bray ne pouvait qu'approuver cette dénomination, mais il se souvenait aussi que les nombreux armements qu'ils transportaient pouvaient rendre ces bateaux vulnérables.

Désireux d'en apprendre davantage, Bray vérifia qu'il n'était pas suivi puis, lorsqu'il s'en fut assuré, il trouva un renfoncement obscur et s'y posta pour observer tout son soûl le va-et-vient à bord. Tout le monde s'activait, les équipages chargeaient frénétiquement des marchandises sur chacune des deux caraques. Des hommes armés et harnachés pour le combat montaient et descendaient par les passerelles, tandis que d'autres, lestes comme des écureuils, grimpaient aux mâts pour vérifier les voiles, cordages et gréements. Les deux navires étaient bien équipés. Bray prit note du petit canon, des couleuvrines et des bombardes qu'ils transportaient, ainsi que des lourds barils de poudre à canon. Il remarqua aussi que les capitaines des deux navires et leurs seconds se tenaient au pied des passerelles et abordaient des passants qui allaient et venaient vers d'autres embarcations, qu'ils soient pêcheurs ou matelots sur des navires de commerce. Bray sourit pour lui-même : ils cherchaient à recruter des hommes, quitte à les soudoyer, pour gonfler leurs équipages, mais la tâche était difficile, même durant les périodes les plus calmes. Nul n'ignorait que ces caraques flamandes étaient des vaisseaux pirates. Les profits que l'on y faisait pouvaient être importants mais, si le sort se révélait défavorable, les équipages n'avaient droit à aucune miséricorde : les marins qui n'étaient pas passés par le fil de l'épée étaient sommairement pendus.

Bray allait repartir lorsqu'il distingua deux silhouettes à bord du *Faucon des mers*, l'une haute et massive, l'autre plus petite. Toutes deux émergeaient de la cale et se dirigeaient vers la poupe. Bray se crispa. Les deux hommes portaient la robe brune des moines franciscains et il ne faisait aucun doute que le plus grand, dont la tête était rasée, était Zeigler, tandis que l'autre devait être son complice Joachim. Bray se déplaça pour ne pas les perdre de vue. Zeigler pénétra dans une cabine et son compagnon tourna les talons et gagna la passerelle. Quand il descendit sur le quai, Bray décida de lui emboîter le pas. L'homme s'engagea dans les ruelles qui rejoignaient le cœur de la ville. Il avait engagé un porteur de lanterne, de sorte que, malgré l'obscurité, Bray put le suivre à bonne distance en gardant les yeux rivés sur le cercle de lumière tressautant.

L'homme finit par atteindre une placette et se dirigea tout droit vers une auberge. La nuit était complètement tombée mais, chaque fois qu'une porte ou un volet s'ouvrait, la façade de l'établissement s'éclairait. Bray put ainsi voir l'enseigne peinte en couleurs vives au-dessus de l'entrée. Elle représentait une salamandre tenant dans sa gueule une jeune fille blonde nue comme au jour de sa naissance. Quand le spadassin eut pénétré dans l'auberge, Bray regarda autour de lui. Il y avait une autre taverne, plus petite, sur la place. Il s'y rendit et entra dans une salle mal éclairée et totalement déserte. Il s'installa devant un tonneau qui servait de table, devant la fenêtre, et positionna son tabouret bancal de façon à pouvoir regarder par la fente entre les deux volets. Le tavernier, un petit homme rond, accourut aussitôt en s'essuyant les mains sur un tablier crasseux. Bray sortit sa bourse et posa deux pièces d'argent sur le tonneau.

— Vous surveillez *La Salamandre* ? demanda le tavernier.

— Ce sont mes affaires.

— Et aussi les miennes, si vous êtes de la police.

— Pourquoi ? Vous ajoutez de l'eau à l'ale que vous servez et votre alcool est frelaté ?

— Mais pas du tout, messire, allons !

Le visage brillant se creusa d'un sourire faux. Bray tapa sur la table et le tavernier se renfrogna. Il se passa la langue sur les lèvres en regardant l'argent qui étincelait sous le faible éclairage.

— Si ce n'est pas le sheriff qui vous envoie, murmura-t-il, je veux bien faire tout ce que vous voudrez.

— Je n'en doute pas !

Bray désigna la fente du volet.

— Les clients de *La Salamandre* sont des amateurs de jeunes garçons, n'est-ce pas ?

Le tavernier fit la grimace, mais ne répondit pas.

— Vous le savez aussi bien que moi, insista Bray. Et parce que vous détenez cette information sans la partager avec les hommes du sheriff, vous pourriez rencontrer des problèmes. Ai-je tort ?

Les petits yeux noirs de l'homme ne cillèrent pas.

— Et il y a pire, poursuivit Bray. L'archidiacre Blackthorne se mettrait très en colère s'il apprenait que vous savez cela et que vous n'en avez pas informé notre sainte mère l'Église. Très en colère !

Il se tapota l'aile du nez.

— Or il se trouve que l'archidiacre est de mes amis. Et vous savez qu'il a des relations haut placées à l'échevinage. Il serait malheureux que l'on vienne vous arrêter. Et si l'on vous reconnaît coupable, continua-t-il en désignant d'un geste la salle qui l'entourait, on vous confisquera tout ça…

— Vous aussi, vous savez ce qui se passe à *La Salamandre*…

— Non, répondit Bray. Moi, je viens juste de le découvrir et, maintenant, je me demande que faire de cette information.

— Messire, soupira le tavernier sans lâcher des yeux les pièces d'argent, dites-moi ce que vous voulez de moi, à la fin !

— *La Salamandre* a-t-elle d'autres accès que l'entrée ?

— Non, c'est le seul. Mais il y a tout de même une trappe à l'arrière, pour le cas où…

— Donc, l'homme qui m'intéresse devrait ressortir comme il est entré ?

— Pour sûr.

— Bon, alors, voilà ce que je veux…

Bray fit signe à son interlocuteur d'approcher et, à voix basse, lui parla sans ménagement. Le tavernier fit mine de protester et voulut l'interrompre, mais Bray, ramassant les pièces, lui demanda de se taire et de l'écouter.

Lorsqu'il eut terminé, l'autre hocha la tête. Puis il appela un jeune garçon de cuisine, auquel il donna l'instruction de surveiller *La Salamandre*, avant d'entraîner Bray dans une cour, à l'arrière de l'établissement. Il ouvrit une trappe, alluma deux torches et précéda Bray dans une cave nauséabonde. Le sol, les murs et le plafond étaient couverts de crasse et, plus important pour Bray, l'endroit grouillait de gros rats bruns, qui continuaient à trottiner de-ci de-là sans se soucier de la lumière vacillante des torches ni des hommes qui les tenaient. Satisfait, Bray fournit au tavernier de nouvelles instructions sur ce qu'il souhaitait et lui ordonna de tout préparer sans attendre. Désormais assuré de sa bonne volonté, il retourna à son poste d'observation, où le garçon ensommeillé lui assura qu'aucun individu correspondant à la description qu'il lui avait donnée n'était sorti de l'auberge d'en face. Bray le gratifia d'un penny et le regarda remonter dans son galetas.

Il continua à surveiller la place pendant que le tavernier, devenu son complice, s'activait. Les deux pièces d'argent que Bray lui avait glissées dans la main avaient paru lui faire grand plaisir et sans doute en espérait-il deux autres une fois sa mission accomplie. Par moments, Bray se levait pour aller consulter la chandelle des heures, dont la flamme rongeait avidement la cire entre les cercles rouges. Puis il revenait s'asseoir et reprenait son observation. Il finit par s'assoupir à demi, sans cesser de sentir la présence du tavernier qui allait et venait autour de lui, désireux de se rendre encore utile. Dans son demi-sommeil, il se demanda comment se portait Urswicke et songea qu'il serait bon de l'avoir à ses côtés.

— Maître ?

Bray sursauta et ouvrit les yeux, bien réveillé tout à coup.

— Maître, répéta le tavernier en désignant la fente

entre les volets, le gaillard que vous m'avez décrit, la robe brune…

Bray regarda au-dehors : le spadassin qu'il poursuivait, imbibé d'alcool, vacillait à l'entrée de *La Salamandre*, dont la porte s'était refermée derrière lui. Il manqua perdre l'équilibre, se retint au mur, puis se mit à vomir violemment.

— Maintenant, murmura Bray. Allons-y !

Accompagné du tavernier, il sortit sur la place. Hormis quelques chats qui fouillaient les détritus, il n'y avait pas âme qui vive.

— Je peux vous aider, messire ?

Le spadassin se tourna vers le tavernier, qui répéta sa question. Il avait le visage couvert de vomissures et les yeux vitreux. Il fit quelques pas chancelants pour s'éloigner. Bray passa derrière lui et abattit son gourdin sur le sommet de son crâne chauve. L'homme s'étala sur les pavés. Il fut aussitôt traîné jusqu'à la taverne, puis au fond de la cour, et précipité par la trappe. La cave avait été bien préparée. Bray y trouva les cordes qu'il avait requises. Il retira à l'ivrogne sa robe de moine souillée, son jaque[1] et ses bragues, et lui ligota chevilles et poignets. Fouillant prestement la soutane, il découvrit une bourse remplie de pièces, des bagues de combat et un long poignard italien. Il remit tout cela au tavernier, à qui il demanda de rapprocher la lanterne, puis de quitter les lieux.

Resté seul avec son prisonnier toujours inconscient, Bray prit un seau d'eau glacée et l'en aspergea. L'homme se contorsionna en jurant dans sa barbe. Un deuxième seau d'eau s'abattit sur lui.

— Qu'est-ce qui se passe ? marmonna l'ivrogne qui cherchait son souffle et recrachait l'eau sale. Qui êtes-vous ? Qu'est-ce que vous me voulez ?

1. Veste courte et serrée.

Il parut alors prendre conscience de sa situation et commença à se débattre contre ses liens et à pousser des grognements, les yeux pleins de fureur. Bray lui décocha un coup de pied dans la mâchoire.

— Peu importe qui je suis, siffla-t-il. Ce que tu es, toi, c'est un assassin, qui a tué aujourd'hui de sang-froid deux femmes innocentes dans un couvent, une mère et sa fille, Alice et Beatrice Morgan ! Et pour ça, tu vas mourir, mais je vais te donner le choix…

Il s'approcha, sa dague en avant, et trancha dans la chair du mollet de son prisonnier. Celui-ci hurla et se tordit de douleur en tirant sur ses liens, mais ils étaient solides.

— Parfait, tu as compris qui j'étais, reprit froidement Bray. Je suis ta mort. Et tu vas répondre à mes questions.

Cette fois, ce fut la cuisse de l'homme qu'il taillada. Il attendit que les cris cessent.

— Chaque fois que j'estimerai que tu me mens, ou chaque fois que tu refuseras de répondre, tu auras droit à une nouvelle taillade. Alors commençons : qui es-tu ?

— Joachim.

— Citoyen de cette grande ville ?

— Oui.

— Malandrin ?

— Oui.

— Tes relations avec Zeigler ?

— On peut dire que je suis son… son bras droit.

— Qui a organisé son évasion ?

Bray pressa la lame contre le ventre de Joachim.

— Lui.

Le prisonnier poussa un cri.

— C'est lui, je vous jure que c'est lui ! Je suis allé le voir à Newgate, à la Porte de l'enfer, comme on l'appelle. Vous connaissez la coutume, le condamné peut recevoir une visite, de qui il veut. Zeigler…

Il reprit son souffle.

— Zeigler avait tout organisé. Il m'a dit de faire venir tous nos hommes autour du chariot et d'attaquer. C'est ce qu'on a fait…

— Je vous ai vus tous les deux à bord d'une caraque flamande, tout à l'heure.

Bray trancha de nouveau dans la chair de son prisonnier et attendit encore.

— Qui est Zeigler ?

— Un Flamand. Enfin, sa mère était bretonne… Au départ, il était pirate. Mais il a combattu pour la maison d'York. Plusieurs fois, partout dans le pays…

— Et qu'a-t-il contre l'homme masqué qui se fait appeler Pembroke ?

— Je ne sais pas. Une vieille querelle de famille, à ce que j'ai compris. Ça a débuté au pays de Galles.

— Bon, fit Bray en collant de nouveau sa dague contre la jambe de Joachim. Alors c'est pour cela qu'il a assassiné ces deux femmes au couvent des minoresses ?

— Je ne sais rien…

Joachim poussa un hurlement quand Bray lui entailla la cuisse, puis poursuivit :

— Ça faisait partie de la vengeance… Elles étaient près du chariot, le jour de l'évasion, il les a reconnues. Il était décidé à les tuer.

— Et qu'est-ce que vous faisiez à bord du *Faucon des mers*, Zeigler et toi ?

— On… on doit appareiller demain soir, avec la marée…

— Pour aller où ?

— Au large de l'Essex. Walton-on-the-Naze, je crois.

Bray rangea sa dague.

— Joachim, murmura-t-il. Joachim, tends l'oreille. Écoute bien ! Tu entends ces gros rats ?

Bray demeura immobile et l'on perçut distinctement les piétinements et les chicotements des rongeurs, en activité continue dans la cave.

— Des surmulots, Joachim. Longs et bruns, et plutôt cruels quand ils ont faim ! Alors vois-tu, je pourrais taillader tout ton corps, et puis te bâillonner et te laisser là, par terre. Tu sais ce qui t'arriverait ensuite, hein ? Ces petits animaux-là ont toujours faim, ils adorent le sang et ils raffolent de la chair tiède. Au début, ils seront prudents mais, peu à peu, ils s'enhardiront et se rapprocheront, les uns après les autres, et alors... Alors ils te déchireront ! Ils te mettront en lambeaux !

Bray ignora les gémissements assortis d'injures du prisonnier.

— Ça, c'est l'une des façons dont tu pourrais mourir. Je peux aussi te porter le coup de grâce, allumer des bougies pour toi dans une église et demander à un prêtre de chanter le requiem pour ton âme, si tu en as une. Voilà, à toi de choisir ! Tu vas mourir, assurément, mais la façon dont ça va se dérouler dépend entièrement de toi. Si tu ne réponds pas à mes questions, ou si je m'aperçois que tu me mens, je m'en vais et je te laisse à toutes les horreurs de cette antichambre de l'enfer. Bon, eh bien... conclut-il en se relevant.

— Attendez ! haleta Joachim. Tout ce que je vous ai dit, c'est la vérité... Mais Zeigler ne me raconte pas tout...

— A-t-il des amis puissants ?

— Oui... Oui, pour sûr...

— Crois-tu que son évasion était prévue ?

— Forcément... Mais il ne me l'a pas dit. Il voulait juste que j'organise l'assaut, que j'emmène nos hommes attaquer la charrette. Après, il devait rester caché jusqu'à ce qu'on embarque sur la caraque.

— Pour aller où ? Je veux dire, après Walton-on-the-Naze ?

— De l'autre côté des Détroits...

Joachim se crispa en poussant une exclamation apeurée : un rat plus curieux que les autres s'était approché pour venir lécher un filet de sang qui s'écoulait de ses plaies. Bray frappa le sol de sa dague et le rongeur détala vers l'obscurité.

— Tu vois, leur appétit s'aiguise. Alors, la caraque ? Dépêche-toi maintenant, le temps passe !

— Zeigler et moi, balbutia-t-il, on devait partir sur *Le Faucon des mers*… Il s'en va demain, avec la marée du soir… Il doit d'abord aller au large de l'Essex… pour attaquer un bateau… Une cogghe bretonne, je crois… Et après ça, on rentre à Londres, et on repart pour La Rochelle.

— Pour quoi faire ?

— Je ne sais pas. Quelque chose qui devrait mettre le monde à l'envers, c'est ce qu'il m'a dit. On avait une mission à accomplir… Et ensuite, quand ce serait fini, on serait bien payés, on vivrait comme des princes…

— Quelle était cette mission ?

Bray s'efforçait de garder son calme, mais il se souvenait des paroles de la comtesse sur les dangers que couraient son fils en exil et elle-même.

— Quelle était cette mission ? répéta-t-il en pressant la pointe de la dague contre la chair de Joachim.

— Tuer les Tudor… Jasper, et puis le garçon. Le prince Henri…

— Comment ? Comment comptait-il s'y prendre ?

— Je ne sais pas…

Bray ferma les yeux. En réalité, il pouvait répondre à la question : Zeigler s'introduirait dans la maisonnée des Tudor en Bretagne, ce qui se révélerait assez facile. Rares étaient les membres de l'escouade du Dragon rouge restés en Bretagne et, si les projets de Zeigler voyaient leur réalisation, il n'en demeurerait plus aucun en vie sous peu. Jasper et Henri Tudor étaient entourés de serviteurs loyaux, mais peu nombreux, et ils dépendaient entièrement du duc François et de la cour de Bretagne. D'une manière ou d'une autre, Zeigler parviendrait à s'introduire dans cette cour sous une fausse identité, il présenterait de faux papiers et des laissez-passer.

Bray rouvrit les yeux et sentit un frisson lui parcourir l'échine au souvenir des hommes protégés assassinés. Quels documents avaient-ils sur eux, quels sceaux transportaient-ils ? Tout ce qu'on avait dérobé dans leurs sacoches, sur leurs cadavres, servirait au complot de Zeigler. Après tout, assassiner le prince Henri ne présentait guère de difficultés, il suffirait de profiter d'une erreur, d'une occasion où le jeune prince aurait été laissé seul, ou même d'une partie de chasse. Une fois le renard dans le poulailler, on ne pourrait plus l'en extraire.

Toutes ces réflexions se bousculaient dans l'esprit de Bray et son cœur était envahi par la peur. Que devait-il faire ? Partir prévenir la comtesse ne réduirait pas le danger. Et puis il avait encore certaines affaires urgentes à régler pour Urswicke en ville. En un sens, on pouvait estimer que les dés en étaient jetés. Le jour dit, les hommes protégés monteraient à bord de *La Galice*, qui essuierait l'assaut des deux caraques flamandes. Eux et tous ces Bretons dévoués à la cause de la comtesse périraient en mer. La maison d'York verserait des larmes de crocodile et se tordrait les mains devant le public en proclamant que l'attaque était l'œuvre de pirates des mers. L'archidiacre Blackthorne ne pourrait quasi rien faire. Les yorkistes, et Sir Thomas Urswicke en particulier, protesteraient de leur innocence, ils montreraient qu'ils avaient accompli leur tâche en accompagnant les hommes protégés jusqu'au manoir de Thorpe, et qu'ils n'y étaient pour rien si des pirates flamands avaient décidé de leur donner l'assaut ensuite. *La Galice* serait coulée, Zeigler entrerait à la cour de Bretagne, puis dans la maisonnée des Tudor. Les meurtres seraient commis. Ensuite, ce serait au tour de la comtesse, en Angleterre. La cause des Tudor serait alors perdue. Ses soutiens comme de

Vere, comte d'Oxford, devraient bien réfléchir à ce que leur réservait l'avenir, et agir en conséquence.

Bray se redressa. Il avait pris sa décision. Il laisserait aux York le soin de chercher Lady Anne tout seuls et quitterait Londres aussi vite que possible. Il devait être à bord de cette caraque flamande lorsqu'elle s'éloignerait du quai le lendemain soir, et maître Prestepied l'y aiderait.

Joachim remua et geignit. Bray le regarda. Il se souvint des deux femmes innocentes baignant dans leur sang et cette image renforça sa résolution. Il serra le manche de sa dague.

— As-tu quelque chose à confesser ? interrogea-t-il.

— Pitié… souffla Joachim.

— Tu as de la chance.

Bray se pencha et trancha la gorge de l'homme en un geste rapide et efficace.

Puis il monta récupérer ses affaires et quitta la taverne. Épée et dague extraites de leur étui, il se hâta à travers les quartiers miteux. Les lanternes suspendues à la porte de certaines maisons faisaient briller le fer brandi, un signal clair pour les gens de la nuit, dont aucun ne se risquait à approcher. Une sorcière et son partenaire eurent néanmoins l'imprudence de sortir de sous un porche. Bray se retourna brusquement et entailla de son épée le bras du jeteur de sorts. Les deux silhouettes maléfiques s'enfuirent en hurlant.

Bray dut s'arrêter lorsqu'il croisa une patrouille, six baillis grands et forts qui traînaient une file de noceurs qui avaient eu le tort de s'enivrer. Bien dégrisés après qu'on leur avait plongé la tête dans l'eau glacée d'un abreuvoir, ils étaient menés vers le pilori de la ville. Les baillis demandèrent à voir le laissez-passer de Bray, puis, satisfaits par le sceau de la comtesse, le laissèrent continuer sa route.

Tout en marchant dans la ville, Bray constata la réalité

de la situation : le nouveau roi yorkiste faisait régner l'ordre, il n'était pas étonnant que la comtesse désespérât de voir un jour la résurgence de la maison des Lancastre, et de la cause des Tudor en particulier. La puissance du roi Édouard apparaissait en tous lieux. Ses soldats montaient la garde aux carrefours, des archers de la Tour en cotte de mailles arpentaient les rues, dont certaines étaient barrées par des chaînes. La nuit était tombée depuis longtemps, mais la ville sous toutes ses formes restait sur le qui-vive. Bray fut soulagé d'atteindre enfin *La Cave du diable*. Il tambourina à la porte jusqu'à ce que l'aubergiste, en chemise et bonnet de nuit, vînt lui ouvrir, un maillet dans une main et un couteau dans l'autre. Derrière lui se pressait un groupe de garçons de cuisine, de serveurs et de domestiques. L'un d'eux levait une lanterne presque aussi grosse que lui.

— Dieu du ciel ! s'exclama l'aubergiste. Maître Reginald Bray ! Vous êtes le bienvenu, messire, mais… à cette heure ?

— Chut, mon ami…

Bray lui tendit la main afin qu'il la serrât et prît par la même occasion la grosse pièce d'argent qu'il cachait dans sa paume. Le tavernier ne se fit pas prier.

— Entrez, entrez, mon ami !

Il chassa la petite troupe qui l'accompagnait et conduisit son visiteur dans la salle principale. Il lui proposa une chope d'ale et une collation, que Bray refusa pour se diriger sans délai vers le comptoir et le tableau cloué au mur, qui comportait les clés de chaque chambre. Il examina celui-ci quelques instants, puis retourna vers le tavernier pour lui poser, de la part d'Urswicke, quelques questions sur Robert Vavasour et son séjour dans la taverne. L'homme lui répondit.

— C'est tout de même sacrément bizarre ! ajouta-t-il.

— Que voulez-vous dire ?

— Eh bien, les hommes du sheriff sont venus ici

et, comme vous pouvez l'imaginer, ils m'ont posé une foule de questions auxquelles je n'avais pas de réponse. Mais ce que vous ne savez pas, c'est que, juste après ça, l'échevinage a envoyé un charpentier avec son apprenti : le garçon a nettoyé la chambre et le charpentier a réparé la porte. Puis c'est un serrurier qui est arrivé. Il a remplacé les verrous, les fermoirs et la serrure, et ça a été comme si rien n'avait jamais eu lieu. Plus aucun signe de ce qui s'était passé ! J'ai demandé pourquoi, et on m'a répondu que c'était une marque de respect envers les boueux de la ville, qui utilisaient ma taverne comme leur quartier général. Quant à la vraie raison de tout ça…

Il esquissa une grimace.

— Vous pouvez monter voir les réparations, si vous voulez !

Bray leva les yeux vers les poutres noircies par la fumée et sourit.

— Maître Reginald ? Vous voulez voir la chambre ?

— Non, non, mon ami, j'en ai vu suffisamment, et j'en ai appris assez. Il est temps que je m'en aille.

Il sortit de la taverne et partit de nouveau à travers les rues. Il avait décidé de la voie qu'il suivrait désormais. La comtesse et Urswicke devaient déjà être loin, ils avaient sans doute atteint l'Essex et sa nature sauvage. Il ne servirait à rien d'aller les rejoindre. Le vrai danger qui les menaçait était ces deux caraques flamandes.

Bray restait vigilant. Il devait être suivi et pourtant, lorsqu'il s'arrêta et se retourna pour vérifier, il ne remarqua rien d'anormal. Il poursuivit donc son chemin vers le fleuve en empruntant les grands axes, plus propres, en direction de la vaste place pavée que bordaient les plus belles maisons de Londres. Lorsqu'il l'eut atteinte, il se faufila dans l'ombre pour gagner le somptueux manoir de la comtesse. Il avait gravi la moitié des marches lorsqu'un claquement métallique l'alerta. Il se retourna vivement et eut tout juste le temps de se courber en deux pour éviter un carreau d'arbalète, qui alla se loger dans la belle porte d'entrée en bois ciré. Il brandit sa dague et son épée et monta le reste des marches à reculons. Trois spadassins masqués et encapuchonnés venaient d'émerger de l'ombre. Bray se força au calme, mais un mélange de terreur et de désespoir l'avait saisi. Il allait devoir résister et se battre contre trois hommes aguerris. Celui du centre fut le premier à atteindre l'escalier. Il commençait à monter lorsque la porte de la maison s'ouvrit sur Prestepied et une nuée de domestiques qui surgirent, armés de tout ce qu'ils avaient pu trouver dans la maison : couteaux, maillets et crochets prélevés dans la cuisine ou à l'office.

L'apparition soudaine de ces sauveurs inattendus qui criaient « Beaufort » et agitaient leurs armes de fortune se révéla trop prodigieuse pour les agresseurs, qui tournèrent les talons et décampèrent dans la nuit. Trempé de sueur, Bray se laissa tomber sur les marches. Prestepied et le maître d'hôtel ordonnèrent aux domestiques de rentrer, non sans les avoir félicités pour leur courage et pour l'aide plus que précieuse qu'ils avaient apportée à maître Bray. Le courrier, vêtu d'une chemise de nuit en laine, s'assit près de Bray. Tous deux se serrèrent la main et échangèrent le baiser de paix, tandis que Bray murmurait des remerciements.

— Comment avez-vous su ? s'enquit-il.

— Oh ! nous montons toujours la garde autour de la maison depuis que la comtesse est partie. Ce sont nos tournebroches qui ont la vue la plus perçante. Ils ont repéré trois ombres dans les buissons. Un garçon d'écurie est sorti, comme pour aller faire une course, et, en passant près de ces hommes, il a remarqué qu'ils étaient armés et masqués.

— Mais oui, bien sûr ! s'exclama Bray. Ils ont cessé de me poursuivre à travers la ville. Nos ennemis savent que je suis à Londres et il leur suffisait d'attendre mon retour ici ! Maître Prestepied, vous avez toute ma reconnaissance. Je vous remercie, mais j'ai maintenant un autre service à vous demander.

Bray sourit au courrier.

— Vous êtes un maître du travestissement, alors voilà : je vais pénétrer dans cette maison en tant que Reginald Bray, l'intendant de la comtesse, mais je voudrais en ressortir demain, le plus discrètement possible, sous les traits de John Sturmy, mercenaire et marinier totalement dévoué au mal.

QUATRIÈME PARTIE

« La nature est stupéfaite et la terre tremble. »

Christopher Urswicke se cala du mieux qu'il put sur son tabouret. Il se trouvait avec la comtesse dans une petite pièce tapissée de toiles d'araignées, au premier étage de l'ancien manoir royal de Thorpe, à courte distance de la baie de Walton. De là où il se tenait, il était certain d'entendre le grondement des vagues s'échouant sur la grève. Les hommes protégés et leur escorte au complet avaient atteint Thorpe la veille, après cinq longs jours de voyage et, le lendemain, ils embarqueraient à bord de *La Galice*. Le navire breton s'approcherait de la côte, il mettrait une chaloupe à la mer pour venir les récupérer et il les emmènerait vers le port breton de La Rochelle, sa seule et unique destination.

Urswicke regarda la comtesse du coin de l'œil. Emmitouflée dans ses fourrures, elle tendait les mains vers le feu allumé dans la vieille cheminée.

— J'eusse aimé vous voir mieux installée, madame, murmura-t-il. On n'a mis à notre disposition que cette salle, et deux autres plus étroites et plus misérables encore.

— Chut, Christopher ! Il ne faut pas se plaindre. Pensez à nos pauvres amis enfermés au sous-sol, chacun dans sa minuscule cellule ! Cet ancien manoir royal est doté de fortifications et de douves, il a été conçu pour les guerres, non pour l'agrément.

— Sir Thomas, mon père, notre merveilleux Grand Juge, s'est attribué les pièces les plus confortables et les mieux chauffées, ainsi que les meilleures couvertures…

— Nous devons supporter les insultes en attendant des jours meilleurs, Christopher. Gardons notre sang-froid, retenons notre langue et observons ! Cependant, je vous l'accorde, l'hiver est déjà bien là.

Urswicke perçut l'amertume dans la voix de la comtesse. Prestepied était venu quelques heures plus tôt, porteur d'une missive de Bray rédigée en langage codé, pleine de symboles secrets. Urswicke avait déchiffré son contenu avec effroi : les attaques qui avaient manqué tuer Bray, l'évasion de Zeigler, l'assaut meurtrier sur les parentes de Pembroke, l'interrogatoire de Joachim dans la cave de la taverne et les travaux de réparation effectués à *La Cave du diable*. Fort peu de choses dans cette lettre étaient de nature à procurer du réconfort et elle avait encore accru le désespoir de la comtesse, sans parler de celui d'Urswicke. Ensemble, ils avaient ensuite évoqué leurs soupçons respectifs et spéculé sur les diverses hypothèses. Néanmoins, ils n'avaient ni le temps ni la possibilité d'agir dans l'immédiat. Ils étaient tout autant prisonniers de Sir Thomas que les hommes enchaînés dans les sous-sols.

— Que pouvons-nous faire ? interrogea Margaret à mi-voix. Votre père nous a invités à souper ce soir. Ce sera l'occasion pour lui de jouer les grands seigneurs, ce qu'il adore faire ! Avant notre arrivée, il a envoyé des hommes en éclaireurs pour préparer ce sinistre manoir à nous recevoir tous et, à présent, nous sommes censés nous asseoir à table avec lui et ripailler en le regardant sourire de toutes ses dents, alors qu'il s'apprête à jouer les Judas. Certains des plus fidèles serviteurs des Tudor sont en ce moment enchaînés dans les sous-sols. Ils sont destinés à mourir tôt ou tard, nous le savons. Même s'ils s'échappent, si nous parvenons à organiser leur fuite, ils seront chassés et abattus comme des lièvres dans une clairière.

— Nous sommes pris au piège, reconnut Urswicke dans un souffle. Si nous les laissons monter à bord de la cogghe bretonne, ils périront sans nul doute et, quoi qu'il arrive, Zeigler se retrouvera libre d'agir à sa guise en Bretagne et il tuera. Pouvons-nous l'en empêcher ? Comment prévenir Lord Jasper ? Le temps nous manque pour envoyer des messagers. Ceux-ci ne seraient pas sûrs de réussir à atteindre La Rochelle et, même s'ils y parvenaient, ils arriveraient trop tard. Zeigler sera là-bas bien avant eux et il aura eu le temps de faire des ravages…

— Vous avez raison, hélas ! répondit sombrement Margaret. Lord Jasper et mon fils vivent dans l'ombre de la hache, de la dague, de la garrotte et du calice empoisonné, une ombre qui s'est agrandie, qui se rapproche…

Elle se signa.

— Christopher, je suis d'accord avec vous : n'informons pas Pembroke du meurtre de ses parentes. Pas ici, pas maintenant. Il ne faut révéler à personne ce que nous savons ni comment nous l'avons appris. Christopher, dit-elle en baissant encore la voix, sachez que je viens enfin de tendre un piège. J'ai posé le leurre et, à présent, nous n'avons plus qu'à attendre, et à placer toute notre confiance en maître Bray. Nous avons un traître tapi parmi nous, Christopher. Nous avons nos soupçons, mais seul le temps nous apportera la vérité. Maintenant, avant d'aller souper avec le diable, j'aimerais me reposer. Envoyez-moi Edith, je vous prie.

Sur ces mots, Margaret saisit la main gauche d'Urswicke et la serra avec une force inattendue.

— Nous sommes plongés dans l'ignorance, en un lieu hanté par des fantômes. La nuit va bientôt tomber sur ce château où dansent les ombres. Mais Dieu est bon, et nous avons l'esprit vif, vous et moi. Réfléchissons, Christopher ! Cherchons le moyen de nous extraire de cet infâme labyrinthe.

— Nous avons déjà commencé, madame : vous avez tendu le piège et amorcé l'hameçon…

— Certes, soupira la comtesse, les yeux brillants de larmes. Mais j'ai également placé l'un de nos hommes protégés en un péril mortel.

Elle sourit à travers ses pleurs.

— Mais ce sont des Gallois ! Tous ont conclu un pacte de sang et considèrent avec haine quiconque parmi eux serait prêt à briser leur serment solennel. J'ai peut-être tort mais, là encore, que faire d'autre ? Nous avons tous deux réfléchi au message que nous a envoyé maître Bray. Si nos ennemis parviennent à leurs fins, tous les hommes protégés mourront, ainsi que d'autres, nombreux, avec eux. Dès lors, oui, Christopher, nous sommes engagés.

Elle se pencha et caressa doucement le bras de ce jeune homme qu'elle aimait comme un fils.

— Le principal danger, reprit-elle dans un murmure, c'est qu'un membre de ma compagnie a été désigné comme étant porteur du message codé du Dragon. Alors, pour l'amour du Ciel, restez vigilant !

Elle s'interrompit et ouvrit son escarcelle. Urswicke suivit ses gestes des yeux, curieux. Au cours de la journée, il avait vu sa maîtresse passer parmi les prisonniers et leur parler individuellement, en leur distribuant des pièces de monnaie. Il avait pris cela pour une tentative de les réconforter et n'y avait guère prêté attention. Maintenant, la comtesse lui tendait un médaillon de pèlerin, un rond de métal bon marché frappé de l'image de saint Swithun debout près de son puits, une image populaire dans les marches galloises.

— Christopher, murmura-t-elle, j'ai mes soupçons, mais je vous en prie, examinez ce médaillon et, s'il se produit quelque chose, souvenez-vous-en !

Lorsqu'il se fut assuré que la comtesse était bien prise en charge par la timide Edith, Urswicke retourna à son cabinet, où il demeura assis un moment. Tout en écoutant distraitement les bruits du vieux manoir, le constant craquement du bois, le claquement de portes mal ajustées contre leurs linteaux, les cris des domestiques qui se préparaient pour la soirée, il tentait de ravaler sa colère. Son père jouait à la perfection son rôle de puissant en Grand Juge de Londres qu'il était, vrai maître de l'échevinage, seigneur de la terre. Il avait conduit la marche par Mile End Road, à travers la forêt d'Epping, pour atteindre la côte. Il avait donné l'impression d'apprécier au plus haut point le froid vif de l'hiver, qui avait au moins eu le mérite de rendre les allées et les sentiers de la forêt praticables. Emmitouflé dans ses fourrures, chevauchant son magnifique destrier, escorté par sa cour de clercs, de domestiques et d'archers, il savourait sans s'en cacher son pouvoir et ses responsabilités. Il considérait tout cela, Urswicke en était convaincu, comme une joyeuse mascarade, un carnaval dans lequel il était le maître de cérémonie agissant au nom du roi.

— Eh bien, songea Urswicke, voyons comment se déroule le jeu…

Il débarrassa un petit bureau, prit une feuille de vélin dans sa sacoche, ainsi que des plumes d'oie, un encrier et une pierre ponce. Il approcha le chandelier à deux branches pour créer un rond de lumière sur le parchemin et commença à dresser la liste de ses réflexions.

« Premier point : à coup sûr, un traître assassin se cache dans l'entourage de la comtesse et de sa maison. Néanmoins, c'est sans doute Zeigler, malgré le flou qui l'entoure, qui jouera un rôle important dans la suite des événements. Il représente une menace pour l'avenir, mais n'est pour rien dans ce qui s'est passé jusqu'à présent. Il était emprisonné à Newgate quand Cromart et les frères Vavasour ont été tués. Il n'y a pas l'ombre d'une preuve que ce mercenaire assoiffé de sang ait pu participer à ces meurtres ni aux attaques qui nous ont visés, Bray et moi. Zeigler ne deviendra dangereux qu'à La Rochelle, quand il évoluera sous sa nouvelle identité.

» Deuxième point : le meurtre de Cromart. L'église était verrouillée et barrée de l'intérieur et, pourtant, ce clerc en cotte de mailles a été assassiné et son ceinturon volé. Pourquoi ? La comtesse se demande si le meurtrier n'était pas en quête du message codé du Dragon. Est-ce le cas ? Quoi qu'il en soit, cela n'explique pas comment l'assassin s'y est pris pour tuer Cromart. Je suis certain qu'il n'y a ni entrée dérobée ni passage secret à St Michel, et les fenêtres ne sont guère que des meurtrières. Si l'assassin est entré et ressorti, il n'y a qu'une possibilité : quelqu'un lui a ouvert et a refermé l'une des portes derrière lui. Cromart lui-même a pu l'introduire, mais il n'a pas pu refermer ensuite, bien évidemment. Dès lors, seule solution logique : Queue-de-Rat était complice.

» Troisième point : Queue-de-Rat a été tué à St Michel et, là encore, l'église était fermée de l'intérieur. Pourtant, ce fripon a bien succombé à un carreau d'arbalète. Pourquoi l'a-t-on assassiné et, surtout, comment ? Bray et moi étions là, ainsi que Pembroke, mais nous n'avons rien trouvé qui révèle la présence d'une tierce personne. Le père Austin affirme que des paroissiens ont vu une silhouette courir dans le cimetière. J'ai moi-même cru entendre un bruit de porte. Alors comment les choses se sont-elles déroulées ?

» Quatrième point : les frères Vavasour. D'abord Guido, qui a réussi à échapper à la mort à Walton-on-the-Naze et qui se croyait en sécurité dans la cave de *L'Arbre penché*. Qui l'a trahi ? Et quand il nous a vus, le jour de sa pendaison, qu'a-t-il tenté de dire à la comtesse ? Voyons voir… »

Urswicke reposa sa plume et, de sa main droite, se couvrit le visage en écartant les doigts comme l'avait fait le supplicié. Il sentit des picotements d'excitation en se souvenant des soupçons que la comtesse et lui avaient eus. Il se leva, marcha vers la porte et regarda la clé glissée dans la serrure. Cela lui rappela une autre serrure, celle de la chambre à *La Cave du diable* où Robert Vavasour avait trouvé la mort. Il saisit la clé, mais tressaillit en entendant soudain résonner le tocsin du manoir. Il tendit l'oreille. En dehors de ce carillonnement incessant, il n'y avait nul bruit à l'étage. Il sortit de sa chambre et alla frapper à la porte de la comtesse. Ce fut Edith qui lui ouvrit, la tête et le visage presque entièrement dissimulés sous sa capuche. Urswicke l'examina, intrigué : depuis le début, il lui semblait déceler quelque chose d'étrange chez cette femme, mais il ne pouvait déterminer de quoi il s'agissait au juste. Ce n'était toutefois pas le moment de s'attarder. Il pria la servante de ne pas quitter sa maîtresse des yeux et de ne laisser personne pénétrer dans sa chambre jusqu'à son retour. Se détournant déjà, elle promit d'obéir et Urswicke, quoique de plus en plus perplexe, la laissa, pour se précipiter dans le grand escalier. Il gagna la salle principale du manoir, où il trouva son père, le prêtre et d'autres hommes armés. Tous écoutaient avec attention le capitaine de la garde qui désignait du doigt le fond de la salle et une porte étroite donnant accès aux sous-sols.

— Père ? appela Urswicke en passant à travers le petit groupe.

L'air soucieux, Sir Thomas tenait le bras du père Austin comme s'il cherchait à se rassurer. Il secoua la tête.

— Je reviens d'en bas, Christopher. L'un des hommes protégés a été lâchement assassiné. Son nom est Rhys Conwar. Il a reçu un trait en plein front. Allez-y, si vous voulez, allez voir par vous-même… conclut-il en agitant négligemment les doigts.

Urswicke ne se fit pas prier. Il esquissa une vague révérence et laissa les hommes à leur conversation, qui, d'après ce qu'il en entendit en s'éloignant, portait sur la façon d'annoncer la nouvelle à l'archidiacre, et non sur l'éventuelle compassion qu'aurait pu leur inspirer la victime. Il passa entre les deux gardes qui surveillaient la petite porte et descendit les marches vers un long couloir creusé dans la roche. De part et d'autre, de solides portes en bois cloutées fermaient des cellules, surmontées de torches. Tout en avançant dans le froid glacial qui régnait, Urswicke entendait des exclamations et des cris : manifestement, les prisonniers s'inquiétaient et voulaient savoir ce qui s'était passé.

À mi-chemin du couloir, l'une des portes était béante. Urswicke s'arrêta et, sans hésiter, entra dans la cellule malodorante qu'elle desservait. Quelqu'un avait laissé une lanterne à l'intérieur, aussi distingua-t-il aussitôt le corps étendu contre le mur. Le visage, hébété, était recouvert d'une couche du sang déjà séché qui avait coulé du front, où un carreau d'arbalète était profondément enfoncé. Les yeux vitreux semblaient contempler la mort.

Urswicke se signa, s'accroupit et murmura une prière pour Conwar. Regardant autour de lui, il conclut vite qu'en dehors de la lourde porte renforcée il n'y avait aucun accès à cet espace exigu, pas la moindre ouverture sur l'extérieur. Le carreau d'arbalète, qui avait traversé la tête de part en part, avait dû être tiré d'une très courte distance. Un petit cliquètement, et le trait était parti, la cervelle du malheureux avait volé en éclats. Urswicke ferma les yeux pour réfléchir. Le couloir du sous-sol était étroit, taillé dans la roche, et les cellules n'étaient quant à elles que des cavités, des niches de pierre… Dès lors, comment l'assassin avait-il pu s'y introduire et repartir aussi facilement ?

— Mais comment est-ce possible ? murmura-t-il.

— Oui, comment ? fit une voix derrière lui.

Il se retourna. Son père était là, accompagné du père

Austin et du capitaine des gardes. D'un signe, le Grand Juge enjoignit à son fils d'approcher.

— Il fait trop froid ici, dit-il. De toute façon, Christopher, qu'y pouvez-vous ? Ce qui est fait est fait !

— Mon digne père, répondit Urswicke en se redressant, je dois, au nom de ma maîtresse la comtesse, m'entretenir au plus vite avec Pembroke, le meneur des hommes protégés. Ne serait-ce que pour lui demander s'il a vu ou entendu quelque chose.

Soucieux de vérifier un dernier détail, il s'agenouilla de nouveau devant le corps sans vie pour en soulever le pourpoint, remarquant au passage que la victime avait toujours les poignets et les chevilles emprisonnés dans des fers, reliés à des chaînes à peine assez longues pour permettre de faire quelques pas et de s'alimenter. Tout comme Cromart et Robert Vavasour, Conwar avait été délesté de son ceinturon. Urswicke allait se relever lorsqu'un léger reflet au creux de la main droite du mort attira son regard. Dégageant les doigts rigides, il en tira un petit rond métallique, un médaillon de pèlerin similaire à celui que lui avait remis la comtesse, puisqu'il représentait saint Swithun près de son puits. Il l'examina un instant, puis tira de sa bourse celui de la comtesse : les deux étaient presque identiques.

Urswicke jeta un coup d'œil par-dessus son épaule. Sir Thomas et ses compagnons avaient cessé de s'intéresser à lui. Ensemble dans le corridor, ils évoquaient bruyamment les différentes façons possibles d'informer l'archidiacre Blackthorne du meurtre. Urswicke eut un sourire amer. Ce n'était qu'une mascarade, puisque, au moment où leur messager atteindrait Londres, tous les hommes embarqués à bord de *La Galice* seraient morts. Que pourrait faire l'archidiacre alors ? Urswicke jeta un dernier coup d'œil au corps, prononça rapidement une nouvelle prière, se signa et alla rejoindre les hommes. Il frissonna dans le courant d'air glacé.

— Comment cela a-t-il pu arriver ? lança Sir Thomas en rapprochant son visage de celui de son fils. Il y a des gardes de part et d'autre. On ne peut imaginer prison plus sûre. Les seigneurs de la région tenaient autrefois dans ce manoir des commissions d'oyer et terminer[1] et ces cellules ont été tout spécialement construites pour accueillir les prisonniers capturés dans toute la région. Ce sont pour ainsi dire des cavernes creusées dans la pierre !

Urswicke acquiesça. Devant lui, le père Austin se tenait aussi impassible qu'une statue. Il frémit. Il éprouvait une violente sensation de malaise dans cette sombre prison et ces hommes qui l'accompagnaient, s'ils n'étaient pas tout à fait ses ennemis, n'étaient certainement pas des amis. Il ne devait espérer d'eux ni réconfort ni assistance. Son père, en particulier, se souciait fort peu de Conwar ; en son for intérieur, il devait même être ravi que la comtesse eût perdu un autre de ses fidèles. Sa seule inquiétude concernait le risque de voir l'archidiacre lui faire porter la responsabilité du crime, mais aucune preuve concrète ne pourrait venir étayer une telle accusation. Le Grand Juge clamerait allègrement son innocence et il aurait le prêtre comme témoin.

— Le prisonnier n'a plus son ceinturon, n'est-ce pas ? interrogea Sir Thomas en souriant à son fils. C'est étrange, non ?

Conscient qu'il s'amusait à retourner le couteau dans la plaie, Urswicke ne répondit pas et soutint son regard.

— Il faut que j'aille prévenir la comtesse, déclara-t-il. Elle doit être informée, mais, comme je vous l'ai dit, je voudrais d'abord m'entretenir avec Pembroke.

Le Grand Juge se renfrogna, puis haussa les épaules et se tourna vers le capitaine des gardes, dont le visage barbu était à demi dissimulé derrière le protège-nez de son heaume conique.

1. Procédure d'audition et de jugement d'une cause criminelle.

— Emmenez-le voir tous les prisonniers qu'il souhaite ! lança-t-il d'un ton sec. Mais c'est la dernière fois, d'accord ? Demain, si Dieu le veut, *La Galice* apparaîtra au large de la côte et tout le monde sera parti !

Urswicke perçut un vague mépris dans la voix de son père, dont le visage lisse et graisseux se creusait une fois de plus de ce sourire qui n'atteignait jamais les yeux.

— Y allons-nous, messire ? demanda le capitaine avec un geste vers l'extrémité du couloir.

Urswicke acquiesça et lui emboîta le pas jusqu'à une porte.

— Avant que vous ouvriez…

Urswicke glissa dans la main du soldat une pièce que ce dernier empocha sans délai.

— J'aurai besoin de la lanterne.

Le capitaine alla en prendre une dans une niche du mur et la lui remit.

— Par ailleurs, poursuivit Urswicke en désignant le trousseau, est-ce la même clé qui ouvre toutes ces cellules ?

— Oui, messire, et toutes les serrures ont été façonnées par le même serrurier. Elles sont simples, mais solides.

— Et vous êtes le seul à détenir cette clé ?

Le capitaine resserra sa cape, comme s'il souffrait soudain du froid humide qui régnait.

— Oui, messire. Et ce trousseau auquel elle est accrochée, je ne m'en suis pas séparé un seul instant. Nous n'avons vu ni entrer ni sortir personne. Sir Thomas m'a fortement vitupéré, mais, les anges m'en sont témoins, je ne comprends pas comment cet homme a pu être tué. Regardez ce corridor, messire, s'enflamma-t-il, regardez cette roche, au-dessus, sur les côtés, au sol ! Et ces gardes à chaque extrémité !

Il s'interrompit, pour reprendre plus bas :

— Ce lieu est hanté, messire. Je serai heureux quand nous l'aurons quitté…

Urswicke jeta un coup d'œil du côté de la sortie. Son père et le prêtre étaient remontés.

— Et savez-vous quand vous allez partir ? demanda-t-il au capitaine.

— Une fois que les prisonniers auront atteint la côte, nous n'y reviendrons pas, messire. Que le bateau soit là ou non, Sir Thomas a décidé que nous reprendrions directement la route pour Londres. Il aura accompli sa mission. Il m'a tout l'air pressé de s'en libérer !

— Je n'en doute pas. Très bien, ouvrez cette porte !

Le capitaine s'exécuta et Urswicke entra. Pembroke était allongé sur le sol dans un coin de la cellule. Il avait dédaigné la paillasse infecte, répugnant manifestement à s'y étendre. Il se redressa à l'arrivée d'Urswicke et s'assit contre le mur.

— Heureux de vous voir, Christopher, murmura-t-il. Comment vous portez-vous ?

Urswicke sourit en reconnaissant l'accent chantant du pays de Galles et vint s'accroupir à côté du captif. Il pria en son for intérieur pour que sa langue ne fourchât pas : il ne devait laisser échapper aucune allusion au meurtre des deux parentes de cet homme dans le couvent, à cet acte odieux, ce massacre brutal, ce hideux sacrilège. La mère et la sœur de Pembroke avaient été sommairement exécutées et lui-même, comme tous ses compagnons et les autres hommes protégés, subirait sans doute un sort similaire dans les jours à venir. À l'évidence, ce ne serait pas Sir Thomas qui le protégerait.

Urswicke songea qu'il devait endurcir son cœur et sa volonté. Lui, la comtesse et toute sa maisonnée, ainsi que son royaume et plus encore, étaient engagés bon gré mal gré dans une lutte féroce, dans un combat à mort contre la maison d'York. Des hommes, des femmes et des enfants mourraient dans ce conflit, mais avait-on le choix ? Les événements des dernières semaines attestaient du caractère impitoyable des ennemis qui étaient les leurs, de leur résolution à mener cette *lutte à outrance** : un affrontement jusqu'à la mort, aussi furieux et cruel qu'une guerre sur un champ de bataille.

— L'obscurité se densifie, semble-t-il, murmura Pembroke, comme s'il avait perçu l'état d'esprit de son visiteur. Notre flamme faiblit. Il s'est passé quelque chose, n'est-ce pas ?

— Conwar vient d'être assassiné, répondit Urswicke en se rapprochant encore pour pouvoir chuchoter. Comment, pourquoi et par qui, je ne saurais vous le dire. Un carreau d'arbalète dans la tête, et son ceinturon a disparu.

— Que Dieu nous garde !

Urswicke contempla le visage masqué et une inquiétude le saisit. Il songea qu'un homme qui dissimulait ainsi son visage dissimulait aussi son âme.

— J'avais le devoir de vous en informer, déclara-t-il. La comtesse vous considère comme le chef des hommes protégés.

Il inspecta de plus près les fers qui enserraient les chevilles et les poignets du prisonnier. C'étaient les mêmes entraves qu'avait Conwar.

— Bref, en deux mots, reprit-il, avez-vous une idée de la façon dont Conwar a pu mourir ? Avez-vous entendu quelque chose ?

— Rien du tout, jusqu'au moment où un garde est passé dans le couloir. Il a frappé à chaque porte en demandant aux prisonniers de crier leur nom. Et puis, je l'ai entendu cogner plusieurs fois contre la même, parce qu'il ne recevait pas de réponse et, là, j'ai compris qu'il se passait quelque chose d'anormal.

Pembroke haussa les épaules.

— La suite, vous la connaissez. Transmettez mes salutations à la comtesse, ainsi que mes prières pour que nous sortions tous d'ici sains et saufs. Nous repartons demain, n'est-ce pas ?

— Oui et, d'après mes renseignements, une fois que

mon père, Sir Thomas, vous aura menés jusqu'à la côte, il vous laissera et rebroussera chemin.

— Alors quoi ? Nager ou périr ?

— Armez-vous de courage, murmura Urswicke, alors que le capitaine des gardes revenait déjà mettre un terme à la conversation. Je suis sûr que l'obscurité finira par s'estomper et que notre flamme brûlera de nouveau avec force. Faites-moi confiance !

Assis près de la comtesse, Urswicke attendait de la voir se ressaisir. Il lui avait rapporté ce qui était arrivé à Conwar et lui avait montré la médaille de pèlerin. Elle avait alors fondu en larmes. Urswicke l'avait rarement vue aussi désespérée. Immobile sur sa chaise, elle sanglotait sans bruit et les larmes roulaient sur son visage, tandis qu'elle contemplait la médaille. Bouleversé, le jeune homme demandait au Ciel la force de maîtriser sa propre agitation. Il comprenait que la comtesse savait plus de choses qu'elle ne lui en avait révélé. La mort de Conwar l'attristait profondément, certes, mais son chagrin présent signifiait davantage que cela. Elle avait murmuré quelques mots sur la dissimulation et la trahison, le baiser de Judas et l'absence de confiance qui rongeait son âme comme un chancre. De temps à autre, elle se mettait à parler en gallois, très vite et plus bas encore.

— Maîtresse, dit Urswicke. Je comprends votre peine.

— Encore un être de qualité qui nous quitte ! murmura-t-elle. Christopher, j'ai annulé le souper avec votre père.

Elle releva vers lui son visage livide baigné de pleurs.

— Mon ami, comment voulez-vous que je m'assoie à table avec un tel personnage, poursuivit-elle, un homme si aimable en apparence, et en vérité si odieux et si faux ! Un Judas et rien d'autre. Il se réjouit de ce qui s'est produit, je le sais bien. Christopher, que pouvons-nous faire en ces terribles circonstances ? Comment nous défendre contre cette dague pressée sur nos cœurs ?

Urswicke prit une longue inspiration. Il était certain qu'il avait été tout près de la vérité, mais il avait besoin de temps pour réfléchir encore et mettre sur pied un plan d'action. Il voulait en outre assurer la comtesse de son soutien indéfectible, mais il devait attendre le moment propice pour pouvoir affronter le Satan dissimulé parmi eux.

— Christopher ?

— Madame, je sais que vous êtes entourée de traîtres, mais, pour ma part, je vous suis loyal, tout comme maître Bray. Nous ne sommes pas des Judas, nous sommes vos serviteurs, fervents en temps de paix comme en temps de guerre, dévoués corps et âme jusqu'à la mort s'il le faut. Je sais que votre parent Lord Jasper et vous-même avez pour devise « Ne se fier à personne », mais vous devez nous faire confiance. Alors, tout d'abord, parlez-moi du message codé du Dragon. Existe-t-il ? A-t-il été – est-il – détenu par l'un des hommes protégés, ou par plusieurs d'entre eux ? Vous devez me dire la vérité !

— Très bien, souffla la comtesse. Le message codé du Dragon est, comme je vous l'ai dit, un document très détaillé, rédigé en symboles élaborés, qui recense les forces et l'influence de la maison des Lancastre, et celle des Tudor en particulier, au pays de Galles et ailleurs. Y figurent la liste des familles qui nous sont fidèles, celle des seigneurs qui nous soutiennent, les lieux où sont entreposées des armes, les endroits où les fleuves et les torrents sont guéables, les rivages où accoster pour une invasion, la nature des marées, le mouvement des bateaux, et d'autres précieuses indications encore. Mais, à la vérité, nous ne l'avons confié à personne : mon parent Jasper et moi-même le tenons en sûreté quelque part. Je vous en prie, s'il vous plaît, ajouta-t-elle en levant la main, croyez en la parole que je vous donne ! Le moment venu, je vous dirai où il se trouve, mais pas maintenant…

Elle baissa encore la voix et poursuivit comme pour elle-même :

— Toutefois, pour détourner l'attention des York et de leur légion d'espions, Jasper et moi avons laissé entendre que ce manuscrit était transporté par l'un des membres de l'escouade du Dragon rouge, ou plutôt, par l'un de ceux qui ont survécu à ce terrible massacre qu'a été Tewkesbury. Il s'agissait de les induire en erreur pour créer la confusion, de les envoyer courir de droite et de gauche. Cette tactique de diversion s'est révélée efficace. Édouard d'York s'est mis à haïr notre escouade de combattants. Il est persuadé que l'un d'eux détient un document qui lui permettrait de réduire tous nos soutiens à néant.

Elle s'interrompit et poussa un soupir, puis reprit, semblant bien peser ses mots :

— Bien sûr, nous avons dû payer le prix de cette stratégie. Un prix très élevé… Nos plus loyaux serviteurs, ceux qui avaient réussi à survivre, ont été décimés les uns après les autres…

— C'est la raison pour laquelle, en fin de compte, ceux qui restaient ont demandé l'asile dans des églises ?

— Oui, sur mes conseils. Je pleure en secret tous ces morts, mais toujours est-il que ce mensonge a permis de faire diversion et d'alléger un peu les menaces sur mon fils et mon parent Jasper en Bretagne. Les membres de l'escouade, Pembroke inclus, ignoraient tous lequel de leurs camarades était censé détenir notre document secret. On les pourchassait sans répit, c'est pourquoi, sur ma secrète insistance, tous ont quitté leur cachette pour gagner Londres et ses églises, et jouir d'une certaine protection.

Elle posa sur Christopher un regard intense.

— Alors seulement, enchaîna-t-elle d'une voix rauque, nous avons compris l'étendue des dommages qui nous avaient été infligés. Bon nombre de combattants de notre escouade n'ont jamais émergé de leur cachette. Ils avaient tout bonnement disparu, c'était comme s'ils n'avaient jamais existé ! La conclusion logique que j'ai tirée de ce constat, celle qui s'impose, c'est que ces hommes ont été trahis et assassinés !

— Qui pouvait savoir où ils se trouvaient ?

— Oh ! jusque-là, c'étaient des choses que l'on se disait volontiers au sein de l'escouade. Chacun savait où était l'autre... Enfin, quand les quelques survivants sont sortis et qu'ils ont trouvé asile dans les églises, j'ai parlementé avec maître Blackthorne afin qu'il les aide à quitter le royaume sans encombre. Il a accepté. L'Église ne répugne jamais à affirmer son autorité aux dépens de la Couronne, surtout dans les domaines où elle estime que la monarchie doit être bridée. L'archidiacre s'est donc montré plus que disposé à accéder à ma requête. D'ailleurs, c'était aussi un cadeau qu'il faisait à Édouard et à ses frères. Car ceux-ci n'étaient que trop désireux de débarrasser leur royaume de ces combattants lancastriens, qu'ils tenaient pour plus bas que la vermine.

— Et, bien sûr, en réunissant ces survivants et en les faisant voyager ensemble, ils fournissaient l'occasion rêvée à des personnes comme mon père ou d'autres laquais des York de réaliser leurs meurtriers projets.

— C'est un risque que nous avons dû prendre, Christopher ! Toutefois, au moment où cet accord a été conclu, je pensais sincèrement que mes fidèles serviteurs seraient protégés par les règlements du droit d'asile, qu'ils seraient gardés avec le plus grand zèle par notre sainte mère l'Église. Et dès lors, soupira-t-elle, nous en arrivons à ce ver qui s'est introduit dans le fruit, au cœur même de nos affaires. Oh ! je n'ignore pas que les traîtres sont aussi abondants que les mouches sur des excréments, mais Jasper et moi-même avons appris, à notre grand effroi, que nous abritions un traître au sein même de l'escouade du Dragon rouge. Et cet ennemi de l'intérieur est si puissant que j'ai maintenant très peur que les survivants qui sont avec nous ne voient jamais la Bretagne. Qu'ils soient voués à mourir…

Elle s'interrompit et secoua la tête avec un nouveau soupir.

— J'étais convaincue que nous pourrions contrôler le jeu, ajouta-t-elle, mais j'ai péché par orgueil. Comme je me suis trompée ! Les York nous assassinent, ils ont transformé ma demande de manière à pousser nos combattants encore en vie vers la mer, afin que d'autres puissent achever le massacre.

Margaret saisit sa coupe de vin et en but le contenu.

— J'ai mes soupçons, reprit-elle à mi-voix en lançant un regard en biais vers la porte. J'imagine que vous avez les vôtres. Mais ensuite, Christopher ? Que pouvons-nous faire ? Il nous est impossible d'interrompre le programme prévu ! Modifier l'itinéraire serait un désastre et nous savons néanmoins quel sort cruel attend nos fidèles sur la mer. Alors, dites-moi, Christopher, que faire ?

— Je ne sais pas encore, madame. Pour le moment, je me contente de placer toute ma confiance en maître Bray. Cependant, j'aimerais aborder une autre question…

— Laquelle, Christopher ?

— Pour celle-ci, madame, je vous demanderai de n'être pas évasive. Lady Anne Neville…

Il lui prit la main, la forçant à le regarder.

— Lady Anne Neville, répéta-t-il. On vous a demandé de laisser Bray à Londres, prétendument pour la rechercher. Mais vous savez fort bien que c'est là une perte de temps. Toute la puissance de la Couronne d'Angleterre a déjà été déployée en vain pour retrouver cette jeune fille, et vous connaissez la raison de cet échec. Alors, conclut-il en lui lâchant la main, devons-nous faire venir Edith, votre servante ?

La comtesse le considéra fixement quelques instants, puis sourit.

— Comment avez-vous deviné ? souffla-t-elle.

— Son comportement m'a intrigué et j'ai bien regardé cette servante de plus près. Maître Prestepied, votre courrier, est un artiste dans l'art du travestissement. Edith n'est pas Edith, mais Lady Anne Neville, n'est-ce pas ? Vous avez commis quelques menues erreurs mais, là encore, il fallait être très proche pour les remarquer. Edith est apparue dans votre maison comme surgie de nulle part, elle n'est manifestement pas très apte au service, ses manières sont gauches et maladroites. Certes, Anne Neville est très mince et ses cheveux sont d'un blond doré, alors que ceux d'Edith sont très noirs. En fait, je les ai trouvés *trop* noirs, j'y ai vu de l'artifice plutôt que l'œuvre de la nature. Son visage aussi a éveillé mes soupçons. Lorsqu'on l'observe de près, on a l'impression qu'il a été comme frotté à la poudre blanche. Quant à sa constitution physique, il me semble indubitable que, sous sa robe ample, se cachent des tissus volumineux destinés à masquer sa sveltesse et à entraver sa grâce naturelle. Madame, le temps passe et je redoute fort ce que vous pourriez faire.

Urswicke se tut. Il estimait avoir joué franc-jeu avec sa maîtresse, avoir frappé au cœur même du problème.

— Le temps passe, oui, répondit enfin la comtesse en lui faisant face. Anne Neville est mon amie. Oh ! je sais, elle ressemble à une petite souris sans défense, mais une petite souris peut se cacher là où le chat craint d'entrer. Ainsi entendait-elle les conversations dans la maison de sa sœur et m'informait-elle des projets de Clarence, qui n'aspire qu'à une chose : nous détruire, moi et les miens. Toutefois, Anne redoutait également que Clarence ne s'en prît à elle, aussi a-t-elle secrètement sollicité mon aide. Certes, elle aime assez Richard de Gloucester. En cas de besoin, celui-ci aurait pu la protéger mais, pour le moment, Clarence lui inspire une trop grande frayeur, et son acolyte Mauclerc la terrorise.

— C'est une femme perspicace !

— Assurément. Anne m'envoyait des messages et j'y répondais. L'habile Prestepied nous permettait de communiquer ainsi. En fin de compte, nous avons pris une décision : nous sommes convenues d'une date où Anne quitterait la maison de sa sœur pour s'introduire dans la mienne. Nous étions les seules à savoir, avec Prestepied, bien sûr. Il a fabriqué pour elle un déguisement tandis que, de mon côté, j'informais ma maisonnée qu'une nouvelle servante arriverait sous peu, Edith, fille d'une domestique de notre manoir de Woking. Edith s'est très vite adaptée, elle s'est comportée comme un petit rat des champs et a été acceptée comme telle par mon personnel.

— Quelles sont vos intentions à présent ? interrogea Urswicke.

La comtesse se prit le visage entre les mains sans répondre.

— Madame ? insista-t-il.

Elle retira les mains et le regarda. Luttant contre la panique qui menaçait de l'envahir, il se força à l'impassibilité.

— Soit, soupira la comtesse, je vais être franche avec vous. Je vais vous expliquer ce que je comptais faire.

Elle prit une profonde inspiration, tira son rosaire de son réticule et commença à jouer avec le petit crucifix.

— J'avais prévu de fuir vers la Bretagne et d'emmener Lady Anne, avoua-t-elle. Non, non, reprit-elle face à la réaction d'Urswicke, tout en frottant la croix plus énergiquement. Je n'allais pas vous abandonner. Dans mon plan, Bray et vous deviez vous joindre à moi…

— Pour l'amour du Ciel, madame !

— Non, Christopher, si j'avais emmené Anne avec moi, j'aurais pu la fiancer à mon fils Henri. C'est une riche héritière. Nous aurions installé une cour en exil, nous aurions été protégés. J'aurais été en sécurité mais, plus important encore, j'aurais pu vivre aux côtés de mon fils bien-aimé.

Elle s'interrompit, pensive.

— Christopher, reprit-elle, je suis navrée si vous pensez que je ne vous ai pas fait tout à fait confiance, à vous comme à Reginald, mais je me sentais agressée de toutes parts. Un jour, ajouta-t-elle, j'ai parlé avec une femme qui avait cherché à se donner la mort. Elle avait voulu disparaître, mais une amie l'avait sauvée de justesse. Quand je l'ai interrogée sur ce qui l'avait poussée à commettre un si grave péché, elle m'a répondu : la vacuité. Je lui ai demandé quel sens elle donnait à ce terme et elle m'a expliqué qu'elle se sentait seule, qu'il n'y avait rien ni personne, ni sur la terre ni au ciel, qui fût susceptible de lui venir en aide, et que la perspective de l'oubli était celle qui lui semblait la plus séduisante.

— Est-ce là ce que vous ressentez vous-même, madame ? Dieu soit loué, vous avez des fidèles, comme moi-même, des gens prêts à mourir pour vous !

— Les York ont été rusés, soupira Margaret en levant devant elle son rosaire. Ils ont agi de façon sournoise. Ils nous ont peu à peu insufflé, à Lord Jasper et à moi-même, l'idée que nous avions un traître dans notre maison. Et ce soupçon ronge à présent nos âmes…

— Vous me soupçonnez donc ? Et vous vous défiez aussi de Reginald ?

— Je me défie de tout le monde, Christopher, y compris de moi-même ! C'est en cela que votre père est si intelligent : il crée des illusions, il fait se mouvoir des ombres. Il joue avec le cœur d'autrui, avec les états d'âme. En Bretagne, où je me serais enfin sentie en sûreté, j'aurais pu mieux réfléchir et trouver le moyen de m'extraire de ce cauchemar.

— Je vois la logique derrière vos propos, madame. Une fois que nous aurions atteint la côte, vous auriez toutes deux embarqué sur ce vaisseau breton. Vous auriez proclamé que vous aviez seulement l'intention de rendre visite à votre fils et auriez étendu votre protection à Lady Anne Neville. Bray et moi-même vous aurions rejointes à bord de *La Galice*. Vous seriez arrivée à La Rochelle et, de là, vous auriez fomenté un plan neuf. Seulement, rien de tout cela ne pourra plus se produire désormais, sachant ce danger qui guette sur la mer.

Christopher effleura l'épaule de la comtesse du bout des doigts. Elle lui saisit la main et la serra.

— Il ne nous reste plus qu'à attendre, Christopher. Attendons, et voyons ce que pourra accomplir notre redoutable Bray. Si j'ai bien compris son message, je gage que la caraque flamande *Le Faucon des mers* aura à son bord un passager n'appartenant pas à l'équipage initialement prévu par son capitaine. Dès lors, les dés en sont jetés, et nous devons espérer…

En quittant la chambre de la comtesse, Urswicke croisa Edith et lui sourit, mais elle se détourna craintivement. Il regagna son étroit cabinet et demeura un long moment plongé dans ses réflexions. Il finit par sombrer dans un sommeil agité pour s'éveiller peu avant l'aube. Il fit alors une toilette rapide, se changea, passa son ceinturon et sa cape et descendit dans la grande-salle. Les domestiques disposaient les reliefs du somptueux souper de la veille sur les tables pour le petit déjeuner. Sir Thomas était là, chaudement vêtu, pressé de s'en aller. Il saisit la main de son fils en lui souhaitant le bonjour.

— J'ai envoyé trois de mes hommes, annonça-t-il d'un ton grandiloquent. Ceux dont la vue est la plus perçante. Ils ont pour mission de se poster en haut des dunes, au-dessus de la crique de Walton, et d'attendre que *La Galice* apparaisse à l'horizon.

Urswicke approuva en se forçant à sourire, puis il s'assit pour manger du pain et boire une coupe d'ale. Une fois rassasié, il sortit, soucieux de vérifier si son cheval allait bien et si la voiture de sa maîtresse était prête. Tout était en ordre, lui assurèrent les phaétons. Satisfait, il contourna le manoir et marcha quelques minutes dans le parc livré à l'abandon. C'était une aube glaciale, l'un de ces matins de novembre où le ciel était dégagé grâce au vent qui soufflait fort.

— Un jour propice à la navigation, songea-t-il. Que Dieu nous vienne en aide…

Un bruit de cavalcade interrompit ses pensées et il revint sur ses pas pour regagner le manoir. En pénétrant dans le hall, il découvrit Sir Thomas, qui écoutait avec un évident plaisir le rapport de ses éclaireurs et qui leva les bras en signe de victoire à son arrivée.

— *La Galice* est en vue ! lui annonça-t-il avec enthousiasme. Elle entrera bientôt dans la baie de Walton.

— Et vous, mon cher père, qu'allez-vous faire ?

— Eh bien, j'en ai terminé ! Nous en avons terminé, n'est-ce pas, mon bon pasteur ? précisa-t-il à l'intention de l'ecclésiastique, qui semblait tout aussi ravi.

— Oui, Sir Thomas. Peut-être escorterons-nous encore les hommes protégés sur la courte distance qui nous sépare de la crique, afin que je puisse informer l'archidiacre que nous avons fidèlement accompli notre mission jusqu'au bout ?

La bonne humeur du Grand Juge s'évanouit brutalement.

— Deux cavaliers suffiront, rétorqua-t-il. Ils les accompagneront jusqu'aux dunes et reviendront aussitôt. Nous devons repartir sans délai pour Londres.

Il frappa dans ses mains gantées.

— Allez, qu'on fasse venir tout le monde ! Je vais annoncer la bonne nouvelle !

On alla quérir les prisonniers, qui arrivèrent quelques minutes plus tard. C'était un petit troupeau d'hommes sales et dépenaillés pressés de parvenir au terme de cette épreuve. La nouvelle du meurtre de Conwar avait manifestement circulé et les membres de l'escouade se montraient plus sombres et plus silencieux encore que durant le voyage. Les gardes de Sir Thomas les poussèrent sans ménagement vers un coin de la salle. Escortée d'Edith, la comtesse se présenta à son tour avec son voile et sa guimpe et alla s'asseoir près de la porte. Sir Thomas monta alors sur l'estrade et le capitaine des gardes réclama le silence. Prenant la parole d'un ton saccadé, le Grand Juge expliqua que *La Galice* approchait de Walton à bonne vitesse et que les hommes protégés allaient donc partir vers la crique, où ils attendraient la chaloupe envoyée par la cogghe.

— Vous descendrez sur la grève, précisa-t-il. Vous resterez bien en rang, vous ne quitterez pas la procession.

Il désigna de l'index le groupe auquel il s'adressait.

— Tentez de fuir, refusez de monter dans le canot, et vous serez considérés comme *utlegati*, des hors-la-loi hostiles à la paix du roi, des bêtes sauvages susceptibles d'être abattues à vue. Dès lors, nul ne pourra rien pour vous ! Approuvez-vous, mon cher pasteur ?

L'ecclésiastique, monté avec lui sur l'estrade, donna son accord d'un hochement de tête.

— Deux de mes hommes vont vous accompagner, reprit Sir Thomas. Tenez-vous prêts à partir. Ce royaume sera bientôt débarrassé de vous. À présent, il ne me reste plus qu'à vous dire adieu.

Il quitta l'estrade, se courba sommairement devant la comtesse et, claquant des doigts, sortit très vite en compagnie du prêtre et de sa suite. Le silence plana dans la grande-salle et Urswicke regarda autour de lui. Ce qu'il vit lui parut pathétique : les hommes protégés, dénués de tout hormis leurs hardes crasseuses, et la comtesse, emmitouflée et voilée, avec sa servante postée dans l'ombre derrière elle. Il resserra son ceinturon, rajusta sa cape et s'approcha de la comtesse.

— Madame ? lui dit-il. Le sort en est jeté, il est temps de nous mettre en chemin.

La triste procession quitta le manoir de Thorpe. Les deux cavaliers du Grand Juge chevauchaient en tête, suivis par les prisonniers qui avaient perdu l'habitude de marcher après ces longues heures de confinement et vacillaient sur leurs jambes, trébuchant souvent. L'attelage de la comtesse fermait la marche, accompagné d'Urswicke sur son cheval. Se penchant légèrement, ce dernier surprit le regard d'Edith et, cette fois, elle lui sourit. Il lui adressa un signe de tête entendu, puis retint sa monture pour embrasser du regard l'ensemble du cortège. Savoir que la comtesse avait recueilli Lady Anne Neville lui faisait chaud au cœur. Il imaginait sans peine ce qui se passait à Londres au même moment : Richard de Gloucester avait envoyé ses hommes rejoindre la horde de barbares de Clarence et tous ratissaient la ville en quête de la jeune fille. Ils se gêneraient mutuellement et ni les uns ni les autres ne parviendraient à leurs fins. L'animosité entre les deux frères s'en trouverait décuplée, ce dont la comtesse pourrait tirer parti. Le stratagème était astucieux : dissimuler Lady Anne en l'exposant aux yeux de tous. Les puissants, les seigneurs et les dames de la noblesse n'accordaient pas l'ombre d'un regard aux domestiques. Pour eux, Edith n'était qu'une servante grassouillette et un peu gauche sans aucun intérêt. Urswicke songea qu'il serait bon d'en tirer une leçon : il ne fallait pas se fier aux apparences. Même les êtres les plus insignifiants pouvaient ne pas être ce qu'ils paraissaient. Et cela valait aussi pour les quelques vauriens qui faisaient partie des hommes protégés qu'il avait sous les yeux. *A priori*, Bray et lui s'étaient trompés, se dit-il encore. Tous deux avaient cru que le Grand Juge introduirait ses espions parmi eux, mais, jusqu'alors, rien ne l'indiquait.

Le cri d'une mouette le tira de ses réflexions. Il leva les yeux. Le soleil qui montait dans un ciel sans nuages dissipait peu à peu la brume posée sur la mer. Le froid était très vif, mais l'astre procurait déjà du réconfort aux hommes. Ceux-ci progressaient le long d'un sentier défoncé qui serpentait au milieu d'un fouillis d'ajoncs, d'herbes sauvages, d'épineux et de buissons rabougris. Parfois, en passant devant une ferme ou une maison, on sentait l'odeur d'un feu de cheminée ou celle d'une étable ou d'une porcherie. Ils croisèrent un rétameur, puis un vendeur ambulant, qui allaient l'un comme l'autre de hameau en hameau pour exercer leur profession. Ils virent aussi des pêcheurs transportant leur prise de la nuit dans des barriques, pressés d'arriver sur les places de village pour vendre leur cargaison. L'air sentait la saumure et la saveur salée de la mer imprégnait la bise qui soufflait de plus en plus fort. Quand, enfin, la procession atteignit le sable des premières dunes, les hommes protégés poussèrent des cris de joie. Les deux cavaliers firent rebrousser chemin à leurs montures et, sans un au revoir, repartirent au petit galop. Urswicke les regarda s'éloigner. Il comprenait leur hâte, ainsi que celle de son père. Le Grand Juge ne voulait surtout pas se trouver à proximité de cette crique au moment où les deux caraques flamandes se rapprocheraient de leur cible. Urswicke ferma les yeux et murmura une prière, puis il se signa, conseilla à la comtesse de ne pas descendre de sa voiture et fit gravir la dernière dune à son cheval pour observer le littoral.

La marée recommençait à monter et les vagues venaient s'écraser sur les cailloux mêlés de sable de la crique. Le brouillard avait disparu. Des oiseaux de mer décrivaient des cercles joyeux sur fond de ciel bleu, emplissant le silence de leurs cris stridents. Lieu désolé, abandonné de tous, songea Urswicke, hanté par des âmes perdues. Un lieu qui, sans l'intervention de Dieu, ou de maître Bray, deviendrait aussi un cimetière pour ces hommes protégés réunis, impuissants, sur les dunes derrière lui.

Debout sur ses étriers, Urswicke scruta l'horizon et crut bientôt entrevoir la cogghe bretonne, avec sa poupe surélevée, son haut mât et sa voile carrée qui se gonflait au vent. Il regarda encore, plus loin puis de chaque côté, mais ne distingua rien d'autre. Il s'efforça de reprendre espoir. Le temps était parfait et le canot qu'enverrait la cogghe n'aurait aucune difficulté à acheminer les hommes protégés. Et cependant, cette belle journée ensoleillée favoriserait aussi la navigation des deux caraques flamandes qui, en ce moment même, devaient approcher tels des loups filant dans la nuit. Urswicke donna un coup d'éperons pour revenir vers la comtesse. Elle l'avait écouté et ni elle ni sa fausse servante n'avaient quitté les profondeurs de la voiture. Urswicke se pencha pour regarder les deux femmes et, cette fois, Edith lui sourit de bon cœur.

— Elle sait, Christopher, souffla la comtesse. Elle est heureuse. Je vous en prie, faisons le maximum pour les pauvres âmes qui sont là.

La voiture descendit se mettre à couvert entre deux dunes, où plusieurs arbres et buissons offraient une protection contre la bise glacée. Les hommes protégés se rapprochèrent et les phaétons s'empressèrent de leur donner des couvertures, tandis qu'Urswicke allumait un feu à l'aide de sa pierre à feu, avec du charbon fourni par les domestiques de la comtesse. Dès que les flammes s'élevèrent, Urswicke y versa un peu d'huile et y ajouta une poignée de fougères sèches. Les hommes protégés s'étaient maintenant séparés en deux groupes distincts : les survivants de l'escouade du Dragon rouge, silencieux, rassemblés autour de Pembroke, et les autres, soulagés d'être si près de la liberté, mais qui n'en maugréaient pas moins contre le froid. Les phaétons leur distribuèrent la nourriture apportée pour eux : du pain, du fromage, du bacon séché et une outre d'un vin étonnamment bon. Urswicke mangea un peu, puis il échangea quelques mots avec la comtesse, remonta à cheval et regagna son poste d'observation. Courbé sur la selle, il observa le navire breton qui approchait à bonne allure de la côte. Une mouette cria et il la regarda monter vers le ciel. Soudain, dans l'horizon lointain, il distingua deux taches sombres et crut que son cœur allait s'arrêter. Les caraques flamandes ! Ce ne pouvait être qu'elles. Leurs silhouettes se précisèrent. Les loups arrivaient… Urswicke saisit les rênes, ferma les yeux et pria pour que Reginald fût à bord de l'une d'elles et pût agir pour contrer ces mortelles menaces.

CINQUIÈME PARTIE

« Le son merveilleux de la trompette
se répandant ! »

Christopher Urswicke aurait eu toutes les peines du monde à reconnaître son compagnon d'armes. Prestepied avait exercé sur Reginald Bray son habile ministère et l'austère intendant s'était transformé en un flibustier aux traits grossiers, un mercenaire d'allure féroce harnaché pour le combat, le chaos, la tourmente, et les meurtres qui y étaient associés. On lui avait rasé le crâne et balafré le visage avec la tranche d'un rasoir mal aiguisé. Bray portait la panoplie hétéroclite du vrai soudard : pantalon large, solides bottes de cuir et cotte de mailles, ainsi qu'un ceinturon de combat sanglé en travers de la poitrine et un autre, plus lourd, autour de la taille. Il avait les dents noircies, une haleine chargée de bière, et un bandeau lui recouvrait l'œil gauche.

Bray avait servi sur la mer du Milieu. Là-bas, il avait vendu son épée aux hospitaliers, qui possédaient une flotte de galères et de caraques avec lesquelles ils assuraient la protection des chrétiens et de leurs navires qui transportaient des marchandises vers les États latins d'Orient, et même au-delà. Bray avait ainsi connu bon nombre de ports en Afrique du Nord, en Grèce ou au royaume *Utriusque Siciliae*. Il avait vécu, dormi, mangé et combattu avec ces hommes qu'il entendait copier maintenant. Il savait adopter la démarche chaloupée du marinier, ce léger balancement plein d'arrogance du guerrier qui ne se souciait ni de Dieu ni des hommes.

Quand Prestepied eut achevé de lui prodiguer ses bons soins et qu'il lui eut donné des nouvelles de la comtesse et d'Urswicke, Bray mit quelques affaires dans une sacoche usée jusqu'à la corde et se dirigea vers le quai de Queenhithe, où *Le Faucon des mers* et *Le Griffon* étaient toujours amarrés, prêts pour l'appareillage. Il constata avec soulagement que le capitaine du premier, flanqué d'un clerc qui ressemblait à une petite souris, cherchait encore à recruter des matelots. L'homme le héla dès son arrivée. Bray se présenta sous le nom de John Sturmy, marin et soldat. Le capitaine, qui se nommait Johann Keysler, lui posa une série de questions sur son expérience et sur les bateaux à bord desquels il avait servi. Bray répondit d'un ton énergique, en adoptant un fort accent guttural. À la demande du capitaine, il sortit sa dague et son épée et les fit tournoyer en cercles rapides, à la manière d'un habitué du combat de rue. Keysler approuva d'un hochement de tête. Bray rengaina ses armes et le clerc ouvrit le livre de bord posé sur un tonneau. Il copia le faux nom de Bray, qui traça une croix à côté. Keysler lança une pièce de monnaie à sa nouvelle recrue et lui décocha une vigoureuse accolade.

— John Sturmy, déclara-t-il, ou quel que soit ton vrai nom, peu importe, bienvenue à bord du *Faucon des mers* ! À partir de dorénavant, tu me considéreras comme le Dieu tout-puissant, car c'est ce que je suis sur mon bateau. Si tu refuses d'obéir à un ordre ou si nous te jugeons pleutre, nous te trancherons la gorge et te jetterons par-dessus bord avec les ordures. C'est bien compris ?

— Et mon salaire ?

— Je prends un quart de tout ce qui rentre, mes auxiliaires se partagent un autre quart et le reste est distribué équitablement entre les autres marins de l'équipage. Ça te va ?

— J'ai signé.

— Dans ce cas, bienvenue à bord !

Le Faucon des mers partit avec la marée du soir, suivi de près par *Le Griffon*. Tous deux étaient de puissantes caraques fabriquées sur le modèle des nefs de la mer du Milieu, avec une poupe crénelée surélevée et un mât de beaupré qui jaillissait de la proue. Le bordage du pont était fait de planches lisses et régulières. Le château arrière comportait la cabine du capitaine, tandis que tout le reste se trouvait relégué dans les profondeurs de la cale. *Le Faucon des mers* était un solide navire de combat à trois mâts. Avec des vents favorables, il pouvait détruire n'importe quelle cogghe, chaloupe ou bateau de pêche, et il était de surcroît bien pourvu en armement. La majeure partie de son équipage se composait de guerriers qui savaient manier les couleuvrines, les canons, les bombardes, et même les arquebuses qu'il y avait à bord. Ces dernières étaient stockées en dessous du pont, avec la précieuse poudre à canon et les caisses de munitions. *Le Faucon des mers* pouvait se targuer d'avoir des sabords en proue et en poupe, mais, comme c'était l'habitude sur ce type de nef, on préférait hisser tout l'armement sur le pont avant le début des hostilités pour parer au danger d'explosion, grande faiblesse de ces embarcations. Bray prit soigneusement note de ce détail. Il avait vu les caraques les plus robustes désagrégées par leurs ennemis : un tir de canon bien placé suffisait à mettre le feu aux poudres. Un adversaire avisé et habile pouvait, au moyen de catapultes, lancer des ballots enflammés, et pour peu que l'un d'eux atteignît un contenant de poudre à canon, le bateau tout entier cessait tout bonnement d'exister.

Bray examina avec la plus grande attention la caraque et son escorte tandis que les deux embarcations voguaient sur la Tamise, puis bifurquaient et longeaient la côte en direction du nord. Alors qu'elles s'engageaient en haute mer, une furieuse tempête hivernale les surprit. Les rafales successives menacèrent les mâts, le beaupré et les voiles. Des cordages furent arrachés, d'autres s'envolèrent. Bray s'activait avec l'équipage à pomper l'eau de la cale et s'assurait que les vagues chargées d'algues et de galets qui balayaient le pont ne pénètrent pas dans la soute. Le vent était si féroce que Keysler dut faire descendre les vigies des nids-de-pie. Bray luttait de toutes ses forces pour ne pas perdre l'équilibre sur le pont hautement glissant. Deux marins moins chanceux que lui se retrouvèrent ainsi projetés par-dessus bord avant d'avoir pu faire leur dernière prière. Quelqu'un cria que le ciel au-dessus d'eux était noir des démons venus les chercher pour les précipiter dans les tréfonds de l'enfer. Un autre lui répondit qu'ils étaient déjà en enfer et qu'ils ne pouvaient pas craindre pire. La tempête finit par s'apaiser, mais, malgré le ciel devenu clair, le froid demeura intense. À présent, les deux caraques naviguaient lentement en haute mer et Bray comprit qu'elles prenaient leur temps. D'après ses calculs, la cogghe bretonne arriverait sous peu et, jusque-là, elles ralentissaient leur progression, leurs capitaines étudiaient les voies maritimes et ils décidaient de leur parcours.

Bray était soulagé : il avait vite recouvré le pied marin et les diverses tâches qu'on lui avait assignées ne présentaient guère de difficultés pour lui. Il ajustait les voiles, nettoyait le bateau et effectuait de menues réparations. L'équipage ne se composait que de marins chevronnés, d'anciens soldats bien décidés à se battre pour récolter une part des profits. Il y avait quelques Anglais parmi eux, mais la plupart venaient des Flandres, du comté de Hainaut, de France, et même d'Orient. Ces derniers étaient les plus revêches. Bray se tenait à l'écart et, chaque fois que cela lui était possible, il observait

Zeigler, qui avait troqué sa soutane franciscaine couleur de terre contre les collants, les bottes et la cotte de mailles des combattants. En écoutant ce qui se disait parmi les marins, Bray apprit qu'il était un invité du capitaine, et non un membre de l'équipage. Keysler et ses hommes lui prêtaient une attention de tous les instants et il participait à toutes les discussions qui se tenaient au pied du grand mât ou dans la cabine du capitaine.

Au moment de quitter le quai de Queenhithe, Keysler avait dû calmer Zeigler qui, avec son accent lourd, réclamait à grands cris que l'on attendît « son bon ami Joachim ». Keysler avait répondu que c'était impossible, que l'on ne savait pas où se trouvait cet homme ni à quelle heure il reviendrait. Il avait pointé du doigt Bray, qui se tenait à proximité, en suggérant qu'il ferait un parfait remplaçant s'il avait besoin de compagnie. Zeigler avait considéré Bray d'un œil mauvais, et celui-ci avait soutenu son regard sans ciller. Zeigler était un homme hideux en tout point, avec son crâne chauve et luisant, ses bajoues tombantes, ses petits yeux porcins et ses grosses lèvres humides. Sa corpulence et son cou épais lui donnaient des allures de taureau prêt à charger. La bouche sèche, Bray fit un pas en avant et lui tendit la main. Zeigler le détailla de la tête aux pieds, puis tourna les talons et s'éloigna.

— Crois-moi, je me souviendrai de ça, murmura Bray pour lui-même.

Dès lors, il veilla à garder ses distances avec cet homme, qu'il était déterminé à tuer.

Bray s'efforça de recueillir tous les renseignements possibles sur ce que feraient les caraques dans les jours à venir. Il savait déjà qu'elles prendraient position au large de Walton-on-the-Naze, mais il fut intrigué de découvrir que, après ce qui se passerait là, elles avaient prévu de retourner à Queenhithe. Pour le reste, il gagna la sympathie de l'équipage lorsqu'il pêcha avec un petit filet tout un banc de gros poissons brillants, les seuls produits frais que l'on pût consommer à bord. Il partagea de bon cœur sa prise et aida le cuisinier à installer un petit fourneau à la poupe. On lança l'ancre et le cuisinier fit griller le poisson découpé en filets sur des grilles posées sur du charbon rougeoyant. Durant les festivités qui suivirent, tandis que les hommes se partageaient une outre de vin, Bray établit son plan. Si les caraques cherchaient à attaquer *La Galice*, il frapperait vite et fort. *Le Faucon des mers* était redoutable, mais il avait une faiblesse : ses armements. Bray avait repéré dans la cale les nombreux barils de poudre noire, entassés dans un coin. Il avait par ailleurs trouvé une bobine de corde fine dont il avait prélevé une bonne portion. Il la conservait glissée sous son pourpoint, avec l'amadou qu'il transportait toujours sur lui. La caraque était une véritable forteresse flottante, mais Bray savait bien que, dans la plupart des cas, c'était un ennemi de l'intérieur qui faisait tomber les forteresses. Cette règle s'appliquerait pour *Le Faucon des mers* : les membres de l'équipage étaient unis, aussi soudés que les loups d'une meute, ils se considéraient comme des chasseurs de la mer et ne pouvaient imaginer que leur tanière abritait un piège susceptible de se refermer sur eux.

Bray comptait soigneusement les jours. Le matin de la fête des saints Simon et Jude, il se réveilla de bonne heure et quitta sa rude paillasse recouverte de toile de sac, sous le château avant. Il se lava le visage et les mains dans un seau d'eau de mer et se dirigea vers l'endroit où le cuisinier avait préparé une soupe dans laquelle ramollissaient des croûtons de pain dur. On lui en servit un bol, on lui donna une pinte d'ale et on lui ordonna de rejoindre des guetteurs déjà postés contre la rampe de poupe. L'obscurité restait aussi épaisse et lourde qu'une tapisserie, mais le halo de lune argentée commençait à faiblir et les étoiles s'éteignaient peu à peu sous la lueur de l'aube qui montait à l'est. Tout l'équipage fut bientôt réveillé. Les vigies furent remplacées dans les nids-de-pie au sommet des mâts et l'on commença à préparer le pont pour la bataille : on installa des plates-formes de combat, on jeta du sable sur les surfaces glissantes, on remplit des barils d'eau pour le cas où l'ennemi posséderait une catapulte susceptible d'expédier des ballots enflammés. On ouvrit les malles qui contenaient les armes, même si la plupart des marins possédaient déjà les leurs. *Le Faucon des mers* filait bon train, fendant les vagues, tremblant et craquant tandis qu'il cherchait à prendre le meilleur des vents du sud. C'était désormais une nef de guerre bondissante. Keysler avait pris position avec ses seconds sur le pont arrière, près des timoniers, et il ne cessait de crier des ordres aux vigies. Bray ne perdait pas une miette de ce qui se passait. Son cœur fit un bond dans sa poitrine lorsqu'une sentinelle hurla qu'elle distinguait le haut d'une voile à l'ouest. Keysler ordonna alors que l'on dégageât le pont pour la bataille et le son grave et creux d'un battement de tambour s'éleva, menaçant. La caraque fendait les flots, profitant de la force de la marée qui la poussait vers la terre. La vigie reprit sa litanie :

— Rien au nord, rien au sud, rien à l'est, mais une voile à l'ouest !

À ce moment seulement, Keysler commanda aux hommes de remonter les couleuvrines et les canons, ainsi que quelques barils de poudre noire. L'équipage s'empressa d'obéir. Des cageots de munitions furent posés sur le pont et Keysler saisit une arquebuse. L'équipage attendit, puis il poussa des cris de joie lorsque *La Galice* se profila, bien visible, voguant vers la côte qui se précisait à travers la brume dans le soleil naissant. Bray monta à l'extrémité de la proue et scruta le lointain en cherchant à voir si *La Galice* avait déjà mis sa chaloupe à l'eau. Il poussa un soupir de soulagement en découvrant que ce n'était pas le cas. La cogghe bretonne serait donc libre de manœuvrer pour échapper au piège qui menaçait de se refermer sur elle. Néanmoins, la situation était quasi désespérée. Les deux caraques avançaient vite et, bientôt, elles lui bloqueraient toute possibilité de reprendre le large. *La Galice* n'aurait plus d'autre choix, alors, que de les affronter et d'engager un combat qu'elle perdrait à coup sûr. L'autre possibilité n'était pas plus réjouissante : la cogghe bretonne pouvait continuer à se rapprocher des côtes et accoster en eaux peu profondes, mais elle n'en serait pas moins vulnérable aux attaques. Les deux caraques ouvriraient le feu, puis leurs équipages donneraient l'assaut.

Bray redescendit de son promontoire. *Le Faucon des mers* semblait trembler d'excitation, secoué comme il l'était par les flots, et il émanait de lui un chœur de craquements de bois, de claquements de voiles et de cordes qui s'entrechoquaient. Le moment était venu. Regardant autour de lui, Bray aperçut Zeigler et Keysler. Les deux hommes se disputaient violemment : le capitaine ordonnait à son robuste passager d'aller se mettre à l'abri dans la dunette et l'autre ne voulait pas.

— Je vois que Zeigler est un invité précieux qu'il convient de protéger à tout prix, murmura Bray pour lui-même. Normal, il a une tâche importante à accomplir en Bretagne…

Le capitaine finit par avoir gain de cause et Zeigler gagna la cabine en maugréant. Il s'y engouffra et claqua la porte derrière lui mais, hormis Bray, nul ne prêtait attention à lui. Pressé d'engager le combat, tout l'équipage avait son attention rivée sur les déplacements de *La Galice*.

— L'heure a sonné, prononça encore Bray à mi-voix. L'heure du jugement…

Il traversa le pont toujours glissant en s'accrochant aux cordages et aux gréements pour garder l'équilibre. Personne ne le vit, tous les regards étaient tournés vers la mer et *La Galice*. Il dégaina sa dague et la dissimula derrière lui avant d'ouvrir la porte de la cabine, qu'il referma d'emblée. Zeigler buvait bruyamment de l'ale, le dos tourné à l'entrée. Il fit volte-face en l'entendant arriver et le dévisagea, les lèvres encore humides.

— Que viens-tu faire ici, le bâtard borgne ?

— C'est la comtesse qui m'envoie. Elle t'adresse ses salutations.

Zeigler abaissa sa pinte.

— Qui ça ? grogna-t-il. Quelles salutations ?

— Celles-ci, rétorqua Bray en se précipitant violemment sur lui, dague pointée en avant.

Avant que l'autre eût pu réagir, il lui enfonça profondément la lame dans le ventre puis la déplaça de toutes ses forces vers la gauche.

Zeigler lâcha sa pinte et tomba à genoux. La stupéfaction était inscrite sur son visage. Bray retira sa lame et frappa de nouveau, à la gorge cette fois. Tandis que le sang se déversait par cette nouvelle blessure comme du vin sorti d'une jarre entaillée, Zeigler s'effondra, visage contre le sol. Bray se pencha sur lui pour tenter d'entendre les mots qu'il prononçait dans une sorte de gargouillis. Il était question d'une cage flottant sur l'eau. Puis un tremblement parcourut tout son corps et il ne bougea plus.

Bray quitta la cabine et s'empressa de regagner son poste. La caraque et son navire jumeau avaient raccourci la distance entre eux et la cogghe bretonne. Déjà, on amorçait les canons et les couleuvrines, et les mariniers les plus expérimentés dans leur maniement se préparaient à déverser une pluie de feu. Bray se dirigea vers une écoutille ouverte en criant qu'il allait chercher quelque chose et descendit par l'échelle dans la cale obscure. Pendant quelques instants, il s'immobilisa en s'efforçant de maîtriser sa nervosité. Les cris des matelots lui parvenaient de loin, étouffés. Peu à peu, ses yeux s'accoutumèrent à la pénombre et il regarda autour de lui. L'intérieur de la coque était protégé par une épaisse toile clouée aux planches. Il se détendit et avança en agrippant celle-ci pour conserver son équilibre, compromis par le roulis saccadé qui le faisait trébucher. Il savait exactement où se trouvaient les barils qu'il cherchait. Il s'en approcha et descella le couvercle de l'un d'eux, qu'il renversa sur le sol. Avec précaution, il sortit la ficelle qu'il avait préparée, en plaça soigneusement une extrémité dans le baril, puis déroula le reste. À l'aide de l'amadou, il enflamma ensuite la deuxième. Il conserva la langue de feu au creux de ses mains et, quand il se fut assuré de sa puissance, il l'abandonna dans l'autre coin de la cale et remonta rapidement.

Ayant établi que l'explosion se ferait au milieu du bateau, il alla se poster à la proue et s'accrocha à l'enchevêtrement de cordages qui entouraient le beaupré, comme s'il était fasciné par la rapidité avec laquelle *Le Faucon des mers* fendait la mer. À sa gauche, *Le Griffon* se rapprochait lui aussi à vive allure de la cogghe bretonne. Celle-ci s'était retournée pour affronter bravement la menace. Bray ferma les yeux et murmura une prière. Il espérait que l'explosion ferait assez de dégâts pour que *Le Faucon des mers* se retirât du combat. Soudain, il y eut comme un coup de tonnerre venu des profondeurs et le bateau trembla de la poupe à la proue. Une partie du pont et, avec elle, les matelots qui l'occupaient, disparurent tout bonnement, d'autres détonations retentirent à travers l'embarcation et les langues orange des flammes s'élevèrent en volutes vers le ciel, telle une horde de danseurs déchaînés. *Le Faucon des mers* commença à s'incliner mais l'eau qui afflua n'eut aucun effet sur la force de l'incendie qui faisait rage dans la cale. La panique s'était installée, quelques hommes de l'équipage s'étaient jetés par-dessus bord sans demander leur reste, d'autres s'activaient à faire descendre les deux canots de sauvetage. Une épaisse fumée noire s'était répandue sur le pont tel un suaire. Elle obscurcissait la vue, piquait les yeux et aggravait encore la confusion générale. Toujours posté sur le château d'avant, Bray regardait l'autre caraque et, malgré le danger, il exultait : *Le Griffon* ne s'intéressait plus à la cogghe bretonne. Il s'était tourné contre le vent pour aller porter secours à son navire jumeau. Se protégeant les yeux du soleil, Bray ne perdait rien du spectacle. Il constatait, pour son plus grand plaisir, que le capitaine du *Griffon* était moins expérimenté que Keysler ou que Savereaux, celui de *La Galice*.

Ayant mené des batailles similaires sur la mer du Milieu, il savait avec quelle rapidité la confusion pouvait gagner un équipage. Quand une nef était endommagée, quand ses voiles et son gouvernail étaient détruits, elle se mettait à dériver et, si un autre bateau s'en approchait, celui-ci ne pouvait que s'empêtrer dans une situation dont il lui était ensuite impossible de s'extraire. Savereaux, qui avait mené de nombreuses batailles dans les Détroits, devait comprendre en cet instant précis que les circonstances étaient en train de tourner en sa faveur. L'une des deux caraques était en feu et l'autre se dirigeait droit vers elle. Le chassé allait devenir le chasseur, la proie se transformait en prédateur. La cogghe se mit à filer vers *Le Griffon*. Si ce dernier se retournait, soit pour fuir, soit pour combattre, si les marins à son bord choisissaient d'abandonner leurs camarades, le navire breton leur bloquerait de toute façon le passage. Sachant cela, un capitaine plus aguerri aurait depuis longtemps cherché à s'éloigner au plus vite, mais *Le Griffon*, lui, semblait ignorer le danger d'enchevêtrement et se rapprochait toujours davantage de son navire jumeau, bien qu'il ne pût pas grand-chose pour lui venir en aide. *Le Faucon des mers* était condamné, le feu l'avait déjà envahi presque tout entier.

Bray scruta la fumée : l'un des timoniers tentait encore de manœuvrer le gouvernail dans l'espoir de redresser le bateau, un autre avait coupé les écoutes pour que les voiles flottent librement et que les flammes soient moins promptes à les envahir. Alors Bray s'élança sur le pont en se tenant à la rambarde là où elle existait encore, évitant les hommes qui hésitaient autour des trous béants creusés par les flammes. Il monta par l'échelle jusqu'au gouvernail et se hâta de rejoindre le marin qui le tenait encore.

— Sauve ta peau ! lui cria-t-il. C'est fichu de toute façon !

L'autre ne se le fit pas dire deux fois. D'un pas chancelant, il s'élança vers le nuage de fumée noire. Bray attendit que la voie fût libre. *Le Griffon* était désormais tout proche, et *Le Faucon des mers* de plus en plus secoué. Bray saisit le gouvernail et le poussa de toutes ses forces à tribord, afin de provoquer une collision de front avec *Le Griffon*. Malgré son délabrement avancé, la caraque répondit aussitôt. Bray se prépara au choc. Dans une bataille navale, tout pouvait changer en l'espace de quelques instants. La roue de la Fortune était susceptible de tourner à toute allure et les pirates flamands s'en rendraient vite compte. *Le Faucon des mers* fit une embardée et *Le Griffon* tenta alors de virer de bord. Ses voiles étaient déjà baissées et ses timoniers, agrippés ensemble au gouvernail, cherchaient désespérément à le redresser, mais c'était la mer qui décidait de l'issue de la bataille. La forte houle précipita les deux bateaux l'un contre l'autre et le mât de beaupré du *Griffon* rencontra de plein fouet la proue du *Faucon des mers*. Aussitôt, les flammes du navire en feu coururent le long des cordages et des mâts pour gagner le bois du *Griffon*, qui s'enflamma très vite. Son équipage entreprit alors de jeter frénétiquement les barils de poudre par-dessus bord, mais une nouvelle explosion scella bientôt le sort de la deuxième caraque.

Bray se prépara à quitter le navire. *La Galice* approchait. Les lois de la mer étaient vicieuses. Les Bretons ne montreraient aucune miséricorde. Il n'y aurait pas de prisonniers, aussi Bray n'avait-il d'autre choix que de se jeter à l'eau. Il se fraya un chemin parmi les marins affolés qui tentaient d'échapper à ce désastre arrivé en un rien de temps, comme si un démon avait soudain surgi pour mettre le feu aux deux navires et entraîner leur totale destruction. Agrippé à une rambarde endommagée, il regarda autour de lui et repéra un coffre dans lequel on rangeait les cordages. Il sortit sa dague et coupa une longueur de filin, qu'il utilisa pour fabriquer des poignées. Cela ferait du coffre une embarcation de fortune. Il joua des coudes pour repousser les hommes qui se pressaient autour de lui, souleva le coffre et le lança au milieu des vagues, où il rebondit et se retourna. Bray prit une profonde inspiration, se signa, enjamba le bastingage et se jeta à la mer.

De son promontoire au-dessus de l'anse de Walton, Christopher Urswicke ne pouvait que s'émerveiller du spectacle qui s'offrait à sa vue. Près de lui, les hommes protégés et la comtesse, toujours à l'abri dans sa voiture confortable, contemplaient eux aussi la féroce bataille qui se disputait sur la mer. *La Galice* n'avait pas eu le temps de faire descendre sa chaloupe. L'arrivée brutale des deux caraques flamandes avait modifié son programme. Au départ, la cogghe avait simplement cherché à fuir, puis le vrai drame avait éclaté. Dès la première explosion, Urswicke avait soupçonné l'œuvre de Bray. Il avait observé la danse macabre qui s'était ensuivie, *Le Faucon des mers* transformé en un gigantesque incendie flottant. Naturellement, le navire jumeau avait bifurqué pour lui porter assistance, il s'était approché en prenant soin de ne pas se mettre en danger, mais *Le Faucon des mers* avait brutalement viré de bord et sa proue était entrée en collision avec lui. Les deux navires s'étaient étroitement emmêlés et la bataille avait alors tourné. La cogghe bretonne était devenue l'agresseur, pressée de semer sans pitié la mort et la destruction. Il était clair qu'on ne ferait pas de quartier. Les deux caraques avaient à leur bord des pirates qui avaient navigué sous les bannières rouges et noires de la guerre et de l'anarchie, menaces terribles pour toutes les embarcations qui croisaient leur chemin. Tout au long de cette côte et dans les Détroits, les Flamands, en particulier, étaient plus que redoutés. Ils détruisaient sans remords le moindre bateau de pêche, pillaient tous les vaisseaux sans distinction, quelles que fussent les couleurs de leur pavillon. Ils allaient maintenant payer le prix de leur cruauté. *La Galice* s'était immobilisée. Son capitaine et son équipage avaient pris le temps d'observer cette destruction par le feu de leurs ennemis. Puis ils étaient entrés en action. On avait descendu des chaloupes, qu'étaient venus remplir des marins armés jusqu'aux dents. Les rameurs avaient dirigé les embarcations vers les hommes qui se débattaient dans l'eau pour tenter de survivre. Même à distance, Urswicke avait perçu l'éclat des lames qui répandaient la mort. L'une de ces chaloupes prenait la direction de la grève. Elle accosta bientôt et les marins tirèrent le bateau à sec sur le sable et les cailloux.

— Où est Bray ? souffla Urswicke.

Il se tourna pour se pencher vers la fenêtre de la voiture près de lui.

— Il faut sauver Bray ! dit-il à la comtesse. Les Bretons vont attendre les Flamands qui auront réussi à rejoindre la rive et ils vont les tuer sans distinction. Bray est encore en vie, j'en suis sûr…

Repoussant légèrement les couvertures et les fourrures qui l'enveloppaient, Margaret hocha la tête.

— Avez-vous mon sceau ? s'enquit-elle.

— Bien sûr.

Urswicke remonta à cheval et guida habilement sa monture à travers les dunes en direction de la plage. Il avançait sans hâte, peu désireux d'inquiéter les Bretons rassemblés autour de la chaloupe. Lorsqu'il fut sur la grève, il arrêta son cheval et leva la main.

— *Pax et bonum !* cria-t-il.

L'un des marins s'approcha. Le cheval fit encore quelques pas et tous les Bretons vinrent l'entourer. Urswicke remarqua le sang qui maculait leurs visages et il s'efforça de ne pas regarder les cadavres qui venaient peu à peu s'échouer sur le rivage avec la marée montante. Il ôta son capuchon, se pencha vers le marin qui avait saisi les rênes de son cheval et lui tendit une copie du sceau de la comtesse, tout en expliquant en français qui il était et ce qu'il voulait. L'homme lui sourit.

— Je parle anglais, répondit-il. Très bien, nous allons chercher celui dont vous parlez.

Il plissa les yeux sous le soleil intense.

— Soyez rassuré, mon ami, poursuivit-il. Dès que la première caraque a pris feu, nous avons compris qu'elle avait un ennemi à son bord. Quant au *Griffon*, ajouta-t-il en se retournant pour cracher sur le sol, son capitaine a commis la pire des erreurs. Remarquez bien, j'ai déjà vu cela dans ma vie.

— Où donc ? s'enquit Urswicke, curieux.

— Oh ! ce n'était pas tant la poudre à canon. C'étaient les galères des Turcs sur la mer du Milieu. Leurs rameurs étaient des esclaves. S'ils réussissaient à se libérer de leurs liens pendant une bataille ou lors d'une tempête, l'équipage n'avait plus qu'à prier le bon Dieu ! Quoi qu'il en soit, ne craignez rien, nous considérerons maître Reginald Bray comme notre sauveur !

Il lâcha les rênes. Urswicke fit repartir son cheval, priant en silence pour que Reginald atteignît vite la terre ferme. Il remonta en haut d'une dune et se retourna pour suivre le drame qui continuait de se dérouler. La mer ramenait sans cesse sur la grève des corps que les Bretons examinaient un à un. Si l'un d'eux remuait encore, ils le gratifiaient sans merci d'un coup de dague ou d'épée.

Il fallait que personne ne fût là pour raconter ce qui s'était passé et appeler à la vengeance. L'annonce de la destruction de deux caraques flamandes serait accueillie avec incrédulité, sans doute, mais les semaines passeraient et la vérité éclaterait. Alors, des capitaines flamands pleins de haine se mettraient en chasse. Voilà pourquoi Savereaux était bien décidé à ce qu'il ne restât plus personne pour décrire par le détail l'épouvantable massacre de la crique de Walton. Urswicke se demanda si son père n'avait pas envoyé un ou deux espions ou quelque observateur discret, qui serait posté à l'abri de la végétation au-dessus de la crique. À vrai dire, c'était peu probable. Ce qui s'était passé avait été si inattendu ! Il sourit sombrement. Au large, les deux caraques se consumaient, elles ne seraient bientôt plus que des épaves noircies dont seuls quelques morceaux de bois disloqués continueraient à voguer. De temps à autre, on entendait un fort craquement dont l'écho se répercutait sur l'eau : c'était des parties du bateau qui se fendaient et s'effondraient.

Urswicke saisit les rênes de son cheval en entendant des cris. Sur la grève, les Bretons entouraient un survivant qui se débattait pour se libérer de cordes attachées à un coffre. Urswicke hurla sa joie et donna des talons pour précipiter sa monture vers le rivage. Bray ! Ce ne pouvait être que lui. Il n'avait jamais douté que cet homme remarquable échapperait à la mort.

Vers midi, le massacre s'était achevé. Bray et Urswicke étaient allés s'installer avec la comtesse dans les ruines d'une vieille maison entourée d'arbres chétifs, à quelques pas de la crique. Ils avaient allumé un feu, mangé et bu ensemble. Bray remerciait le ciel d'être revenu à terre. Il accepta avec bonne humeur les plaisanteries de son ami et de la comtesse sur sa nouvelle apparence. Il leur livra de vive voix un bref récit de ce qui lui était arrivé depuis leur séparation à Londres. Même s'il connaissait déjà une partie de l'histoire, Urswicke l'écouta avec la plus grande attention lorsqu'il décrivit sa visite à la prison de Newgate, le meurtre des deux femmes au couvent des minoresses, les attaques dont il avait failli être victime et, pour finir, la façon dont la chance lui avait souri à bord du *Faucon des mers*. Lorsqu'il eut terminé, la comtesse informa son intendant de la véritable identité d'Edith et de ce qu'elle prévoyait de faire à leur retour à Londres. Le subterfuge fit bien rire Bray, qui félicita sa maîtresse pour son astuce. Urswicke et lui tombèrent d'accord pour approuver le projet de la comtesse, qui entendait renvoyer la jeune fille chez ceux qui s'étaient occupés d'elle après le décès de son père, même s'ils ne l'avaient fait que par intérêt.

— J'ai toujours porté la plus grande affection à Lady Anne, commenta la comtesse, et en outre, je l'admire beaucoup. Elle se comporte comme un petit être frêle et c'est l'image que les gens ont d'elle. Mais elle est pleine de courage, elle n'a pas hésité à se poster derrière les portes et sous les fenêtres pour surprendre des conversations qui se sont révélées très intéressantes…

— Qu'a-t-elle appris ?

— Eh bien, comme nous le soupçonnions, nos problèmes actuels ne sont pas le fait de Clarence, et encore moins de Richard de Gloucester. C'est votre père, le très digne Grand Juge de Londres, qui en est la source. Anne m'a tout de même mise en garde contre Clarence et Mauclerc. La seule chose qui retient ce duc sans scrupules est un ordre du roi, qui a établi très clairement que nul ne devait me porter physiquement atteinte. Je soupçonne néanmoins que notre bon roi yorkiste ne verserait guère de larmes si Lord Jasper, mon fils ou, bien sûr, moi-même venions à disparaître comme de la fumée sur la brise.

— Ce qui, croyez-moi, n'arrivera pas, assura Urswicke en se levant. À présent, madame, et vous, maître Reginald, je vous prie de m'attendre un instant.

Il les laissa tous deux pour aller donner à Savereaux, qui était descendu à terre, ses instructions quant au transport des hommes protégés. Ceux-ci attendaient à l'abri d'une cabane de fortune qu'ils s'étaient construite en récupérant des morceaux d'épaves échoués sur la grève ainsi que divers débris trouvés dans le sable des dunes parmi les ajoncs. Le Breton accepta de fournir à ces hommes un peu de vin et des victuailles. Urswicke lui manifesta sa reconnaissance, désigna les ruines au milieu desquelles la comtesse se préservait du froid et lui précisa que toute décision concernant le départ devait d'abord être agréée par elle.

Il retourna ensuite auprès de ses amis. Entre-temps, Bray avait amélioré quelque peu le confort de leur installation. Les trois phaétons, pour leur part, s'abritaient derrière la charrette dans laquelle Edith était restée, bien au chaud avec ses couvertures et sa chaufferette, un petit récipient métallique que l'on avait rempli de braises.

Rassemblés autour de leur feu, Urswicke, Bray et la comtesse reprirent leur conversation. Urswicke réclama toute l'attention pour exposer sa théorie. Au cours des cinq jours qu'avait duré l'expédition, il avait eu le temps de réfléchir et les conclusions auxquelles il était parvenu, précisa-t-il en levant sa coupe devant Bray, avaient été corroborées par ce qu'il avait appris depuis lors. Il avait dressé son acte d'accusation, comme il l'appelait, et il le débita avec la même précision qu'un procureur plaidant devant la cour royale de justice de Westminster. Lorsqu'il eut terminé, Bray et la comtesse le soumirent à un feu nourri de questions, puis ils se rendirent à l'évidence : les déductions qu'il avait énumérées étaient logiques et reposaient sur des faits établis. L'assassin, le traître, n'avait pas cherché à se cacher et, si l'on se fondait sur des choses constatées et que l'on s'en référât au bon sens, il était bien le dénominateur commun à tout ce qui était arrivé.

— Je vous crois, Christopher, soupira la comtesse. Comme vous le savez, j'ai moi-même nourri certains soupçons. Je vous demande pardon si j'ai parfois paru vous retirer ma confiance, mais il faut dire que votre père a œuvré pour me pousser à cette extrémité. L'arbre des Tudor était redevenu solide et vivace, aussi a-t-il cherché à en trancher les racines. À présent, ce que vous nous dites là fait écho aux soupçons qui m'habitaient depuis peu.

— Mais en êtes-vous sûrs et certains, tous les deux ? s'inquiéta Bray. Car si c'est le cas, la sentence doit suivre très vite…

Urswicke répétait ses arguments lorsqu'un phaéton vint le solliciter à grands cris. Il se leva, sortit de la maison en ruine et leva la main pour accueillir le marin breton auquel il avait parlé le matin sur la grève.

— *Monsieur** Christopher, lança celui-ci en progressant prudemment parmi les ajoncs, *monsieur**, notre maître voudrait repartir. Le moment est venu. La nouvelle de ce qui s'est passé ici va se répandre d'une manière ou d'une autre, et il vaut mieux pour nous que nous nous perdions en mer avant…

Il sourit.

— *Monsieur** Savereaux pense que le soleil va créer un épais brouillard qui nous sera favorable. *Monsieur** Christopher, veuillez informer la comtesse que nous avons à présent terminé tout ce que nous avions à faire et que les vents…

Urswicke lui demanda de s'approcher et lui détailla à voix basse ce que souhaitait la comtesse. Manifestement surpris, le Breton esquissa une moue, haussa les épaules et promit d'accomplir ce qu'il lui demandait.

— Mais nous devons malgré tout partir, *monsieur**, ajouta-t-il. Il faudrait amener la comtesse sur la grève rapidement.

Moins d'une heure plus tard, Urswicke et Bray, tous

deux porteurs d'une arbalète déjà amorcée, un carquois plein de carreaux accroché à leur ceinturon, escortaient leur maîtresse vers le rivage, où les chaloupes étaient prêtes. Lorsqu'elle eut descendu les dunes de sable, la comtesse s'arrêta et examina la grève. Apercevant les gibets, elle marcha lentement vers eux. Puis elle s'immobilisa et récita à mi-voix la prière du cœur tout en contemplant la potence à trois branches dressée sur une butte, vision sinistre sur fond de ciel clair.

— Est-ce l'échafaud ? demanda-t-elle par-dessus son épaule. Est-ce là que les corps de deux de mes plus fidèles défenseurs ont été pendus ?

— Oui, madame, mais ne vous désolez pas avec de tels souvenirs, ni avec ce que vous voyez à présent...

— Quelle horreur ! souffla la comtesse. Quelle horreur...

— Madame, je vous en prie, n'y songez plus ! insista Urswicke.

Il regarda autour de lui. Toutes les traces du récent combat avaient été dégagées de la plage. Seuls des espars et des pans de bois calcinés ramenés par la mer témoignaient encore de la destruction des caraques. On avait traîné jusqu'au gibet les cadavres des pirates qui avaient rejoint le rivage et une douzaine d'entre eux décoraient dès lors les fourches, la corde autour du cou, leur chair blanche exposée avec la trace des blessures mortelles qu'ils avaient reçues. Vision macabre et effroyable. Ces marins qui se balançaient légèrement dans la brise n'étaient plus désormais que des morceaux de chair privés de toute dignité.

— Cette plage est devenue le séjour des morts, murmura la comtesse. Les fantômes d'hommes qui ont connu une fin violente chevauchent désormais le vent, ils vont aller et venir sur les marées jusqu'à ce que réparation soit faite.

Elle se tourna et fit signe à ses deux fidèles hommes de confiance d'approcher.

— Reginald ! Christopher ! Quand ce sera fini et que nous aurons regagné Londres, envoyez des hommes décrocher ces corps. Que ces malheureux soient honorablement ensevelis dans la division des pauvres du cimetière d'une église voisine. On remettra une bourse bien garnie au prêtre pour le creusement de la fosse, et pour qu'il chante la messe de requiem pour le repos de l'âme de tous ceux qui ont trouvé la mort en ce lieu. C'est compris ?

— Oui, maîtresse, assura Bray. Ce sera fait.

— Madame ? cria alors une voix.

Margaret releva la tête, sourit et s'empressa d'aller à la rencontre de Savereaux, le capitaine de *La Galice*. Celui-ci s'agenouilla devant elle et baisa les bagues de ses doigts. Quand il se releva, un large sourire éclairait son visage barbu. Tous deux commencèrent par échanger des propos aimables, se félicitant du dénouement favorable de l'épisode. Le capitaine breton serra la main de Bray et d'Urswicke en les remerciant pour tout ce qu'ils avaient fait, puis il s'adressa de nouveau à la comtesse.

— Madame, il nous faut repartir, déclara-t-il. Mais je vous donne ma parole que, tant que j'aurai un souffle de vie et un bateau, je me tiendrai à votre disposition pour vous conduire d'un endroit à l'autre chaque fois que vous le souhaiterez. Vous pouvez compter sur moi ! Mais, avant tout, j'ai un prisonnier pour vous. Ce qu'il a à dire vous intéressera peut-être. Venez, venez, madame !

Il les conduisit jusqu'aux chaloupes et lança un ordre à deux marins, qui extirpèrent alors de l'une d'elles un prisonnier à la chevelure d'un roux éclatant, sec et blanc comme une tige de saule, le visage vérolé et des yeux verts qu'il plissait au soleil. On le força à s'agenouiller devant Savereaux, qui le frappa au visage et lui enfonça l'index dans la poitrine.

— Raconte à la comtesse ! ordonna le capitaine. Raconte à cette dame ce que tu as dit à mes hommes quand la mer t'a ramené sur le rivage et que tu as supplié qu'on te laisse la vie sauve ! Mes marins ont vu que tu étais anglais et ils ont bien voulu te donner une chance d'être entendu. Alors, vas-y, parle, tu n'as pas de temps à perdre ! Ne mens pas ou je te tranche la gorge !

— Je m'appelle Norreys, s'empressa de débiter le prisonnier. Je suis marin et je viens de Hunstanton, dans le Norfolk. Je connais cette côte comme ma poche. Il y a quelques semaines, je suis allé à Londres et c'est là que Keysler, le capitaine du *Faucon des mers*, m'a recruté.

Intrigué, Bray s'accroupit pour se placer à la hauteur du prisonnier.

— Tu prétends donc que tu n'es pas pirate ? railla-t-il.

— Je suis un navigateur, répartit Norreys. On m'a pris parce que je connaissais très bien la côte est du royaume. Je vous jure que c'est la vérité ! Il y a quelques jours, j'ai mené *Le Faucon des mers* contre *La Gloire des Lancastre*. Cette cogghe n'a pas été difficile à suivre et, si elle nous a échappé ensuite, ce n'était pas ma faute. J'ai fait la même chose aujourd'hui pour nous rapprocher de *La Galice*. Messire, je fais ce pour quoi on me paie, rien d'autre…

Bray scruta le visage de l'homme et se rappela l'avoir vu en compagnie de Keysler et d'autres marins au pied du grand mât.

— Oui, murmura-t-il, oui, je t'ai repéré avec Keysler le jour où il décidait de son plan de navigation. Je m'en souviens à cause de tes cheveux.

Il sourit.

— Tu peux remercier ta tignasse rousse, ajouta-t-il. Si tu survis, ce sera grâce à elle ! Alors, qu'as-tu à dire à la comtesse ?

— C'est Sir Thomas Urswicke qui a recruté les Flamands.

— Ça, nous le savons déjà.

— Il est décidé à… Il est décidé à vous détruire complètement.

— Ça n'est pas nouveau non plus, lança sèchement Urswicke en s'accroupissant près de Bray.

Norreys le regarda et sourit.

— Vous êtes son fils, hein ?

— Oui.

— Il a dit… Enfin, Keysler prétendait que, en fait, vous étiez dans le camp de votre père, que vous étiez un espion chez la comtesse et que, un jour, vous la frapperiez comme Sir Thomas compte le faire lui-même. Le capitaine disait qu'il avait appris ça de la bouche de Sir Thomas en personne.

— Je n'en doute pas, soupira Urswicke.

Il s'efforça de dissimuler son déplaisir. Près de lui, il sentait que Bray retenait son souffle. Il tapota le pommeau de sa dague en se demandant ce que son père savait au juste. Devant lui, il jouait la comédie de l'espion professionnel prêt à vendre n'importe qui et n'importe quoi, pourvu que le prix fût bon. De temps à autre, il lui rapportait certes quelque information juteuse, mais jamais rien de significatif. Le Grand Juge croyait-il réellement que son fils le rejoindrait un jour, ou cherchait-il tout simplement à percer une brèche fatale dans la confiance que lui témoignait la comtesse ?

— Moi, je ne sais pas, mais c'est ce qu'il a dit ! s'énerva le marin.

— Du calme, du calme ! murmura la comtesse. Norreys, dans quelles circonstances Keysler vous a-t-il dit cela ?

— Nous étions réunis pour parler, expliqua-t-il. Les seconds de Keysler étaient réticents, ils ne voulaient pas pénétrer dans les eaux anglaises, et encore moins attaquer un bateau breton.

— Il y avait de quoi, je les comprends, répondit la

comtesse. En coulant un navire breton, Keysler risquait de s'attirer bon nombre de problèmes. Le duc François n'aurait certainement pas apprécié, surtout s'agissant d'une cogghe comme *La Galice*, qui avait à son bord l'un de ses capitaines les plus expérimentés.

— Mais… mais ce n'est pas tout… balbutia Norreys. Keysler nous a dit qu'une fois que nous aurions terminé la caraque reviendrait à Londres prendre certaines personnes à son bord, puis que nous repartirions à travers les Détroits jusqu'aux côtes du pays de Galles. C'était notre mission suivante. Nous devions larguer là-bas des assassins… Je n'en sais pas plus. Keysler nous a dit que c'était une mission très importante que nous allions réaliser pour Sir Thomas et…

Il hésita, jetant un rapide coup d'œil à Urswicke.

— … et pour son fils.

— Mais qui étaient ces assassins que vous deviez emmener ? s'enquit Bray.

— Je ne sais pas, messire. Tout ce qu'il nous a dit, c'est que ça porterait un coup très dur à la cause des Tudor dans le pays de Galles. Il avait l'air ravi de faire ça. Il a précisé que cette mission durerait sûrement plusieurs mois et que nous serions tous payés. Voilà, c'est tout… Madame, conclut-il en implorant la comtesse du regard, quel sort me réservez-vous maintenant ?

— Nous ne pouvons pas le libérer, intervint Urswicke en dissimulant le trouble qui l'habitait. Il est impossible qu'il…

— Ne pourrais-je pas rejoindre l'équipage breton ? le coupa Norreys. Je suis marin et j'ai une grande expérience, je m'y connais pour établir des plans de navigation…

La comtesse leva la main et il se tut aussitôt. Elle se tourna vers le capitaine.

— Je suis toujours en quête de bons navigateurs,

madame, concéda celui-ci. Nous pouvons le prendre à bord. Il sait naviguer et, en plus, il vous a été utile.

— Parfaitement, acquiesça la comtesse. D'autant que, si vous le prenez avec vous, il ne pourra pas aller raconter à d'autres ce qu'il a vu.

— Et s'il s'y risque, dit Savereaux en se penchant vers Norreys pour le regarder droit dans les yeux, s'il ne tient pas parole et qu'il brise le serment qu'il s'apprête à faire, il faudra que Dieu lui vienne en aide, parce qu'il ne pourra pas compter sur ma miséricorde !

Norreys fut emmené et la comtesse s'éloigna pour aller serrer la main des hommes protégés, auxquels elle distribua des pièces de monnaie en les remerciant pour tout ce qu'ils avaient fait. Urswicke la regarda en réfléchissant aux paroles de Norreys. Il ne doutait pas de la confiance que lui portaient Bray et la comtesse, mais, chaque fois qu'il était question de son père, un profond malaise s'installait entre eux. Le Grand Juge et lui-même étaient enferrés dans un combat occulte qui serait peut-être fatal, et Urswicke plaçait tous ses espoirs dans la profonde erreur de jugement que commettait son père : Sir Thomas ne pouvait accepter ni même concevoir que son fils fût un fervent partisan de la maison de Lancastre, et de celle des Tudor en particulier. Tant qu'il demeurerait dans cet état d'esprit, lui-même serait en sécurité. Il se promit de faire tout ce qui était en son pouvoir pour continuer à insuffler le doute chez l'honorable juge.

Il se tourna vers Bray, qui se tenait près de lui.

— Dans très peu de temps, murmura-t-il, nous pourrons frapper…

SIXIÈME PARTIE

« Le livre alors sera ouvert,
où tous nos actes sont inscrits. »

Urswicke et Bray regardèrent la comtesse s'approcher de Pembroke, qui se tenait à l'écart du groupe des hommes protégés. Lorsqu'elle arriva à sa hauteur, elle le considéra quelques instants d'un regard empreint de tristesse, puis elle leur fit signe de la rejoindre. Ils s'empressèrent d'obéir. Avec l'aide de quelques Bretons auxquels Urswicke avait parlé au préalable, ils saisirent Pembroke, qui se débattit sauvagement, hurlant et distribuant des coups. Il fut vite maîtrisé. On lui lia les bras au torse et Urswicke et Bray l'entraînèrent, tandis que la comtesse expliquait à ses compagnons que certains imprévus avaient surgi et qu'il convenait de s'en occuper. Elle les remercia une fois de plus et ajouta que Lord Jasper les récompenserait et leur procurerait un refuge confortable. Elle adressa un signe de tête à Savereaux, qui ordonna aussitôt au groupe de prendre place à bord des chaloupes.

La comtesse agita une dernière fois la main dans leur direction, puis suivit Urswicke et Bray qui, assistés des trois phaétons, tiraient un Pembroke toujours furieux jusqu'au sommet des dunes. Elle alla s'installer dans sa voiture, ses deux hommes de confiance firent monter le prisonnier sur le cheval d'Urswicke et la petite procession partit sur l'étroit sentier qui ramenait au manoir de Thorpe, désormais désert. Par chance, Sir Thomas et sa troupe, en se hâtant de quitter les lieux, avaient laissé la grille ouverte. Il fut donc facile de pénétrer dans la cour pavée, mais il fallut forcer une porte pour accéder à l'intérieur du manoir. Urswicke et Bray firent descendre Pembroke de cheval et le poussèrent à travers la cuisine, jusqu'à une salle à manger où flottaient encore les bonnes odeurs des ripailles de la veille. Le prisonnier fut solidement ligoté à une chaise. Urswicke demanda à Bray d'allumer un feu dans la cheminée, ainsi que dans la pièce la plus propre qu'il pût trouver, à l'intention de la comtesse et de sa servante. Il précisa à mi-voix que cette dernière devrait demeurer dans sa chambre tant que tout ne serait pas achevé. Il informa ensuite Margaret qu'il allait ressortir : il voulait s'assurer que *La Galice* était bien repartie.

Après avoir vérifié que Pembroke ne risquait pas de se détacher et que Bray prenait en charge l'organisation de la maison, il quitta le manoir, vêtu de sa cape et encapuchonné. Dans la cour pavée, les phaétons s'activaient à déharnacher les chevaux et à décharger les coffres et les malles de la voiture. Il échangea quelques mots avec eux puis monta à cheval. L'après-midi était bien avancé, mais le ciel restait clair et sans nuages et le soleil d'automne procurait un peu de chaleur. Il chevaucha jusqu'à son poste d'observation au-dessus de la crique et poussa un profond soupir de soulagement. Les chaloupes avaient réintégré la cogghe, qui cherchait désormais à prendre le puissant vent du nord pour s'éloigner de la côte. Sa grand-voile se gonflait peu à peu tandis qu'au sommet du mât principal flottaient vaillamment les couleurs du duc François. Urswicke regarda à droite, puis à gauche, mais ne discerna aucun autre bateau. À l'exception de la cogghe bretonne, la mer était vide, et celle-ci se perdrait bientôt dans l'immensité de la mer du Nord sillonnée de courants rapides.

Urswicke continua à contempler les flots en réfléchissant aux conclusions auxquelles il était parvenu et à ce qui allait se passer désormais. Il savait que la maison d'York et ses laquais, en particulier son père, avaient pour projet de déraciner l'arbre Tudor, tant en Angleterre qu'à l'extérieur. Ils avaient tendu leurs filets sur les mers et sur terre, fermement résolus à réduire à néant tous les soutiens de la comtesse. Le Grand Juge n'accepterait jamais l'idée que son propre fils restait dévoué corps et âme à Margaret, en temps de paix comme en temps de guerre. C'était une question de fierté pour lui, comme père et comme fidèle zélateur des York. Il faudrait donc continuer à parer ses attaques contre la comtesse. D'après Norreys, Keysler avait reçu l'ordre de conduire prochainement des assassins au pays de Galles. Si tout s'était déroulé comme Sir Thomas l'entendait, ces hommes auraient été en possession des informations contenues dans le message codé du Dragon. Ils auraient su quels officiers étaient loyaux, quelles églises dissimulaient des armes, quelles tavernes, quels monastères et quels manoirs épousaient la cause des Tudor. Ils auraient infligé des dommages considérables en tuant des hommes clés et en détruisant toutes les caches d'armement et de matériel.

Le jappement strident d'un renard dans les ajoncs fit sursauter Urswicke. Le silence un peu irréel de la plage venait d'être brisé. Des oiseaux de mer répondirent par des cris et la clameur des flots s'échouant sur le rivage parut s'amplifier. *La Galice* n'était déjà plus qu'un point à l'horizon et elle disparaîtrait bientôt, ne laissant derrière elle qu'une plage déserte jonchée de débris et, çà et là, de corps sans vie ramenés par les vagues. Urswicke jeta un regard vers le grand gibet orné de ses macabres fardeaux. Il eut une pensée pour les deux infortunés combattants que l'on avait poignardés puis suspendus telles des charognes à l'extrémité de ces fourches noires. Quelque cœur compatissant avait dû descendre leurs cadavres et leur offrir un semblant de funérailles chrétiennes. Maintenant, leurs âmes, et d'autres encore, réclamaient justice, et Urswicke était décidé à les satisfaire. Il ne se laisserait pas décourager par les manigances machiavéliques de son père. Il savait que, si Bray n'était jamais totalement rassuré à l'idée que son plus proche allié était le fils de son plus grand ennemi, la comtesse, elle, se tiendrait à ses côtés quoi qu'il arrivât et que lui-même la défendrait toujours, fût-ce au péril de sa vie. Il murmura une prière, se signa, fit faire demi-tour à son cheval et regagna le manoir.

Bray s'était activé et le feu dans la cheminée de la salle à manger crépitait gaiement. Devant les phaétons, la comtesse continuait à prétendre qu'Edith était sa servante, aussi la jeune fille avait-elle dîné seule et s'était-elle retirée dans une chambre, tandis que les trois cochers, claquemurés dans la dépense, se partageaient avec entrain une outre d'ale. En ligotant Pembroke, ils avaient veillé à lui laisser suffisamment de liberté pour lui permettre de manger et de boire ce que Bray lui avait donné. Urswicke dîna rapidement en arrivant, puis prit place avec la comtesse et Bray face au prisonnier.

— J'aimerais vous retirer votre masque, commença Margaret. Je voudrais regarder votre visage, quel que soit son état. Car je vous avoue que vos blessures ne me préoccupent pas. Ce qui me frappe au cœur, en revanche, ce sont les blessures morales très profondes que, pour votre part, vous nous avez infligées, à moi et aux miens. Gareth Morgan, plus connu sous le nom de Pembroke, vous êtes un Judas ! s'exclama-t-elle d'une voix vibrante de colère. Vous êtes un traître jusqu'au bout des ongles, et le plus sinistre des assassins. Il n'est pas question que vous soyez jugé devant les officiers de justice du roi, qui ont peut-être participé aux sombres conspirations et aux infâmes trahisons que vous avez commises contre nous. Je ne pourrais plaider devant la cour de justice royale, qui n'a d'autre objectif que ma destruction. Au lieu de cela, je vais donc invoquer les coutumes ancestrales des seigneurs de Pembroke, dont vous avez adopté le nom. Leurs lois me confèrent le droit divin de présider une cour de justice et de prononcer des jugements. C'est ce que j'entends faire à présent.

À ces mots, Pembroke baissa la tête et s'avachit légèrement sur la chaise à laquelle il était attaché.

— Si vous êtes innocent, poursuivit Margaret, vous pourrez plaider votre cause, avancer votre défense. Mais sachez que les faits pèsent lourdement en votre défaveur. Christopher ?

— Je vais commencer, acquiesça Urswicke. Gareth Morgan, né dans le comté de Pembroke, vous êtes gallois de souche. Un serviteur de la maison Tudor, dont vous portez la livrée. Vous avez prêté serment de la manière la plus solennelle qui soit, vous engageant à demeurer loyal à cette maison jusqu'à la mort. Vous avez eu foi en elle comme elle a eu foi en vous. Vous avez été protégé et favorisé par ma comtesse et par sa famille. Vous avez formé l'escouade du Dragon rouge et c'est vous qui la commandiez à Tewkesbury. Après cette débâcle, vous avez fui avec d'autres en Bretagne pour rejoindre Lord Jasper Tudor et le fils en exil de notre maîtresse. Vous et l'ensemble de l'escouade avez connu le goût amer de la défaite : réfugiés dans une contrée étrangère, avec toutes les privations et la pauvreté que cela impliquait, sans parler de l'exclusion de votre terre natale, l'éloignement de votre famille et de vos proches. Dans votre cas, une mère et une sœur auxquelles, je crois, vous étiez très dévoué…

— J'étais ? cria Pembroke en relevant la tête. Pourquoi parlez-vous au passé ?

— Peu importe…

Urswicke regarda Bray. Ils étaient tombés d'accord pour ne pas dévoiler tout de suite à Pembroke ce qui s'était passé au couvent des minoresses. Mieux valait garder le secret le plus longtemps possible.

— Vous avez assuré le rôle d'émissaire, poursuivit-il. Vous étiez le lien entre les Tudor en Bretagne et la comtesse.

— Et je vous tenais pour un très habile messager, précisa Margaret. Je vous trouvais très fiable et je plaçais en vous mon entière confiance.

— Mais les choses se sont gâtées, n'est-ce pas ? Durant ces réunions secrètes à Londres, quand vous jouiez à vous travestir en boueux, ou même avant, quand vous vous prétendiez membre d'une compagnie de mimes. Des déguisements parfaits pour passer inaperçu et vous protéger…

Urswicke but une gorgée de sa coupe.

— Durant l'une de vos pérégrinations à Londres, reprit-il, vous avez aussi découvert que le père Austin Richards, l'aumônier de l'armée royale qui avait eu le courage de vous arracher à la cruauté de Zeigler, était devenu le prêtre de la vieille église St Michel. Naturellement, vous êtes allé le voir. Au début, il n'a peut-être pas compris qui vous étiez et ce que vous faisiez, mais peu à peu, ses soupçons se sont éveillés. Il s'est rendu compte que, bien que la guerre fût terminée, vous étiez resté un fervent serviteur de la maison de Lancastre. Sans doute a-t-il consulté la liste de ceux qui avaient demandé la grâce et celle des hommes qui ne l'avaient pas fait et qui se retrouvaient proscrits pour cette raison.

— Votre nom et votre titre, comme ceux d'autres rebelles, apparaissaient sur la croix de St Paul, précisa Bray. Le père Austin a dû voir cette proclamation.

— Il n'en a pas eu besoin, rectifia Pembroke avec calme. Pourquoi l'aurais-je nié ? Le pasteur Austin était mon confesseur, dans le sacrement, et aussi en dehors.

— Alors il savait qui vous étiez ? Ce que vous faisiez et à qui allait votre loyauté ?

— Oui, maître Urswicke, il savait tout.

— Et je gage que vous ne lui avez rien caché des sentiments qui vous habitaient. Vous n'étiez déjà plus un guerrier, vous n'aviez plus foi en votre escouade. Vous étiez fatigué, épuisé, amer d'être en exil et de vivre pauvrement, vous éprouviez l'humiliation, vous en aviez assez d'être en danger constant ! Vous ne vouliez plus être coupé de votre pays et de votre famille, sous prétexte de défendre une cause qui se retrouvait pour ainsi dire anéantie.

Les yeux de Pembroke, qui brillaient à travers les fentes du masque, ne cillaient pas.

— Vous lui avez donc confessé votre détresse. Vous vous êtes rendu vulnérable à d'autres opinions. Sans doute vous y a-t-il encouragé. Je ne sais pas exactement ce qui s'est passé entre vous mais, en fin de compte, le bon prêtre a parlé de vous à un yorkiste de la ville, un homme prestigieux qui consacre son existence à la destruction des Lancastre.

— Votre père.

— Que Dieu lui pardonne, oui. Un personnage aux ambitions démesurées, doté du talent nécessaire pour les réaliser. Il a tout de suite entrevu les possibilités que lui ouvrait votre revirement, n'est-ce pas ?

— Je ne confesserai rien. Je suis votre prisonnier, vous m'obligez à écouter tout ce que vous dites.

— Sir Thomas a planté des graines dans un sol fertile. Vous étiez mûr pour être cueilli. Pour la première fois, enfin, il avait à sa disposition un proche de la comtesse et il a bondi sur l'occasion. Par l'intermédiaire du bon pasteur, il a transformé votre esprit, miné votre loyauté et ouvert une nouvelle voie que vous alliez suivre. Finis l'exil, la pauvreté, la persécution, vous n'aviez plus à craindre d'être capturé et de connaître une fin ignoble.

Il vous a promis la grâce royale, c'est bien ça ? Et il a éloigné votre mère et votre sœur du pays de Galles pour les préserver des probables conséquences de votre changement d'allégeance, le jour où celui-ci viendrait à être connu.

Urswicke se tut et dévisagea Pembroke quelques instants.

— Et il y avait aussi autre chose…

— Vous vous trompez, déclara le prisonnier. Pourquoi aurais-je accepté d'épouser la cause des York ? Ce masque que je porte me rappelle constamment le souvenir de leur inimitié.

— J'y viens, justement… Zeigler ! Cet être ignoble, cette brute, ce bandit qui vous a livré à un ours dans une fosse dont vous ne pouviez sortir. Zeigler le meurtrier, qui a ensuite quitté le service des York pour s'immerger dans le monde tumultueux du crime à Londres. Il a commis là une erreur terrible qui l'a exposé à la perfidie de mon père. À présent…

Il s'interrompit et lança un coup d'œil à la comtesse, qui s'était détournée, comme si elle ne supportait plus la vue de son prisonnier. Près d'elle, Bray caressait l'arbalète qu'il avait sur les genoux, prête à l'emploi. Lui non plus n'avait pas un regard pour Pembroke. Il contemplait le feu, les yeux mi-clos, sans rien perdre de ce qui se disait. La pièce baignait dans une atmosphère presque irréelle. La lumière dansante des bougies, associée à celle des flammes vives de la cheminée, tenait en respect l'obscurité menaçante qui était tombée au-dehors.

— Je concède, poursuivit Urswicke, que je ne connais pas tous les détails de ce qui s'est passé. Je sais seulement que mon père vous a tendu cet appât, le meilleur qui soit. Vous savez de quoi je parle : Zeigler. Il vous a offert votre revanche, vous alliez pouvoir assister à l'exécution de cet homme, le voir pendu sur le gibet de Tyburn. Zeigler n'était pas un être humain pour lui, c'était un levier, rien d'autre. Ce brigand avait pris part à une tentative de cambriolage qui avait causé la mort de deux hommes. Innocent ou coupable, mon père n'en avait cure. Zeigler a été arrêté, jugé et condamné à la pendaison. Vous en avez été informé. Le procès du brigand et son emprisonnement ont été soigneusement orchestrés pour que vous soyez à Londres le jour où la sentence serait exécutée.

Urswicke saisit sa coupe de bordeaux et en but une longue gorgée. Puis il regarda une nouvelle fois autour de lui pour se rassurer. Tous les accès au manoir étaient verrouillés, les trois phaétons se chargeaient maintenant de monter la garde et la servante Edith était en sécurité dans sa chambre.

— Mais le père Austin, lui, n'est pour rien dans tout cela ! lança soudain Pembroke. Ne vous en prenez pas à lui, il n'a rien fait de mal !

— Ah, le père Austin ! parlons-en ! Vous savez que nous ne pouvons rien contre lui. C'est un prêtre et la Couronne le tient en affection. J'estime d'ailleurs que c'est un homme intègre et qu'il n'a été en effet qu'un messager, un intermédiaire dans cette trahison que mon père et vous avez tramée ensemble. Il a peut-être eu conscience de quelque chose, mais il n'a pas dû mesurer toutes les conséquences de ses actes. Enfin, quoi qu'il en soit, vous aviez pris votre décision. Vous avez confirmé votre choix. La condamnation de Zeigler n'a fait que renforcer votre détermination à labourer le sillon de la traîtrise.

— Et en échange, notre Grand Juge a exigé de vous un prix élevé, enchaîna la comtesse. Il vous a demandé de trahir vos compagnons, ainsi que toute personne susceptible de soutenir la cause des Tudor. Vous n'avez pas hésité. Nous nous sommes bientôt rendu compte qu'un traître se cachait parmi nous, ajouta-t-elle avec amertume. Mon parent Jasper et moi-même avons nourri les pires craintes. Cromart et d'autres de vos proches ont été assassinés, mais certains membres de l'escouade du Dragon rouge ont tout bonnement disparu, rayés de la surface de la terre comme s'ils n'avaient jamais existé. Ont-ils été tués ? interrogea-t-elle, avant de hausser les épaules. Ont-ils abandonné notre cause et se cachent-ils désormais, de peur d'être châtiés ? Ont-ils pris de nouveaux noms, exercent-ils de nouvelles activités, sont-ils partis s'installer dans d'autres coins du royaume ? Nous l'ignorons.

— Vous avez peut-être joué un rôle dans tout cela, enchaîna Urswicke, mais la dernière partie de votre trahison, la plus odieuse et la plus criminelle, a débuté avec votre dernier retour en Angleterre. Vous étiez censé être là pour porter assistance aux survivants de l'escouade du Dragon rouge. Mon père a dû être ravi ! Notre comtesse, qui avait conscience que ses combattants couraient un danger, les avait engagés à chercher asile dans les églises de Londres. Elle s'occuperait du reste, leur avait-elle promis. C'est là que vous avez adopté l'attitude qui allait porter le coup fatal à sa cause. Vous avez quitté la Bretagne à bord du bateau de De Vere, qui est passé par Dordrecht. Cette escale vous a offert l'opportunité de transmettre aux York des nouvelles fraîches de ce qui se passait. *La Gloire des Lancastre* a ensuite traversé le pas de Calais et a fusé telle une flèche le long des rivages de l'Essex, fendant les flots de la mer du Nord en demeurant le plus près possible des côtes. En fait, le bateau était sous surveillance permanente, tant depuis la terre que sur les mers. Lorsqu'il est arrivé au large de Walton, mon père et sa troupe de cavaliers étaient prêts : ils se trouvaient là où il fallait au moment opportun. Notre arrogant Grand Juge n'avait plus qu'à attendre, de même que les deux caraques flamandes.

Urswicke saisit sa coupe de vin en faisant signe à Bray de prendre le relais.

— Le navire d'Oxford avait été surveillé de près durant sa traversée. Des barges, des pêcheurs de harengs et d'autres embarcations tout aussi banales n'avaient eu aucune peine à repérer cette grande cogghe de combat, il suffisait donc d'attendre…

Bray s'éclaircit la gorge.

— Cette nuit-là, il était prévu de porter un coup mortel à la maison Tudor. *La Gloire des Lancastre* serait attaquée et coulée et son capitaine, le comte d'Oxford, un important soutien des Tudor, serait soit fait prisonnier, soit abattu. Quant aux quatre membres de l'escouade du Dragon rouge qu'il avait à son bord, eh bien, trois d'entre eux seraient éliminés tandis qu'on laisserait au quatrième, vous, le traître, la possibilité de s'enfuir afin d'aller infliger d'autres préjudices, plus désastreux encore, à notre cause.

Pembroke hocha la tête tout en marmonnant dans sa barbe. Sans doute n'espérait-il plus sortir indemne de toutes ces accusations, songea Urswicke. Il savait qu'il ne serait en aucun cas libéré et il attendait sa punition. Néanmoins, il devait chercher une manière d'obtenir un compromis, peut-être quelque chose pour assurer la protection de sa mère et de sa sœur, dont il ignorait encore qu'elles n'avaient plus aucun besoin de son aide.

— Parallèlement, enchaîna Urswicke, mon père voulait affaiblir encore davantage la comtesse. Pour cela, il allait frapper ses deux plus loyaux serviteurs, maître Bray et moi-même. Il a engagé des spadassins pour assassiner mon ami, mais leur a donné l'instruction de ne pas s'en prendre à moi. Je suppose que même un homme comme lui garde au fond de son être un semblant de responsabilité morale vis-à-vis de sa progéniture. Nous avons tué ces deux hommes mais, juste avant de rendre l'âme, l'un d'eux a révélé dans un souffle que je n'étais pas la cible, ou quelque chose d'approchant. Nous avons continué à être surveillés, nous étions suivis. Puis les York ont retenu mon ami Bray à Londres sous le prétexte qu'ils avaient besoin de son aide dans leur quête infructueuse de Lady Anne Neuville.

— Je me suis retrouvé seul, intervint Bray, et d'autres ont voulu attenter à ma vie. Ils ont échoué eux aussi.

Il se pencha en avant.

— Vous nous avez dit un jour que vous alliez parfois visiter les bas-fonds, où évoluent ces personnages de cauchemar qui hantent les nuits de Londres. Dissimulé par votre masque, vous pouviez sans peine aborder ces gens en vous faisant passer pour un boueux, l'espèce la plus méprisée… Est-ce vous qui, masqué et encagoulé, avez recruté ces assassins pour le compte du Grand Juge ? Celui-ci vous a-t-il fourni l'or nécessaire à cela, tout comme il vous avait donné de quoi payer le séjour de votre mère et de votre sœur chez les minoresses ? Car si ce n'est pas lui qui a assumé ce coût, qui est-ce ? Vous étiez un fugitif ou, en tout cas, vous étiez supposé en être un, vous viviez caché. Vous n'aviez guère d'argent. Ma maîtresse et Lord Jasper vous avaient certes donné de quoi survivre, mais un hébergement chez ces bonnes religieuses coûte cher. Où vous êtes-vous procuré l'or nécessaire à une chambre pour quelques jours, voire plusieurs semaines ?

— Oui, d'où teniez-vous cet or ? renchérit la comtesse. Je doute que votre mère et votre sœur aient eu les moyens d'assumer le coût d'un long voyage à partir du pays de Galles puis d'un séjour prolongé à Londres. Moi-même, je ne vous ai jamais donné de telles sommes et, d'ailleurs, vous ne m'avez jamais rien réclamé. Alors qui a payé ?

— Vous ne comprenez pas ! s'emporta Pembroke. Jamais vous n'avez éprouvé ce que j'ai éprouvé !

— Est-ce un aveu de culpabilité ? riposta la comtesse. L'aveu que vous, Gareth Morgan, plus connu sous le nom de Pembroke, un homme supposé loyal à ma maison, n'êtes rien d'autre qu'un traître et un assassin ?

— Je n'avoue rien du tout, la défia le prisonnier. Si vous m'estimez coupable, alors exécutez-moi et finissons-en !

— Non, fit Margaret en hochant la tête. Avec moi, cela ne fonctionne pas comme cela ! Vous devez confesser vos crimes, les reconnaître ouvertement. Vous avez tué vos camarades, mais pour quel profit ? Obtenir une vie confortable pour vous et votre famille, parce que vous étiez las de l'existence que vous meniez ? Allons, je veux connaître vos raisons et, surtout, j'entends que vous m'ouvriez une porte sur les intentions de ceux qui nous persécutent, sur le contenu de leur âme. Vous devez savoir beaucoup de choses à leur sujet. Reprenez, Christopher !

Urswicke s'exécuta, revenant à son réquisitoire.

— Vous avez tué, dit-il. Vous avez assassiné dans le but d'affaiblir la cause des Tudor, de frapper aux racines mêmes des soutiens de notre maîtresse. Mais vous étiez également à la recherche d'une chose extrêmement précieuse, tant pour elle que pour les York : le fameux message codé du Dragon. Un document rédigé en symboles obscurs qui fournissait un tableau complet de tous les appuis dont elle disposait au pays de Galles, que ce fût parmi les officiels du royaume, au sein de la noblesse ou dans l'Église, et qui révélait aussi l'emplacement des caches d'armes. Une fois que vous auriez eu ce document entre les mains, il ne serait plus resté aux York qu'à envoyer des hommes débusquer l'ensemble de ceux qui figuraient sur la liste et récupérer les armes. Le même combat silencieux aurait pris place dans le sud du pays de Galles, comme il s'était déjà produit ailleurs. D'autres membres de l'escouade du Dragon rouge auraient disparu ou seraient morts dans des circonstances mystérieuses. Ces caraques flamandes avaient prévu de faire accoster des assassins au pays de Galles dès que le message codé aurait été saisi, une fois que la maison d'York aurait détenu les informations qu'elle attendait…

— Je ne sais pas, murmura Pembroke en secouant la tête. Je ne sais pas, mais j'admets qu'il a souvent été question de ce message codé.

— Vous avez tué à cause de lui, affirma la comtesse. À présent, sachez que ce document existe, en effet. Lord Jasper et moi-même l'avons mentionné dans de multiples messages qui ont circulé entre nous. Nous y faisions ouvertement référence, et il était logique que les gens qui souhaitaient se l'approprier crussent qu'un membre de l'escouade du Dragon rouge l'avait en sa possession. Ils étaient convaincus qu'il était caché là où les courriers dissimulent généralement leurs messages, dans une poche secrète de leur ceinturon. Nous avons entretenu cette conviction, car elle servait nos intérêts : nous voulions détourner l'attention des York, les induire en erreur.

Elle se signa.

— Que Dieu nous pardonne ! soupira-t-elle. Cette tactique a causé une abominable trahison et des crimes hideux, choses que nous n'avions pas prévues. À cette époque, nous ne soupçonnions pas la force de l'inimitié de nos ennemis de l'intérieur.

Elle s'interrompit et se tapota la tempe.

— L'existence du message codé était de notoriété publique au sein de l'escouade du Dragon rouge mais, en fait, aucun de ses membres ne l'avait. Et la seule personne à connaître son contenu dans son intégralité, maître Pembroke, c'est moi !

Elle se pencha légèrement en avant et, de nouveau, se toucha la tempe.

— Tout est là, dans mon esprit, à l'intérieur de mon être. Les dates, les lieux et les noms de ceux qui ont épousé notre cause, au pays de Galles comme à Londres, et même à travers tout le royaume !

La comtesse s'était exprimée avec une telle fougue

que, lorsqu'elle se tut, un silence complet plana un moment. Puis elle pointa l'index sur Pembroke.

— Ainsi, tous vos crimes, tous vos péchés, vous les avez commis pour un miroir aux alouettes ! Vous vous étiez mis en chasse d'un objet qui n'existait pas…

— Un chasseur, c'est ce que vous étiez, enchaîna Urswicke. Vous êtes arrivé en Angleterre à bord de *La Gloire des Lancastre* avec trois compagnons et, dès que vous avez débarqué à Walton, mon père et ses hommes ont surgi.

Il haussa les épaules.

— Mais vous savez tout cela. Deux de vos camarades ont été capturés, poignardés, puis pendus. On ne leur a témoigné aucune pitié. On a prélevé leur ceinturon, mais mon père savait qu'ils n'auraient pas grand-chose à révéler. L'ennui, c'était que cette embuscade sur la plage allait attiser les soupçons de la comtesse, qui suspectait déjà la présence d'un traître dans sa maison. Au moment où le piège s'est refermé sur eux, vos compagnons ont-ils compris que vous les aviez trahis ? Ont-ils vu les cavaliers brutaux ménager volontairement un espace entre leurs chevaux pour que vous puissiez fuir ?

— Guido Vavasour aussi s'est sauvé… marmonna Pembroke.

— En effet, reconnut Urswicke. Si vous aviez été le seul à vous en tirer, vous auriez été trop suspect. Mais, pour lui, ce n'était plus qu'une question de temps. Vous prétendiez ignorer où il se cacherait, mais c'était faux ! Vous saviez parfaitement qu'il irait se réfugier à la taverne de *L'Arbre penché*. Et vous saviez aussi qu'il vous demanderait des comptes sur les événements de Walton, qu'il devinerait nécessairement que celui qui avait trahi, c'était vous. Et quand il apprendrait, comme toute la ville, que Cromart avait trouvé la mort à St Michel, il n'aurait plus guère de doutes. Ce ne sont que des suppositions, bien sûr, mais Vavasour n'aurait-il pas pris conscience que tous ces désastres avaient débuté avec votre arrivée à Walton ? Peut-être même avait-il déjà remarqué quelque chose au cours de la traversée depuis La Rochelle…

Urswicke se passa la langue sur les lèvres.

— Vous et vous seul saviez ce qui allait se produire dans cette crique, Pembroke. Vous étiez sur le qui-vive et, quand vous avez profité de la brèche pour vous échapper, Vavasour, qui était très vif et très rapide, vous a suivi. A-t-il senti ensuite qu'il n'était pas normal d'avoir réussi à échapper à ces hommes ? Il possédait une intelligence brillante, c'était un courrier extrêmement habile, un homme perspicace. Il finirait par parler autour de lui, il partagerait ses soupçons. Il fallait le faire taire. Alors, il a été capturé et il a dû subir avant de mourir le pire des interrogatoires. À présent, une question se pose : pourquoi ne l'avez-vous pas tué vous-même, comme vous avez tué les autres ? Peut-être parce que cela vous aurait rendu suspect… peut-être aussi parce que mon père souhaitait l'interroger dans la salle des tortures de la tour Blanche ? Oui, l'infâme Grand Juge avait ses raisons. Quoi qu'il en soit, l'arrestation de Guido vous a protégé. Vous n'y étiez pour rien, puisque vous ne saviez pas où il se cachait ! Vous êtes parvenu à nous faire croire cela. Ainsi, nos soupçons allaient devoir se porter sur quelqu'un d'autre.

Urswicke posa un regard dur sur le prisonnier.

— Pourquoi Vavasour a-t-il été torturé ? Pour lui extorquer des secrets concernant la comtesse ? Pour lui faire dire où se trouvait le message codé du Dragon ? Quoi qu'il en soit, il a été brutalisé, on lui a arraché la langue afin qu'il ne puisse plus parler. Voyez-vous, Pembroke, je n'ai pas de réelle preuve de ce que je vais avancer là, mais je crois qu'il avait compris que le traître, c'était vous. Comme je l'ai dit tout à l'heure, peut-être avait-il déjà perçu quelque chose à bord de *La Gloire des Lancastre*, ou trouvé étrange cette irruption soudaine des yorkistes dans la crique… Ou alors, il l'a très bien compris, sans l'ombre d'un doute, pour la bonne raison que vous étiez l'unique personne à savoir qu'il attendrait quelque temps dans la cave de *L'Arbre penché* !

— Quand on l'a mené à l'échafaud, continua la comtesse, Guido a cherché à nous dire quelque chose. Les York tenaient à ce que j'assiste au spectacle, à ce que je regarde le bourreau exécuter l'un de mes plus loyaux serviteurs. Guido était-il révolté par tant d'inhumanité ? Par le fait que j'allais être forcée d'assister à un tel outrage sans qu'il pût rien faire pour l'empêcher, alors qu'il était dans un état pitoyable, qu'il avait la bouche ensanglantée et était privé de sa langue ? Les York voulaient qu'il ne pût rien dire, rien laisser filtrer de ses soupçons.

Elle se signa.

— *Jesu miserere*, Guido était si intelligent et si énergique, loyal jusqu'à l'ultime moment ! Dieu sait combien d'heures il a langui dans ce cachot, mais, dès qu'il m'a vue, il a songé à faire une chose, la seule encore possible pour lui : il a posé la main sur son visage, doigts écartés…

— Et alors ?

— Alors c'était vous qu'il accusait ! s'enflamma Urswicke. Avec ses doigts, il figurait votre masque, et il cherchait désespérément à prononcer des mots qui ne pouvaient plus franchir ses lèvres. Il formulait une accusation contre un homme masqué, c'est-à-dire contre vous !

Il regarda autour de lui avec un soupir.

— Telles sont les déductions que nous avons tirées. Nous sommes sûrs que le pauvre Guido vous a accusé, et le témoignage d'un mourant est sacré…

— Parlons maintenant de Robert Vavasour ! intervint Bray en s'avançant sur sa chaise.

— J'étais avec vous quand nous avons reçu son message ! protesta Pembroke. Celui dans lequel il révélait l'endroit où il se cachait ! C'est un gamin des rues qui l'a porté chez la comtesse !

— Encore l'une de vos manigances ! contra Urswicke. Vous saviez pertinemment où il se trouvait ! Je suis même sûr que c'est sur vos recommandations qu'il est allé loger dans cette auberge. C'était le point de rendez-vous des boueux, dont vous portiez la tenue pour circuler à travers la ville. Vous avez convaincu Robert de s'y installer et vous l'avez ensuite tué de vos mains.

— C'est ridicule ! Pourquoi aurais-je tué Robert ?

— D'abord parce qu'il faisait partie de l'escouade du Dragon rouge. Ensuite, parce que c'était un confident de la comtesse. Troisièmement, parce qu'il aurait pu vous soupçonner. Qui sait, son frère Guido avait peut-être eu le temps de lui transmettre ses propres conjectures d'une manière ou d'une autre… Et, enfin, il y avait toujours la possibilité qu'il fût le détenteur du message codé du Dragon. Maintenant, quoi que vous puissiez prétendre, ajouta Urswicke en secouant la tête, je vous tiens pour aussi habile qu'un autre dans l'emploi d'une arbalète. Vous avez été soldat, vous avez appris le maniement des armes. Donc, pour revenir à mon raisonnement, Robert est allé à *La Cave du diable*. Il était inquiet, il avait peur, il s'est enfermé à clé dans sa chambre. J'ignore s'il savait déjà que son frère avait été arrêté et exécuté, mais il n'était pas idiot : la nouvelle du meurtre de Cromart avait circulé dans la ville et il devait, au moins, se faire du souci pour son frère. Il vous a attendu à l'abri de sa chambre. Vous êtes entré dans l'établissement. Comme je l'ai dit, *La Cave du diable* est fréquentée par la guilde des boueux, aussi connaissiez-vous bien les lieux. Vous saviez en particulier que le tableau accroché au mur, après le comptoir, portait le double des clés de toutes les chambres. Dans la confusion et le désordre qui régnaient ce jour-là, jour de grand ménage, vous avez pris celle de la chambre de Robert et vous êtes monté le voir. Dès qu'il vous a ouvert, vous avez levé votre arbalète et vous l'avez tué. Vous l'avez ensuite fouillé et avez pris son ceinturon dans l'espoir que le message codé du Dragon y serait caché.

— Et comment aurais-je pu ressortir en laissant la chambre verrouillée de l'intérieur ?

— Oh ! rien de plus facile ! Avec votre dague, vous avez rompu le verrou et la targette en haut de la porte, à l'intérieur, de manière qu'ils parussent par la suite avoir été forcés. Bien sûr, il serait impossible d'imaginer que c'était votre œuvre. Quand, avec l'aubergiste, on défoncerait la porte, on attribuerait à cette action violente la rupture du bois à ce niveau. Deuxièmement, je me souviens d'avoir vu au sol de longs débris de bois lorsque nous avons réussi à entrer. La lumière était faible, nous étions nombreux dans la chambre. Dans toute cette confusion, vous avez pu sans peine repousser dans un coin ou même ramasser l'épaisse pièce de cuir que vous aviez utilisée pour coincer la porte et faire croire que celle-ci était solidement verrouillée de l'intérieur.

— Et la clé, alors ?

— Oh ! celle de Robert est restée dans la serrure à l'intérieur, mais vous l'avez tiré pour qu'elle ne soit pas introduite jusqu'au bout : elle était à peine en équilibre. Ensuite, vous avez fermé la porte en insérant la cale de cuir entre elle et le chambranle.

Urswicke esquissa une moue.

— Je ne suis pas sûr que vous ayez eu besoin de donner un tour de clé avant de partir. Peut-être l'avez-vous fait, peut-être pas. Disons que la porte nous a paru solidement fermée, verrouillée et barrée de l'intérieur avec la targette. Quand le tavernier et nous-mêmes sommes arrivés, nous ne pensions qu'à une seule chose : pénétrer dans la chambre. N'y parvenant pas avec la clé, nous avons conclu que Robert avait laissé sa propre clé dans la serrure et poussé la targette. La porte ne pouvait pas s'ouvrir et le fait de la forcer dissimulerait votre tortueux stratagème.

— Quant au gamin des rues, dit Bray, prenant le relais, c'était encore une mascarade ! L'aubergiste de *La Cave du diable* nous a rapporté que Robert Vavasour avait mangé et bu dans la salle, puis qu'il était monté dans sa chambre. Il me l'a répété quand je suis revenu le voir, alors que vous étiez tous partis pour Thorpe. Robert était prudent, anxieux, il pensait peut-être à son frère et devait s'interroger sur la mort de Cromart. Il n'avait pas envie de traîner dehors ni de rester trop longtemps en bas, dans la salle, exposé aux regards. Selon l'aubergiste, il n'est pas sorti et n'a parlé à personne. Comme vous le savez, je suis retourné à *La Cave du diable* et il m'a répété exactement ce qu'il nous avait dit la première fois. En dehors de son repas et de son ale, Robert n'a rien demandé du tout : ni encre, ni parchemin, ni plume. Il n'a pas écrit de message et n'a pas non plus chargé quiconque d'aller porter quoi que ce fût ! D'ailleurs, aucun petit garçon ne s'est présenté à la taverne ce jour-là. L'aubergiste reconnaît ne pas être physionomiste, mais, si un gamin des rues était entré dans sa taverne, il s'en serait souvenu. Car pour quelle raison ses clients, des boueux, en engageraient-ils ? Non, maître Pembroke, vous saviez dès le départ où se cachait Robert Vavasour, et ce message, c'est vous qui l'avez écrit. Vous avez chargé le gamin de l'apporter chez la comtesse en lui ordonnant de disparaître aussitôt après. C'est un détail qui m'a d'ailleurs paru bizarre…

— Comment ça ?

— Eh bien, expliqua Bray, quand on demande à un gamin sans le sou de porter un message, il espère toujours que le destinataire le gratifiera lui aussi d'une petite pièce, et il attend pour l'avoir. Or ce garçon est reparti juste après avoir délivré la lettre. Edith nous l'a dit et cela nous a été confirmé quand nous avons quitté la maison de la comtesse. Le gamin n'était plus là. À la réflexion, la raison de sa précipitation était évidente : vous l'aviez payé pour qu'il remît le message et qu'il n'attendît pas, et il vous a obéi.

— Après notre départ pour Thorpe, enchaîna la comtesse, maître Bray n'a pas chômé. Il est retourné à *La Cave du diable* et là, l'aubergiste l'a informé que la porte de la chambre de Robert avait été réparée. L'échevinage avait envoyé des hommes à cette fin. Tout avait été remis en ordre et même le ménage avait été fait. C'était, lui a-t-on raconté, en hommage aux boueux, qui accomplissent un travail très important pour la ville... Pour ma part, je n'en crois pas un mot ! Il fallait qu'il ne fût plus possible à quiconque d'examiner le chambranle de la porte, et il importait aussi de vérifier que Robert Vavasour n'avait pas laissé le message codé dans la chambre, très bien caché dans une anfractuosité ou une fissure du mur, peut-être...

— Ils n'ont rien découvert, reprit Bray, mais ils devaient en avoir le cœur net. Car la chambre avait abrité un fidèle des Tudor ! Quand nous y étions, vous vous êtes tout à coup affolé et vous avez voulu que nous partions très vite, avant l'arrivée des hommes du sheriff. Quand vous aviez occis Robert Vavasour, vous n'aviez pas eu le temps de fouiller la pièce et vous ne vouliez surtout pas que nous le fissions nous-mêmes ! Nous aurions pu découvrir des indices ou, Dieu préserve, le message codé ! Vous avez donc laissé ce soin aux gens de l'échevinage.

— Vous avez enveloppé le meurtre de Robert Vavasour de mystère, poursuivit Urswicke, afin de vous protéger et de nous induire en erreur. Néanmoins, vous deviez être de plus en plus frustré. Vous aviez pris le ceinturon de Vavasour, mais il ne comportait rien, ni message codé, ni rien que vous puissiez rapporter à votre maître de l'échevinage. C'était le message que vous recherchiez avant tout. Après avoir fui Walton ou, plus précisément, après qu'on vous eut laissé vous échapper, c'est pour le retrouver que vous êtes allé à Londres. D'abord, Cromart. Vous deviez espérer beaucoup de lui, puisqu'il était le spécialiste des langages secrets. Vous avez vite appris qu'il avait demandé asile à St Michel. Vêtu de l'infecte panoplie des boueux, le visage doublement masqué, vous êtes allé le voir. Selon les dires de Queue-de-Rat, il a été victime par la suite d'une perturbation des humeurs qui l'a beaucoup fait souffrir. Lui avez-vous donné quelque chose pour agiter ses entrailles ? Je ne sais pas. Quoi qu'il en soit, la rencontre avec Cromart n'a pas été difficile à arranger, tout comme il n'a pas été compliqué d'organiser son meurtre.

Urswicke s'arrêta. Il se demandait tout à coup si son père n'allait pas revenir au manoir. Puis il songea au froid qui régnait en cette saison et à la distance qui séparait Thorpe de Londres. Sir Thomas n'avait aucune raison de penser que l'embuscade qu'il avait tendue n'avait pas fonctionné. Ce serait seulement lorsqu'il retournerait à l'échevinage, dans quelques jours, qu'il aurait vent du désastre qui avait eu lieu au large des côtes de l'Essex : deux caraques flamandes désintégrées et une cogghe bretonne, cause de leur infortune, repartie sur la mer. Urswicke prit une profonde inspiration et releva les yeux. Pas d'inquiétude, conclut-il. Il avait tout le temps de récapituler ses accusations et de soumettre le criminel au jugement qu'il méritait.

— Vous semblez oublier, lança Pembroke d'une voix rauque, que Cromart a trouvé la mort dans une église qui était verrouillée et bloquée de l'intérieur. Et qu'en plus, ajouta-t-il dans un souffle, c'était mon camarade…

— Ramassis de mensonges ! riposta Urswicke. Vos arguments sont aussi faux qu'inutiles.

Il s'arrêta. Un grincement venait de se faire entendre

derrière lui. Inquiet, il se leva, s'inclina devant la comtesse et alla fixer le volet qui l'avait perturbé. Quand il regarda par-dessus son épaule, Bray cherchait à faire boire du vin au prisonnier. Margaret était assise, tête baissée, et récitait le rosaire à mi-voix, marquant une pause après chaque *Ave* pour murmurer la messe des morts. Urswicke savait qu'elle faisait cela constamment. Elle priait pour ses fidèles combattants disparus, pour les membres de la famille Beaufort autrefois très puissante et dont elle était la seule survivante. Ses proches avaient tous été sommairement expédiés dans la nuit éternelle par la hache, l'épée ou la corde. En son for intérieur, Urswicke fit le vœu qu'au cours des heures à venir Bray et lui pussent frapper ceux qui oppressaient leur maîtresse. Quand il retourna à sa place, ses bottes claquèrent sur les pierres du sol. Pembroke releva la tête. Urswicke s'assit et pointa l'index vers lui.

— Je reviens à mon acte d'accusation, dit-il. Vous avez assassiné Cromart le plus simplement du monde. Oui, l'église était verrouillée et bloquée de l'intérieur, mais Cromart a ouvert une porte, sans doute celle de la sacristie, qui menait aux latrines. Il a ainsi invité le loup dans la bergerie. Comme je l'ai dit, vous lui aviez rendu visite au cours de la journée. Vous vous étiez introduit dans l'église, peut-être aviez-vous allumé un cierge sur l'autel de la Vierge Marie ou aux pieds d'un autre saint. Puis vous vous étiez promené dans l'église, vous aviez examiné le sanctuaire, l'enclave des hommes protégés. À première vue, vous étiez un boueux curieux de voir comment étaient traités les fugitifs qui demandaient le droit d'asile. Cromart a dû être très heureux de pouvoir parler avec un camarade. Vous avez eu une conversation avec lui. Sans doute lui avez-vous raconté que vous étiez venu en Angleterre pour apporter votre aide à la comtesse, que vous étiez chargé d'assurer la communication entre les uns et les autres. Et que, de toute façon, vous reviendriez. St Michel possède une chandelle des heures, vous lui avez indiqué à quelle heure, sur quel trait rouge, vous seriez de retour. Cromart a acquiescé et vous avez disparu. Il n'avait aucune raison de se méfier de vous. Vous étiez son compagnon, vous veniez tout exprès de Bretagne pour aider la comtesse, vous aviez traversé la mer et échappé aux pièges de vos ennemis. Donc, à l'heure dite, il a ouvert la porte de la sacristie. Dieu sait comment les choses se sont passées entre vous exactement, mais, quand vous vous êtes retrouvés tous les deux à l'intérieur, vous l'avez visé et avez lâché votre carreau meurtrier.

— Vous oubliez que la porte de la sacristie était fermée et bloquée de l'intérieur quand on a trouvé son corps.

— Ah oui, toujours la même défense ! Vous aimez cela, n'est-ce pas ? Créer un mystère de nature à détourner l'attention ! D'autant que, bien sûr, il convenait de ménager l'archidiacre Blackthorne ! Les victimes – et même un misérable comme Queue-de-Rat – étaient protégées par les règles sacrées du droit d'asile. Il ne fallait à aucun prix que le blâme retombât sur les York, d'où la nécessité de cette énigme. J'en conviens, la porte de la sacristie était verrouillée et bloquée, c'est vous qui aviez fait en sorte qu'elle le fût : masqué et encagoulé, dissimulé par l'ombre, vous avez menacé Queue-de-Rat. Vous avez terrorisé cet infortuné petit voleur et exigé de lui, malgré ses mains mutilées, qu'il refermât soigneusement cette porte après votre départ. S'il ne vous obéissait pas, vous reviendriez et le tueriez à son tour. Je vous soupçonne de l'avoir également gratifié d'une belle pièce de monnaie pour sa collaboration. Pourquoi n'aurait-il pas fait ce que vous lui demandiez ? C'était un voleur, pas un imbécile. Il vivait dans la rue depuis son plus jeune âge et tout ce qui lui importait, c'était de survivre. Il a donc accepté, sans savoir qu'il était de toute façon condamné. Vous nous avez menti quand vous avez suggéré qu'il était à la solde des York. Vous n'y croyiez pas une seconde, c'était un stratagème pour brouiller les cartes.

— Si vous dites vrai, répliqua Pembroke, si je l'ai menacé et soudoyé, si je savais exactement ce qu'était cet homme, quel besoin avais-je de le tuer ?

— Je n'ai jamais dit que vous l'aviez tué !

— Mais vous vous apprêtiez à le faire, non ?

— Oui, bien sûr ! C'était la suite logique ! Vous ne pouviez pas prendre le risque qu'un individu aussi fourbe allât, après réflexion, raconter aux uns ou aux autres ce qui s'était passé cette nuit-là dans l'église. Certes, vous étiez masqué et encagoulé, peut-être aussi aviez-vous falsifié votre voix, mais il aurait pu reconstituer les faits et parvenir à la vérité, surtout lorsque vous êtes venu demander l'asile à St Michel…

— Oui, vous avez demandé l'asile à St Michel, enchaîna Bray, parce que vous vous sentiez en sécurité dans cette église. Le père Austin était un ami et, en outre, c'était ce que le Grand Juge avait exigé de vous. En vous installant à St Michel, vous alliez pouvoir examiner les lieux à la recherche d'une cachette où Cromart aurait pu dissimuler le message codé. Vous aviez assassiné cet homme et vous lui aviez pris son ceinturon, mais vous n'y aviez rien trouvé. Cela vous a intrigué et vous vous êtes dit qu'ingénieux comme il l'était, ce spécialiste du secret avait pu le dissimuler dans quelque recoin de cette église ancienne. Seulement, il y avait Queue-de-Rat. Vous deviez le réduire au silence, lui fermer la bouche pour de bon, d'autant qu'il était prévu qu'il vous accompagnât dans le long pèlerinage jusqu'au manoir de Thorpe. Oui, mieux valait l'éliminer.

— Et le père Austin était mon complice, peut-être ?

— Non ! Non, là encore, vous avez cherché à susciter ce soupçon dans notre esprit, mais c'était une manière de détourner notre attention, de nous envoyer sur de mauvaises pistes.

Urswicke eut un léger sourire.

— Un stratagème perfide et ô combien intelligent ! Le père Austin est indubitablement favorable à la cause des York, mais, au fond, c'est un homme de cœur. C'est en outre un ecclésiastique, un prêtre. Oh ! certes, ses maîtres yorkistes n'ont pas dû hésiter à se servir de lui. Il a pu avoir ses propres soupçons quant aux divers événements qui se sont succédé, mais rien de plus grave. Je suis certain qu'il n'aurait jamais pris part à des meurtres, qui plus est, si les victimes étaient des hommes auxquels il avait accordé l'asile dans sa propre église. Non, les York se sont contentés de l'utiliser, tout comme ils vous ont utilisé, vous. Quoi qu'il en soit… Après avoir prélevé le ceinturon sur le cadavre de Cromart et menacé Queue-de-Rat, vous êtes allé sonner le tocsin dans le beffroi, puis vous vous êtes sauvé. Pour instaurer un voile de mystère autour de la mort de Cromart – de même que, par la suite, vous l'avez fait autour de celle de Robert Vavasour –, il vous fallait un témoin immédiat. Si vous vous étiez contenté de partir, Queue-de-Rat serait peut-être resté pétrifié dans l'enclave jusqu'à l'arrivée du père Austin ou du sacristain venu ouvrir l'église pour la première messe. Dès lors, le mystère n'aurait pas été aussi grand. On ne se serait pas rappelé ce qui était ouvert et ce qui ne l'était pas. Et puis, il y avait le risque que Queue-de-Rat fût pris de panique et s'enfuît ! Il aurait certainement été rattrapé et là, Dieu seul sait ce qu'il serait allé raconter pour échapper au gibet !

Urswicke s'arrêta pour siroter quelques gorgées de son vin.

— Je ne doute pas, reprit-il ensuite, que Cromart et les autres aient été tués sur ordre des York, mais les meurtres devaient baigner dans une brume de mystère, et c'était vrai aussi de celui de Queue-de-Rat.

— Je n'avais pas d'arme sur moi.

— Oh, allons ! s'impatienta Urswicke. Vous aviez une arbalète prête à l'emploi, fournie par les York qui l'avaient dissimulée quelque part dans un sombre recoin de cette vieille église, une petite arbalète très facile d'emploi.

— Mais Queue-de-Rat nous a tout de même dit qu'il avait vu quelqu'un se déplacer dans le transept, une silhouette furtive…

— Un mensonge caractérisé ! Vous l'avez soudoyé pour qu'il nous raconte cela. Souvenez-vous, vous nous avez quittés pour aller le voir, sous le prétexte de vérifier qu'il n'écoutait pas aux portes. Vous lui avez demandé d'affirmer cela pour faire diversion, pour qu'il puisse échapper à mes questions incessantes et à celles de Bray. Nous induire ainsi en erreur, c'est quelque chose qui a dû beaucoup lui plaire, d'autant qu'il était payé pour cela ! En fouillant son corps, j'ai trouvé deux pièces, deux belles pièces d'argent sur sa personne. Comment un fugitif, vulgaire mendiant de surcroît, aurait-il pu détenir pareille fortune ? Décidément, vous étiez bien pourvu en argent, que ce soit pour soudoyer Queue-de-Rat ou pour loger confortablement votre mère et votre sœur ! Car ces deux pièces provenaient de votre bourse, sans aucun doute : vous lui aviez donné la première quand vous lui avez ordonné de refermer la porte de la sacristie derrière vous et de la bloquer, et la deuxième quand nous vous avons rendu visite à St Michel. Seulement, là, vous avez commis une erreur : je suis arrivé le premier près du corps et vous n'avez pas pu récupérer votre argent sur Queue-de-Rat.

Pembroke se contenta de contempler Urswicke. Sa respiration tendait et détendait les cordes autour de son torse.

— Oui, reprit Urswicke, vous avez orchestré cette mise en scène meurtrière. Quand Bray et moi sommes partis explorer l'église, Queue-de-Rat devait avoir reçu de vous l'ordre de ne pas bouger. Vous lui aviez dit de rester dans l'enclave, dans l'ombre, protégé des regards par l'autel. Vous êtes revenu discrètement, avez saisi au passage l'arbalète cachée à votre intention et vous avez tiré votre carreau. Ensuite, vous avez repris votre prétendue exploration, avec l'arbalète dissimulée sous votre cape.

— Mais vous n'avez pas trouvé d'arme, que je sache !

— Non. Pour la bonne raison qu'elle était de petite taille, afin que vous puissiez facilement vous en débarrasser en la faisant passer par l'une des meurtrières de l'église. Un geste rapide, à peine le temps d'un battement de cœur. L'arbalète a dû se perdre dans le fouillis de végétation qui entoure l'église. Vous êtes resté très attentif à nos allées et venues, à Bray et à moi. Ce n'était pas très difficile. St Michel est un peu comme une coque vide et le moindre son se répercute. Nous étions déjà persuadés que quelqu'un se dissimulait dans l'église, une impression que vous avez renforcée en ouvrant et en refermant une porte dans le transept. J'ai entendu ce bruit, et certains paroissiens qui se trouvaient chez le père Austin, au presbytère, ont aperçu votre silhouette entre deux tombes dans le cimetière. Vous avez ainsi réussi à créer l'illusion qu'un assassin s'était faufilé dans l'église, si bien verrouillée fût-elle, avait tué Queue-de-Rat et était ressorti tout aussi inexplicablement.

Urswicke fit la grimace.

— Un nouveau meurtre auréolé de mystère, mais, en fin de compte, qui se souciait de Queue-de-Rat, vivant ou mort ? Personne ! Ce n'était pas un espion des yorkistes ni de quiconque, juste un pauvre hère piégé au cœur d'une sanglante tourmente créée par les grands de ce pays. Vous, Pembroke, vous l'avez tué pour vous protéger et pour entretenir le mystère autour du meurtre de Cromart. Il aurait dû être votre dernière victime, mais ensuite, nous avons décidé de vous piéger à notre tour, n'est-ce pas, madame ?

Margaret acquiesça en souriant faiblement à son clerc.

— Quand Maître Bray nous a finalement rejoints, expliqua-t-elle au prisonnier, nous avons eu ensemble une conversation discrète. Je lui ai fait part des conclusions auxquelles Christopher et moi-même étions parvenus à votre sujet, Pembroke. Au cours de notre voyage depuis Londres, Christopher m'avait exposé le fruit de toutes ses réflexions. Les accusations qu'il avait formulées répondaient à une logique rigoureuse et il avait partagé avec moi les preuves qu'il était parvenu à accumuler. Après cela, nous avons décidé de vous tendre un piège, un piège macabre…

Elle se signa.

— Pauvre Conwar, c'est lui qui fut votre dernière victime, même si, dans une certaine mesure, nous sommes tous responsables de sa mort.

— Que voulez-vous dire ? interrogea Pembroke, manifestement perplexe.

— Vous êtes originaire du pays de Galles, poursuivit la comtesse, impitoyable. Moi-même, je suis une Beaufort, mais je fus jadis l'épouse bien-aimée d'Edmond Tudor. Or mon mari se plaisait à me conter l'histoire et les coutumes de son peuple. L'une des choses qu'il m'a dites est que les différentes tribus galloises sont unies par des liens de sang, par une profonde affection et une vraie loyauté fondée sur la parenté et la famille. Les gens prononcent des serments de fidélité et il se forme ainsi des chaînes qui unissent les diverses communautés dans la vie comme dans la mort. Je suis sûre que vous connaissez cela, Pembroke, même si, pour vous, ces choses-là n'ont guère de signification. Vous avez pour votre part brisé ces chaînes. Vous vous êtes détaché et, ce faisant, vous êtes devenu une menace mortelle pour ceux qui vous faisaient confiance et dépendaient de vous.

Margaret prit sa coupe et en but plusieurs gorgées. Urswicke remarqua que ses mains tremblaient. Elle reposa le vin.

— J'ai beaucoup prié, reprit-elle, beaucoup réfléchi, et je suis allée voir Conwar. Je lui ai confié mes doutes, fondés sur les conclusions de maître Urswicke à votre sujet. J'ai pu lui parler sans éveiller les soupçons, en passant parmi les hommes protégés pour leur donner l'aumône : un peu de nourriture et une pièce de monnaie. Bien sûr, j'ai bien pris garde de n'être point entendue.

— Oui, je vous ai vue leur parler, marmonna Pembroke.

Urswicke se demanda s'il s'intéressait vraiment à ce récit. Le choc de la confrontation devait se révéler très brutal pour lui.

— Quoi qu'il en soit, poursuivit Margaret, Conwar m'a écoutée avec attention et, à ma grande surprise, je n'ai pas dû m'employer bien longtemps pour le convaincre. Il était lui aussi parvenu à la conclusion logique qu'un traître avait causé toutes ces morts au sein de l'escouade du Dragon rouge, et que cela avait commencé le jour de votre débarquement à Walton-on-the-Naze. Il a confirmé ce que pensait maître Christopher, que vous, Pembroke, étiez le dénominateur commun à tous les meurtres : les deux infortunés qui ont accosté avec vous ont été pendus, Guido Vavasour, qui a réussi à fuir avec vous, a été arrêté, torturé puis exécuté, alors que sa cachette n'était censément connue de personne, Robert Vavasour, qui communiquait avec vous, a été assassiné, Cromart, qui avait demandé le droit d'asile à St Michel peu avant votre arrivée sur le sol de l'Angleterre, a trouvé la mort, tout comme Queue-de-Rat, qui était réfugié dans cette église en même temps que vous.

Elle eut un vague haussement d'épaules.

— Certes, ce ne sont pas là des preuves suffisantes pour condamner un homme à mort, mais il y avait de quoi réfléchir et s'interroger. J'ai expliqué à Conwar qu'il me fallait à tout prix démasquer le traître et, courageusement, il a approuvé ma suggestion. Je lui ai indiqué que, selon moi, l'assassin cherchait le message codé du Dragon, qu'il croyait caché dans le ceinturon d'un des membres de l'escouade. Il a agréé cette hypothèse. Quelle autre explication pouvait-il y avoir à toutes ces morts successives ? Je l'ai ensuite informé que j'entendais vous dire, à vous, Pembroke, que c'était lui, Conwar, qui détenait le message codé du Dragon.

La voix de la comtesse tremblait d'émotion tandis qu'elle prononçait ces mots.

— Comme vous le savez, Conwar était le membre le plus âgé du groupe, c'était l'homme de confiance de mon regretté mari, j'avais en lui une foi absolue. Que Dieu nous sauve tous ! Il n'a pas hésité une seconde. Il estimait que cette sombre affaire devait être tirée au clair, qu'il fallait mettre un terme une bonne fois pour toutes à cette folie meurtrière. Il a ajouté que, si sa propre mort pouvait contribuer à atteindre cet objectif, il était prêt à se sacrifier de bon cœur pour moi et les miens. Quand j'ai su que j'avais son consentement, je lui ai donné un médaillon, un médaillon de pèlerin provenant du sanctuaire de saint Swithun. Je l'ai prévenu que, si vous étiez bel et bien le traître, vous passeriez très vite à l'action et n'auriez aucune pitié. Il ne disposerait que d'un bref instant pour réagir. Paix à son âme ! Il a acquiescé à tout ce que je lui ai demandé. S'il se révélait que vous étiez bien le traître, il devait serrer le médaillon dans sa main droite. Dans le cas contraire, il le tiendrait dans la gauche. C'était aussi simple que cela ! La confrontation, quand elle aurait lieu, se ferait certainement dans la pénombre, de sorte que vous ne remarqueriez pas son geste s'il passait le médaillon d'une main à l'autre. En outre, pourquoi l'auriez-vous observé ? Vous n'éprouviez pas d'affection particulière pour lui ! Tout ce que vous vouliez, c'était récupérer le message codé du Dragon, qui était censé être dissimulé à l'intérieur de son ceinturon.

— Mais non, mais non ! protesta Pembroke d'une voix où filtrait désormais le désespoir. Sir Thomas était responsable du cortège. Il tenait à ce que les hommes protégés parviennent sains et saufs sur le rivage de Walton. De toute façon, ils étaient à sa merci, il aurait pu leur prendre leurs ceinturons et les inspecter à sa guise s'il l'avait souhaité ! Il ne voulait surtout pas que l'un d'eux soit tué ! L'archidiacre Blackthorne et le père Austin l'avaient bien mis en garde contre cela.

Pembroke s'agitait et se contorsionnait sur la chaise en parlant, et Urswicke éprouva un semblant de pitié pour lui. Cet homme savait qu'il allait mourir et il cherchait à repousser au maximum la confrontation finale, peut-être dans l'espoir qu'il se passerait quelque chose. Un espoir bien vain... Sir Thomas était en route pour Londres et, même si, par le plus grand des hasards, il venait à apprendre la destruction des deux caraques flamandes, il ne ferait pas demi-tour. Revenir en arrière ne lui serait d'aucune utilité, d'autant que, d'ici à son arrivée, Pembroke serait mort et enterré. Dès lors, qui d'autre pourrait-il recruter pour trahir la comtesse ? Edith, la servante, avait ses raisons pour garder le silence, tandis que les trois phaétons étaient non seulement des hommes liges de Margaret, mais avaient été impliqués dans la capture et l'interrogatoire du prisonnier.

— Sir Thomas, répéta Pembroke dans ce qui ressemblait à un gémissement, ne voulait pas que les hommes protégés meurent...

— Peut-être, rétorqua Urswicke, mais il n'avait pas le droit de les fouiller. La loi canonique est très stricte sur ce point. Il est interdit de toucher aux possessions des hommes protégés autant qu'à leur personne. Le père Austin, au nom de l'archidiacre Blackthorne, n'aurait jamais renoncé à faire respecter cette règle. Dès lors, mon père devait certes être très réticent à ordonner un assassinat, mais, sachant ce que vous veniez d'apprendre au sujet de Conwar, il était prêt à vous apporter son aide, ce qui rendrait le meurtre assez simple à exécuter en toute discrétion. Quand nous sommes arrivés au manoir, il faisait froid et sombre et chacun a commencé à s'affairer dans la cour. Mon père a alors pu se frayer un chemin jusqu'à vous et avoir une discrète conversation avec vous, le temps de vous expliquer comment vous alliez procéder. Il fallait absolument qu'il mît la main sur le message codé avant que les hommes protégés montent à bord des chaloupes. Il a agi en conséquence. Vous et les autres avez été enfermés dans des cachots, au sous-sol du manoir. C'était une succession d'alcôves dotées de portes qui s'ouvraient toutes avec une même clé. Mon père, qui était le maître absolu en ce lieu, vous a confié une seconde clé, à l'insu du capitaine des gardes.

— Mais j'avais les mains et les chevilles entravées ! J'étais menotté, comme tous les autres prisonniers !

— Non ! s'écria Urswicke. On vous avait enchaîné mains et chevilles, certes, mais sans verrouiller les menottes ! Quand le couloir a été désert, vous vous êtes libéré et vous avez saisi l'arbalète que Sir Thomas avait dissimulée pour vous quelque part. En utilisant la clé qu'il vous avait donnée, vous avez quitté votre cellule et vous vous êtes glissé jusqu'à celle de Conwar. Le couloir était sombre et glacial et oui, en effet, il y avait des gardiens de chaque côté. Mais Sir Thomas avait tout prévu : il avait autorisé ses hommes à se poster de l'autre côté des portes, où il faisait plus chaud. Les soldats ne se le sont pas fait dire deux fois ! Cela vous a permis d'accomplir votre tâche : vous êtes entré dans la cellule de Conwar et il a tout de suite compris. Notre maîtresse, la comtesse, avait conçu un habile stratagème : Conwar a placé le médaillon de pèlerin dans sa main droite avant que vous décochiez votre carreau meurtrier. Ensuite, vous avez pris son ceinturon et vous êtes ressorti en refermant la porte à clé derrière vous. Vous avez réintégré votre cellule, vous l'avez verrouillée et avez dissimulé l'arbalète sous la paillasse immonde qui s'y trouvait. Dieu sait si, dans cette paillasse, on aurait pu cacher des armes pour tout un bataillon !

— Et le ceinturon, alors ?

— Oh ! sans doute l'avez-vous passé autour de votre taille en attendant l'occasion de le transmettre à qui de droit.

— Naturellement, fit remarquer la comtesse, Sir Thomas a dû en perdre son latin ! Je vous avais personnellement informé que Conwar portait le message codé ! Il a dû réduire le ceinturon en pièces sans rien trouver. Cependant le temps pressait, le pèlerinage touchait à sa fin. Notre bon juge aurait certes adoré mettre la main sur le message codé, mais il n'avait pas le choix, il devait respecter le programme établi. Il fallait escorter les hommes protégés jusqu'à la côte afin qu'ils embarquent à bord de *La Galice*, où ils périraient, comme l'ensemble de l'équipage, sous l'assaut des caraques flamandes. Peut-être les capitaines des deux navires avaient-ils reçu l'instruction très stricte de fouiller au corps tous les passagers de *La Galice*, et cela incluait le vôtre, précisa la comtesse avec un léger sourire. Vous étiez destiné à mourir. N'est-ce pas, Christopher ?

— Eh oui ! s'exclama ce dernier. Croyez-moi, Pembroke, vous avez dîné avec le diable quand vous avez conclu votre pacte avec mon père et que vous avez fait alliance avec lui. Vous pensiez atteindre la Bretagne avec les autres hommes protégés et, de là, continuer vos trahisons jusqu'à ce que mon père soit arrivé à ses fins. Et quoi ensuite ? Un retour en Angleterre ? Une grâce royale ? Trente pièces d'argent ? Un petit manoir entouré de terres où vous auriez pu vivre sereinement avec votre mère et votre sœur ? Eh bien, conclut-il en se frottant les mains l'une contre l'autre, comme je vous l'ai dit, quand on partage la table du diable, on doit se munir d'une cuillère à très long manche. Notre noble juge vous avait bien observé, Pembroke, et il avait compris qu'il existait pour vous une autre motivation, plus stimulante que tout le reste : il fallait ce beau cadeau pour que vous acceptiez de jouer les Judas jusqu'au bout.

— Que voulez-vous dire ?

— Zeigler, Pembroke ! Comme je l'ai précisé au début, mon père vous a promis que l'homme qui avait brisé votre vie serait arrêté et que vous pourriez assister à sa pendaison sur le gibet de Tyburn. De surcroît, on pourrait graisser la patte au bourreau afin qu'il prît tout son temps et fît durer l'agonie. Vous et votre famille regarderiez votre pire ennemi mourir. C'était une offre que vous ne pouviez refuser.

Il secoua la tête.

— Vous savez ce qui s'est passé. Zeigler a été arrêté, en effet, il a été emprisonné, jugé et condamné à mort et, le jour prévu pour l'exécution, vous l'avez vu arriver dans le tombereau. Seulement, il s'est évadé. Peut-être avez-vous trouvé cela étrange, mais mon père a dû vous assurer que le scélérat serait vite rattrapé et qu'on le pendrait aussitôt. C'était un mensonge, Pembroke, croyez-moi ! Ce n'était que le début d'une machination digne du pire des cauchemars. Car figurez-vous que c'est Sir Thomas lui-même qui a organisé l'évasion de Zeigler.

Pembroke tressaillit et releva vivement la tête. Bray prit le relais.

— Eh oui ! Généralement, une charrette de condamné à mort est beaucoup mieux encadrée. Ces hors-la-loi qui se faisaient appeler les *Sangliers** sont soudain apparus, arborant ce rouge vif qui était leur couleur. Ils étaient menés par Joachim, le bras droit de Zeigler. Ils ont délivré celui-ci avec la bénédiction – et la protection – de Sir Thomas. Vous savez que Zeigler aimait s'habiller en moine franciscain, n'est-ce pas ? Eh bien, cela m'a permis de les repérer, lui et son ami Joachim, tous deux vêtus de leurs soutanes brunes, sur la caraque flamande *Le Faucon des mers* amarrée à Queenhithe. Ce bateau et son navire jumeau, *Le Griffon*, qui était là également, ont selon toute probabilité été engagés pour aller se poster au large de Walton et détruire *La Galice* en supprimant tous ceux qui se trouveraient à son bord, y compris vous, Pembroke.

— Et Zeigler ?

— Zeigler avait été mercenaire à la solde des York. Il vouait une haine féroce aux Gallois, et en particulier à l'escouade du Dragon rouge. C'était un tueur-né, mais aussi un homme très intelligent. Il avait besoin de ces deux qualités pour survivre, il se tenait constamment sur le qui-vive, prêt à en découdre. Il parlait couramment le breton, c'est pourquoi il allait être envoyé en Bretagne. Là, il devait trouver le moyen de s'introduire dans l'entourage du fils bien-aimé de notre maîtresse.

— Non, c'est impossible ! s'écria Pembroke.

— Qui pouvait le contrecarrer ? demanda Urswicke. Qui aurait pu le démasquer ? Notre maîtresse ? Si le complot de Sir Thomas avait été couronné de succès, il serait resté à la comtesse Margaret Beaufort très peu d'émissaires ou de messagers dignes de confiance à envoyer à Rennes, en Bretagne. Peut-être plusieurs semaines se seraient-elles écoulées avant qu'elle eût vent du désastre survenu à Walton, et il lui en aurait fallu plusieurs encore pour s'en remettre. Entre-temps, Zeigler aurait eu tout le loisir d'accomplir sa sinistre besogne. Et, je vous le demande de nouveau, qui aurait pu le contrer ? Les membres de l'escouade du Dragon rouge, vous y compris, maître Pembroke, seriez depuis longtemps rayés de la surface de la terre, tout comme l'équipage de *La Galice*. Les caraques flamandes seraient sorties victorieuses, les pirates à leur bord auraient pillé les corps et pris les ceinturons, ainsi que l'ensemble des lettres et documents qu'ils auraient trouvés. Sir Thomas aurait récupéré tout cela en vue d'intégrer ces éléments à sa sombre machination. Nous avons appris qu'après avoir mené leur tâche à bien les deux caraques flamandes devaient retourner à Queenhithe. Là, sans nul doute, leurs capitaines auraient rencontré Sir Thomas dans le plus grand secret. On aurait préparé Zeigler, on l'aurait muni de lettres et de tous les documents nécessaires, puis il serait parti en Bretagne, où il se serait présenté comme le seul survivant du massacre, le miraculé de Walton-on-the-Naze.

— Personne ne l'aurait cru.

— Vous vous trompez, soupira la comtesse. Je suis certaine que Sir Thomas en personne l'aurait préparé. Dès lors, Zeigler se serait montré extrêmement convaincant, et il n'aurait plus eu ensuite qu'à attendre le moment propice pour frapper.

— Mon père se souciait comme d'une guigne de vous et des vôtres, enchaîna Urswicke, reprenant son réquisitoire. Il a la matoiserie d'un renard. Vous vous en rendez compte à présent, n'est-ce pas, Pembroke ? Vous vous étiez peut-être douté de quelque chose en voyant Zeigler s'échapper le jour de sa pendaison, mais c'est seulement quand vous vous seriez retrouvé à bord de *La Galice*, avec ces deux caraques flamandes en train de foncer sur vous, que vous auriez vraiment compris que vous aviez été trompé, piégé et condamné.

Urswicke se tourna vers Bray.

— Dites-le-lui, maintenant, ajouta-t-il.

Bray acquiesça.

— J'ai tué Zeigler, annonça-t-il.

Il se pencha vers le prisonnier pour le fixer d'un regard intense.

— Je me suis embarqué à bord du *Faucon des mers* et j'ai tué Zeigler. J'avais auparavant occis son complice

Joachim. Plus que quiconque, ces deux personnages étaient voués à l'enfer, mais écoutez-moi…

Il prit une profonde inspiration, comme pour s'armer de courage.

— Zeigler avait découvert où logeaient votre mère et votre sœur, poursuivit-il. Peut-être est-ce quelqu'un de l'échevinage qui a laissé échapper cette information, ou peut-être Sir Thomas qui, je pense, se souciait fort peu du danger qu'il leur faisait courir. Mais peut-être aussi l'a-t-il compris tout seul en les voyant dans l'habit des minoresses, près de vous parmi la foule, le jour de l'exécution avortée.

Bray ignora le gémissement poignant poussé par Pembroke qui, déjà, anticipait la suite.

— Zeigler et son complice Joachim ont été reçus par les bonnes minoresses, qui les ont pris pour ce qu'ils paraissaient, deux moines franciscains porteurs d'une nouvelle importante. Cela n'avait rien d'inhabituel, les moines sont souvent chargés de transmettre des messages parce qu'on les sait très fiables. Zeigler a été autorisé à entrer seul dans la chambre qu'occupaient votre mère et votre sœur. Il les a tuées toutes les deux, sans état d'âme, avec une arbalète sans doute cachée sous sa soutane. Soyez assuré que…

Cette fois, il s'interrompit. L'épouvantable cri que poussa Pembroke semblait sortir des profondeurs de son âme, un hurlement déchirant qui se prolongea et se mua en un mélange de malédictions et de prières murmurées. Pembroke tenta de se pencher en avant sur sa chaise, puis, soudain, de ses deux mains restées libres, il se mit à défaire les boucles et à détacher les fermoirs du masque qui lui couvrait le visage. Quand enfin il l'arracha et le lança au sol, Urswicke contempla avec horreur, à la lumière dansante des flammes, la face broyée qu'il dissimulait jusque-là. La joue droite restait à peu près intacte, mais tout le côté gauche n'était qu'un amas de chairs durcies, d'un rouge qui avait viré au noir avec le temps. Cette blessure repoussante s'étendait du coin de l'œil jusqu'en haut du menton. Pembroke leva les mains devant lui. Les larmes coulaient sans répit sur son visage mutilé et ses lèvres remuaient sans qu'aucun son n'en sortît. Urswicke se sentit envahi de pitié, mais il se remémora l'odieuse trahison dont cet homme s'était rendu coupable, les meurtres qu'il avait commis, tous les ravages qu'il avait causés. Pembroke avait choisi le chemin de Judas, il avait semé le vent et ne devait s'en prendre qu'à lui-même s'il récoltait la tempête.

— Maître Pembroke, déclara la comtesse d'une voix dure, maître Pembroke, je pleure pour vous, mais je pleure surtout pour vos victimes, ces hommes bons, intègres et loyaux que vous avez tués de sang-froid.

Le prisonnier désigna le masque sur le sol.

— J'ai vécu avec ça, murmura-t-il d'une voix rauque, je dois mourir avec ça. S'il vous plaît…

Bray regarda la comtesse, qui acquiesça. Il se leva, ramassa le masque et le tendit au prisonnier, puis l'aida à le rattacher. Lorsqu'il eut fini, il retourna s'asseoir tandis que Pembroke, retenu par ses liens au dos de sa chaise, laissait retomber sa tête et contemplait le sol.

— Cela a-t-il été rapide, maître Bray ? interrogea-t-il à mi-voix. Ma mère…

— Qu'elles reposent en paix, tout semble s'être passé très vite. Je pense qu'elles ne se sont même pas rendu compte de ce qui leur arrivait.

— Tout est fini. Tout est noir. Que puis-je faire ? Que pourrais-je dire ? Maître Urswicke, votre réquisitoire est solide, il est conforme à la loi et j'avoue ma culpabilité. Certains détails sont faux dans ce que vous avez dit, mais quelle importance ? Madame, je confesse mon parjure et ma trahison. Je n'entends pas les contester. Sachez simplement que je me suis lassé d'être traqué, de vivre dans la crainte constante d'être arrêté, torturé, et de connaître une mort atroce. J'ai été trop longtemps séparé de ma mère et de ma sœur adorées. J'ai voulu les retrouver. J'en ai eu assez de toute cette tourmente, j'ai souhaité connaître enfin la paix et le père Austin m'a montré un chemin que je pourrais suivre. Je m'y suis engagé. Mais laissez-moi insister sur le fait qu'il n'a été qu'un révélateur, un intermédiaire, rien de plus, rien de moins. Oh ! je suis sûr qu'il a éprouvé certains doutes, mais c'est un bon pasteur. Il fait ce qu'on lui demande et, tant que cela ne lui pose pas de problème de conscience, il n'émet pas d'objection. Le véritable architecte de mon infortune, c'est votre père, Christopher. Naturellement, en voyant Zeigler s'évader le jour où il devait être pendu, je me suis interrogé. Mais c'est seulement aujourd'hui, quand les caraques flamandes se sont approchées de *La Galice*, que j'ai pris la mesure de la perfidie de Sir Thomas.

— Comment faisiez-vous pour le rencontrer ?

— Oh ! avant que je demande l'asile, cela n'était pas très compliqué, puisque je me déplaçais comme une ombre dans Londres, j'allais d'un côté et de l'autre sans me faire remarquer. Nous avons également eu l'occasion de nous entretenir au cours du trajet jusqu'à Thorpe.

Pembroke tendit la main vers la comtesse en la considérant d'un regard désolé.

— Maîtresse, je n'ai jamais eu l'intention de vous blesser, ni vous ni les vôtres. En tout cas, pas réellement. Mais j'étais fatigué, exténué même…

— Peut-être. Toujours est-il que vous l'avez fait, et très grièvement.

Il baissa la tête avec un soupir et reprit d'un ton où perçait le défi :

— Sir Thomas Urswicke est déterminé à obtenir votre destruction totale. C'est le cadeau de prix qu'il entend offrir à la maison d'York. Il se consacre corps et âme à l'anéantissement de l'escouade du Dragon rouge. Vous aussi, maître Bray, étiez censé mourir. Pour ce qui est de son fils, conclut-il avec plus de hargne encore, il a donné l'ordre de tout mettre en œuvre pour le séparer de la comtesse, quoi qu'il en coûte.

Urswicke leva la main pour le faire taire. Les pensées se bousculaient dans son esprit.

— Oui, dit-il, je vois sur quelle face devait tomber le dé dans ce diabolique jeu de hasard. *La Galice*, une cogghe qui a toujours prodigué ses loyaux services à notre maîtresse, devait être détruite, de même que les derniers survivants de l'escouade. Et il y avait plus encore : Zeigler l'assassin, lâché dans la cour de Bretagne comme un loup affamé, observant, attendant son heure, prêt à bondir… S'il avait réussi, c'en était fini de la cause des Tudor au-delà des mers et, en Angleterre, la comtesse se serait retrouvée démunie, elle n'aurait pu que pleurer son époux et son fils. Bray, son loyal intendant, son homme de confiance, aurait tôt ou tard trouvé la mort au fond d'une impasse ou dans une salle d'auberge miteuse. Et moi ? Moi, j'aurais été l'objet de tous les soupçons, qui se seraient développés comme la mauvaise herbe, épais et tenaces, parmi les ultimes partisans de la comtesse. Tous m'auraient désigné comme coupable, arguant que je suis le fils de Sir Thomas et que, c'est un fait, ma vie n'a jamais été menacée. Eh oui, ajouta-t-il en se levant, c'est pour cela que mon cher père s'est montré si prodigue avec moi, du moins publiquement ! C'est pour cela qu'il m'a fait livrer dernièrement cette bourse d'argent et ce manteau magnifique. Pour que les gens se souviennent de ces cadeaux, et de quelques autres encore.

Il se tourna vers la comtesse et chercha son regard.

— Que le Ciel nous vienne en aide, madame, mais, dans un tel contexte, nul ne pourrait vous blâmer de commencer à douter de l'authenticité de mon allégeance.

— J'ai encore des choses à vous révéler, intervint Pembroke avec humeur. Beaucoup de choses. Soit, je reconnais que je suis coupable de tous les faits que vous me reprochez. J'ai tué Cromart, comme vous l'avez dit. Je suis d'abord allé le voir en me faisant passer pour un boueux chargé de nettoyer les latrines derrière la sacristie. Je lui ai dit que je reviendrais au petit matin, à une certaine heure, et que j'attendrais derrière la porte qu'il vînt m'ouvrir. Quand il l'a fait, il était très mal en point, une humeur dans les entrailles, mais je n'y étais pour rien. Comme moi, il commençait à faiblir, il était à bout de forces.

— Mais il restait loyal, souligna la comtesse. C'était un homme intègre et bon.

— Je suis revenu à la fin de la nuit, à l'heure convenue, poursuivit Pembroke sans paraître se soucier de sa remarque. La suite, vous la connaissez. Il fallait que Queue-de-Rat tînt sa langue. C'était un froussard, aisément impressionnable, je ne lui faisais pas confiance. Je savais qu'il parlerait tôt ou tard, ce n'était qu'une question de temps, alors je l'ai occis. Sans difficulté. Les hommes du Grand Juge avaient dissimulé une arbalète pour moi dans l'église. Ma tâche accomplie, l'un d'eux a récupéré l'arme dans le cimetière, sous la meurtrière par laquelle il était prévu que je la fisse passer. La silhouette que les paroissiens du père Austin ont aperçue dans le cimetière, c'était lui. Quant à moi, j'ai en effet ouvert et refermé une porte pour créer l'impression qu'une personne quittait l'église. Vous voyez, l'arbalète que j'ai glissée par la meurtrière a été le déclencheur de tout le reste…

— Et vous avez parfaitement créé l'illusion, coupa Urswicke. Nous avons cru qu'un assassin s'était trouvé dans l'église et qu'il était parvenu à s'enfuir. Et le meurtre de Conwar ?

— Oh ! j'ai procédé exactement de la manière que vous avez décrite. J'avoue avoir un instant songé à un piège. Quand j'ai ouvert la porte de sa cellule, Conwar s'est tout de suite levé et il m'a défié. Je l'ai occis sans répondre et je lui ai pris son ceinturon. Pour lui non plus, cela n'a pas été bien difficile ! Le Grand Juge m'avait donné la clé et je savais que le couloir serait désert. Pour Robert Vavasour, que je devais réduire au silence, j'ai également agi comme vous l'avez deviné.

— Mais vous affirmez avoir encore des choses à révéler, souligna Urswicke.

— Oui. Au sujet de Guido.

Pembroke prit une bruyante inspiration.

— Guido était convaincu qu'il y avait un traître, un espion dans l'entourage de la comtesse. Il n'en démordait pas. Dès lors, je me suis méfié de lui. Quand nous avons accosté dans la crique de Walton, la troupe de Sir Thomas a surgi tout à coup et nous a entourés, mais Sir Thomas s'est arrangé pour faire ouvrir une brèche entre les chevaux afin de me laisser m'enfuir. Guido a réussi à me suivre. Cela m'a inquiété, j'ai craint qu'à la réflexion il n'en vînt à considérer cette fuite comme extrêmement louche. Pendant que nous marchions ensemble vers Londres, Guido n'a cessé de me parler de ce traître qui se cachait parmi nous. Il fallait que je détourne les soupçons de moi. Je…

Pembroke détourna la tête.

— J'étais obligé, soupira-t-il. Je n'avais pas le choix. Car, si votre père m'a certes proposé beaucoup d'argent, il m'a aussi menacé. Si je ne coopérais pas, ma mère et ma sœur en subiraient les conséquences.

— Qu'avez-vous fait ? le pressa la comtesse.

— Eh bien, avant son arrestation, Guido était persuadé que cet espion, ce traître dans le camp des Tudor était Christopher Urswicke. Je l'ai encouragé dans cette croyance. Il m'a confié que, s'il était arrêté un jour, il dirait cela, afin que votre père comprît que vous aviez été démasqué. Il m'a aussi juré que, s'il rentrait en Bretagne sain et sauf, il parlerait à Lord Jasper et lui recommanderait de mettre la comtesse en garde. J'ai abondé dans son sens, en essayant même d'apporter des indices à l'appui de sa théorie. J'ai également averti votre père de cela au moment où je lui ai livré le nom de la taverne où se cachait Guido.

— Mais comment est-ce possible ? s'étonna Margaret. Quand le pauvre Guido a été traîné vers l'échafaud, il s'est approché de moi et a déployé les doigts sur son visage. Il nous a semblé comprendre, par la suite, qu'il imitait votre masque. Maître Christopher, maître Reginald, nous étions d'accord sur ce point, n'est-ce pas ?

— Il a dû se passer quelque chose durant l'interrogatoire de Guido, répondit Pembroke. La seule personne à le savoir, c'est Sir Thomas, et peut-être aussi les tortionnaires, mais quelle importance ? J'ai pour ma part ma petite idée. Votre père est un homme d'une méchanceté démoniaque, maître Urswicke. Il a torturé Guido et, en voyant celui-ci persister dans sa conviction que vous étiez le traître, il a pu éprouver le désir malsain de lui révéler la vérité, de lui dire que c'était moi, son ami, qui l'avais trahi. Comme il a dû jubiler en lui dévoilant cela ! Mais ensuite, il a jugé utile de faire en sorte que, quoi qu'il arrivât, Vavasour ne fût jamais en mesure de répéter à quiconque ce qu'il lui avait appris.

La voix de Pembroke était lasse maintenant. C'était celle d'un homme qui savait sa mort imminente.

— Comtesse… souffla-t-il. Madame !

Il toucha le masque sur son visage.

— Pour ce que cela vaut… sachez que je regrette ! Promettez-moi, voulez-vous, que vous allumerez des bougies et ferez chanter le requiem pour le repos de mon âme, ainsi que pour ma mère et ma sœur !

— Je vous en fais le serment, répondit la comtesse d'une voix dure.

— Et accordez-moi aussi une dernière faveur, ajouta Pembroke. J'ai une poudre cachée sur moi.

De nouveau, il toucha son masque.

— Quand les douleurs sont trop fortes, ce remède les apaise. En faible quantité, il n'est pas efficace, mais, si je venais à trop en ingérer, il me propulserait dans le sommeil éternel. Si je vous confesse d'autres choses encore, m'autoriserez-vous à l'utiliser ?

La comtesse jeta un coup d'œil à ses hommes de confiance, qui acquiescèrent l'un comme l'autre.

— Dieu m'en est témoin, maîtresse... reprit le prisonnier dans un murmure. Restez sur vos gardes, méfiez-vous du Grand Juge ! Il vous hait pour ce que vous êtes et pour ce que vous faites. Et il ne supporte absolument pas l'emprise que vous semblez exercer sur son fils. Il ne fait guère de doute, ajouta-t-il d'une voix rauque, que dans un très proche avenir, peut-être même avant Yule[1], il publiera « Les dernières et véridiques confessions de Guido Vavasour, rebelle et traître de son propre aveu ». Il fera paraître un libelle qui sera vendu par un libraire de Londres, sans doute celui qui fait commerce sous l'enseigne du *Tonnelet rouge*, près de St Paul. Des placards seront également affichés à la croix du cimetière de St Paul et à celle de Cheapside.

Christopher s'efforça de réprimer le frisson glacé qui lui parcourait l'échine. Il imaginait la suite.

— Et alors ?

— Tout, affirma le prisonnier, absolument tout ce que j'ai fait vous sera attribué, maître Christopher.

— Comment ?

— Dans votre réquisitoire contre moi, vous avez affirmé que j'étais le dénominateur commun à toutes les morts. Cependant, vous-même vous trouviez à Walton-on-the-Naze en même temps que votre père. Vous étiez à Londres quand Cromart a été assassiné, quand Guido a été arrêté et quand son frère a été occis dans cette auberge. Le document final stipulera que vous étiez aussi

1. Le solstice d'hiver, puis Noël.

au manoir de Thorpe lorsque Conwar est mort, et ainsi de suite…

Pembroke s'éclaircit la gorge.

— Cette fausse confession sera envoyée au duc François et à Lord Jasper, en Bretagne. Vous, maître Urswicke, passerez pour le traître de la maison de la comtesse, et qui pourra soutenir le contraire ? Tous ceux qui connaissent la vérité sont morts…

— Mon père peut toujours essayer de salir mon nom ! s'exclama Urswicke d'un ton narquois. Ce ne sera pas la première fois, il a déjà tenté très souvent de m'éloigner de la comtesse !

— Oui, mais vous a-t-il déjà accusé d'être son amant ?

À ces mots, Urswicke demeura bouche bée. La comtesse murmura une prière et se tourna vers Bray, qui se contenta de hausser les épaules.

— Cette « confession » envoyée en Bretagne, poursuivit implacablement le prisonnier, qu'Urswicke soupçonnait de prendre un malin plaisir à ces révélations, cette « vraie confession » décrira une comtesse obsédée, si enamourée de son jeune clerc qu'il lui est impossible de comprendre qu'il puisse la caresser d'une main et la trahir de l'autre. Une femme que la passion a rendue stupide. Une femme qui refuse d'écouter les mises en garde, même celles venant de son homme de confiance, Reginald Bray.

— Dieu pardonne l'irrévérence, intervint Bray en resserrant l'arbalète dans sa main droite. Lorsque j'ai débuté au service de la comtesse, j'ai en effet éprouvé des doutes et je lui en ai fait part en lui conseillant de se montrer prudente. Cependant, Christopher a prouvé sa loyauté plus qu'il ne le fallait. J'ai désormais foi en lui comme en moi-même.

— Seulement, déclara la comtesse, qui pourra réfuter cette odieuse accusation ? Si tout s'était déroulé comme l'entendait Sir Thomas, Bray serait déjà mort, il aurait été réduit au silence et son meurtre vous aurait été imputé, Christopher !

— Sir Thomas est capable de tout. Sa fourberie est légendaire et, sachant que vous êtes son fils, les gens diront probablement que la pomme ne tombe jamais loin de l'arbre…

— Suffit ! lança la comtesse en se levant, le visage blême d'une rage contenue. C'est assez !

Comme prise d'une douleur soudaine, elle s'entoura le ventre de ses bras. Puis elle poussa un profond soupir, se rassit et enfouit le visage dans ses mains pour murmurer une courte prière, avant de se redresser.

— Y a-t-il encore autre chose ? interrogea-t-elle en fixant Pembroke. Je vous en conjure, y a-t-il autre chose que vous puissiez, que vous deviez me dire en toute justice ?

— Madame, je suis désolé.

— Sur ce point, répondit-elle, nous sommes d'accord. Je vous ai déjà fait une promesse et je la tiendrai. Des messes seront chantées pour le repos de votre âme et celles de votre mère et de votre sœur.

— Merci, madame. Je vous en supplie, que ce soit rapide…

À ces mots, Urswicke revit Guido Vavasour, la bouche en sang, remonté des cachots de la tour Blanche pour être pendu en haut du gibet. Il s'apprêtait à rappeler ce souvenir à la comtesse lorsque Bray se leva et se posta devant le prisonnier.

— Rapide ?

— Autant que possible ! supplia Pembroke en levant les yeux vers lui.

— Eh bien, que Dieu vous accueille très vite !

Reculant d'un pas, il leva l'arbalète et, sans laisser à Urswicke ni à la comtesse le temps de réagir, il décocha un carreau qui alla se loger profondément du côté gauche de la poitrine de Pembroke, un coup mortel en plein cœur. Projeté en arrière, puis en avant sur la chaise, le prisonnier se mit à vomir du sang en fontaine par le nez et par la bouche. Des gargouillis se firent entendre pendant quelques instants, puis Pembroke s'effondra avec la chaise sur le sol.

— Vous auriez pu le laisser prendre sa poudre ! murmura Urswicke.

— Oui, et nous aurions aussi pu continuer à l'écouter étaler sa noirceur…

— Ce n'était pas *sa* noirceur, mais, Dieu pardonne, celle de votre père, Christopher, rectifia la comtesse.

— Justice a été rendue, estima Bray en reposant l'arbalète.

Il se signa et se baissa pour examiner le corps, pressant une main sur la gorge de la victime.

— Le pouls ne bat plus, murmura-t-il. Pembroke est trépassé et il est en route pour son jugement. Aidez-moi, Christopher !

Tous deux détachèrent le mort de la chaise et fouillèrent avec soin ses vêtements, mais sans rien trouver de menaçant, en dehors d'une poche de poudre blanche que Bray jeta au feu.

— Je me demande, murmura-t-il en regardant le corps qui gisait, désormais étendu de tout son long sur le sol, je me demande si Pembroke s'était aperçu que nous le soupçonnions…

— Peut-être, répondit Urswicke. Mais, dans ce cas, il aura préféré n'en rien dire à mon père. Sans doute avait-il confiance dans le plan de celui-ci, jusqu'au moment où il a vu les deux caraques apparaître. Mais, dès lors, que pouvait-il faire ? S'il avait tenté de s'enfuir, je l'aurais poursuivi et piétiné avec mon cheval. Sans parler des deux gardes de mon père qui étaient là aussi ! Eux n'auraient vu qu'un homme protégé tentant de s'échapper et ils l'auraient abattu sur-le-champ.

— Oui, oui. Quand il a vu ce qui se passait, Pembroke a dû être aussi surpris que les autres.

— Ôtez-le d'ici ! ordonna la comtesse en tournant le dos au corps. Retirez-le…

Urswicke entendit le sanglot dans sa voix.

— Mettez-le dehors, poursuivit-elle, et demain matin, vous l'ensevelirez. Placez une croix sur sa tombe, il aura certainement besoin de tout le pouvoir qu'elle possède.

Bray et Urswicke déplacèrent le cadavre sanglant jusqu'à l'arrière-cuisine. Là, ils l'étendirent sur les vieilles dalles de pierre moisies et Bray trouva de la toile à sac pour l'envelopper soigneusement, afin de le protéger des rats. Urswicke fabriqua une croix de fortune qu'il plaça au pied du macabre emballage, puis il récita à mi-voix la prière des morts, à laquelle Bray fit écho. Les deux hommes retournèrent ensuite dans la pièce chauffée, où la comtesse avait disposé des chaises devant la cheminée et rempli les coupes de vin.

— J'ai l'impression d'avoir du sang sur les mains, murmura-t-elle. À certains moments, il me semble que les morts se pressent autour de moi, qu'ils me suivent, qu'ils cherchent à me parler ! Suis-je responsable de leur trépas ? Bah, après tout, qu'importe ? Cela ne change rien…

Elle secoua la tête.

— Non, cela ne change rien. Récitons le vieil hymne aux disparus !

Ils se levèrent et entonnèrent le *De Profundis*, puis les sombres vers du *Dies Irae*, qui se répercutèrent tristement entre les murs gris. Lorsqu'ils se turent, ils s'assirent et la comtesse se mit à pleurer sans bruit. Urswicke trouva ces larmes silencieuses d'autant plus pitoyables que Margaret, penchée en avant, contemplait les flammes sans esquisser un geste.

— Nous avons tué un homme, souffla-t-elle soudain.

— Non, nous avons exécuté un traître et un assassin,

répliqua Bray. Un Judas qui nous aurait expédiés de bon cœur à la potence, Christopher et moi-même. Il nous aurait fait connaître une mort atroce, tandis que vous, maîtresse, auriez été exilée dans un couvent perdu au milieu des bois, au fin fond du royaume.

— Et maintenant ? interrogea Urswicke. Que pouvons-nous dire ? Et que faire pour contrer ce stratagème que Pembroke nous a révélé avant de mourir ?

— Soyons francs et honnêtes, déclara la comtesse en levant sa coupe pour porter un toast silencieux à Urswicke. Tout le monde ou, du moins, tous ceux de *notre* monde savent que vous, Christopher Urswicke, évoluez dans les zones ténébreuses de la politique et du pouvoir. Nous sommes les seuls, tous les trois, à connaître la vérité, mais d'autres se demandent en permanence si vous m'êtes réellement fidèle, dévoué corps et âme, ou si vous œuvrez pour votre père, voire pour les deux, qui sait ? Vous pourriez être un jeune clerc dévoré d'ambition, qui ne songe qu'à sa propre ascension et qui, pour cela, passe discrètement d'un parti à l'autre. Un homme qu'intéresse seulement la réussite de ses projets personnels…

— Mais vous-même, madame, vous ne doutez pas de ma fidélité, n'est-ce pas ?

— Bien sûr que non, Christopher, et je n'ai que faire de ce que les gens peuvent penser ! D'ailleurs, qu'ils aillent au diable ! Car, en réalité, une telle confusion joue en notre faveur et nous protège, vous et nous ! En revanche, le complot que votre père est en train d'ourdir à présent représente un réel danger. Ces nouvelles allégations vont modifier bon nombre de choses et présenter de nous une image rebutante. Les serviteurs des York vont aller murmurer à l'oreille de Jasper Tudor, du duc François, du comte d'Oxford et d'autres encore que vous, Christopher, êtes un traître jusqu'au bout des ongles. Ils prendront pour preuve les récentes catastrophes et tous les dommages dont a souffert la cause des Tudor. Ces mêmes serviteurs affirmeront que je suis pour ma part aveuglée par l'amour que je vous porte, voire par une passion charnelle, si obsédée que je parviens à peine à distinguer le jour de la nuit. Ne pouvant accepter l'idée que vous m'ayez trahie, je persiste à ignorer mises en garde et conseils.

La comtesse s'interrompit et poussa un soupir.

— Plus grave encore sera la malveillance dont on m'accusera si les gens me croient coupable d'infliger les conséquences d'une telle turpitude à mon pauvre époux, Sir Henry. Je serai présentée comme une femme infidèle, une gourgandine…

Sa voix se brisa, mais elle continua néanmoins :

— Une traînée adultère qui joue à la bête à deux dos avec son clerc personnel ! Comment puis-je faire cela, être lubrique et excitée comme un moineau au printemps, alors même que mon époux, grièvement blessé au combat, se meurt dans notre manoir de Woking ! Imaginez-vous comment les puissants Stafford considéreront un tel affront fait à leur cher parent ? Alors qu'il ne s'agit que d'un mensonge, d'un maudit mensonge inspiré par le diable !

D'un geste, elle imposa le silence à Urswicke et à Bray, qui s'apprêtaient tous deux à réagir.

— Non, non ! poursuivit-elle. Une fois cette terrible machination lancée, je me retrouverai seule au monde : plus de fils, plus de parents, plus de loyaux serviteurs et, bien sûr, plus de cause non plus. Nul ne me soutiendra, ni au pays de Galles ni ailleurs. Dieu m'en soit témoin, votre père, Christopher, doit payer pour cette infamie !

Urswicke allait répondre quand Bray se leva brusquement et se dirigea vers la porte.

— Vous entendez ? dit-il. Un bruit de sabots dehors. Il y a quelqu'un dans la cour, j'en suis sûr.

Imité par Urswicke, il s'empressa de passer son ceinturon autour de sa taille et se précipita vers l'entrée. Il saisit une torche accrochée au mur, ouvrit la porte et sortit. Dans la cour pavée, un homme était penché en avant pour attacher son cheval. Il se redressa et se retourna.

— Maître Bray, maître Urswicke…

— Prestepied ! s'exclama Urswicke.

— J'apporte un message urgent pour la comtesse.

Ils le conduisirent à l'intérieur. La comtesse s'était placée délibérément dans l'ombre pour masquer le chagrin que trahissaient ses traits. Prestepied la salua, puis prit place sur un tabouret et tendit les mains vers le feu, avant d'accepter avec reconnaissance une coupe de vin.

— J'ai galopé aussi vite que j'ai pu, commença-t-il. Vous sentez-vous bien, maîtresse ?

— Quel est votre message ? s'enquit la comtesse sans répondre. Pourquoi maintenant, en plein cœur de la nuit ?

— Madame, les hommes de Richard de Gloucester et les soldats brutaux de Clarence, conduits par Mauclerc, sont venus chez vous au manoir. Ils ont demandé à vous parler, ils voulaient savoir où était maître Bray. Ils sont furieux, précisa-t-il avec un sourire, parce qu'ils ne le trouvent nulle part en ville, et ils se demandent quels progrès vous et les vôtres avez accomplis dans la recherche de Lady Anne Neville.

— Oh ! cela ne m'étonne pas ! commenta la comtesse. Très bien, très bien… ajouta-t-elle en se levant. Le moment est venu de rentrer à Londres. Allons, il nous faut à présent plonger dans ce nid de vipères…

SEPTIÈME PARTIE

« Alors le jugement sera rendu. »

Cinq jours plus tard, Margaret, comtesse de Beaufort, était installée dans le luxueux solar[1] de son manoir londonien, qui donnait sur le fleuve. Flanquée de ses deux hommes de confiance, Urswicke à sa droite, Bray à sa gauche, elle occupait une magnifique chaire de bois sculpté. Le bon feu qui flambait dans la cheminée prodiguait chaleur et lumière et un chandelier posé sur la table entre la maîtresse de maison et ses invités apportait un éclairage supplémentaire. Margaret leva sa coupe pour porter un toast au duc Richard de Gloucester et à son ombre, Francis, premier vicomte Lovel.

— Votre Grâce, monseigneur, vous êtes les bienvenus. Quelles sont les nouvelles du roi et de la cour ? La reine est-elle *enceinte**, attend-elle un enfant ? Je l'espère de tout cœur !

Elle soutint le regard de Gloucester. Elle savait par la rumeur que le jeune prince haïssait la reine et tous les Woodville.

Tandis que Gloucester répondait avec tact, Urswicke observa les deux visiteurs, qui sirotaient leur vin de Rhénanie en piochant dans la coupe de friandises qu'ils

1. Pièce où se tenaient de préférence le maître de maison et sa famille.

avaient devant eux. Le duc et son écuyer avaient tous deux retiré leur bonnet clouté de diamants et leur épaisse cape militaire et ils avaient dégrafé les fermoirs de leurs beaux pourpoints de cuir. Gloucester avait expliqué que, au moment où l'invitation leur était parvenue, ils s'entraînaient au tir à Tower Green. C'était Prestepied qui leur avait porté le message indiquant que la comtesse souhaitait les voir pour une affaire de la plus haute importance. Les deux hommes savaient pertinemment de quoi il s'agissait, mais ils dissimulaient leur impatience derrière des formules de politesse et des mondanités.

La comtesse avait retardé cette rencontre à escient. Elle devait au préalable se relever de « la nuit profonde qui régnait en son âme », selon sa propre formule, au retour de l'expédition au manoir de Thorpe. Ayant maintenant recouvré son calme, elle était déterminée à faire progresser les choses. Avec la sérénité propre aux dames de haute naissance, elle recevait ses visiteurs comme il se devait, mais elle avait choisi pour cela de se vêtir en religieuse : elle portait une robe et un voile bleu marine et une guimpe blanche amidonnée entourait son visage lisse et pâle. Elle avait préparé cet entretien en détail avec Bray et Urswicke, qui avaient tous deux approuvé sa démarche : c'était bien la meilleure chose à faire.

Urswicke se raidit quand Gloucester reposa bruyamment sa coupe sur la table, lâcha les friandises qu'il avait prises dans le plat et se pencha en avant, manifestement las des simagrées.

— Madame ! lança-t-il. Vous nous avez invités, ou je devrais plutôt dire, convoqués ici…

Il agita vaguement les doigts en direction de Bray.

— Nous avons cherché cet homme sans succès des jours durant ! Alors, venons-en au fait : avez-vous découvert où se cache Lady Anne Neville ?

— Votre Grâce, répliqua la comtesse avec fougue, au

début de cette année, vous m'avez donné des assurances quant à la sécurité de mon fils bien-aimé en exil.

Elle toussota et se reprit :

— Je veux dire, réfugié à la cour du duc François, à Rennes.

— Et je n'ai pas violé mes promesses, que je sache !

— Que faites-vous des derniers événements ? Nous avons manqué d'assister à un grand chambardement ! Votre Grâce, vous savez pertinemment ce qui s'est produit dans la baie de Walton-on-the-Naze, où nous avons conduit les hommes protégés. Vous êtes le frère du roi, vous avez dû en être informé, n'est-ce pas ?

Le ton agressif de la comtesse surprit Urswicke autant que les autres. Il jeta un coup d'œil à la dame, qui se tenait très raide sur son siège, les perles de son rosaire enroulées comme une chaîne de combat autour de sa main droite.

— Soyez assurée que je n'ai eu aucune part à cela, madame, protesta Gloucester.

— Et vos frères ?

— Lord Édouard est roi et il agit à sa guise. Quant à Clarence, il a toujours fait ce qu'il voulait…

— Mais il y a également d'autres personnes…

— Qui, par exemple ?

— Sir Thomas Urswicke, Grand Juge de Londres, père de mon affectionné clerc, maître Christopher ici présent.

Gloucester se pencha davantage sur la table. Son visage maigre et pâle était tendu et ses petits yeux remuaient sans cesse, passant de la comtesse à ses deux hommes de confiance.

— Madame, je serai aussi direct que vous, déclara-t-il. Mon frère le roi est furieux de la débâcle qui a eu lieu au large de l'Essex. Un navire breton attaqué et deux caraques flamandes détruites avec tout leur équipage…

Il esquissa un sourire en coin et se renfonça dans son siège en tapotant la poignée de sa dague.

— Je vous avoue que je n'ai pas bien compris ce qui est arrivé là-bas en réalité, reprit-il, et mon frère est tout aussi perplexe que moi. Oh ! bien sûr, nous connaissons les habitudes de la cour, n'est-ce pas, Francis ?

Lovel hocha la tête.

— Oui, oui, enchaîna le duc, nous savons bien que le roi d'Angleterre a pour habitude d'engager des caraques flamandes pour le servir. Mais peu importe, à quoi bon s'interroger sur cette histoire maintenant ?

— Le Seigneur a de bien étranges manières de faire…

— Certes, *madame**, certes ! s'impatienta Gloucester. Mais Lady Neville, alors ?

— Votre Grâce, rétorqua Margaret sur le même ton, et Sir Thomas Urswicke, alors ?

— Celui-là, nous pouvons laisser son fils s'en occuper ! railla Lovel.

— Mon bon et loyal intendant, poursuivit la comtesse en tapotant l'épaule de Bray sans relever l'insulte, maître Reginald, a travaillé dur pour vous. Et nous avons retrouvé Lady Anne.

Gloucester se tourna vers Bray, soudain au comble de l'agitation.

— Où donc ? s'écria-t-il.

— Elle faisait un pèlerinage, Votre Grâce, répondit l'intendant. Toutefois, elle m'a instamment prié de ne pas en livrer les détails.

— Un pèlerinage ?

— Oui, Votre Grâce, mais je suis tenu par la promesse que je lui ai faite de ne rien dire de plus. Et Lady Anne a, elle aussi, juré de ne rien révéler. Elle ne racontera rien à personne, si ce n'est qu'elle s'est recluse en anachorète pour prier.

— Prier pour quoi ?

— Prier pour vous et pour elle, Votre Grâce, mais je ne puis en dire davantage.

— Et comment l'avez-vous retrouvée ?

— C'était une question de logique, Votre Grâce. En quel lieu une dame de haute lignée peut-elle se cacher sans se mettre en danger ? Ma maîtresse, la comtesse, vient de conduire des hommes protégés jusqu'à la côte...

Gloucester parut se détendre et sourit.

— Bien sûr, bien sûr, dit-il, les pèlerins aussi sont protégés par notre sainte mère l'Église. Ils veillent les uns sur les autres, ils voyagent tranquillement et logent dans des auberges confortables. Très futé, maître Bray ! Est-ce pour cela que vous avez transformé votre apparence ? Pour pouvoir sortir incognito de Londres et vous lancer à sa recherche ?

— Votre Grâce est très observatrice ! Messires, j'ai fait le serment à Lady Anne que je ne révélerais pas où elle s'est rendue ni qui l'a aidée. Je dirai simplement qu'elle va bien et qu'elle serait très heureuse de vous rencontrer aujourd'hui, à la tombée de la nuit.

Gloucester reprit sa coupe de vin et s'adossa à son siège en souriant à la comtesse.

— Mais nous avons une autre affaire à traiter, reprit Bray d'une voix plus dure. Sir Thomas Urswicke, notre noble Grand Juge, a l'intention de publier un libelle au sujet de la comtesse. Il s'agit d'un odieux ramassis de mensonges sur sa vie privée, mensonges qui risquent de lui causer un très grave préjudice. Or, comme toute cette ville et même tout le royaume, vous savez, Votre Grâce, que la comtesse Margaret Beaufort est d'une intégrité parfaite. Ce libelle doit être élaboré au *Tonnelet rouge*, près de St Paul...

Gloucester se contenta de hocher la tête.

— Votre Grâce, déclara la comtesse, maître Bray dit vrai, mais il ne décrit que la fleur, et non la racine ! J'ai grand besoin, et je dis cela en présence du fils de Sir Thomas, j'ai grand besoin de repos, d'un répit, d'une protection contre la malveillance constante du Grand Juge à mon égard.

— L'initiative qu'il a prise à Walton n'a pas été un vif succès, fit remarquer Lovel d'un ton moqueur.

Gloucester le réduisit au silence d'un regard noir, puis s'adressa de nouveau à la comtesse :

— Madame, je vais attendre de voir ce qui se passe. Je serai vigilant, vous avez ma parole. Mais en ce qui concerne Lady Anne…

— Je sais que vous êtes un homme de parole…

La comtesse baisa le crucifix de son rosaire.

— Soyez assuré que vous rencontrerez Lady Anne sous peu, poursuivit-elle. Revenez ici à la nuit tombée, lorsque les vêpres auront sonné, elle vous attendra. Toutefois, il me faut vous rappeler sa requête : elle ne doit pas être questionnée sur sa disparition, qu'elle décrit comme un pèlerinage. Là où elle se trouvait, elle était en sécurité. Nous savons que les groupes de ce type, précisa-t-elle avec un sourire, comme l'atteste notre grand poète Chaucer, sont très pieux et totalement pacifiques. Il me semble de mon devoir de vous le repréciser, messires.

Gloucester et Lovel la remercièrent et prirent congé avec une abondance de baisemains et d'assurances de bonne volonté. Gloucester semblait aussi radieux qu'un jeune marié, souriant tout seul, ne cessant de caresser l'avant de son pourpoint de brocart, pressé de partir, disait-il, pour se préparer à sa rencontre avec l'aimable Lady Anne. Les deux hommes se retirèrent enfin et, lorsque la comtesse se fut assurée qu'ils étaient bien partis, elle invita Urswicke et Bray à rapprocher leurs chaises de la sienne.

— Voilà, c'est fait ! déclara-t-elle. Pendant que nous parlons, Prestepied est en train de retransformer ma servante Edith en Lady Anne. Elle sera prête dans quelques heures. Pour ce qui est de nos affaires, enchaîna-t-elle en regardant Bray, les événements de Walton, que Gloucester a qualifié de débâcle, sont désormais de notoriété publique à Londres. En dehors de nous trois, nul ne connaît toute la vérité, et nous laisserons les choses en l'état. Toutefois, d'après les informations que je détiens, il semble que le roi soit furieux et votre père, Christopher, l'est plus encore. A-t-il demandé à vous voir ?

— Point encore, madame, mais cela ne saurait tarder, j'en suis sûr. Pouvons-nous faire confiance à Gloucester ?

— Autant qu'à un autre… Eh bien, mes amis, déclara la comtesse en se levant, une fois de plus, attendons de voir ce que notre noble juge va faire…

Le lundi qui suivit la visite de Gloucester chez la comtesse, Urswicke reçut un message de son père, qui l'invitait à lui rendre visite de toute urgence à l'échevinage. Urswicke se prépara avec un soin minutieux. Il choisit sa plus luxueuse cotte-hardie, qu'il enfila pardessus une impeccable cotte de fine batiste blanche, des collants en laine et de hautes bottes en maroquin. Il se rasa de près et adopta une coiffure de clerc. Après avoir passé son ceinturon, il saisit sa cape et quitta le manoir de la comtesse.

Il s'engagea dans le dédale de rues malodorantes qui caractérisaient le cœur du quartier de Cheapside. Malgré le froid intense, le marché était très animé car de nombreux chalands faisaient leurs courses en prévision de l'Avent et de la grande fête de Noël. Des tours de Yule avaient été édifiées et décorées de guirlandes et de couronnes de fleurs, avec quatre grandes chandelles de suif pour marquer les quatre semaines de l'Avent. La plus haute d'entre elles, au sommet, serait allumée le soir de Noël. Au pied de l'une des tours, un *chanteur** à la peau sombre racontait qu'il arrivait de Bethléem et il décrivait aux badauds ce qu'il avait ressenti en s'agenouillant et en priant à l'endroit même où le Christ était né.

Urswicke devait bousculer la foule pour avancer, une main sur la garde de son épée, l'autre sur son escarcelle. Il ne voyait rien de l'effervescence qui l'entourait. Il était tout à ses réflexions, et ravi de la façon dont les choses évoluaient depuis peu. Gloucester avait tenu parole, du moins en partie. Les gamins des rues engagés par Bray avaient raconté comment le faiseur de parchemins, ce fabricant de journaux établi sous l'enseigne du *Tonnelet rouge*, avait reçu la visite d'individus brutaux portant la livrée du sanglier de Gloucester. Ceux-ci avaient fait irruption dans sa boutique, ils y avaient semé la panique et en étaient ressortis les bras chargés de liasses de parchemins qu'ils avaient jetées dans un grand feu allumé non loin par une bonne âme pour prodiguer de la chaleur aux miséreux durant la saison froide. Les hommes de Gloucester étaient restés là, à bavarder et à rire, jusqu'à ce que le dernier morceau de parchemin eût été réduit en cendres.

Comme convenu, Gloucester avait rencontré Lady Anne. Selon la comtesse, il l'avait enlacée, extatique, et lui avait dit qu'il se réjouissait de son retour. Il lui avait fait la promesse solennelle qu'il ne lui poserait aucune question sur le lieu où elle s'était cloîtrée. Urswicke souriait pour lui-même en avançant au milieu des étals où l'on vendait toutes sortes de produits, du cuir incrusté de pierres précieuses venu de Cordoue aux tissus les plus fins fabriqués dans des villes de la Baltique. Tout le monde s'agitait. L'air chargé d'une myriade d'odeurs résonnait des cris des marchands. Ces derniers étaient relayés par leurs apprentis, qui couraient à travers la foule, aussi lestes que des écureuils, pour tenter d'attirer des clients vers leur étal. Les mendiants étaient légion, ils n'hésitaient pas à se montrer agressifs lorsqu'ils harcelaient les bons citoyens, mais l'arrivée de sergents de ville les forçait à abandonner et à vite s'éloigner.

La place des punitions, proche de la maison qu'on

appelait « le Tonneau », dans Cheapside, était envahie par le personnel de l'échevinage. On s'activait autour des piloris, des carcans et des estrades de flagellation, où des voleurs jugés coupables de petits délits recevraient leur punition avant l'angélus. Les hurlements des condamnés qui résonnaient partout sur la place avaient de quoi glacer le sang, aussi Urswicke poussa-t-il un soupir de soulagement en pénétrant dans la majestueuse porterie qui donnait sur la cour de l'échevinage. Deux baillis l'arrêtèrent en demandant à voir ses mandats. Dès qu'ils aperçurent le sceau de Sir Thomas, ils se répandirent en compliments et accompagnèrent Urswicke au deuxième étage du bâtiment, où se trouvait le sombre cabinet du Grand Juge donnant sur Cheapside.

Enveloppé dans une belle houppelande rehaussée de bordures dorées, Sir Thomas se leva pour accueillir « son cher fils ». Ils échangèrent le baiser de paix, puis le juge fit asseoir Christopher dans un confortable fauteuil, avant de retourner s'installer derrière sa table de travail. Il proposa des rafraîchissements, que Christopher refusa en l'observant d'un œil attentif. Sir Thomas ne paraissait pas au meilleur de sa forme.

— Vous portez-vous bien, mon fils ?

— Très bien, grâce à Dieu. Et vous-même ?

— Je suis un peu soucieux, répondit le juge avant de se pencher vers lui au-dessus de la table. Pour l'amour du Ciel, Christopher, que s'est-il passé à Walton ?

— Digne père, vous auriez dû rester !

— J'étais contraint de partir. Dites-moi ce qui s'est passé !

— Nous avons accompagné les hommes protégés jusqu'au rivage et là, nous avons attendu avec eux. Lorsque *La Galice* est apparue, elle était suivie par ces deux caraques flamandes. Or l'une d'elles a soudain pris feu, et l'autre, en s'approchant, s'est enchevêtrée avec elle.

Urswicke haussa les épaules.

— Père, vous savez qu'il est classique que la poudre à canon s'enflamme à bord d'un navire et qu'elle provoque une explosion. Un bateau peut être totalement anéanti de cette façon. Et comme les deux cogghes se sont emmêlées… Savereaux, le capitaine de *La Galice*, passe pour le meilleur marin de toute la Bretagne. Croyez-moi, père, je l'ai vu à l'œuvre et sa réputation n'est pas usurpée ! Il a manœuvré de manière que les deux vaisseaux flamands se percutent. Quoique en fait, père, de telles collisions soient assez fréquentes…

— Mais comment la première caraque a-t-elle pu prendre feu ?

— Un hasard… L'un de ces accidents qui sont, hélas, monnaie courante.

Urswicke se redressa dans son fauteuil. La conversation lui procurait le plus vif plaisir, mais il s'interrogeait toujours sur l'apparent inconfort de son père.

— Et ce hors-la-loi connu sous le nom de Pembroke ?

— Digne père, il est parti avec les autres à bord de *La Galice*. Je ne doute pas qu'il parviendra à destination.

— Oui. Oui, bien sûr…

Le Grand Juge se mit à jouer avec un encrier posé sur sa table, l'ouvrant et le refermant sans cesse. Quand il releva brusquement les yeux, il arborait le plus fallacieux des sourires.

— Et madame la comtesse ? demanda-t-il.

— Elle est bien rentrée à Londres, mais elle est très occupée par les affaires de son manoir de Woking. Toutefois, elle va… ou plutôt, les Stafford vont en son nom adresser une requête à la Couronne au sujet de l'anarchie qui se répand dans notre ville.

Le sourire du Grand Juge s'estompa.

— Oh non, père, la critique n'est pas dirigée contre vous ! s'exclama Urswicke, qui s'amusait beaucoup dès lors. Elle concerne plutôt vos gens, ceux qui travaillent pour vous. Il faut dire qu'un des plus loyaux serviteurs du défunt mari de la comtesse a été assassiné alors qu'il bénéficiait du droit d'asile dans une église de Londres. Bien sûr, il avait été un rebelle, mais il n'en jouissait pas moins de certains droits. Et puis, il y a aussi cet autre homme protégé, dont la ville s'était engagée à assurer la sécurité et qui a pour sa part été lâchement occis au manoir de Thorpe.

Il étendit les mains devant lui.

— En outre, le fidèle intendant de la comtesse, maître Bray, a subi plusieurs agressions qui auraient bien pu lui être fatales. Nous avons appris par ailleurs qu'un brigand du nom de Zeigler, qui avait été condamné, mais avait réussi à s'évader le jour de son exécution, s'est sans doute rendu coupable du meurtre de deux femmes innocentes qui ont trouvé la mort au couvent des minoresses. La comtesse se doit aussi de porter à l'attention du roi que des pirates flamands ont eu l'audace d'attaquer un innocent navire breton qui naviguait dans les eaux anglaises. Qu'en est-il de la protection dont ce bateau était censé bénéficier ? Le duc François risque d'être assez mécontent…

Urswicke se tut, à bout de souffle après cette litanie de doléances. Son père, qui n'avait paru l'écouter qu'à moitié, se redressa.

— Christopher, mon fils, pour qui travaillez-vous en réalité ?

— Digne père, vous m'avez déjà posé plusieurs fois cette question et je vous ai toujours donné la même réponse : pour moi-même.

— Mais vous pourriez tout de même me fournir plus d'informations que vous ne m'en avez apporté jusqu'à présent. Par exemple, comment la comtesse a-t-elle su où se trouvait Lady Anne Neville ?

— Je l'ignore, père. À ce sujet, vous devriez plutôt

interroger maître Bray. Vous savez, c'est lui qui avait reçu l'ordre de rester à Londres pour mener des recherches.

— Oui, oui, évidemment. Bon, à présent…

Le Grand Juge se prit la tête entre les mains, puis laissa retomber celles-ci.

— Christopher, mon fils, continua-t-il, figurez-vous que, hier, j'ai été invité à la cour. Le roi m'a informé qu'il m'envoyait diriger une ambassade à Rome, où il a certaines affaires délicates à traiter. Je serai son représentant auprès de Sa Sainteté le pape. Je partirai peu après l'Épiphanie, et Dieu seul sait combien de mois je resterai loin de Londres.

Il leva la main. Urswicke s'efforça de rester de marbre.

— Le père Austin me rejoindra là-bas. Il sera notre aumônier. Et Sa Majesté le roi, en fait…

Il se tut, hésitant.

— En fait quoi, père ? le pressa Urswicke.

— Eh bien, j'ai demandé au roi si vous pourriez nous accompagner à Rome. Sa réponse m'a surpris. Il s'est montré résolument opposé à cette idée. Il m'a dit que vous deviez rester à Londres afin qu'il puisse garder un œil sur vous. Qu'insinuait-il par là ?

— Digne père, je l'ignore. Mais soyez sûr que, même quand vous serez parti, vous ne serez jamais loin de mes pensées. Je veillerai sur vos intérêts et, chaque fois que ce sera possible, j'utiliserai l'influence de la comtesse pour résoudre les problèmes qui pourraient surgir.

Urswicke éprouvait maintenant toutes les peines du monde à dissimuler sa jubilation. À n'en pas douter, la nouvelle qu'il venait d'apprendre réjouirait aussi grandement la comtesse.

— Y a-t-il autre chose, père ?

— Non. Non, non…

Sir Thomas se leva et contourna son bureau. Urswicke vint à sa rencontre. Ils se serrèrent la main et échangèrent le baiser de paix. Le Grand Juge étreignit son fils avec effusion.

— Nous nous reverrons avant mon départ, bien sûr, dit-il en s'écartant.

— Bien sûr.

Urswicke s'inclina, puis gagna la porte.

— Mon cher fils ? lança encore le juge.

— Oui, mon digne père ? fit Urswicke en se retournant.

— Vous resterez toujours à mes côtés, n'est-ce pas ?

— Soyez-en certain, mon digne père. Jusqu'à la fin.

NOTE DE L'AUTEUR

Le Complot des ombres est bien sûr une œuvre de fiction, mais qui se fonde sur des données historiques.

Lady Anne Neville a bel et bien disparu de la manière décrite dans ces pages, et aucune explication n'a jamais été donnée. Pour certains commentateurs, elle aurait été kidnappée par Clarence et réduite à travailler comme fille de cuisine dans une auberge ou une taverne de Londres. D'autres pensent qu'elle s'est simplement sauvée pour échapper aux tensions croissantes qui opposaient les deux frères du roi autour de son riche héritage. Toujours est-il que Lady Anne a fini par revenir à la cour, qu'elle a épousé Richard, duc de Gloucester, et est devenue reine lorsque celui-ci a usurpé le trône, en 1483.

Au Moyen Âge, le pouvoir de l'Église allait de soi. Le meurtre de Thomas Becket dans sa propre cathédrale avait valu certains droits à l'Église, en particulier pour des clercs ayant pris les ordres mineurs, mais aussi concernant la question du droit d'asile. Ces deux privilèges étaient jalousement préservés par l'Église, et malheur à quiconque cherchait à s'y attaquer ! En 1305, par exemple, la Ville a assidûment poursuivi Richard Puddlicot, qui s'était rendu coupable de trahison et de vol en pillant le trésor royal. Il avait dérobé une grande partie des joyaux de la Couronne, entreposés à l'époque dans la crypte de l'abbaye de Westminster. Reconnu coupable, traqué par les autorités, il était allé se réfugier dans une église de Londres. Peu après, plusieurs baillis avaient fait irruption dans l'édifice, l'avaient saisi et traîné jusqu'à la Tour. Malgré son odieux forfait, Richard Puddlicot était protégé par l'Église, aussi les baillis qui avaient procédé à son arrestation ont-ils été solennellement excommuniés.

Dans le Londres médiéval, l'imprimerie ne s'était pas encore bien implantée, mais la publication de pamphlets anonymes était déjà fréquente. La propagande est loin d'être une invention des temps modernes ! Au cours du règne de Richard III, une satire populaire qui circulait dans Londres attaquait Richard de Gloucester et ses principaux ministres, le vicomte Lovel, Catesby et Ratcliffe : *The rat, the cat and Lovel the dog rule all England under the hog.* « Le rat, le chat et Lovel le chien règnent sur l'Angleterre sous la houlette d'un sanglier. » L'auteur de ces vers, un gentleman du nom de Collingbourne, a eu à souffrir les pires horreurs prévues par la loi pour sa trahison : il a été pendu, traîné par des chevaux puis écartelé. De nouveau, à la veille de la bataille de Bosworthe, John Howard, duc de Norfolk et grand connétable de Richard III, avait, dit-on, trouvé la mise en garde suivante suspendue à sa tente : *Jockey of Norfolk ride not so bold for Dickon your master is both bought and sold.* « Jockey de Norfolk, point trop d'audace ; ton maître Dickon est vendu et acheté. » On voit que la guerre psychologique et l'emploi des mots comme armes sont, je suppose, aussi vieux que les conflits humains.

J'ai choisi Walton-on-the-Naze comme cadre à plusieurs scènes de mon histoire car cette partie de la côte de l'Essex a souvent accueilli des envahisseurs, qu'il s'agisse d'armées danoises en maraude ou de la reine Isabelle avec son amant Roger Mortimer, qui y ont accosté en 1326. La bataille navale qui oppose *La Galice* aux deux caraques flamandes est un fidèle reflet d'affrontements qui s'y sont produits. L'introduction des canons et des couleuvrines à bord des bateaux était révolutionnaire, mais exposait les embarcations à une multitude de dangers. Si nous étudions les manuscrits originaux, les miniatures qui représentent des combats maritimes dépeignent constamment des bateaux enchevêtrés les uns dans les autres, avec leurs voiles et leurs cordages entremêlés. Bien sûr, si un incendie se déclarait alors, il gagnait les deux vaisseaux et le résultat était désastreux. Les pirates flamands décrits dans mon roman posaient une réelle menace pour la navigation, surtout dans les Détroits. Dans son prologue aux *Contes de Cantorbéry*, le poète Chaucer parle du marinier comme d'un homme qui pense que « les morts ne racontent pas d'histoires ».

Enfin, la situation de l'Angleterre à la suite des grandes batailles de Tewkesbury et de Barnet était telle que je l'ai décrite dans ce livre. La maison d'York était triomphante et le roi Édouard s'imposait à Londres, où il faisait régner sa paix et dont il profitait pleinement. Toutefois, les graines de la destruction étaient déjà semées. Les tensions entre George, duc de Clarence, et son frère Richard ne se sont jamais apaisées, tandis que l'inimitié entre Gloucester et la faction des Woodville a conduit à la chute de la maison d'York, à la disparition des deux princes dans la Tour et au succès de l'invasion menée par Henri Tudor. J'ai toujours pensé que, pendant la période qui s'étend de 1471 à 1485, une sombre Némésis hantait la maison d'York. Et je soupçonne cette Némésis d'avoir été Margaret Beaufort, comtesse de Richmond, extrêmement habile sous des dehors innocents. Margaret était un brillant stratège et « un maître en politique ». Elle était secondée par deux clercs, Reginald Bray et Christopher Urswicke, qui ne possédaient pas moins de talents que leur maîtresse. Certains historiens ont même considéré qu'Urswicke était le fondateur des services secrets britanniques, hommage que je suis moi aussi prêt à lui rendre.

Du même auteur
aux Éditions 10/18

L'HOMME MASQUÉ, n° 4385

Série « Mathilde de Westminster »

LE CALICE DES ESPRITS, n° 4283
LE COMBAT DES REINES, n° 4312
LE RÈGNE DU CHAOS, n° 4459

Série « Matthew Jankyn »

L'ORDRE DU CERF BLANC, n° 4072
LE LYS ET LE SERPENT, n° 4180

Série « Amerotkê »

SOUS LE MASQUE DE RÉ, n° 3894
MEURTRES AU NOM D'HORUS, n° 3992
LA MALÉDICTION D'ANUBIS, n° 4105
LES MEURTRIERS DE SETH, n° 4146
LES TROIS MORTS D'ISIS, n° 4355
L'EMPOISONNEUR DE PTAH, n° 4495
L'ESPION DE SOBEK, n° 4617

Série « Frère Athelstan »

LA GALERIE DU ROSSIGNOL, n° 3167
LE DONJON DU BOURREAU, n° 3218
SACRILÈGE À BLACKFRIARS, n° 3226
LA COLÈRE DE DIEU, n° 3336
LE FANAL DE LA MORT, n° 3340
LE REPAIRE DES CORBEAUX, n° 3531
LE JEU DE L'ASSASSIN, n° 3666
LA CHAMBRE DU DIABLE, n° 3842
L'AUBERGE DU PARADIS, n° 3973
LA TAVERNE AUX OUBLIÉS, n° 3998
LA PIERRE DE SANG, n° 4686
LES BALADINS DU RÉGENT, n° 4802
LA TORCHE ARDENTE, n° 4937
LE LIVRE DES FEUX, n° 5083

Le Héraut de l'Enfer, n° 5214
La Grande Révolte, n° 5344
Pèlerinage mortel, n° 5396
Le coffret maléfique, n° 5456
Le masque d'Oriflamme, n° 5556

Série « Hugh Corbett »

Satan à St Mary-le-Bow, n° 2776
La couronne dans les ténèbres, n° 2777
Un espion à la chancellerie, n° 2820
L'ange de la mort, n° 2863
Le prince des ténèbres, n° 2901
Faux frère, n° 2966
L'assassin de Sherwood, n° 3036
La complainte de l'Ange Noir, n° 3127
Le feu de Satan, n° 3290
La chasse infernale, n° 3296
L'archer démoniaque, n° 3437
La trahison des ombres, n° 3584
Funestes présages, n° 3705
Le livre du magicien, n° 3879
Le trésor de l'Indomptable, n° 4085
Le porteur de mort, n° 4407
La vengeance de Mysterium, n° 4553

Série « Kathryn Swinbrooke » signée C. L. Grace

Meurtres dans le sanctuaire, n° 3029
L'œil de Dieu, n° 3030
Le marchand de mort, n° 3094
Le livre des ombres, n° 3190
La rose de Raby, n° 3406
Le Lacrima Christi, n° 3836
Le temps des poisons, n° 3928

Série « Alexandre le Grand »

La mort sans visage, n° 3738
L'homme sans dieux, n° 3739
Le manuscrit de Pythias, n° 3860

Série « Nicholas Segalla » signée Ann Dukthas

Le messager du temps, n° 3831
En mémoire d'un prince, n° 3832
Les oubliés de Mayerling, n° 3900

Série « Margaret Beaufort »

La reine de l'ombre, n° 5589
Le complot des ombres

MIXTE
Papier issu de
sources responsables
FSC® C003309

10/18, une marque d'Univers Poche,
est un éditeur qui s'engage pour
la préservation de l'environnement
et qui utilise du papier fabriqué à partir
de bois provenant de forêts gérées
de manière responsable.

10/18 – 92 avenue de France, 75013 PARIS

Imprimé en France par CPI

N° d'impression : 159245
X07663/01